NAVARRA

PAMPLONA

ARAGÓN

CONDADOS
CATALANES

BARCELONA

RÍO EBRO

VALENCIA

HISPANIA
AÑO 1054

LA DUEÑA

ISABEL
SAN SEBASTIÁN
LA DUEÑA

PLAZA JANÉS

Papel certificado por el Forest Stewardship Council®

MIXTO
Papel procedente de
fuentes responsables
FSC® C117695
www.fsc.org

Penguin
Random House
Grupo Editorial

Primera edición: octubre de 2022

© 2022, Isabel San Sebastián
© Penguin Random House Grupo Editorial, S. A. U.
Travessera de Gràcia, 47-49. 8021 Barcelona

Printed in Spain – Impreso en España

ISBN: 978-84-01-02634-8
Depósito legal: B-11957-2022

Compuesto en M. I. Maquetación, S. L.
Impreso en Rotoprint by Domingo, S. L.

L 0 2 6 3 4 A

A María Camino y Félix,
los abuelos de quienes hablo a mis hijos y nietas

Nota de la autora

Los hechos narrados en esta novela son históricos. Reflejan fielmente la peripecia que vivió la península ibérica en el convulso siglo XI, caracterizado por la fragmentación de los reinos tanto cristianos como musulmanes. Los lugares y personajes descritos en ella entremezclan la ficción con la realidad, en aras de facilitar el viaje en esta «máquina del tiempo» que prosigue la aventura emprendida en *Las campanas de Santiago*. Al final del texto encontrará el lector un árbol genealógico, así como una relación de figuras históricas, que le servirán de referencia en este accidentado periplo.

Las tenencias de Lurat, Osma y Lobera pertenecen al territorio de la imaginación, aunque constituyen prototipos de las múltiples fortificaciones avanzadas construidas con el propósito de guardar la frontera entre la Cristiandad y el islam, que fue moviéndose a lo largo de ocho siglos. Prueba de ello son los incontables restos arqueológicos que salpican la geografía española. El castillo de Mora existe y cambió fugazmente de manos tras la reconquista de Toledo por Alfonso VI y antes de la invasión almorávide, si bien no ha quedado constancia del nombre de su custodio en ese período concreto.

También Nuño García, Ramiro de Zamora y su nieto, Diego, representan modelos característicos de los caballeros de origen villano que proliferaron al calor de ese larguísimo enfrentamiento. Una suerte de «ascensor social» que permitió a un gran número de campesinos uncidos a la tierra alcanzar la libertad y labrarse un futuro mejor, creando en España, y en particular en Castilla, una sociedad única en Europa.

En cuanto a la Dueña, encarna una figura ignorada por la historiografía oficial que he tenido especial empeño en rescatar del olvido, dado el papel protagonista necesariamente desempeñado por mujeres semejantes a ella durante buena parte de nuestra historia. Mujeres fuertes, audaces, valientes. Viudas de guerra obligadas a sustituir a sus esposos caídos en combate y dotadas para ello de unas prerrogativas legales extraordinarias en un mundo terriblemente misógino. Madres, abuelas, hijas de la frontera borradas de la memoria colectiva por los cronistas masculinos que escribieron al dictado del poder, casi siempre ostentado por hombres. Tejedoras de destinos cuya impronta decisiva se atisba en grandes reinas como Sancha de León... o Auriola de Lurat.

ISABEL SAN SEBASTIÁN

Preludio en rojo sangre

1 de septiembre del año 1054 de Nuestro Señor
Atapuerca

L a noche anterior a la batalla, Ramiro soñó con su padre. El verdadero, no el hombre que lo había criado y a quien debía en buena medida su condición de infanzón.

Si hubiera tenido cerca a Auriola, esta lo habría conminado a extremar la prudencia e invocar la protección de Santiago, pues semejante aparición no podía augurar nada bueno. La visión de un difunto anunciaba con frecuencia una desgracia inminente, máxime cuando se trataba de alguien tan próximo: el herrero llamado Tiago, capturado por los musulmanes antes de que él naciera, cuya leyenda inmortal cabalgaba siempre a su lado. Su esposa, empero, no estaba allí, y por eso, lejos de ponerlo en guardia, esa visita inesperada sirvió para reforzar su empeño de obedecer al corazón e ignorar el mandato del Rey.

* * *

El ejército leonés, en cuyas filas servía desde hacía más de tres décadas, orgullosamente alineado entre los jinetes de vanguardia, se había adentrado unas millas en territorio perteneciente al Reino de Pamplona: una llanada castellana próxima a Burgos, capital del condado, recorrida por un arroyo casi seco en esa estación.

Al caer la noche, los exploradores avistaron las tropas del enemigo, capitaneadas por el monarca pamplonés e integradas no solo por fieros guerreros navarros, sino por fuerzas auxiliares aragonesas y moras. Tras asentar el campamento y encender multitud de hogueras destinadas a intimidar al adversario aparentando disponer de una hueste más nutrida de la real, el soberano, Fernando, convocó consejo en su tienda.

—Que ninguno de mis caballeros cause el menor daño a mi hermano García. ¿Está claro? ¡Ni un rasguño! Mi deseo es apresarlo vivo. Tiempo tendremos después de dirimir nuestras diferencias.

La voluntad real era ley. Los condes así aleccionados se aseguraron de hacer correr la voz entre sus mesnadas, sin sospechar que un grupo de conjurados tenía urdido su propio plan. Uno que Ramiro, miembro destacado del complot, pensaba llevar a cabo, costase lo que costara.

* * *

Tumbado en su estrecho camastro de tijera, mientras contemplaba la bóveda celeste, el veterano señor de Lobera recordó aquel verano de hacía más de veinte años, cuando Bermudo, el joven rey de León a quien servía con devoción, cayó alanceado en batalla al enfrentarse a su cuñado, Fernando, por entonces conde de Castilla. Sin apenas derramar sangre, el vencedor se convirtió en rey.

«¡Si me hubieras escuchado, necio insensato! —se dijo el viejo soldado, al rememorar el lance que había costado la vida a su señor—. Si hubieses permanecido atrás, al resguardo de tus caballeros...».

Pero Bermudo, empujado por la imprudencia de sus veinte años, acometió a la hueste castellana a lomos de su corcel, tan veloz e impetuoso que ni siquiera Ramiro fue capaz de seguirle el paso en esa embestida furiosa. En un abrir y cerrar de ojos, el muchacho se vio rodeado de enemigos que primero lo derribaron y después lo remataron con saña, ante la mirada horrorizada de quienes luchaban por él.

Desde ese día, el hombre que le había fallado vivía acosado por los remordimientos. Ahora se le presentaba la oportunidad de tomarse la revancha, al menos sobre el monarca navarro, chivo expiatorio escogido para redimir aquella afrenta. Resultaba más sencillo guardar rencor a un forastero que al soberano ante el cual había aceptado inclinarse, por mucho que le repugnara. Se lo había suplicado Auriola, el gran amor de su vida. ¿Cómo negarse a sus ruegos?

Una existencia de privaciones le había enseñado que nada, ni siquiera su honor, estaba por encima de ella. Sumido en las tinieblas que preceden el amanecer, lamentaba haber tardado tanto en constatar esa evidencia.

* * *

Cuando comenzaba a despuntar el alba, Beltranillo, su escudero, le llevó un desayuno frugal consistente en pan mojado en vino aguado y unas lonchas de cecina. Ramiro comió en silencio, perdido en sus pensamientos.

Aunque habían sido muchos y muy diferentes los combates librados a lo largo de los años, la tensión que se apoderaba de él antes de la degollina seguía siendo la misma. Además, ese sueño extraño perturbaba profundamente su espíritu. ¿Cuál sería su significado? ¿Qué querría decirle su padre, ataviado como un guerrero, cabalgando en dirección contraria a la de la hueste leonesa? Solo podía tratarse de una invitación a actuar. A seguir con su plan de dar muerte al rey navarro. O acaso fuese una advertencia…

—¡Se acabó! —dijo rabioso, harto de darle vueltas.

—¿Queréis más gachas? —preguntó Beltranillo, confundido por el tono hosco de ese hombre en general amable con él.

—No, no, estaba a lo mío —repuso Ramiro recobrando la compostura—. ¿Has dado agua a mi caballo? ¿Tuvo ayer suficiente forraje?

Un guerrero sensato se preocupaba por su montura antes que por su propio bienestar. Y ello no solo porque de la resistencia, la fortaleza y la agilidad del animal dependería su supervivencia una vez iniciada la batalla, sino porque su valor era muy superior al de cualquier otra cosa que pudiera comprarse.

Las guerras constantes, unidas a las sucesivas campañas de devastación llevadas a cabo en la frontera, nutrían una demanda insaciable de corceles de combate que ni las yeguadas ni la rapiña en tierra de moros conseguían satisfacer. Su precio crecía y crecía hasta cifras exorbitantes. Una bestia noble como la que montaba Ramiro valía unos cien sueldos: el equivalente a otras tantas ovejas o veinte bueyes y prácticamente lo mismo que el pequeño castillo de Lobera donde Auriola aguardaba su regreso. De ahí su inquietud por el alazán que constituía su más preciada posesión.

—¿Has verificado sus herraduras antes de ensillarlo? —insistió con severidad.

—Comió, ha descansado bien y está fresco como una lechuga —contestó el escudero, que había pasado la noche pendiente de Sansón a la vez que preparaba las armas de su señor.

—¿Qué se dice por el campo?

La experiencia demostraba con creces que las habladurías de los escuderos constituían una fuente de información más fiable que cualquier otra. Tenían ojos y oídos en todas partes, se movían libremente y pasaban desapercibidos, por lo que nada escapaba a su curiosidad.

—¡Que hoy ganamos! —se pavoneó el muchacho—. Don Fernando ha madrugado y celebrado un nuevo consejo con los capitanes. Le ha jurado a don Diego Laínez que esta noche verá a su hermano encadenado, pidiendo clemencia de rodillas.

—No le hagamos esperar entonces —concluyó el infanzón, poniéndose en pie con cierto esfuerzo—. La muerte nos llama.

Con la ayuda de Beltranillo, Ramiro se enfundó su gambesón acolchado, repleto de remiendos, antes de vestir la pesada loriga metálica que le llegaba hasta las pantorrillas, y le tapaba las piernas y los brazos con el fin de frenar el impacto de una eventual embestida. Sobre ella ajustó el cinturón del que pendía su espada, de casi cuatro palmos, a la que solía llamar Berta en homenaje a su padrastro normando, quien se refería a la suya con un nombre similar, impronunciable para él.

Ya a punto de subirse a su bruto, el escudero le ajustó la cofia de malla, con el propósito de cubrirle bien el cuello, y sobre esta ciñó un yelmo sencillo, carente de adornos, al que el herrero había añadido justo antes de esa campaña una pieza rígida destinada a proteger la nariz. Su abundante barba y su melena, ambas de un gris blanquecino, se fundían con el acero del casco y creaban una figura espectral en la que destacaban dos ojos de un azul profundo, semejante al color de la mar cuando amenaza galerna.

Una vez a lomos del corcel, el escudero le pasó la pesada rodela de madera reforzada con remaches de hierro, que su brazo izquierdo todavía sujetaba firmemente, antes de entregarle la lanza destinada a completar su equipamiento de caballero. Ramiro colocó el escudo en su correspondiente soporte, con la naturalidad de quien ha repetido ese movimiento en incontables ocasiones, comprobó que la punta de la pica estuviera perfectamente afilada y la encajó con pericia en su cuja, la bolsa de cuero sujeta a los arreos donde permanecería apoyada hasta que llegara el momento de empuñarla.

A su edad, cincuenta y seis años cumplidos, la armadura resultaba difícil de soportar en pie. Hacía falta mucho entrenamiento para moverse con soltura bajo una carga semejante, a la que era menester añadir las dos libras largas correspondientes al hacha colocada junto a Berta, que Ramiro manejaba con igual soltura, siempre que lograra mantenerse sobre la silla.

A lomos de su Sansón era un soldado invencible o al menos eso creía él.

* * *

Jinetes e infantes se dirigieron con disciplina a sus puestos de combate, siguiendo el orden ensayado una y otra vez durante su adiestramiento: en cabeza los de a caballo, detrás los peones de a pie, y por último los arqueros, cuya misión era tratar de alcanzar las líneas enemigas a fin de causarles el mayor daño posible antes del choque frontal.

Al otro lado del campo, los navarros hacían lo mismo. El día empezaba a clarear y ya podía distinguirse, entre la neblina, el movimiento de esa tropa gigantesca, cuyo rugir semejaba la respiración de un dragón.

Mientras trataba de tranquilizar a su montura, nerviosa ante la inminencia del encontronazo, Ramiro se puso a pensar en lo volubles que eran los poderosos a la hora de otorgar su favor. En la facilidad con la que pasaban del abrazo al acero por unas tierras de menos o unas palabras de más aun compartiendo linaje. ¿O acaso era precisamente eso lo que los llevaba a despedazarse con tanta facilidad?

Él había renunciado tiempo atrás a comprender sus razones. Se limitaba a cumplir lo mejor posible con su deber de vasallo, sin renunciar, eso sí, a lavar algún día la mancha que pesaba sobre su conciencia desde que viera agonizar al soberano más grande de cuantos había servido. El rey ante el cual pronunció un juramento solemne que después fue incapaz de honrar. ¿Habría llegado el momento de cobrarse al fin el desquite?

El rostro de su padre, Tiago, se mezclaba en sus cavilaciones con el de ese monarca, Alfonso, semejante al de su hijo, Bermudo. Todos ellos difuntos. Todos fantasmas. ¿Por qué motivo acudían a turbar su serenidad cuando más la necesitaba?

La mente del señor de Lobera voló hasta aquella otra mañana de verano del año 1028 en que cabalgaba junto al gran monarca leonés. Iban a la reconquista de Viseu, en manos de los ismaelitas desde los tiempos de Almanzor, henchidos de una confianza ciega que a la postre resultó letal. Porque frente a los muros de esa plaza fue muerto de un flechazo el Rey, quien con su último aliento le suplicó velar por el infante que dejaba huérfano.

—Solo tiene once años… —musitó antes de encomendar su alma al Altísimo.

Y Ramiro empeñó su palabra en esa misión sagrada que no supo llevar a término.

Una llamarada de culpa lo acometió con violencia y redobló la fuerza de su determinación.

«¡Por Dios y la Virgen María que no volveré a fracasar! —se dijo a sí mismo enfurecido, mientras un intenso calor le incendiaba las entrañas—. Ese maldito navarro no verá el sol de mañana, aunque tenga que pasarme el resto de la vida implorando el perdón de Auriola».

* * *

Los cuernos de guerra lo sacaron de sus reflexiones y desgarraron el aire con su estridente llamada a la carga. Concluida la lluvia de flechas, llegaba el turno de los jinetes. En respuesta al toque familiar, cientos de caballeros se movieron al unísono e hicieron retumbar la tierra. Una línea cerrada de lo que parecían centauros avanzó primero al paso, enseguida al trote y en apenas unos instantes al galope tendido hacia la gloria o la muerte.

Ramiro respiró hondo, clavó con furia las espuelas en su bestia y se lanzó contra los navarros, aullando como un demonio.

Una vez comenzada la refriega, resultaba difícil distinguir a los luchadores de uno u otro bando, pues los colores de las sobrevestes quedaban enseguida ocultos bajo la sangre y el polvo. El estruendo era ensordecedor. El olor característico del miedo pronto se mezclaba con el de la muerte y los excrementos, hasta formar un hedor inconfundible que todo guerrero curtido reconocía.

Para salir con bien del embate era preciso mantenerse firme sobre el caballo y cargar sin descuidar los flancos, poniendo los cinco sentidos en sobrevivir. Pero Ramiro, esa mañana, tenía otra prioridad. Su mayor afán era penetrar las defensas navarras a fin de llegar hasta el rey García y hundirle su hierro en el corazón. Por eso se distrajo, se alejó de los hombres con quienes se había conjurado y cometió el error fatal de meterse en la boca del lobo.

Deslumbrado por el sol y la ira, le pareció reconocer el pendón del monarca pamplonés en un extremo del campo, sobre un pequeño altozano desde el cual, dedujo, dirigía a su ejército. Sin pensárselo dos veces, guio a su fiel alazán hacia esa posición y arremetió contra cuantos jinetes se interpusieron en su camino. Salió con bien del primer lance, descabalgó a su segundo rival y eludió a un tercero mediante un hábil quiebro de Sansón. Entonces vio con claridad al objeto de su inquina. Lo identificó sin sombra de duda a pocas varas de él, al alcance de su pica. Llegaba el momento de ejecutar el cometido que se había propuesto. Pero cuando estaba a punto de arrojar su arma contra el pecho del monarca, a una distancia tan corta que el acero se clavaría traspasando la cota de malla, sintió un dolor lacerante que le obligó a soltar el asta y a punto estuvo de hacerle caer. Lo había alcanzado una espada enemiga aprovechando el hueco que dejaba desprotegido la loriga bajo la axila, expuesta al levantar el brazo para proyectar la lanza.

Merced a su instinto, su veteranía y la ayuda de su caballo, logró alejarse de allí, sin saber muy bien hacia dónde. El combate se hallaba en su punto álgido y resultaba imposible orientarse. Todo a su alrededor era caos.

Mareado por el impacto, con el orgullo tan herido como el cuerpo, confió en que Sansón lo pusiera a salvo, al igual que había hecho en tantas otras ocasiones. El animal percibió el peligro e intentó huir de la refriega, abriéndose paso entre los muertos y los vivos hasta que un soldado de a pie le clavó algo punzante en un cuarto trasero, probablemente una hoz, suficiente para desbocarlo enloquecido de dolor. Caballo y jinete salieron de estampida, sin rumbo. Ramiro aguantó lo que pudo e intentó desesperadamente recuperar el control de su cabalgadura, aunque pronto acabó en el suelo, desarzonado, con una herida abierta en el costado y viendo cómo su montura se alejaba despavorida hacia la serrezuela situada a poniente.

Lo primero que le vino a la cabeza fue:

«Voy a terminar igual que el pobre Bermudo. Así me castiga el Señor».

La angustia se le agarró a las tripas y le provocó una arcada que lo llevó a vomitar el desayuno. Intentó incorporarse, aunque fue en vano. El golpe lo había dejado aturdido y sangraba profusamente.

Apelando a su experiencia se dijo que era mejor esperar a recuperar el aliento y tratar de cortar la hemorragia con un trozo de tela arrancado a dentelladas de la túnica que llevaba sobre la armadura. Al menos podía moverse, lo que le permitió reptar hacia unos arbustos y ocultarse de los infantes navarros que oía gritar cerca de donde había caído. Con suerte, no lo verían. Después ya se le ocurriría algo.

Debió de perder la conciencia un buen rato, porque cuando abrió los ojos el sol había descendido mucho. Aún llegaban ecos de la batalla, aunque parecían lejanos, como si tuviese lugar a leguas de allí, lo cual carecía de sentido. La cabeza le daba vueltas. La levantó, con enorme esfuerzo, para hacerse una idea de su situación, y de inmediato sintió que se hundía en un pozo negro. Despertó sin saber cuánto tiempo había transcurrido, sintiendo cómo las fuerzas se le escapaban junto a la sangre. El paño que hacía las veces de venda estaba empapado. Y por primera vez miró de frente a la muerte, sabedor de que andaba cerca.

A pesar de la estación, empezó a tiritar de frío. Los sonidos a su alrededor se atenuaron hasta desaparecer. Tuvo un momento de pánico ante la inminencia del adiós definitivo, que dio enseguida paso a una extraña placidez. Entonces, en ese instante mágico suspendido de un hilo invisible, los protagonistas de su vida desfilaron ante sus ojos.

* * *

La primera en acudir a rescatarlo de la oscuridad fue Auriola. Su amor, su más preciado tesoro, la mujer a cuyo lado había construido su sueño. Era su norte y su guía. Su máximo sostén a la vez que su mayor angustia. ¿Qué sería de ella sin un hombre que la protegiera y velara por su hija, todavía casadera? La duda se disipó nada más aparecer. Dios no había tenido a bien concederles la dicha de un hijo varón vivo, pero Auriola saldría adelante y cuidaría de Jimena como había cuidado de él siempre, con su inteligencia, su alegría y su carácter resuelto. Ella había sido el pilar de la familia mientras él peleaba guerras que otros decidían, y ahora, estaba seguro, haría valer esa fuerza. ¿A qué precio? El que fuese menester pagar.

Como las cerezas enredadas sacadas de un cesto, el dulce rostro de su esposa trajo consigo la memoria de su madre, Mencía, obligada a sobrevivir también sola en un mundo en llamas asolado por Almanzor. ¡Cuánta valentía había habitado en ese corazón indoblegable! Se vio a sí mismo, de muy pequeño, en una playa batida por las olas, oyéndola gritar como loca mientras un hombre enorme, salido del mar, corría hacia él dando voces. La recordó claramente plantando cara a ese gigante que amenazaba a su hijo. Evocó el pueblo de pescadores donde había crecido, la barca de Audrius, su padrastro, y a Dolfos, el hermano con quien había aprendido a pelear a puñetazos antes de adentrarse juntos en las tácticas de combate normandas.

¿Cuándo había sucedido todo aquello? ¿En otra era? ¿En otra existencia?

Le quedaba el consuelo de haberse despedido de ella. Había ido a visitarla poco antes de su muerte, ya convertido en infanzón dueño de tierras y honores, sin sospechar que aquella sería la última vez. La encontró en paz, junto a su esposo y su otro hijo, en la aldea de la que él había preferido huir en busca de mejor fortuna. Disfrutaba de sus nietos, un puñado de mocosos rubios, sin abandonar del todo el telar del que sacaba paños únicos.

Allá, en la pequeña villa situada en un recodo del Cantábrico, todo se conservaba igual, como si el tiempo se hubiese detenido. Ella seguía siendo hermosa, con su mirada color de bosque, aunque los años surcaran de arrugas su piel tostada por el sol. Su negocio había prosperado y daba trabajo a otras mujeres, cuyos hombres pasaban largas temporadas embarcados. Irradiaba felicidad, sobre todo al abrazarlo a él.

Ramiro se estremeció al volver a sentir el calor de ese abrazo. Le pareció oír la voz profunda de su madre, oler el perfume a heno que desprendían su piel y su ropa, gozar de la alegría que reflejaba su rostro, henchido de orgullo al mirarlo.

El poder de esa imagen apaciguadora venció al miedo que lanzaba ataques traicioneros, aliado a un dolor punzante. Mencía estaba allí con él, lo acompañaba en su agonía junto a un niño de corta edad a quien reconoció de inmediato. Por la misericordia del Altísimo, pronto se reunirían los tres en un lugar ajeno al sufrimiento, donde ya no habría penas, añoranza ni lágrimas que enjugar.

* * *

La proximidad de la parca, que percibía con total claridad a su lado, exhibiendo su tétrica calavera y su guadaña, le brindaba una lucidez sorprendente.

Como si su mente hubiese abandonado su cuerpo para viajar al pasado, se vio a sí mismo ante su primer señor, don Alfonso Díaz, con veinte años recién cumplidos, decidido a honrar la confianza de ese prócer dando lo mejor de sí mismo en cada lance frente al enemigo.

Al servicio de su noble casa libró sus primeros combates recién llegado a León procedente de su aldea, y gracias a la fe que el conde depositó en él logró entrar poco tiempo después nada menos que en la milicia del soberano, por quien una y mil veces habría dado la vida gustoso, en caso de que el azar le hubiese permitido salvarlo.

Más de tres décadas habían transcurrido desde el día en que tuvo la oportunidad de exhibir sus habilidades ante el monarca que los muslimes llamaban «rey de los godos». No hubo rival al que no derrotara, por más que su estatura mediana, unida a una delgadez engañosa, impidieran a primera vista augurar la fortaleza y la maña ocultas en su cuerpo fibroso.

En las justas organizadas por su señor con el fin de presumir de ese guerrero sin par, él, un humilde rústico que jamás había ocultado sus orígenes, destacó tanto en el manejo de la espada y el hacha que el Rey no dudó en tomarlo a su servicio, integrarlo en su milicia y, transcurrido poco más de un lustro, concederle tierras de heredad, con sus correspondientes rentas.

Al partir una mañana lluviosa de su pequeño poblado sin nombre, a lomos del caballo que su padrastro le había regalado por sorpresa, ni en sus más descabellados sueños habría osado imaginar tales conquistas. Ese valioso animal, imprescindible para labrarse un futuro como mesnadero, unido a las feroces técnicas de combate vikingas aprendidas de Audrius, habían obrado el milagro de convertirlo en un señor de la frontera, con campos y hombres a su cargo.

Se trataba de una propiedad humilde situada a orillas del Duero, no lejos de Zamora, sujeta al peligro constante de las incursiones armadas que llevaba a cabo el enemigo ismaelita. Un territorio recién ganado para la Cristiandad, que habría de defender con su sangre desde la torre llamada Lobera por haberse reconstruido a partir de una vieja ruina junto al cubil ocupado por una loba y sus cachorros. Un legado destinado a pasar por derecho a su progenie. Un talismán que hacía de él un infanzón y elevaba, merced a sus méritos, la condición de su familia, eximiéndola de pagar los tributos impuestos a la gente llana.

¡Infanzón! No ya hombre libre, como solía recordarle su madre, nacida sierva en un monasterio compostelano, con el fin de que apreciara el valor de esa libertad, sino señor de otras almas. Dueño y a la vez protector de los labriegos que trabajaban esos campos mientras él, soldado y leal vasallo del quinto soberano cristiano bautizado con el nombre de Alfonso, libraba las cruentas guerras del monarca leonés, acrecentaba su gloria y engrandecía su poder.

* * *

Ramiro respiraba con dificultad, sumido en un extraño duermevela donde los recuerdos se superponían; con total nitidez los más antiguos, de forma brumosa los referidos a esa misma mañana.

¡Qué distinta era esta Hispania de la que había conocido él en su niñez! Entonces vivía Almanzor, el más terrible de los caudillos que jamás padeciera la España cristiana, y Al-Ándalus prosperaba bajo su puño de hierro mientras los reinos del norte sufrían brutales aceifas. Ahora era justo al revés.

El imperio levantado por ese despiadado guerrero se había fragmentado en taifas débiles, vulnerables, obligadas a pagar parias a los soberanos cristianos para comprar su protección. Los hijos de ese demonio, verdugo de su padre, estaban muertos. La cabeza de uno de ellos, Sanchuelo, se había podrido expuesta ante las puertas de su capital. De esa ciudad, antaño tan orgullosa, solo quedaban ruinas tras los sucesivos saqueos perpetrados no solo por cristianos procedentes de los condados catalanes, sino por bereberes, eslavos y demás facciones enfrentadas en cruentas guerras civiles.

Córdoba no era sino una sombra grotesca de lo que había sido. El Apóstol había vengado con creces el ataque de ese pagano a su ciudad, así como el martirio del padre que Ramiro no llegó a conocer. Un motivo más por el que dar gracias al Dios ante el cual estaba a punto de comparecer.

«¡Acógeme, Señor de los Ejércitos!», elevó al cielo una plegaria muda.

* * *

¿Cuánto tiempo llevaba agonizando? ¡Demasiado! La consciencia iba y venía. El dolor había desaparecido para dejar paso a un frío intenso. Casi no sentía su cuerpo, ni veía, aunque conservaba el oído suficiente para escuchar en la distancia los gritos desesperados de los moribundos, unidos en una melodía siniestra al chasquido sordo de los aceros rematando a los vencidos caídos, pasto de buitres y cuervos.

Incapaz ya de moverse lo más mínimo, Ramiro esperaba su turno, sin posibilidad de conocer el desenlace de la batalla. ¿Habrían vencido los suyos? ¿Acudiría alguien a auxiliarlo? Aunque así fuera, se dijo, llegaría tarde. Apenas le quedaba aliento, aunque le sorprendía que el final del camino, ese umbral oscuro ante el cual hasta el hombre más valiente vacilaba, fuese tan semejante a una buena borrachera.

De nuevo le vino a la mente Auriola, revestida de luz como si fuera un ángel. Se alegró de haber dejado en sus manos antes de partir no solo la administración de sus tierras, sino el crucifijo de su padre, forjado en hierro por su abuelo, que lo había acompañado desde que tenía memoria. Era una joya de siervo, sin valor material alguno, que él cuidaba, no obstante, como la niña de sus ojos, dado que constituía la única herencia de ese hombre a quien ahora sentía muy cerca. Su esposa la custodiaría hasta que llegara la hora de entregársela a un varón capaz de engrandecer con la espada el legado familiar. Tal vez no hubiese nacido aún, pero en algún momento aparecería y ella sabría reconocerlo. Seguro.

Auriola, su amor… La esperaría impaciente hasta que Dios quisiera reunirlos en una eternidad de risas, pasión y tardes invernales compartidas frente al hogar. Retomarían las cosas donde las habían dejado. Donde siempre habían estado, dado que ellos sí habían sabido aprovechar su tiempo, apurar cada gota de vida, disfrutar sin reservas el uno del otro.

Su madre, Mencía, estaría contenta. Él no había echado en saco roto ese consejo suyo escuchado justo antes de partir hacia la aventura de una nueva existencia como guerrero: «No dejes que el odio se apodere de ti. No renuncies a la felicidad. Si realmente quieres vengar a tu padre, goza de la dicha que nos fue negada a nosotros».

La añoranza de esa dicha que había llegado a su fin le clavó un último puñal en el corazón.

El campo de batalla se hallaba envuelto ahora en silencio. Los hombres se habían olvidado de él. Su lugar ya no estaba entre ellos, sino junto a tantos bravos soldados caídos a lo largo de los años. Entonces, solo entonces, entendió el significado de su sueño premonitorio.

—Voy a tu encuentro, padre —murmuró esbozando una sonrisa—. Al fin voy a conocer al héroe que desafió a Almanzor.

1

Año 1069 de Nuestro Señor
Tierras del Burgo
Castilla

—Tu abuelo Ramiro, cuya memoria habrás de honrar siempre con una conducta intachable, fue un guerrero valeroso, protector de reyes, defensor de la frontera...

Por enésima vez desde su llegada al castillo perteneciente a su difunto yerno, Auriola estaba relatando a su nieto las hazañas del esposo con quien había compartido buena parte de su vida. Hacía ya más de tres lustros que él la esperaba en el cielo, donde ella confiaba en gozar juntos de la gloria prometida, y entre tanto su empeño se volcaba en mantener vivo su recuerdo, sobre todo en el corazón de ese niño, único varón superviviente de su linaje.

Diego era su alegría, su esperanza y también la fuente de sus desvelos, ahora que acababa de perder a su padre. Por eso estaba ella allí, en tierras de Castilla, distrayéndolo de la pena con historias y caricias.

Como buen caballerete criado entre soldados, destinado al oficio de las armas, el muchacho se resistía a los arrumacos como si las manos de su abuela quemaran. Sin embargo, nunca se cansaba de escuchar los relatos que ella desgranaba, y prestaba especial atención a los que hablaban de ese pariente cuyas gestas se le antojaban legendarias. Tampoco Auriola cejaba en el empeño de inculcar en su mocete amor y veneración por la figura del abuelo que no había conocido. A falta de mejor legado, su ejemplo constituía un patrimonio valioso, simbolizado en la tosca joya de hierro que ahora portaba su nieto.

—La cruz que pende de tu cuello le perteneció —añadió, en un tono tan solemne como si estuviera refiriéndose a la corona de León—. Se la forjó su padre, tu bisabuelo, que era herrero en la ciudad del apóstol Santiago.

—¡¿Herrero?! —inquirió el pequeño, con un deje de menosprecio en la voz.

—Herrero, sí —contestó ella poniéndose de pronto seria—. ¡Y que no vuelva a verte yo un mal gesto al pronunciar esa palabra! Tu bisabuelo Tiago ejerció un oficio honrado hasta que se lo llevó cautivo el maldito Almanzor, quien a buen seguro arderá por siempre en el infierno.

Abuela y nieto estaban sentados alrededor de una misma mesa, dispuesta sin lujo en el vasto espacio de la planta noble que hacía las veces de salón, comedor y en alguna ocasión especial también sala de baile. La criada acababa de retirar los restos del desayuno: cerdo asado frío de la víspera, pan fresco, sopas de leche para el muchacho y vino caliente endulzado con especias, servido en copa de plata a la madre de la Dueña, quien la acompañaba en su duelo desde la muerte del señor.

Nuño García, propietario de ese pequeño feudo, había caído el verano anterior en la batalla de Llantada combatiendo contra el rey leonés, Alfonso VI, en la hueste de su hermano Sancho, soberano castellano. Otra guerra fratricida absurda entre cristianos hijos de una misma madre, pensaba Auriola, evocando la tragedia que la muerte de su esposo en Atapuerca había supuesto para su familia. Otra victoria incuestionable de la parca, cuya guadaña propiciaba la enésima cosecha de viudas y huérfanos.

¿Qué sería ahora de su hija Jimena y de Diego, el chiquillo de siete años que le robaba la paz aun colmándola de dicha? ¿Cómo lograrían superar semejante pérdida, en un momento tan convulso para la cristiandad hispana? Algo muy parecido al vértigo se apoderaba de ella ante los negros nubarrones que se cernían sobre sus seres queridos, aunque había acudido a su lado con el propósito de aportarles consuelo y haría cuanto estuviera en su mano por apaciguar los ánimos.

* * *

La mañana era gélida. Los campos yermos en febrero habían amanecido cubiertos de escarcha, bajo un cielo azul intenso que Auriola contempló un momento antes de volver a cerrar los postigos de madera que cubrían la ventana a la que se había asomado. «Mejor la oscuridad que el frío», se dijo para sus adentros, refunfuñando entre los pocos dientes aún agarrados a sus encías.

Mientras no templara, los estrechos huecos abiertos en los muros del castillo tendrían que permanecer tapados a cal y canto, bien con tablones, bien con gruesos paños encerados capaces de mantener a raya el viento y la lluvia helados. Ya fuese de día o de noche, sus moradores habrían de conformarse con la tenue luz del hogar y la de las lámparas de sebo que iban de aquí para allá impregnando el ambiente de un olor acre, como a podrido, al que era menester acostumbrarse. Las velas de cera costaban un disparate y quedaban reservadas a la iglesia, o bien a ocasiones extraordinarias merecedoras del dispendio. El día a día transcurría entre humo de leña húmeda y hedor a grasa quemada.

En el páramo castellano el invierno era un enemigo temible. Sus rigores se cebaban en niños de pecho y ancianos hasta causar estragos semejantes a los de la guerra. Las fiebres se llevaban tantas almas como sarracenos y leoneses juntos. Nunca resultaba suficiente la ropa ante las embestidas de esa bestia.

La estancia donde hacían la vida los señores, situada en la primera planta del caserón, albergaba un hogar de grandes dimensiones, alimentado constantemente con troncos acopiados en verano. Las paredes estaban cubiertas de tapices rústicos y sobre los suelos se esparcía paja limpia a diario, pese a lo cual la temperatura rara vez podía considerarse agradable. De octubre a mayo todo el mundo tiritaba.

En la estación de las ventiscas la actividad comenzaba por ello tarde, excepto para la servidumbre cuya tarea consistía en atender al ganado o mantener cebada la chimenea. Los demás holgazaneaban al resguardo de las mantas hasta que la luz lograba imponerse a las tinieblas de la noche. ¿Con qué propósito madrugar si el tiempo estaba detenido?

Auriola era la excepción a esa regla. Dormía poco. Cada vez menos. Aun así, desde que se hallaba en casa de su hija procuraba respetar las costumbres de la anfitriona. Evitaba levantarse antes que ella, lo que la abocaba a removerse inquieta en la cama, mientras se devanaba los sesos con el afán de hallar respuesta a las muchas preguntas que la asediaban.

Cuando al fin la oía moverse en la alcoba contigua a la suya, separada por una cortina, se armaba de valor para salir de su nido, vestir sobre la camisa la gruesa saya de lana que había dejado doblada sobre el reclinatorio situado junto al

lecho, añadir un segundo par de calzas a las utilizadas durante el sueño y completar el atuendo con una garnacha forrada
de piel.

A esas horas el brasero estaba completamente apagado, ya
que en caso contrario sus vapores la habrían asfixiado mientras dormía. Su respiración creaba nubes de vaho blanqueci-
nas. El agua de la jofaina amanecía a menudo cubierta por una
fina capa de hielo, que debía romper con los nudillos a fin de
lavarse la cara. Después, recogía su cabello en una larga trenza que enrollaba y sujetaba mediante horquillas, se ceñía la
toca de viuda, firmemente prendida al cuello con un alfiler, e
introducía sus pies enormes en unas zabatas cálidas, cómodas
y zafias, que no habría intercambiado, ni loca, por los más
lujosos escarpines de cuero fino o de seda.

Una vez ataviada, bajaba ligera la escalera, deseosa de abrazar a su mocetico del alma. El que la observaba en ese instante,
con mirada inquisidora, envuelto en un grueso ropón acolchado demasiado grande, seguramente heredado de su padre.

* * *

Mientras ella mascaba sombríos presentimientos referidos
a las múltiples amenazas pendientes sobre su familia, Diego
había estado dando vueltas y más vueltas en su cabeza a una
idea que acabó escupiendo en cuanto vio que a su abuela se
le había pasado el enfado causado por su comentario de la
víspera:

—¿Cómo pudo el abuelo llegar a luchar junto al Rey si su
padre era un herrero?

El ceño fruncido del muchacho, enmarcado por dos cejas
pobladas de color pajizo, denotaba que llevaba un buen rato
pensándolo. Sus ojos, idénticos a los de Ramiro, habían

adquirido un tono grisáceo oscuro, señal inequívoca de su zozobra interior. Apretaba los dientes mientras sus labios, doblados hacia el mentón, dibujaban un gesto de marcado escepticismo.

—Por su audacia y su coraje, aunque te parezca extraño, mi chico —respondió Auriola al instante aceptando el desafío—. No sería mucho mayor que tú cuando se subió a un caballo, su única pertenencia, dejó a los suyos en una aldea de pescadores de la costa asturiana, y se enroló en la mesnada del conde Alfonso Díaz para luchar contra los sarracenos.

—¡No me lo creo! —replicó con descaro el pequeño—. Ningún herrero tiene plata suficiente para comprarse un caballo. ¿Lo robó y no quieres decírmelo?

Durante unos segundos ella dudó entre castigar semejante insolencia con una colleja bien dada o tomársela como lo que era: la deducción de un muchacho criado en el hogar de un infanzón castellano. ¿Qué iba a saber él de las vicisitudes vividas por su añorado Ramiro?

Resuelta la vacilación, rio de buena gana la ocurrencia de su nieto, pues el desconcierto que le producía cuestionar la honradez de su abuelo demostraba lo inconcebible que le resultaba esa idea.

—¡Serás sinvergüenza! —Le revolvió la melena rubia—. ¿Cómo se te ocurre pensar una cosa así? Tu abuelico tenía ese caballo porque se lo había regalado su padrastro, quien, según contaba él, lo pagó con el oro de un tesoro vikingo escondido.

Los ojos de Diego se abrieron de par en par, al igual que su boca, de pura fascinación. Cada vez más intrigado, preguntó incrédulo:

—¿Su padrastro era vikingo?

—Era de sangre normanda, sí —confirmó Auriola—. Descendiente de una expedición perdida cuyos supervivien-

34

tes recalaron en la misma aldea que él y su madre, obligados a huir de la ciudad de Compostela, arrasada por Almanzor.

El pequeño escuchaba embelesado el relato de su abuela, una vez satisfecho su insaciable apetito matutino.

—Ramiro, que Dios lo tenga en su gloria, solía decir que se quedó tan sorprendido como tú cuando vio aparecer al hombre a quien llamaba padre llevando de las riendas a ese animal. De hecho, recordaba perfectamente las palabras que este pronunció mientras se lo entregaba. Me las repitió tantas veces que yo también las aprendí: «Aquí tienes a este jamelgo deseoso de acompañarte. Espero que te resulte útil, dado que los cristianos combaten muy mal a pie. Yo he tratado de enseñarte a luchar como un vikingo, pero nunca está de más una ayuda. He oído decir que en la frontera bastan la libertad y una montura para adquirir la condición de infanzón, aunque estoy seguro de que tú conseguirás mucho más que eso».

—¿El abuelo también sabía luchar como los diablos normandos? —El estupor de Diego iba en aumento.

—Tu abuelo sabía hacer muchas cosas, mocete —contestó ella, embargada de nuevo por la nostalgia—. Y sí, entre esas habilidades estaba el combate con hacha y espada, a pie o a caballo. Era un guerrero formidable, pero también un hombre de honor. No se parecía en nada a los demonios que atacaban nuestras costas, asesinaban a gentes indefensas y saqueaban a placer hasta que su rey, Olav, abrazó por fin el cristianismo hace unos años.

—Pero tenían tesoros —replicó el chiquillo apelando a su lógica implacable.

—En eso no puedo quitarte la razón —concedió ella, con un gesto de asentimiento—. Al parecer, el hombre que prohijó a tu abuelo había heredado a su vez un abultado botín, procedente de la rapiña llevada a cabo por su gente en las tierras de Galicia, Asturias e incluso Al-Ándalus, a las que llegaban surcando ríos y mares en sus embarcaciones semejantes a criaturas monstruosas.

—¿Y por qué lo tenía escondido?

No era momento de explicar a su nieto los motivos por los cuales alguien que deseara conservar esa riqueza la ocultaría de los recaudadores de tributos, por lo que se limitó a contestar:

—¡Para que no se lo robaran! ¿Por qué si no?

Dicho lo cual lo envió a jugar, no sin antes robarle un sonoro beso, y emprendió sus tareas cotidianas. Estas la mantendrían ocupada todo el día, mientras aguardaba el momento de recuperar la soledad que añoraba entre los muros de esa casa ajena y fría.

* * *

Le gustaba la noche. La hora en que el silencio reinaba en la casa y permitía al corazón hacer oír su voz queda. Acurrucada en su chal de gruesa lana, rumiaba sentimientos contrapuestos en el vasto salón donde el fuego lanzaba destellos naranjas, abandonándose a las emociones por lo general mantenidas a raya.

Ante su hija y su nieto debía parecer una roca invulnerable. La servidumbre exigía de ella que ejerciera el papel de dueña, dada la incapacidad temporal de Jimena para desempeñarlo, pero en ese momento de paz, frente al hogar cuya luz y calor ejercían sobre su espíritu un influjo poderoso, podía dejarse ir, añorar, derramar incluso alguna lágrima, mostrarse desnuda, sin máscaras, saborear el placer prohibido de la espontaneidad.

Lo primero que le vino a la mente fue el rostro adorado de Diego, con sus mejillas de niño chico y su mirada llena de curiosidad. Una oleada de ternura dibujó en sus labios una sonrisa impregnada de alegría, orgullo, amor incondicional y nostalgia de la infancia de sus hijas, que enseguida se tornó agridulce al evocar la herida que aún dolía por la pérdida del único hijo varón que había llegado a nacerle vivo.

¿Maleducaba a esa criatura? Seguramente. Pero ni se arrepentía ni creía merecer reproche alguno por hacerlo. La vida ya se había cebado bastante con él arrebatándole a su padre mucho antes de lo debido. Y aún le haría sufrir más, acaso privándolo de la heredad ganada por ese infanzón caído al servicio de un rey cuyo destino resultaba cuando menos incierto. Consciente del peligro que lo acechaba, ella intentaba con todas sus fuerzas alargar su niñez inocente y despreocupada, dando por hecho que, a no tardar, se enfrentaría a problemas que lo obligaran a crecer de golpe.

Hasta la llegada de ese día, su abuela procuraría que disfrutara cuanto pudiera.

* * *

En un pasado no muy lejano, Castilla y Navarra habían sido azotadas con especial ensañamiento por las aceifas de Almanzor. Sus ejércitos dejaban desolación a su paso, a menudo con la ayuda de señores cristianos que no dudaban en unirse a él a fin de acrecentar sus dominios. La resistencia empecinada de otros magnates, empero, jamás cedió ante los embates del caudillo moro, de modo que la tierra yermada no tardaba en repoblarse con gentes venidas del norte en busca de libertad y futuro para sus hijos. Los fueros de las nuevas villas competían entre sí en aras de atraer vecinos, a cambio de otorgarles derechos y exenciones fiscales impensables en sus lugares de origen. Así habían vuelto a levantarse capillas, castillos y granjas en los valles septentrionales del Ebro y el Duero, cuyos cauces delimitaban la marca entre las dos religiones

Al principio, esas concesiones de tierra exigían a sus beneficiarios que estuvieran dispuestos a sufrir las frecuentes incursiones de los guerreros sarracenos, aunque en los últimos años el declive imparable de las taifas musulmanas había convertido a sus soldados en enemigos menos temibles que los vecinos cristianos. De eso estaba segura Auriola, por más que esa certeza le desgarrara el alma.

Ella había conocido junto a Ramiro, y a menudo también sola, el peligro inherente a vivir en la frontera, defendiendo desde su torre fortificada el paso del río Duero que separaba los territorios fieles a Cristo de los que veneraban a Mahoma. Nadie debía contarle lo que era sufrir un asalto de la caballería ligera mora, atrincherada tras unos muros de piedra, mientras contemplaba impotente cómo esos jinetes arrasaban los campos sembrados y se llevaban ovejas o cabras criadas con enorme esfuerzo e incontables privaciones.

Tiempos terribles que, felizmente, habían quedado atrás.

La fragmentación del antiguo califato en taifas tan ricas como débiles constituía una bendición por la que cada noche, en sus oraciones, daba gracias al Señor.

Ahora los reyezuelos de esas taifas pagaban con oro y plata el acero de las espadas que los destruirían en cuanto los cristianos recuperaran la cordura y dejaran de pelear entre sí. Ahora la marca se había desplazado al sur y los hijos de Fernando, el difunto monarca leonés, ponían sus ojos en Toledo, capital del reino visigodo. Claro que, para tomarla, deberían unir sus fuerzas en lugar de seguir combatiéndose.

—¡Necios! —murmuró con desprecio.

Auriola estaba ya muy lejos de esos asuntos terrenales. El poder y sus intrigas carecían de interés a sus ojos. Los contemplaba desde una distancia infinita, incapaz de aceptar que la ambición, frecuentemente unida a la soberbia, llevara tan a menudo a los hombres a cometer las mayores vilezas.

Ella habría querido mudarse al mundo de los afectos, dejar atrás las batallas y dedicar el resto de su vida a colmar a sus seres queridos de cuantas caricias les había robado para responder a la llamada de un deber siempre acuciante, que seguía sin darle tregua.

Se sentía cansada, muy cansada, pero no podía permitirse el lujo de ceder a la tentación del descanso. Había demasiado por hacer. Tenía que ayudar a su hija, velar por los intereses de sus nietos e intentar que Diego se convirtiera en un caballero digno de su padre y de su abuelo Ramiro. Propósitos ambiciosos, dado el curso harto inquietante que estaban tomando los acontecimientos.

Al fin sintió cómo la invadía el dulce sopor que precede al sueño y, por una vez, se dejó ir arrebujada en el chal, en lugar de subir trabajosamente hasta su alcoba por la empinada escalera de caracol. La evocación de esos rostros amados había traído consigo recuerdos de su propia infancia, olvidados durante décadas, que en el otoño de su vida reverdecían con fuerza. Era la voz del pasado. La llamada de la sangre empeñada en hacerse oír.

En esas noches teñidas de nostalgia, le bastaba con cerrar los ojos y sucumbir al crepitar de las llamas para regresar al territorio de su niñez, ajeno a preocupaciones, dolor, miedo o añoranzas. Ninguno de esos fantasmas había turbado la paz de sus primeros años, transcurridos en el seno de una familia tan dichosa como lo permitía el genio endemoniado de su padre y la tozudez indoblegable de su madre, descendiente de una antigua estirpe de mujeres recias. Un hogar donde nunca faltaron ni el pan, ni el amor, ni las discusiones airadas…

2

Año 1020 de Nuestro Señor
Tenencia de Lurat
Reino de Pamplona

Auriola era la hija pequeña del señor de Lurat, una tenencia fortificada situada al noreste de Pamplona, próxima al territorio de los francos, que vigilaba el paso del río Bidasoa y en más de una ocasión había servido para custodiar el tesoro real, evacuado hasta esos dominios con el fin de protegerlo de alguna incursión enemiga. Su padre pertenecía a una rama menor del noble árbol de los Íñigo, por lo que su orgullo era muy superior a su poder o su fortuna.

La casa donde nació no podía llamarse un palacio, pero poseía muros altos de piedra sólida y estaba situada en un altozano desde el cual se dominaba el abrupto terreno que los campesinos habían ido roturando desde antiguo a base de sudor y yunta, a medida que aumentaba una población obligada a emigrar a esas escarpaduras desde la capital y sus alrededores, incapaces de acoger más almas.

En ese nido encaramado a un otero ella se sentía a salvo, porque sabía que los sarracenos nunca habían conseguido rendir la torre. Su padre, un gigante a sus ojos de niña, no perdía ocasión de recordárselo. Y esa sensación de seguridad le había brindado tal fuerza para afrontar después la vida, que ponía todo su empeño en transmitir algo parecido a su nieto. Anhelaba verlo crecer robusto, a pesar de la orfandad a la que lo había condenado la enésima guerra entre cristianos.

Su mocetico de ojos de mar… En él volcaba todo el cariño, la atención, la paciencia y la sabiduría que las batallas, las vicisitudes de su difunto esposo, la juventud y después la viudez le habían robado antaño, cuando sus propias hijas eran pequeñas. A veces le parecía que había transcurrido una eternidad desde entonces y otras, en cambio, lamentaba la velocidad a la que volaba el tiempo.

* * *

Al cuidado de su aya Galinda, a quien traía a maltraer con sus travesuras, Auriola se crio entre bosques ancestrales cubiertos de musgo, correteando de acá para allá al resguardo de montañas semejantes a murallas ciclópeas.

Aquella mujer regordeta, de mejillas sonrosadas y ojos vivarachos, habría dado la vida por ella, aunque no dudaba en quitarse la albarca, tumbarla sobre sus rodillas y propinarle una zurra en el culo si consideraba que se había excedido en alguna de sus trastadas. Después le colocaba la saya y advertía moviendo el índice:

—Como vuelva a cogerte…

Galinda no solo sabía hacer natillas y otros dulces deliciosos, sino que le enseñó a reconocer la flor amarilla de la fresa, los arbustos que al arrancar el verano se llenarían de arándanos y también las setas comestibles, demasiado parecidas a las que la matarían si se las llevaba a la boca. También le habló del *herensuge* y de otros seres fantásticos. Cuando Auriola presumía de que su padre fuese el señor de esas tierras, Galinda se echaba a reír mostrando sus encías desdentadas.

—¡Ay, *maitia*! ¿Qué señor ni señor? Los árboles, los ríos…, todo lo que vive aquí pertenece al Basajaun. Él es el amo. ¡Qué sabrás tú de la vida!

—No es verdad —protestaba Auriola en tono desafiante—. Eso son cuentos que te has inventado. El Basajaun no existe. Me lo han dicho mis padres.

—Pues si dicen —replicaba el aya displicente, transformando las ces en eses con su marcado acento cantarín— que digan. ¿Qué sabrán ellos? Tú hazme caso y ándate con ojo. En el bosque viven muchas gentes que no vemos, algunas buenas y otras no tanto. Ellas estaban aquí mucho antes que nosotros. Tú no las verás, pero ellas a ti sí. ¡*Ene bada* esta criatura!

¿Quién se habría atrevido a negarlo contemplando esa espesura?

El santuario del que hablaba Galinda también había sufrido, no obstante, los rigores de la guerra. Los más ancianos del lugar recordaban haber visto arder aldeas y caseríos situados en la parte baja del valle, cuando los guerreros de Almanzor se adentraron hasta el corazón mismo del reino, después de destruir su capital.

Sin embargo, las alturas sobre las que se asentaba el castillo familiar permanecían inexpugnables a los asaltos de los ismaelitas, tanto como a los de los francos que, en el pasado, también habían fracasado en su intento de conquistarlo. A sus pies, buenos pastos alimentaban generosamente al ganado y los huertos labrados en terrazas ganadas a las laderas proporcionaban verdura y fruta en abundancia. Allí no se pasaba hambre.

La vida en Lurat resultaba sencilla, plácida. Ese era al menos el recuerdo que Auriola atesoraba de esos días, acaso embellecido por los detalles placenteros que su mente iba añadiendo cada vez que los evocaba.

* * *

Reinaba a la sazón Sancho Garcés III, que empezaba a ser conocido como Sancho el Mayor por haber convertido su reino en el más influyente y poderoso de la península disputada entre cristianos y musulmanes. Ya antes que él sus predecesores habían guarnecido las fronteras de su heredad y establecido una tupida red de fortificaciones hasta más allá del río Ebro, aunque esas defensas no bastaron para resistir al caudillo musulmán a quien la navarra jamás nombraba sin encomendar su alma al fuego eterno.

En los años previos a la venida al mundo de Auriola, Almanzor había corrido esas tierras a placer devastando campos, arrasando huertos y llevándose consigo ganados y cautivos, incluso después de que el soberano le entregara a su propia hija como esposa. En una de esas aceifas terribles había sido destruido el monasterio de San Sebastián y San Josefo, próximo al dominio de Lurat, cuyos monjes entonaban hermosas polifonías en las festividades solemnes. Eso solía contar con pena el abuelo Fortún, quien durante la infancia de la dama todavía vivía, gozaba de buena memoria y narraba unas historias que ella devoraba con avidez cuando lograba convencerlo para que le relatara alguna.

Le parecía estar viéndolo, encogido por los años, con su nariz enorme, sus ojos casi ciegos y su melena blanca, envuelto en un grueso chal de lana frente al fuego. Alguna de esas escenas permanecía nítida en su retina, como si hubiese sucedido la víspera.

—¿Tú sabías, mi chica, que Pamplona fue durante siglos la ciudad más importante situada al norte del gran río Ebro?

—¿Qué ha de saber la chiquilla? —lo regañó su hijo—. Es hembra y tiene diez años.

—Lo que debe aprender Auriola es a bordar, tejer, caminar como una doncella, no como la mula que parece ahora, y bailar con gracia —terció su madre, en apoyo de su marido, antes de añadir conciliadora—: Pero conocer la gloria de sus antepasados no le hará daño, esposo. Como tampoco le perjudica saber leer y escribir para poder sostener una conversación mundana además de cantar los salmos. Deja que tu padre la instruya. ¿Qué mal hay en ello?

—El viejo Reino de Pamplona nada tiene que envidiar a ninguno de sus poderosos vecinos —se explayó el anciano, envalentonado—. Ni ahora con Sancho, ni nunca. Nuestro caudillo, Íñigo Arista, derrotó a los francos en Roncesvalles.

—¿Los francos no son cristianos como nosotros? —inquirió Auriola, desconcertada ante la abundancia y variedad de los enemigos a los que se habían enfrentado los descendientes de esa dinastía que en su familia se consideraba sagrada.

—Lo son —concedió el abuelo, y se tironeó la barba—, pero nunca han sido amigos nuestros. A diferencia de los Banu Qasi, apóstatas de la fe en Cristo, que nos han brindado su apoyo en más de una ocasión.

—¿Entonces? —La chiquilla se había perdido.

—Entonces nada —replicó don Fortún, hosco, ofendido por la crítica que atisbaba en la pregunta—. Cuando tu territorio es pequeño y está rodeado de otros mucho más grandes que quieren quitarte lo tuyo, tienes que buscarte aliados sin hacer ascos a nadie.

—Ni olvidar los matrimonios —añadió su nuera pensando en su propia prole—. De tales uniones nuestros reyes siempre obtuvieron enormes ventajas.

—Los pamploneses hemos luchado con cristianos contra sarracenos y con sarracenos contra cristianos —continuó don Fortún, ignorando la interrupción—. Con castellanos contra leoneses y con leoneses contra castellanos, por no mencionar a astures o aquitanos. Lo importante es que escogimos bien y aquí seguimos.

—¡Y seguiremos! —apostilló su hijo, Nuño, alzando el cuerno que un criado había rellenado varias veces de sidra—. Ahora somos más fuertes que nunca. El Reino se expande, imparable, y don Sancho no desmerece a los Arista. Ni los francos, ni León, ni el conde de Castilla, ni mucho menos la taifa de Zaragoza se atreven a plantarnos cara. Pamplona va camino de ser el corazón de la cristiandad hispana.

—Oye y aprende, moza —zanjó el abuelo, dirigiéndose a la pequeña que escuchaba todo aquello embobada—. Pronto llegará el día en que marcharás de aquí y necesitarás distinguir a tus amigos de los que pueden traicionarte. En caso de duda, desconfía.

—Tú piensa sobre todo en dar con un marido que sea un buen señor para ti y un buen padre para tus hijos —recondujo la conversación su madre, con su mezcla habitual de inteligencia, dulzura y preocupación ante la certeza de no poder garantizar un partido así para su hija—. O sea que hazme caso y no descuides el baile ni el bordado, o reconsidera tu negativa a profesar en un convento. Ya sea de un hombre o de Cristo, nuestro destino es ser esposas. Así lo dispuso Dios en su sabiduría.

Con Galinda, sus compañeros de juegos y a veces también con su madre, Auriola hablaba vascuence: la lengua ancestral de las gentes que habían poblado esos valles. Su padre en cambio se dirigía a ella únicamente en romance, y le enseñó a dominar ese idioma con tanta soltura como el otro, a fin de que pudiera abrirse camino en la corte, en calidad de dama de la princesa Urraca, hermana del Rey, que estaba a punto de contraer matrimonio con Alfonso V de León, recién enviudado de su primera esposa.

Poniendo en suerte toda su influencia ante don Sancho, el señor de Lurat lo convenció para que su pequeña Auriola, de trece años de edad, se incorporara al séquito que acompañaría a la novia hasta su nuevo hogar. Siendo ella la menor de cinco hijos y el patrimonio familiar modesto, aquel era, de lejos, el mejor destino al que podía aspirar. Una vez admitida en el círculo íntimo de la futura reina, se le abrirían numerosas puertas y dependería de su propio talento la posibilidad de labrarse un futuro.

Así se lo explicó don Nuño a la muchacha, al comunicarle su inminente partida del paraíso que había habitado hasta entonces. La decisión estaba tomada. No cabía opción a protestar.

—El Rey me ha dado su palabra de que serás bien tratada —intentó endulzar la noticia—. Tú muéstrate obediente, sirve a doña Urraca en cuanto requiera de ti, procura no meterte en líos y recuerda de quién desciendes. Honra el linaje de los Íñigo; no existe otro más noble ni en Navarra ni en León.

—Nuestro amor siempre irá contigo —añadió su madre conteniendo a duras penas el llanto, a la vez que ceñía a su cuello una cadenita de oro de la que colgaba una medalla con la imagen de una cruz de brazos curvos—. Sé valiente y confía en Dios. Él sabrá guiarte en el camino que emprendes.

Galinda le había horneado un bizcocho para el viaje, que envolvió junto a otras delicias en un paño recién lavado. La despidió en silencio desde la distancia, a su manera tosca, ocultando la tristeza tras una máscara impenetrable. Ya le había enseñado todo lo que sabía y aquellas vituallas cocinadas a fuego lento, con infinito cariño, contenían un mensaje que su niña entendería. Aquel era su lenguaje.

La humilde comitiva, compuesta por la muchacha y dos guardias a caballo, más una mula de carga, partió de buena mañana hacia la capital del Reino, bajo un cielo plomizo de mediados de agosto. Y en ese momento se abrió en las entrañas de Auriola la primera de las heridas que la pérdida le iría infligiendo a lo largo de la vida.

Corría el año 1023 de Nuestro Señor.

3

Por aquellos días el monarca pamplonés gustaba de residir en las tierras bajas de la Ribera ganadas a los moros, cuya fertilidad había resistido a la dureza de los combates librados en ellas desde antiguo. Pamplona menguaba a ojos vistas. Aun así, cuando Auriola la contempló por vez primera, le pareció gigantesca y bulliciosa. En comparación con los paisajes a los que estaba acostumbrada, se trataba de una urbe grandiosa.

El viaje hasta sus puertas no fue largo. Las poco más de veinte leguas que separaban Lurat de la vieja capital habrían podido recorrerse en dos jornadas escasas, aunque la lluvia constante, el lodo semejante a arenas movedizas y el pésimo estado de los caminos convirtieron la marcha en una odisea de tres días. Al cabo, Auriola y su escolta arribaron finalmente a su destino, cubiertos de barro, cansados, ansiosos por un plato de comida caliente, maldiciendo la hora en que dejaron atrás el hogar al que ella no regresaría.

La ciudad alzaba su figura fortificada sobre un altozano, abrazada en tres de sus lados por el río Arga, que hacía las veces de foso natural, y rodeada de campos feraces en los cuales una multitud de labriegos se afanaba en culminar las tareas de cosecha propias de la estación.

Algunos atribuían su fundación a los antepasados vascones y otros a un general romano que le habría puesto su nombre tras mandar a sus legionarios levantarla, pero nadie discutía que los visigodos la habían convertido en un enclave estratégico. Tanto, que su último rey, Rodrigo, derrotado y muerto por los sarracenos en la batalla de Guadalete, se hallaba precisamente allí, en las inmediaciones de Pamplona, combatiendo una insurrección de rebeldes, cuando Tariq puso pie en la península trayendo con él a una nutrida hueste de infieles que no tardó en conquistar todo el reino cristiano.

Con el correr de los años se habían ido instalando allí francos, bereberes y árabes procedentes del norte y el sur, que unidos a los godos, los romanos y los vascones que la poblaban desde antiguo convertían esa plaza en un crisol de gentes variopintas, de costumbres muy diferentes, cuya convivencia no siempre resultaba pacífica.

Todo esto lo supo Auriola mucho tiempo después, por supuesto. La peripecia de una existencia tan larga como pródiga en aventuras acababa de empezar, aunque ella estuviera lejos de sospechar lo que le aguardaba.

Al adentrarse en las tortuosas calles conducentes a la Navarrería, uno de los tres burgos que constituían el núcleo urbano, separados entre sí por sólidos muros, lo primero que asaltó sus sentidos fue el hedor que flotaba en el aire y el estruendo de un sinfín de voces mezcladas con ruidos diversos, a cuál más ensordecedor. Instintivamente cerró los ojos y se tapó los oídos, en un vano intento de huir de lo que le parecía un infierno. Transcurridos unos instantes, empero, se obligó a despegar los párpados, decidida a plantar cara a lo que el destino hubiese dispuesto para ella. Cuanto antes lo afrontara, antes vencería sus miedos.

Lo que vio a su alrededor distó mucho de tranquilizarla.

Las cicatrices de la devastación causada por Almanzor aún resultaban evidentes aquí y allá. Las fachadas de piedra supervivientes a los incendios estaban indeleblemente tiznadas, como siniestro recordatorio de los días de horror sufridos, y los pocos edificios más o menos señoriales que resurgían de las cenizas alternaban con humildes viviendas de adobe, techadas de paja, de cuyas aberturas circulares ascendía un humo negro que le provocó un ataque de tos, además de arrancarle lágrimas. Se dijo a sí misma que era el hollín, aunque en su interior sabía que lloraba el final de su infancia y el temor ante un horizonte plagado de incertidumbre.

Pamplona era una ciudad populosa, cuyas calles olían a una mezcla de excrementos, vapores varios, especias y humanidad, que asaltó la nariz de Auriola causándole un profundo desagrado. Pese a las estrictas ordenanzas vigentes en materia de basuras, la capital le pareció en extremo sucia. Para ella, acostumbrada a los aromas del bosque y su silencio, únicamente quebrado por el rumor del agua y los sonidos familiares de las criaturas que lo habitaban, esa pestilencia y esa algarabía resultaban insoportables.

Su primera impresión de la capital fue la de una pocilga más apta para cochinos que para hijos de Dios.

A empujones del jinete que encabezaba el cortejo se abrieron paso a través de ese hormiguero hasta el palacio del obispo, señor de la ciudad, en el que se alojaría temporalmente junto a Urraca Garcés y sus otras acompañantes. Después todas se trasladarían a León, donde la princesa se desposaría con el soberano de ese reino y Auriola habría de ganarse su propio lugar en la corte.

* * *

El magno Sancho III, cuya influencia se extendía desde el *finis terrae* al Mediterráneo, había arreglado ese enlace con el fin de limar asperezas entre Pamplona y León. El astuto soberano navarro movió los hilos para acrecentar su poder, aprovechando la reciente viudez del joven monarca leonés.

«Si el rey consintiera en el casamiento de su hermana con don Alfonso —había escrito un destacado miembro de su cancillería—, acaso se consolide la paz y se asegure el aniquilamiento de los paganos y la restitución de las iglesias a la ley de Dios en las tierras de entrambos. Y en cambio, si se niega a él, proseguirá la discordia, la exaltación del paganismo y el detrimento de la Cristiandad».

A esas alturas don Sancho ya dominaba las tierras riojanas y los condados de Aragón y Barcelona, que le rendían vasallaje. También en cierto modo el condado de Castilla, a través de su matrimonio con doña Mayor, primogénita del conde Sancho García. La unión de su hermana menor con el soberano Alfonso V significaba que este aceptaba oficiosamente la tutela de su cuñado sobre dicho territorio, que por derecho pertenecía a la corona leonesa, cediéndole en la práctica el gobierno de esa vasta región.

Por aquel entonces el rey de León contaba veintinueve años de edad y acababa de perder a su primera esposa, Elvira, cuya muerte prematura dejaba huérfanos a sus dos hijos de corta edad. Él mismo había crecido sin padre, bajo el manto protector de su madre y la tutela de su ayo, el conde Menendo González de Galicia, quien durante toda su infancia lo mantuvo cerca de él, alejado de la frontera, hasta que a los catorce años alcanzó la mayoría de edad y tomó posesión del trono.

Desde el mismo día en que fue coronado, Alfonso se propuso reconstruir su capital, asolada por Almanzor, sin dejar de combatir al moro al norte de Portugal, con el fin de reconquistar la tierra perdida en tiempos del Azote de Dios. La guerra y la gestión de un reino plagado de rencillas internas ocupaban todo el quehacer del monarca viudo, motivo por el cual su desposorio con una dama navarra de la más alta cuna resultaba igualmente beneficioso para él. Mediante ese enlace no solo sellaba una alianza con el pujante soberano pamplonés, sino que proporcionaba una nueva madre a sus vástagos, Bermudo y Sancha.

Todo eso le había explicado su padre a Auriola antes de su partida de Lurat, para concluir conminándola a cumplir con su deber y obedecer en todo a su señora, mostrándose bien dispuesta sin por ello olvidar la nobleza de su sangre ni agachar la cabeza ante nadie.

La chica había escuchado impostando más atención de la que en realidad ponía, porque aquellas intrigas superaban de largo la capacidad de comprensión de sus trece años. Además, tampoco despertaban el menor interés en ella. Durante todo el viaje desde la tenencia familiar y en ese preciso instante, mientras esperaba a ser recibida por esa misteriosa princesa, solo pensaba en cuál sería su futuro entre esas gentes extrañas, sin amigos, sin parientes, ni nadie en quien confiar.

* * *

Se decía de Urraca Garcés que era mujer de carácter recio, a semejanza de su hermano mayor, el rey Sancho, a quien no desmerecía en arrojo ni sabiduría. Otros ponían el acento en su mal carácter y su impaciencia. Había quien ponderaba su intachable virtud, mientras no faltaban las lenguas que le achacaban un gusto excesivo por la danza y otros placeres mundanos. ¡Corrían tantas habladurías, las más sin fundamento alguno!

Su madre y su padre habían tratado de tranquilizar a Auriola respecto de esa noble dama, asegurándole que nada habría de temer mientras la sirviera con lealtad. Llegada la hora de presentarse ante ella, empero, se vio sacudida por un ataque de violentos retortijones, fiel reflejo de su ansiedad.

Poco antes había sido acogida en la mansión episcopal por un mayordomo ceñudo, cuyo feo rostro hacía juego con la rudeza de sus modales. La condujo en silencio hasta un cuarto parecido a una celda monástica donde pudo asearse, peinar su larga melena rubia y cambiar sus vestiduras mojadas por una saya limpia de buen lino y mangas cerradas, ceñida a la cintura mediante un cordón de hilos multicolores y adornada con ribetes azules cosidos por su propia madre. Obedecía al pie de la letra las instrucciones que esta le había dado en materia de vestuario, aunque ataviada de una manera tan alejada a su costumbre se sentía como un pájaro encerrado en una jaula.

De nuevo le pareció que las tripas iban a jugarle una mala pasada. A duras penas contuvo las ganas de dirigirse a la letrina, porque, justo cuando estaba a punto de salir corriendo, el mismo hombre malencarado que se había encontrado al llegar le anunció que doña Urraca Garcés, hija de García Sánchez II de Pamplona, amada hermana de Su Majestad don Sancho, religiosísimo Rey, le concedería audiencia en el salón de palacio.

—Padre, Hijo y Espíritu Santo, amparadme en este trance y evitad que me ensucie las calzas —invocó en un murmullo a las tres figuras que mencionaba siempre su madre haciéndole la señal de la cruz sobre la frente, la boca y el pecho.

54

Luego se puso en pie, tomó aire para darse ánimos, apretó las nalgas y siguió a ese personaje siniestro a través de un laberinto de piedra.

«Palacio» era una palabra generosa para describir la residencia del obispo bajo cuyo dominio se hallaba a la sazón Pamplona. En realidad se trataba de una construcción tan amplia como decrépita, fría, carente de la menor comodidad, cuyas habitaciones se distribuían en torno a un patio central. En uno de sus lados había sido levantada en época reciente una pequeña capilla, donde se celebraba misa a diario. En el extremo opuesto se hallaba la estancia principal, algo más acogedora, cuyas paredes habían sido iluminadas con figuras pintadas que parecían moverse al ritmo de las llamas escupidas por el fuego del hogar.

Allí fue donde Auriola vio por vez primera a Urraca, ante la cual se inclinó ejecutando una graciosa reverencia, tal como le habían enseñado a hacer. Tratando de aparentar lo que distaba de ser, saludó con solemnidad:

—Alteza…

La sonrisa franca de doña Urraca le cortó de cuajo el dolor de vientre. La llamada a ser su señora a partir de entonces la recibió sentada junto a la chimenea, espalda erguida, mirada directa a los ojos, con la cordialidad de quien entiende la grandeza como la obligación de dar ejemplo y cobijo a cuantos le prestan servicio.

—Así que tú eres Auriola de Lurat, de la noble estirpe de los Íñigo —dijo con voz cálida, en un romance cantarín de vocales abiertas, similar al que la chica hablaba con su padre y su abuelo—. Bienvenida seas a mi casa. Confío en que lleguemos a ser buenas amigas.

Tendría cinco o seis años más que su dama, aunque su porte regio y la autoridad que emanaba la hacían parecer mayor sin envejecerla. Antes al contrario se trataba de una mujer de gran hermosura, no tanto por la perfección de sus rasgos cuanto por su elegancia, por la gracia con la que actuaba a pesar de su estatura, muy superior a la media. Su rostro anguloso transmitía firmeza. Sus gestos, naturalidad. Sus ojos azules, casi transparentes, inspiraban confianza. Auriola se entregó a esas emociones sin reservas, y respondió de corazón, aún algo cohibida:

—Gracias, alteza. Pondré mi mejor empeño en complaceros en cuanto de mí dependa. Espero estar a la altura de la tarea, aunque no sepa nada de cortes ni de reyes. En el lugar de donde vengo la vida era muy sencilla…

—Lo estarás, estoy segura —la tranquilizó la princesa, tendiéndole la mano—. Ahora acércate y cuéntamelo todo de ti. Las dos vamos a una tierra desconocida donde nos sentiremos igual de extrañas. Tendremos que estar unidas.

Había tanta sinceridad en su tono de voz, tanta cercanía, que a la muchacha le salió del alma contestar:

—¡A muerte, mi señora!

Y nunca deshonró esa promesa solemne.

4

Durante los días siguientes, Auriola y las otras nobles que acompañarían a doña Urraca a su nuevo hogar vivieron en un torbellino de sedas, paños del mejor algodón, lino o lana, bordados, cordajes, velos, gasas y encajes, que una legión de costureras cortaba, ajustaba y cosía con el fin de completar el ajuar de la novia, así como los de sus damas.

La residencia del obispo pamplonés era un ir y venir incesante de comerciantes, orfebres, maestros zapateros, perfumistas, bauleros y demás artesanos encargados de satisfacer hasta el último deseo de la ilustre huésped cuya presencia había trastocado por completo la rutina habitual de la casa. El prelado se defendía atrincherado en sus aposentos, que apenas abandonaba para acudir a la capilla o comer con su invitada.

Don Sancho no solo era un rey poderoso, sino inmensamente rico. Las parias pagadas por sus vecinos musulmanes a cambio de protección le proporcionaban un flujo constante de oro y plata, que él gastaba sin escatimar en aras de acrecentar su influencia.

Además, Urraca era su hermana más querida. Cuando se presentara ante su futuro esposo, lo haría con la cabeza alta, rodeada del boato propio de una princesa navarra. Su prometido, la corte y el pueblo entero de León deberían quedar deslumbrados por el esplendor de su nueva reina. Tal era el propósito último de ese dispendio insensato, al que Auriola se entregó, como las demás, con el entusiasmo de sus trece años.

—El verde te favorece —le aconsejaba su señora, quien presidía las pruebas con ojo atento de experta—. Y que alarguen la longitud de la saya; así te cubrirá los pies…

—Ya sé que los tengo enormes —se disculpaba Auriola, colorada como una manzana y avergonzada por las carcajadas de sus compañeras—. Mi madre solía decirme que caminaba como las mulas. Pero si arrastro camisa y gonela, se pondrán perdidas de barro.

—No te preocupes por eso, siempre habrá quien te las limpie.

Esa actividad frenética, tan placentera como novedosa, no logró borrar del todo la nostalgia de su hogar en Lurat, pero sí la hizo más llevadera. Al partir lo había hecho sabiendo que nunca regresaría, y lo descubierto en Pamplona superaba con creces sus mejores expectativas, desmintiendo la oscuridad de su primera impresión.

Completado el voluminoso equipaje, cargados hasta arriba los carros, preparadas las tiendas donde se alojarían las viajeras, organizada la compleja intendencia requerida para el desplazamiento del nutrido grupo de notables, siervos y soldados que darían escolta a las damas, y aparejadas las correspondientes monturas, la fastuosa comitiva nupcial se puso en camino la tercera semana de septiembre del año 1023 de Nuestro Señor en el día de San Vicente.

Para entonces Auriola se había acostumbrado al olor de la ciudad, hasta el punto de no percibirlo. Resultaba imposible impedir que su corcel chapoteara en el fango, pero cuando desmontaba se las arreglaba para no pisar la porquería que alfombraba el suelo e incluso se recogía el vestido con gracia, a fin de mantenerlo lo más limpio posible.

No en vano había crecido entre bosques, sorteando toda clase de obstáculos y evitando dañar a las criaturas que, según decía siempre Galinda, era preceptivo respetar.

* * *

Partieron de buena mañana, a caballo, aclamadas por la multitud arremolinada en la calle para contemplar el espectáculo proporcionado por ese desfile inusual.

Urraca se tomó su tiempo para saludar a esas gentes, prodigando sonrisas mientras agitaba a derecha e izquierda un pañuelo impregnado en agua de rosas cuyo intenso perfume la envolvía, contribuyendo a brindarle una imagen casi sagrada, semejante a la de las figuras de vírgenes ante las cuales se quemaba incienso en las iglesias.

Nada había sido dejado al azar. Todo formaba parte de un ritual cargado de simbolismo, que comprendían por igual el Rey y el último de sus súbditos, fuera cual fuese su grado de instrucción o la lengua en la que se expresaran.

Siguiendo el caminar del sol, el cortejo se dirigió hacia el oeste, decidido a cruzar antes del anochecer el nuevo puente recientemente levantado sobre el río Arga por orden de la reina doña Mayor, cuñada de Urraca, con el fin de facilitar el paso a los peregrinos que, en número creciente, atravesaban los Pirineos para llegar hasta Compostela y postrarse a los pies del Apóstol.

El Camino de Santiago estaba bien señalizado, resultaba más seguro que cualquier otro, merced a la protección especial de la que era objeto en todo su recorrido por parte de los soberanos cristianos, y discurría en varios de sus tramos por sólidas calzadas romanas que hacían más llevadera la marcha, siempre penosa. El propio monarca, don Sancho, había ordenado a la escolta que no se apartaran de él.

Esa vía de comunicación formidable, a través de la cual llegaban a la península clérigos, potentados, constructores, comerciantes, artistas y pecadores de toda índole en busca de redención, propiciaba una prosperidad que crecía a ojos vistas. En sus márgenes proliferaban aldeas, hospederías y monasterios, que se sumaban a enclaves poblados desde antiguo, tales como Santo Domingo de la Calzada, Logroño o Burgos, levantados, destruidos y vueltos a reconstruir a lo largo de los siglos, al albur de los vaivenes provocados por la guerra contra el moro.

En cada una de esas plazas se detuvieron a descansar la princesa y sus acompañantes, aunque también pernoctaron al abrigo de lujosas tiendas, como hacían sus padres y esposos cuando estaban en campaña. No hubo labriego, monja, campesina o caballero que contemplara su procesión sin quedar sobrecogido por el despliegue de grandeza exhibido por esas navarras.

Doña Urraca, centrada en cumplir a la perfección la misión que le había encomendado su hermano, aprovechaba el tiempo para instruir a sus damas en la historia y costumbres del reino en el que habrían de asentarse.

—León no es precisamente un remanso de paz —les advertía esa noche, tras dar cuenta de una cena frugal, mientras degustaban unas copas de hipocrás acompañadas de ciruelas y arándanos secos, golosinas de las que llevaban abundante provisión, por ser muy del gusto de todas—. Mientras vivió la madre de mi futuro esposo, doña Elvira, hermana del conde de Castilla y regente durante años tras la muerte de su marido, las relaciones entre su hermano y su hijo fueron buenas, incluso después de que este fuese proclamado rey.

—¿Y después? —inquirió Auriola.

—Luego las cosas se torcieron por los motivos que enfrentan siempre a los hombres: tierras, ambición, poder, orgullo. El conde aprovechó la minoría de edad de Alfonso para adueñarse de dominios que no le pertenecían y este los recuperó en cuanto tuvo ocasión, por supuesto no sin sangre.

—Las madres siempre encuentran el modo de apaciguar los ánimos, ¿verdad? —comentó la dama, rememorando con añoranza a la suya, cuya templanza era lo único capaz de calmar las frecuentes furias de su padre.

—Las mujeres sabemos hacer y hacemos mucho más de lo que aparentamos —asintió la princesa con cierta amargura—, aunque la prudencia y la modestia nos impongan actuar cuidándonos de ocultar lo mejor posible nuestra huella. El Señor repartió sus dones de manera desigual. Con nosotras fue pródigo en discreción y a ellos, a cambio, los colmó de vanidad.

Solo una de sus acompañantes captó la ironía contenida en ese comentario. Se llamaba María Velasco y solía mantenerse apartada de las demás, sumida en sus pensamientos, sus libros y sus frecuentes oraciones. En esa ocasión, no obstante, tomó la palabra para rebatir la afirmación de su señora, haciendo gala de un atrevimiento que sorprendió a las demás.

—Eso no es del todo cierto, alteza —señaló, exhibiendo por una vez la cultura que atesoraba—. Nuestra reina Toda Aznárez, esposa de Sancho Garcés I, jamás permitió que nadie la relegara. Ella fue quien selló un tratado de amistad con el califa Abderramán III, merced al cual Pamplona escapó a la ira de sus tropas, lo cual no le impidió contribuir decisivamente años después a la derrota de ese sarraceno en Simancas.

—Dices bien, María —convino Urraca—. Toda fue sin lugar a dudas un ejemplo de carácter, como buena descendiente de la dinastía de los Arista. Y nunca trató de fingir otra cosa. Antes al contrario, suyo fue también el mérito de elevar al trono a su hijo, García Sánchez, junto al cual gobernó con sabiduría hasta su último día, mucho tiempo después de que él alcanzara la mayoría de edad.

—No es menos cierto, empero, que en los códices que he leído no son frecuentes las referencias a mujeres como ella —apuntó la dama, de un modo enigmático que dificultaba saber si hablaba con satisfacción o con pena—, mientras abundan las historias de santas cuya virtud y fidelidad a Cristo constituyen un modelo a seguir.

Doña Urraca hizo caso omiso de estas palabras. En lugar de contestar, tomó un puñado de arándanos que fue degustando uno a uno, imitada por las jóvenes que habían asistido al debate sin comprender bien el sentido último de la discusión.

Por aquel entonces Auriola apenas había tratado a María Velasco, con quien llegaría a trabar una buena amistad. En ese momento, se limitó a poner fin a un silencio incómodo, al dar un giro a la conversación, preguntando:

—¿Cómo es la ciudad a la que vamos? ¿Más grande o más pequeña que Pamplona?

—Pronto la verás con tus propios ojos —respondió doña Urraca, quien tampoco la conocía—. Al igual que nuestra capital, sufrió en más de una ocasión la devastación de Almanzor, quien sin embargo no consiguió destruir unas murallas al parecer grandiosas. Por lo que me han dicho, mi prometido la está volviendo a levantar, y pone en ello su mejor empeño. Hace cinco años promulgó un fuero que otorga amplios derechos y libertades a cuantos vengan a instalarse en su alfoz, abandonando la seguridad que brinda la cordillera. Con ello pretende reforzar su poder, ampliar el número de sus súbditos, pacificar el Reino y acabar de una vez por todas con la insumisión de los magnates levantiscos que discuten su autoridad.

—¿Y los leoneses son apuestos? —inquirió con picardía otra de las doncellas, que tendría la edad de Auriola y tampoco estaba interesada en esa aburrida lección histórica.

—También eso habréis de juzgarlo por vosotras mismas —repuso la hermana de don Sancho, esbozando un gesto de coquetería—. Pretendientes no han de faltaros, os lo garantizo. Las navarras somos célebres por nuestra belleza, no solo entre los cristianos, sino hasta en tierra de infieles. Muchas hermanas nuestras cautivas conquistaron el favor de emires y califas, se convirtieron en sus favoritas y alumbraron a sus herederos.

—¡Qué destino tan cruel! —exclamó, horrorizada, una tercera.

—Depende de cómo se mire —apuntó en tono enigmático una cuarta noble especialmente distinguida, cuyo nombre era Clara—. A tenor de lo que cuentan quienes han estado en Zaragoza, la vida palaciega en la taifa está repleta de placeres.

—¡Basta de conversación por hoy! —zanjó la princesa, deseosa de cortar de cuajo esa peligrosa deriva—. Retirémonos a descansar, que mañana, si Dios quiere, avistaremos León.

5

De camino hacia un destino azaroso en un nuevo hogar muy diferente al suyo, Auriola pensaba en esa tela de araña que Urraca había tratado de desenmarañar para ella, sin terminar de comprender las complejas maniobras tejidas por esos notables tan alejados de las gentes que ella conocía.

La princesa navarra contemplaba con admiración la astucia de ese hermano a quien muchos llamaban ya «cuatro manos» por su habilidad con la espada, así como «el rey ibérico» en razón de su creciente poder sobre todo el territorio de España. Estudiaba cada uno de sus pasos a fin de aprender de ellos, pues se sabía parte importante del complejo juego que Sancho llevaba a cabo sobre ese vasto tablero. Inspirada por su inteligencia, tanto como por su audacia, aceptaba gustosa sus designios, decidida a desplegar sus encantos seductores ante el marido que él le había escogido con el propósito de reforzar la alianza entre ambos reinos. En cuanto de ella dependiera, se decía, tal propósito alcanzaría el éxito.

Su joven dama, en cambio, desconfiaba todavía del soberano que, según su percepción, la había separado de su familia. Y por más que agradeciera la oportunidad que se le brindaba, añoraba sus montañas, a sus padres y a Galinda. Incluso se sorprendía a sí misma oteando entre la espesura en busca del Basajaun cada vez que atravesaban una arboleda tupida.

* * *

El viaje transcurrió sin incidentes ni prisas, entre paisajes abruptos cuyas escarpaduras ponían a prueba la resistencia de las monturas y la destreza de sus amazonas, pero compensaban sus penalidades con vistas espectaculares.

De cuando en cuando cambiaban la silla de cuero por un asiento en el carro dispuesto a tal efecto, si bien su traqueteo distaba de brindar mayor comodidad a las pasajeras, por muchos cojines que colocaran los sirvientes sobre los bancos. La mayor ventaja de esa opción residía en el toldo que hacía las veces de techo sobre su acomodo y las protegía tanto de la lluvia como del sol, cuyos rayos era preciso evitar a toda costa, en aras de conservar la tez pálida que distinguía a una dama de una vulgar campesina. De ahí que incluso a caballo se cuidaran de exponer la piel a su efecto devastador, cubriéndose con velos de gasa y guantes

Seguían antiguas calzadas bien conocidas por los arrieros, que discurrían de este a oeste entre valles flanqueados por elevadas montañas y salpicados de un verdor muy semejante al que Auriola había conocido siempre, lo que le causaba tanto placer como dolor debido a la añoranza.

Podrían haber forzado la marcha, pero cabalgaron tranquilas, tomándose doce días para cubrir las más de ochenta leguas distantes entre Pamplona y León. A medida que se aproximaban a la capital del Reino, la vía principal por la que habían transitado se bifurcaba y se convertía en una tupida tela de araña de la que partían infinidad de caminos, pues el territorio se poblaba deprisa y era preciso comunicar entre sí esos asentamientos. Pese a ello, mantuvieron el rumbo sin perderse, como habían hecho, antes que ellas, incontables peregrinos.

Mientras se acercaban a la capital del reino leonés, el entorno fue cambiando de manera progresiva para reflejar la diversidad del terreno y, sobre todo, la incansable labor de sus habitantes. Donde antes había bosques salvajes fueron apareciendo choperas menguantes, rodeadas de trigales, viñas y campos de lino ganados palmo a palmo al monte. Algún molino aquí o allá anunciaba la presencia de una aldea, por lo general humilde, en torno a la cual se divisaban caseríos pobres trabajados por gentes indómitas en su ansia de libertad, que preferían la dura vida de la frontera a las certezas de la servidumbre.

Cuando finalmente dieron vista a las formidables murallas levantadas por las legiones romanas alrededor de su antiguo campamento convertido en urbe, la princesa ordenó a la comitiva detenerse a fin de preparar a conciencia su entrada triunfal en la ciudad. Nada podía ser dejado al azar. Cada detalle del ceremonial estaba perfectamente estudiado, pues la primera impresión que causara tanto al Rey como a su pueblo decidiría en buena medida su futuro en esa tierra.

Y la hermana de don Sancho era mujer de rompe y rasga.

Encabezaba el cortejo a lomos de una yegua torda, lujosamente enjaezada con ornamentos de cuero y plata procedentes de Córdoba, cuyas riendas sujetaba con fuerza un paje elegantemente ataviado. Vestía un suntuoso brial de fino brocado, plegado en la falda y en las mangas, de color azul celeste a juego con sus ojos. Realzaba la esbeltez de su figura un cinturón ancho de oro purísimo adornado con amatistas y turquesas, obra de un célebre orfebre mozárabe afincado en Zaragoza. Su larga cabellera ondeaba suelta, como correspondía a su condición de doncella, ceñida en la nuca por una guirnalda de perlas que formaban una cascada fundiéndose con su melena rubia. Iba erguida sobre la silla, impregnada de realeza y de ese perfume de rosas en el que gastaba fortunas.

La flanqueaban doce infanzones navarros montados sobre corceles briosos, que lucían en sus sobrevestes los escudos y colores de las familias más nobles. No llevaban armadura, pues estaban en aquella tierra como embajadores de paz, pero sus armas, yelmos y escudos resplandecían al sol otoñal, recién bruñidos, con el empeño de realzar su dignidad de caballeros.

Algunos pasos atrás iban las cinco damas venidas con la princesa desde Pamplona, igualmente diestras en el dominio de sus cabalgaduras e imponentes por su envergadura, visiblemente superior a la habitual en las mujeres locales. Lucían sayas ajustadas, blancas como la pureza, y al igual que su señora llevaban la cabeza descubierta y el cabello suelto, privilegio reservado a las jóvenes casaderas.

A bastante distancia seguía el resto del personal, guardias, muleros y criados encargados de la intendencia y el equipaje, lo suficientemente alejados como para no deslucir el cuadro de una comitiva en la que cada movimiento había sido pensado para causar el efecto buscado por doña Urraca: dejar sin habla a cuantos la vieran. La grandeza de su hermano debía resultar patente a través de su persona desde el instante mismo en que pusiera los pies en su nuevo hogar.

A decir de los presentes, consiguió con creces su propósito.

* * *

El rey Alfonso, a su vez, había preparado una bienvenida espléndida a su insigne prometida, con quien contraería matrimonio ante Dios en cuanto se hubiera repuesto de las fatigas del viaje.

Le habían hablado de las cualidades que adornaban a esa princesa, sin desdeñar su hermosura, y estaba impaciente por comprobar si a las ventajas inherentes a esa alianza con Sancho III se añadiría la alegría de una placentera unión carnal. Sabido era que las descripciones proporcionadas por los emisarios enviados a concertar el enlace tendían a enaltecer los encantos de la novia, silenciando eventuales defectos, por lo que recelaba de los encendidos elogios referidos a doña Urraca.

No iba a tardar en comprobar que todo lo dicho se quedaba corto.

A media legua de su capital aguardaba a la comitiva navarra una delegación de notables enviados a recibirla, encabezada por los condes de Palacio, los de Monzón y León, entre otros de similar rango; la milicia regia al completo, y una representación de obispos encabezada por el de Santiago, a lomos de una soberbia mula guarnecida con jaeces de plata. Rodeaban a esos magnates los mejores caballeros de sus respectivas mesnadas, vestidos todos de gala, con el fin de rendir honores a la forastera llamada a ser su nueva reina y señora.

Concentrada en seguir el paso de sus compañeras y guardar la distancia acordada con la montura de doña Urraca, Auriola apenas se fijó en esos donceles leoneses cuyos ojos las devoraban. La chica situada a su izquierda, sin embargo, le comentó, sugerente:

—Tal vez alguno de esos apuestos jinetes termine siendo mi esposo. O el tuyo. ¿Quién sabe? Si de mí dependiera, escogería a ese que te contempla arrebolado —rio—. ¿Lo ves? El de la túnica parda.

—Prefiero no hacerme ilusiones —respondió Auriola, obligándose a no mirar—. Sin dote, ni peculio propio, ni una familia poderosa que me respalde, dudo que llegue a pretenderme alguien de tanta alcurnia. No tengo nada que ofrecer.

—Eso no es verdad —la regañó su amiga—. Para empezar, eres una dama de doña Urraca, lo cual es mucho decir. A mí me pareces tan despierta como la que más. Y además, tal como ella misma nos dijo, somos bonitas. ¡Verás como no han de faltarnos propuestas!

—Si tú lo dices…

Uno de los leoneses, el de la túnica parda, seguía sin apartar la vista de esa doncella de piel blanquísima y melena rubia, viva imagen de la belleza. Se llamaba Ramiro de Lobera y había nacido en una aldea de pescadores sita en la costa de Asturias. Hasta ese día las mujeres le habían parecido entretenimientos fugaces, con la única excepción de su madre, a la que profesaba auténtica devoción. Para las demás no tenía tiempo. Estaba demasiado ocupado abriéndose camino con la espada al servicio de su rey.

«Sácatela de la cabeza, Ramiro —se dijo para sus adentros, acompañando la reflexión con un elocuente gesto—. Ella picará sin duda más alto que un vulgar caballero villano, y tú tienes mucho que hacer antes de pensar en amores».

Al pasar frente a él, no obstante, la muchacha volvió el rostro y le dedicó una sonrisa. Una caricia al corazón que su memoria conservó grabada a fuego, mientras confiaba en que el futuro le permitiera devolvérsela multiplicada.

* * *

El exterior de la muralla estaba sembrado de tiendas donde habían sentado sus reales, por grupos, las gentes de armas de los dignatarios acudidos a dar la bienvenida a la Reina y asistir a sus esponsales con don Alfonso. Estos se alojaban en residencias de parientes y amigos, en alguno de los edificios monásticos existentes intramuros o bien en la célebre posada del Obispo, famosa por su limpieza y la calidad de sus viandas. En León no cabía un alfiler, pues nadie quería perderse tan magno acontecimiento.

Tras los saludos de rigor, que doña Urraca recibió con gracia, dando su mano enguantada a besar, el cortejo se encaminó hacia el Arco del Rey abierto en el extremo oriental de la formidable muralla, bordeando el mercado que se celebraba los miércoles frente a dicha puerta, fuera de la ciudad.

Al igual que sucediera a las afueras de Pamplona, una multitud se había concentrado a lo largo del recorrido para vitorear a la princesa navarra, cuyo porte regio despertó la admiración general, manifestada ruidosamente. Ella y sus damas avanzaron al paso, escoltadas por lo más granado de la nobleza leonesa, respondiendo con elegancia a los saludos del pueblo. Embocaron un carral ancho, abarrotado de gente, y enseguida se toparon con el tapial que rodeaba el complejo palaciego, situado a su izquierda, prácticamente lindando con la basílica dedicada a los santos Vicente y Leocadia, muy cerca del recién construido monasterio del Salvador.

Bastaba ese breve trayecto para constatar que León era una ciudad pujante, donde los canteros se afanaban en levantar bellas edificaciones o restaurar las destruidas por las recientes aceifas. El Rey se había propuesto embellecer su capital, para lo cual desplegaba un ingente caudal de medios.

Auriola, sin embargo, percibió algo muy parecido a lo que había experimentado al poner pie en Pamplona por primera vez. La ciudad le pareció maloliente y estruendosa, aunque en esa ocasión tales atributos ya no la sorprendieran. Las urbes, se dijo, debían de ser todas así. Por eso, en cuanto le fuera posible, fijaría su residencia en alguna tenencia rural semejante a la que poseía su padre, si es que encontraba a un buen hombre dispuesto a compartirla con ella.

6

Año 1023 de Nuestro Señor
León

D on Alfonso aguardaba a su prometida frente al portón del antiguo palacio del rey Ramiro, reducido a escombros por Almanzor y en avanzado trance de reconstrucción, acelerada por la necesidad de acoger en él a una nueva moradora.

El monarca viudo contaba a la sazón veintinueve años de edad. De estatura mediana y espaldas anchas, fortalecidas en el duro entrenamiento para el combate al que dedicaba su existencia, portaba regias vestiduras de ceremonia, cuyo esplendor no desmerecía el del atuendo escogido por doña Urraca: túnica cerrada de brocado sobre camisa de hilo y borceguíes altos confeccionados con una única pieza de cuero, balteo de oro puro cuajado de gemas y, sobre el hombro izquierdo, el espléndido manto de corte, tejido con seda, bordado de oro y forrado de armiño. Ceñía su cabeza la diadema labrada, reservada para las ocasiones solemnes, que enmarcaba una frente amplia, bajo la cual brillaban unos ojos oscuros como carbones, vivos, curiosos, feroces. Su barba y su cabello eran brunos, salpicados aquí y allá de canas tempranas. Se trataba sin duda de un hombre apuesto, que sorprendió favorablemente a la princesa navarra.

Tras desmontar con la ayuda de un criado, esta dio unos pasos hacia él, quien le ofreció su mano para traspasar juntos el umbral de la mansión que ocupaba mientras permanecía en su capital, lo que no resultaba frecuente. La corte leonesa itineraba con más frecuencia de la que habría querido el soberano, forzada por las circunstancias de un territorio sometido a constantes revueltas. En el palacio, no obstante, permanecían siempre los infantes Sancha y Bermudo, que en esa hora aguardaban, nerviosos, el momento de conocer a la mujer que su padre les había escogido por madrastra.

Sin saber muy bien qué hacer, las damas de doña Urraca se mantuvieron inmóviles sobre sus cabalgaduras, esperando a que les indicaran dónde debían dirigirse. Al poco, apareció ante ellas un personaje ataviado de un modo que reflejaba su condición de alto dignatario, quien se presentó haciendo una reverencia que a Auriola se le antojó exagerada.

—Mi nombre es Sisnando y soy el prepósito designado por Su Majestad para atender a la Reina, nuestra dómina, así como a su ilustre séquito —dijo en tono obsequioso—. Hacedme saber si cumplen sus tareas a vuestra plena satisfacción el caballerizo, el botillero, el escanciador, el escribano o cualquier otro miembro del personal afecto a vuestro servicio. Bienvenidas seáis a palacio.

Erigiéndose espontáneamente en portavoz de las demás, María Velasco dio las gracias con sencillez, antes de indicar a las otras que la siguieran. Después, una vez instaladas en las estancias dispuestas para ellas junto a la cámara de la soberana, explicó a sus compañeras:

—Ese voluminoso Sisnando —se refería a la barriga que a duras penas abarcaba el cinturón del aludido— es nuestro mayordomo. El que gobernará la casa de doña Urraca y proveerá a nuestras necesidades.

—Habla de un modo extraño —comentó una de ellas, entre asombrada y divertida.

—Es el romance culto que se emplea aquí, en León —la reprendió con suavidad María—. Todas deberemos acostumbrarnos a él cuanto antes y utilizarlo en la conversación, dado que nuestra señora será juzgada por nuestra conducta tanto como por la suya propia.

—Yo ni siquiera había entendido lo de «prepósito» —confesó Auriola—. ¡Será redicho!

—¿Sabes leer? —inquirió la veterana.

—Lo suficiente para rezar —respondió ella, un tanto ofendida por la pregunta.

—Nunca resultan suficientes las lecturas —replicó la Velasco, esta vez con severidad—. Mientras estemos aquí, aprovecharemos para instruirnos durante el tiempo que nos deje libre el cumplimiento de nuestras tareas. Ahora, instalaos y procurad descansar. Don Sancho ha depositado en nosotras una gran confianza, que hemos de saber honrar.

Auriola se mordió la lengua para no espetar a esa presuntuosa lo que pensaba de ella. Estaba lejos de imaginar la ayuda que le prestaría cuando más la necesitara, sin pedirle nada a cambio. De hecho, aún no había aprendido a ver en las personas más de lo que aparentaban; a buscar en su interior la verdad, a menudo distante de la fachada mostrada.

* * *

León era mayor y más señorial que la capital navarra, aunque compartía con esta múltiples elementos comunes. Tanto la una como la otra habían sufrido a menudo la ira sarracena, traducida en muerte, cautiverio y devastación. Ambas habían visto sus edificaciones arrasadas hasta los cimientos, una y otra vez, pero también las unía la determinación de levantarse y resurgir a partir de ese amasijo de ruinas.

Como símbolo de esa voluntad inasequible al desaliento, la iglesia de San Salvador se alzaba cual ave fénix sobre sus cenizas, próxima al complejo palaciego. A escasa distancia del recinto cercado se encontraban el templo dedicado a san Martín y el mercado de igual nombre, con una amplia variedad de puestos y mercancías, muchas de las cuales Auriola no había visto en su vida. En el extremo opuesto, no muy lejos del paño norte de la muralla que protegía la residencia y el panteón de los reyes cuyos restos habían sido trasladados recientemente a la nueva capital desde Oviedo, el soberano había mandado restaurar también el monasterio dedicado a san Juan y san Pelayo, mártires objeto de una gran devoción.

La ciudad estaba viva. Palpitaba.

A semejanza de lo que acontecía en Pamplona, la cubría una densa humareda causada por la leña húmeda empleada en los llares. Una suerte de neblina perpetua que impregnaba el aire de un desagradable olor acre y picaba en los ojos como la cebolla recién pelada. La lluvia convertía con frecuencia las calles en auténticos barrizales, en los cuales quedaban atrapadas madreñas o botas de cuero. De las cocinas escapaba el aroma característico del sebo usado para guisar potajes de legumbres o estofados cuando se disponía de carne, y en las tabernas se servía mucha más sidra que vino, lujo al alcance de pocas bolsas.

León volvía a ponerse en pie, sin prisa ni tampoco pausa.

A pesar de la austeridad de sus costumbres, contemplada con infinito desdén por los embajadores de las ricas taifas vecinas, rezumaba una indoblegable voluntad de existir. De sobrevivir a la brutalidad con la que había sido acometida.

En aquel comienzo del segundo milenio, una vez superado el terror causado por Almanzor, unas dos mil almas se acogían al amparo de sus antiguas defensas, a cuya sombra habían edificado sus modestas viviendas, plantado sus huertos, acomodado a sus animales junto a ellos, a fin de compartir calor, e incluso erigido orgullosas torres de piedra, en el caso de los más pudientes.

Al poco de ascender al trono, el soberano y su primera esposa, Elvira, habían rubricado un fuero en extremo audaz, cuyo propósito era atraer a su capital a gentes de todo el Reino y así repoblar el antiguo asentamiento romano destruido con saña por los sarracenos. Una nueva ley pensada para seducir a quienes corrieran el riesgo de instalarse en una región asolada, fueran siervos o campesinos, a cambio de libertad; de la oportunidad de forjarse un futuro. Un compendio de reglas sin precedentes en la memoria, que apelaba a los más audaces, brindándoles la posibilidad de integrarse en la milicia de la ciudad para defenderla de eventuales ataques, ofreciéndoles en contrapartida tierra y exenciones fiscales.

A partir de la promulgación de ese texto revolucionario, muchos se habían atrevido a traspasar la cordillera y hacerse con una parcela hasta entonces yerma, sabiendo que, con arreglo al viejo Fuero Juzgo restaurado por don Alfonso II, magno soberano de Asturias, al cabo de treinta años de siembra y recolección terminaría por ser suya. Hacía ya más de dos siglos que ese rey sabio entre los sabios, bendecido por el apóstol Santiago con el milagro de darle a conocer el lugar donde descansaban sus reliquias, había devuelto a su pueblo la esperanza de escapar así a las cadenas de la servidumbre. Claro que, después de él, había corrido mucha sangre.

En esa época de tribulación, aceifas y conflictos constantes, no resultaba sencillo conservar tanto tiempo una presura, salvo que los ocupantes contaran con el respaldo de un gran señor o una orden monástica poderosa. La fuerza de la norma escrita quedaba en papel mojado frente a la razón de la fuerza, y por eso el Fuero de León iba más allá de lo que jamás hubiera otorgado un monarca en la concesión de derechos a cuantas gentes, grandes o pequeñas, quisieran secundar su sueño de ensanchar el territorio cristiano: labriegos, monjes, clérigos, nobles, hombres de armas… Cualquiera que tuviera el arrojo suficiente para traspasar las murallas de Dios y enfrentarse a los peligros que aguardaban en la frontera era bienvenido a los dominios del nuevo Alfonso, quinto monarca cristiano de cuantos habían honrado ese nombre.

Deslumbrado por ese sueño, hambriento de gloria y fortuna, había recalado años antes en León un muchacho procedente de una aldea de pescadores asomada al mar Cantábrico, llamado Ramiro, cuyo destino acababa de cruzarse con el de la joven dama Auriola que acompañaba a la nueva reina. Ni uno ni otro eran conscientes, aún, de hasta qué punto la vida pondría a prueba la emoción nacida de ese breve encuentro.

7

La boda real se celebró una mañana de otoño soleada, en la iglesia de Santa María levantada por el rey Ordoño sobre unas antiguas termas romanas. El templo estaba abarrotado de potentados venidos de todos los confines del Reino, condes, magnates, obispos, abades y sus respectivos séquitos, algunos de los cuales debían conformarse con ocupar un sitio en el atrio. Las calles adyacentes también rebosaban de público, ávido por ver con sus propios ojos el espectáculo inusual de un enlace de tan altos vuelos.

—¡Aleja las manos de mi bolsa, que te veo las intenciones, bribón! —advertía un comerciante apretujado entre el gentío a un chiquillo de dedos largos a quien había sorprendido tratando de hacer su agosto—. Como vuelva a verte por aquí, te llevo de una oreja al alguacil.

—Una limosna, por piedad —suplicaba un tullido apoyado en dos muletas, tratando de abrirse paso entre ese tumulto.

La acumulación de personajes pudientes invitados al enlace parecía haber atraído hasta la capital a todos los mendigos del Reino, que se disputaban con violencia los lugares más propicios para obtener de los viandantes unas monedas o algún mendrugo. Por más que intentaran los guardias sacarlos de calles y carrales, siempre volvían. Los conventos repartidos por la capital solían suministrarles algún sustento, insuficiente, empero, dado su abultado número. La guerra, los accidentes, las amputaciones infligidas como castigo por ciertos delitos o los males tales como la ceguera se mostraban implacables con sus víctimas, condenándolas a vivir de la caridad, pues no abundaban las familias capaces de asumir tal carga.

Ni pillos ni pedigüeños, no obstante, ensombrecían ese día la alegría reinante en las inmediaciones de Santa María.

Auriola se había engalanado a conciencia, con la esperanza secreta de volver a encontrar, entre esa multitud, al caballero de la túnica parda a quien había sonreído unos días antes frente a la muralla. Él albergaba idéntico deseo, aunque su condición de simple infanzón lo había dejado fuera del círculo íntimo que rodeaba al monarca, y por tanto lejos de la dama navarra que a buen seguro acompañaría a la novia hasta el altar. Pese a ello, se buscaron entre el gentío y cruzaron sus miradas. Se reconocieron. En esta ocasión fue él quien tomó la iniciativa de saludarla con un gesto elocuente, al que ella respondió sin excesivo entusiasmo, dado el riguroso protocolo impuesto en la ceremonia.

¡Cuántas veces en los años siguientes ella se reprocharía esa indiferencia fingida y él se devanaría los sesos preguntándose el porqué de ese cambio de actitud que había enfriado de golpe todas sus ilusiones!

Concluidos los festejos, en el transcurso de los cuales no tuvieron ocasión de hablarse, la muchacha se retiró con sus compañeras a los aposentos en los que esa noche el Rey visitaría a doña Urraca en su lecho, para ayudarla en los preparativos de tan importante encuentro.

La estancia estaba ricamente amueblada. Cubrían los sólidos muros de piedra lujosas alhagaras; esto es, paños de trama de seda con decoración geométrica, que Auriola nunca había contemplado antes. A tenor de su belleza, pensó, parecían haber sido tejidos por manos de ángeles.

Bajo uno de esos tapices se hallaba el amplio lecho de la Reina, provisto de tres colchones de lana superpuestos y vestido con sábanas de lino fino bajo edredones de plumas.

Adosados a la pared opuesta descansaban dos enormes arcones de madera de roble, con tapas a dos vertientes, donde las damas habían colocado el vestuario de doña Urraca, cuidadosamente doblado, introduciendo en los resquicios abundantes saquitos de hierbas aromáticas destinados a perfumar las prendas e impedir que se impregnaran del desagradable olor de la humedad. Completaban el mobiliario una mesita baja con incrustaciones de hueso y un par de escaños de respaldo ancho mullidos con cojines, cuyas patas semejaban garras de animales feroces.

—El Rey es un hombre apuesto, mi señora —rompió el hielo Clara, quien había mostrado su admiración por los placeres imperantes en la taifa de Zaragoza—. Y viudo, lo que es tanto como decir experto...

—¡Calla, deslenguada! —la reprendió María.

—Solo digo que a nuestra reina le aguarda una noche de pasión y goce con un marido bien parecido y ducho en el arte del amor —se defendió la charlatana, guiñando un ojo con malicia—. ¿Qué hay de malo en ello?

—El matrimonio tiene como finalidad engendrar hijos —volvió a regañarla la otra en tono severo.

—Bueno, ese empeño no es incompatible con el disfrute, ¿no es así? ¡Para mí quisiera yo un esposo como don Alfonso!

—Y lo tendrás —zanjó doña Urraca, feliz y conciliadora—. Prometo daros cumplida cuenta de cuanto suceda esta noche. Ahora, ayudadme a prepararme para cumplir mi deber de esposa...

Entre lencería bordada, agua de rosas, risas, tiempo dedicado a peinar la larga melena dispuesta de modo que caía sobre el pecho semidesnudo de la novia sin terminar de cubrirlo, chanzas picantes de algunas y apuestas subidas de tono sobre el vigor que mostraría el monarca a la hora de la verdad, Auriola casi llegó a olvidar al misterioso caballero de la túnica parda.

Ramiro a su vez regresó solitario y triste a la tienda que su escudero había levantado para él al abrigo de las fortificaciones. No se tomó la molestia de desvestirse. Se dejó caer sobre el catre de tijera que hacía las veces de cama, con las manos cruzadas bajo la nuca, y dejó volar la imaginación hacia el territorio de los sueños donde podría habitar un castillo de su propiedad junto a la dama de ojos celestes que le había robado la paz.

Ni uno ni otra durmieron mucho esa noche.

* * *

El Reino se hallaba inmerso en múltiples conflictos intestinos que obligaban a don Alfonso a desplazarse constantemente de un lugar a otro, acompañado por sus mesnadas, con el fin de poner orden entre clanes enfrentados de nobles y potentados. Además, se había propuesto recuperar el territorio conquistado por los sarracenos al sur de Galicia, lo que le llevaba a guerrear frecuentemente, lejos de su familia y de su capital.

El lugar de Ramiro estaba al lado de su soberano, sirviéndole de escudo, desde el día en que este le había otorgado el honor de incluirlo en su milicia, cargándolo al mismo tiempo con el deber de entregarle su lealtad y su vida en caso de necesidad. Por eso marchó con él al combate al cabo de unos pocos días, sin noticias de la joven dama habitante de sus pensamientos.

Auriola intentó saber al menos de quién se trataba, aunque nadie supo darle razón. ¿Qué datos podía aportar en su búsqueda, salvo el color de su túnica y el sentido de una mirada que solo ella había comprendido?

Transcurridas unas semanas se resignó a la certeza de haberlo perdido, aun cuando su recuerdo siguiera persiguiéndola noche y día. Una voz interior persistente se empeñaba en convencerla de que volverían a verse.

Pronto encontró un propósito, una vocación y un consuelo a esa añoranza en la compañía de los dos huérfanos confiados a su cuidado por doña Urraca, los infantes Bermudo y Sancha, que contaban seis y cinco años de edad cuando los conoció.

—Príncipe Bermudo, mi señora doña Sancha —se dirigió a ellos su madrastra, solemne, como si fueran adultos—, permitidme que os presente a Auriola de Lurat, quien me ha acompañado desde nuestra tierra navarra y espero sabrá serviros tan bien como lo ha hecho conmigo.

Los niños la miraron con una mezcla de temor, desconfianza y altivez impostada. Estaban en el palacio de su padre, un hogar hasta entonces seguro, ante una forastera a la que este había convertido en dueña y señora de la casa, apenas un año después de la muerte de su madre. ¿Qué debían esperar de esa otra desconocida a la que veían enorme, zafia, con hechuras de soldado y modales de sirvienta?

En busca de protección, Sancha cogió de la mano a su hermano mayor, que fue el encargado de responder, muy serio:

—Doña Auriola, sed bienvenida a León.

La manera envarada en que se expresó ese mocete, que apenas levantaba tres palmos del suelo, causó en ella una sensación contradictoria, entre cómica y lastimera. Serían de linaje real, se dijo, pero se notaba a la legua lo asustados que estaban y los patéticos esfuerzos que hacían por disimular. Por supuesto se abstuvo de reír, pues ceder a tal impulso habría supuesto su ruina. Tiempo tendría de divertirse con ellos y no a su costa. Ningún niño, noble o plebeyo, merecía sufrir burlas o ser tratado con crueldad.

—En cuanto a ti, querida —añadió la Reina en tono severo—, sé que cuidarás a los príncipes como si fueran de tu propia sangre. ¿Qué digo tu sangre? La de nuestro rey, don Alfonso, lo que supone una responsabilidad infinitamente mayor. ¿Sabrás estar a la altura?

—Os prometo que lo intentaré —contestó ella, abrumada—. Intentaré que sean tan felices como lo fui yo a su edad.

Doña Urraca no pareció muy satisfecha con esa respuesta, aunque dio por terminada la audiencia y despachó a su dama. Pensó que ya la instruiría a conciencia sobre lo que significaba supervisar el tiempo de ocio de esos infantes y lo que se esperaba de ella en términos de información e influencia. Su felicidad era deseable, sin duda, aunque distaba de constituir una prioridad.

Lo importante era lograr que Bermudo, el heredero, viera con simpatía al Reino de Navarra. Que, llegado el caso, aceptara espontáneamente la tutela de su monarca. A fin de cuentas don Sancho había encomendado a su hermana una misión delicada, para la cual era indispensable el concurso de alguien con la personalidad de esa doncella cuya frescura se había ganado el afecto y confianza de la nueva reina de León.

Auriola, por su parte, trocó la risa por compasión ante la tristeza que rezumaban esas criaturas embutidas en prendas de gala tan incómodas como impropias de su corta edad, a las que no obstante parecían acostumbrados. ¿Qué alternativa tenían, si desde su nacimiento habían sido tratados con reverencia y distancia ajenas a su condición de niños?

Los príncipes se retiraron, obedientes, sin perder la compostura. Jamás se habían permitido ceder a la espontaneidad propia de la infancia y mucho menos ahora, cuando en ausencia de su padre se sentían más desamparados que nunca. Únicamente su madre les prodigó abrazos ajenos al protocolo, en la intimidad de sus aposentos, lejos de miradas indiscretas. Pero desde el invierno anterior ella ya no estaba con ellos. Había pasado a mejor vida, junto al Señor nuestro Dios, según decían los clérigos que velaban por su educación religiosa. Los pequeños trataban de imaginar cómo serían sus días en el cielo, en compañía de los ángeles, sin por ello dejar de extrañarla con un dolor más lacerante que el de la peor quemadura. Se daban fuerza el uno al otro, aferrados al orgullo, guardándose los sentimientos tras la máscara inherente a su rango.

Auriola no se dejó engañar por esa apariencia hilvanada con los hilos frágiles del disimulo. Desde el principio se propuso ganarse a los chiquillos que ocultaban sus miedos bajo esos ampulosos ropajes. Los siguió hasta sus estancias, ajustando su paso al de ellos, y una vez allí aprovechó su primer momento a solas para preguntarles a bocajarro:

—Decidme, altezas, ¿a qué os gustaba jugar con vuestra madre? No pretendo parecerme a ella, ni mucho menos suplantarla, aunque me gustaría mucho ayudaros a evocarla con la alegría que merece su recuerdo.

Y así, poco a poco, de manera natural, fue conquistando su amistad a la vez que su confianza. En particular la de Sancha, dado que Bermudo, en su calidad de varón y sucesor en el trono, enseguida fue alejado de las compañías femeninas, consideradas dañinas para su correcta formación. A fin de proporcionarle la educación apropiada, se le puso en manos de clérigos encargados de instruirlo en latines y religión, mientras un ayo ducho en el manejo de las armas asumía la tarea de convertirlo en un guerrero digno de ceñir algún día la corona. También la infanta estaba bajo la tutela de un aya responsable de proporcionarle una educación acorde a su elevado rango. Se trataba de una dama de alto linaje y origen gallego, llamada Fronilde Gundemáriz, quien desempeñó un papel determinante en sus primeros años de vida. Ella había sido escogida por la difunta reina Elvira y era quien decidía sobre las grandes cuestiones. Auriola fue consciente desde el primer momento de que su papel era otro. Ser amiga más que guardiana. Cómplice antes que maestra, sin olvidar la lealtad debida a su señora, doña Urraca.

8

El ambiente reinante en la corte no se parecía en nada a lo que Auriola había conocido en Lurat. A poco observadora que una fuera, saltaban a la vista las intrigas apenas disimuladas, los intereses opuestos, las ansias de poder de los diferentes clanes, las rencillas crecientes entre magnates partidarios de estrechar lazos con Navarra y otros hostiles hacia la Reina y su poderoso hermano, a quien achacaban no solo haberse apoderado ilícitamente de Castilla, sino pretender gobernar el Reino sirviéndose del legítimo rey como de una marioneta en sus manos.

En ese juego de influencias las cinco damas de compañía venidas con doña Urraca desde Pamplona, todas ellas solteras, constituían piezas de gran valor y eran cortejadas por más de un caballero deseoso de vincularse al que, por esas fechas, parecía ser el bando vencedor. Auriola contemplaba las maniobras de los pretendientes con tanto desdén como el fingido desinterés de las doncellas casaderas, pues sabía que todo formaba parte de una partida de naipes para la cual unos y otras habían sido preparados desde la infancia. Se repartían las cartas, con mejor o peor suerte, y cada cual jugaba las suyas atraténdose a su inteligencia.

Siguiendo el ejemplo de la Reina, tres de sus acompañantes contrajeron matrimonios ventajosos antes de cumplirse el año, vinculando de ese modo su sangre a la de sus equivalentes leoneses, en aras de contrarrestar el auge creciente del condado de Castilla y acrecentar el poder y el patrimonio de los vástagos resultantes.

Ya desde tiempos del primer rey García Sánchez se habían tejido sólidos lazos de amistad entre los reinos de Pamplona y León, que culminaron en tantas bodas como victorias en el campo de batalla. La hija del señor de Lurat, sin embargo, se resistió con todas sus fuerzas a un arreglo de tal naturaleza.

Con catorce años recién cumplidos, la edad no la empujaba a correr. Tampoco la modestia de su tenencia familiar despertaba grandes apetitos, y además doña Urraca le había encomendado la misión de velar por el bienestar de los infantes, lo cual la mantenía ocupada. Sobrevolando todas esas razones, no obstante, estaba la imagen de ese jinete de la túnica parda que la visitaba frecuentemente en sus sueños y le susurraba palabras tiernas.

Tampoco María Velasco sucumbió a los muchos potentados que llamaron a su puerta. En su caso resultó más complicado el rechazo, al tratarse de una mujer de gran fortuna y considerable hermosura, adentrada además en la veintena, última frontera para la maternidad.

—Me dicen que has dado con la puerta en las narices al elegante doncel que te rondaba —se reía esa mañana de Auriola, mientras compartían el desayuno antes de emprender cada una sus labores cotidianas—. Tal vez deberías haberlo pensado mejor. Según los rumores que circulan por el palacio, te ofrecía tierras en el norte, con su correspondiente ganado, un ajuar completo de vestuario y ropa de hogar, así como un joyero considerable. No obtendrás nada mejor.

—Era buen mozo, las cosas como son —se defendió la muchacha, tratando de quitar importancia al asunto, en cierto modo intimidada por el respeto que le infundía esa señora de vasta cultura y modales exquisitos—. Pero don Bermudo y doña Sancha me necesitan sobre todo ahora, cuando el embarazo de la Reina la obliga a guardar reposo y mantener cierta distancia con ellos.

María esbozó un gesto escéptico y siguió tirándole de la lengua.

—Algo más habrá que te aleje de esos moscardones —insistió, burlona—. En caso contrario, estoy segura de que habrías mirado a tu pretendiente con otros ojos.

—Es que, si he de ser sincera, mi corazón ya tiene dueño —terminó por confesar Auriola, acostumbrada desde niña a decir siempre la verdad, por más que, en este caso, tuviera que superar su pudor.

—¿Y puede saberse su nombre? —Se alegró su interlocutora—. Tal vez yo pueda intermediar en el acercamiento. Ningún hombre en su sano juicio rechazaría a un ángel como tú.

Auriola se puso todavía más colorada ante aquella dama que la trataba como una hija, a pesar de ocupar un lugar más elevado en la rígida escala social. Entre risas nerviosas, respondió:

—¡Ojalá lo conociera! Pero lo cierto es que se trata de un infanzón al que vi un momento, de lejos, el día de nuestra llegada y después en la boda real. No tuvimos ocasión de hablar, aunque nos miramos… Nos miramos de un modo especial, no como se mira a un padre o un hermano. ¿Veis lo que quiero decir?

—No parece un fundamento muy sólido para entablar una relación —replicó la Velasco, esta vez en tono de censura—.

—Lo sé —admitió la muchacha, agachando la cabeza—. Y aun así, lo amo. ¡Pobre de mí! ¿Qué le voy a hacer? ¿No dicen los propios clérigos que entre marido y mujer deben existir lazos de amor que hagan de su unión un camino placentero?

—Esos lazos surgen con el tiempo, la convivencia y el respeto mutuo. Así es como debe entenderse la sabia doctrina de nuestra Santa Madre Iglesia. Las alianzas selladas en el lecho matrimonial nada tienen que ver con sentimientos como el amor, frágil y voluble en sí mismo.

María Velasco había concebido la esperanza de que Auriola compartiera su profunda vocación monacal, frustrada después de que ella le desvelara su secreto. Aquello no cambiaba el cariño que le inspiraba esa criatura tan noble como recia, aunque sí la trascendencia de su negativa a pensar en casarse. Si renunciaba a sus limitadas oportunidades, estaría abocada a un destino que en modo alguno deseaba para ella. De ahí que volviera a la carga, con creciente firmeza:

—Escucha mi consejo, Auriola de Lurat. Si tu misterioso caballero no reaparece pronto, harás bien escogiendo a otro. ¿O acaso no quieres fundar una familia?

—Es lo que más deseo, mi señora doña María. Pero no podría hacerlo sin la persona adecuada. Y sé que esa persona es él. No me preguntéis por qué. Mis padres siempre me reprocharon mi obstinación. Así soy yo. Cabezota, pero cumplidora. Ahora mi deber es cuidar de los infantes mientras espero su regreso. Porque volverá. Estoy tan segura de ello como de que acaba de salir el sol.

—Los infantes tienen ayos, maestros y criados de sobra, Auriola. No precisan de ti para nada.

—En eso os equivocáis, mi señora —replicó ella sin arredrarse—. No os ofendáis, pero nadie les cuenta las historias que yo escuché de labios de mi aya Galinda, sobre el *herensuge* y otras criaturas del bosque, ni conoce los juegos a los que juegan conmigo, ni se atreve a tratarlos como los niños que son. Nadie les canta nanas para que se duerman. Yo creo que me necesitan, o cuando menos me quieren.

—Si tú lo dices… —se avino con displicencia la dama—. Aun así, ten cuidado. La vida pasa mucho más deprisa de lo que parece a tu edad.

La más joven de las dos no se atrevió a contradecir esas palabras. No hacía falta. Su expresión era un reflejo exacto de lo que estaba pensando. Tan genuino y transparente que la otra se adelantó a contestar la pregunta colgada en el aire:

—¿Y qué hago yo a mis años soltera, siendo como soy casi una vieja? Secreto por secreto, te diré que mi deseo habría sido entrar en religión, pero mi padre dispuso para mí otra cosa. Pese a todo, espero acabar mis días en la paz de un monasterio y contribuir, en la medida de mis posibilidades, a engrandecer la obra de la Iglesia.

—Eso os honra, mi señora —acertó a decir Auriola, desconcertada.

—Entre tanto, sirvo a nuestra reina y ya he dado los primeros pasos para erigir, a mis expensas, el monasterio de San Pedro y San Pablo, que pronto tomará forma y constituirá mi legado a la ciudad que nos acoge. Tú no esperes demasiado al caballero de tus sueños o acabarás conmigo allí, sin quererlo, a falta de alternativa mejor —concluyó la conversación, a medio camino entre la reprimenda y la sonrisa afable.

* * *

León crecía a ojos vistas. De la noche a la mañana surgían nuevos burgos y barrios extramuros de las fortificaciones romanas, porque el interior estaba prácticamente copado por las iglesias y monasterios que habían ido ocupando las antiguas cortes que en el pasado albergaban edificios civiles.

La capital de don Alfonso podía ufanarse de ser un faro de la Cristiandad.

La prosperidad de la urbe se debía a su bien surtido mercado, pero sobre todo a la riqueza traída por incontables viajeros en su camino hacia Compostela. El hecho de constituir un jalón indispensable en esa ruta de peregrinación era un regalo del cielo, casi tan valioso como el de albergar las reliquias del santo patrón, que los comerciantes francos supieron aprovechar antes y mejor que nadie. Así, mes a mes, año a año, la ciudad se fue convirtiendo en un formidable emporio, donde era posible comprar y vender cualquier objeto imaginable.

El Rey, sin embargo, no disponía de mucho tiempo para contemplar esa obra, fruto de su buen hacer. En el empeño de consolidar su trono y acrecentar su gloria, su vida era un combate constante contra los múltiples enemigos que amenazaban sus tierras, así cristianos como musulmanes. Apenas tenía ocasión de ver a sus hijos, y desde luego ignoraba la existencia de esa joven dama navarra que los abrazaba cuando estaban tristes, incumpliendo con ese gesto las rígidas pautas educativas establecidas por su propio bien.

Tampoco Ramiro, el más leal de sus infanzones, podía permitirse el lujo de buscar a la mujer cuya sonrisa lo tenía prisionero. El deber y la gratitud se anteponían al deseo. En la lucha permanecía al lado de su soberano, pero cuando, llegado el invierno, este disfrutaba en su palacio del merecido descanso, él plantaba su tienda junto a las murallas, sin más compañía que la de su escudero, o bien se retiraba a su feudo próximo a Zamora, donde guardaba la frontera al abrigo de una torre que aún estaba en construcción. Un edificio austero, a semejanza de su vida, concebido para la guerra y carente de comodidades.

Allí en Lobera aguardaba la llamada de su señor para emprender una nueva campaña, en compañía de los peones sujetos a su tutela que acudirían a luchar junto a él.

Fueran soldados o campesinos, todos los hombres libres tenían la obligación de combatir en caso de ser convocados, si bien uno de cada cuatro solía ser exonerado de la recluta con el fin de permanecer al cuidado de la tierra desguarnecida, de las mujeres y de los niños. A cambio, esos afortunados debían ceder al ejército sus asnos y demás bestias de carga, si es que disponían de alguna. La mayoría rezaba con devoción para alcanzar tal privilegio, pues en la batalla o la escaramuza esas pobres gentes de a pie, armadas con frecuencia de simples aperos de labranza, solían ser los primeros en caer. Pocos tenían la dicha de regresar con bien a sus casas.

La frontera era un lugar áspero, donde la libertad se cobraba un altísimo tributo en sangre. Y aun así nunca faltaron valientes dispuestos a instalarse en ella.

* * *

Ajena a esas preocupaciones, Auriola volcaba todo su cariño en Sancha y también en Bermudo, durante los pocos ratos que se le permitía al heredero estar en su compañía, poniendo además sumo cuidado en esquivar las intrigas palaciegas.

Tras el nacimiento de la princesa Jimena, acaecido un año después de su boda con el soberano, doña Urraca centraba en esa niña toda la atención que le dejaban libre los complejos asuntos del Reino, y estaba cada vez más alejada de sus hijastros, prácticamente huérfanos también de padre, dadas las prolongadas ausencias del Rey.

«Por más cuchara de plata que os llevéis a los labios —pensaba a menudo Auriola, sinceramente compadecida— no envidio vuestra suerte, moceticos. Rodeados de guardias y gentes que os adulan regalando vuestros oídos, cuando en realidad estáis solos en esta cueva de alimañas».

El conocimiento de la corte y sus pobladores no había mejorado su impresión inicial. Antes al contrario, desconfiaba de todo el mundo, excepto de los príncipes. Habría dado su vida por ellos, sin pensarlo, en caso de que alguno de los muchos nobles que aspiraban a medrar hubiese tratado de hacerles daño.

De forma natural detectaba la falsedad imperante en el estrecho círculo del poder y la rechazaba con todo su ser. Lo cual tampoco contribuía a que su corazón se abriera a eventuales candidatos, por mucho que pasaran los años y, con ellos, sus posibilidades de encontrar un marido adecuado. Pese a las advertencias fundadas de María Velasco, cada vez que pensaba en ello le parecía oír a su abuelo: «Aprende a distinguir el halago de la amistad verdadera».

Hasta la fecha, nadie se aproximaba siquiera a esa condición, aunque tampoco abundaran los halagos. Acumulaba méritos sobrados para ser considerada una persona rara, esquiva y abocada a convertirse en solterona, destino cruel donde los hubiera para una mujer de cualquier procedencia. Circulaban sobre ella toda clase de habladurías, a cuál más ofensiva, que llegaban hasta sus oídos provocándole rabia, indiferencia o hilaridad, según su humor. Se aferraba al instinto, así como a lo aprendido en su casa, consciente del elevado precio que pagaba por su elección.

Además, seguía pensando en Ramiro mucho más de lo deseable.

9

Urraca respetaba y honraba a su esposo, sin olvidar la misión que le había encomendado su hermano al concertar sus esponsales con el soberano de León. Sabía que debía ejercer toda la influencia posible sobre el príncipe heredero, así como sobre la infanta doña Sancha, a fin de facilitar que el rey navarro utilizara ese influjo a su conveniencia. Lo que no podía sospechar era lo cerca que estaba el momento en que habría de vérselas sola con tamaña responsabilidad.

Corría el mes de mayo del año 1028 de Nuestro Señor y don Alfonso acababa de marchar a la guerra, acompañado de una poderosa hueste integrada por condes, magnates, caballeros y soldados rasos acudidos a su llamada desde todos los confines del Reino. Junto a ellos cabalgaban también obispos y otros clérigos, flanqueados por sus respectivas mesnadas, dispuestos a empuñar las armas en defensa de la verdadera fe.

Iban a la conquista de Viseu, todavía bajo dominio musulmán, decididos a recuperar el suelo sagrado que, según la tradición, albergaba el sepulcro del último rey godo, Rodrigo, muerto en la batalla de Guadalete. Habían partido pletóricos, seguros de alcanzar la victoria, pues la taifa de Badajoz, a la que pertenecía la ansiada plaza, andaba en disputas con la de Sevilla, lo que convertía a esos adversarios en piezas debilitadas y por tanto vulnerables frente al formidable ejército cristiano.

No tardaría en comprobar Alfonso hasta qué punto iba a resultar letal esa euforia prematura.

Imbuida de un mal presentimiento, que atribuyó a la posibilidad de un nuevo embarazo, la Reina buscó algo en lo que ocupar su mente el mismo día de la partida. Y así, antes de que se perdiera de vista la retaguardia de esa formación, llamó a su presencia a la más joven de sus damas, con el propósito de interrogarla sobre cualquier confidencia que hubieran podido hacerle los infantes. En el transcurso de la conversación le pediría igualmente que fuese preparando el terreno para un anuncio que ella misma se encargaría de hacer a su hijastra muy pronto.

A esas alturas de su nueva vida, Auriola había renunciado a buscar al caballero de la túnica parda entre la mesnada real. Transcurridos cinco años desde su fugaz encuentro sin recibir noticias suyas, procuraba evitarse nuevas decepciones permaneciendo en sus aposentos mientras todo León se echaba a la calle con el propósito de asistir al desfile triunfal de las tropas. Se escondía, aunque no lo suficiente como para escapar al criado enviado por doña Urraca, quien la urgió a dirigirse al salón del trono donde la esperaba la Reina.

La magnificencia de esa estancia seguía impresionando a la muchacha criada en la humilde tenencia de Lurat, no solo por su tamaño, sino por su decoración en extremo lujosa. La fría piedra de las paredes estaba cubierta de ricos paños bordados en una infinita variedad de colores. Además de las luminarias redondas colgadas de las vigas del techo, media docena de candelabros de tres patas sostenían velas suficientes para convertir la noche en día y perfumar el ambiente con el suave aroma de la cera virgen. A esa hora estaban apagadas, dada la luz que entraba por las ventanas abiertas al sol de la primavera, aunque una lumbre prendida en la inmensa chimenea libraba una dura batalla con la humedad del ambiente. El mobiliario consistía en una mesa de gran tamaño en forma de T y varios escaños que podían moverse de un sitio a otro en función de la necesidad.

En el centro de la sala, alfombrada de pieles, se encontraba doña Urraca, sentada en una cátedra de roble macizo, asiento ancho y respaldo alto, mullida con cojines de seda rellenos de pluma. A su lado, sobre una mesita baja, descansaba un tablero de ajedrez, juego de origen musulmán al que tanto ella como el Rey eran muy aficionados.

La partida que libraban sarracenos y cristianos desde tiempos inmemoriales se parecía mucho, de hecho, a las que disputaban sobre ese campo simbólico peones, alfiles, torres, caballos y reyes, aunque las piezas de marfil caídas no sangraran ni llamaran a sus madres en la agonía que precede a la muerte. Por lo demás, en aras de alcanzar la victoria, ambos terrenos de disputa exigían igual paciencia, estrategia, sacrificio y visión de futuro.

Cuando Auriola se presentó ante su señora y compuso una reverencia, la Reina mandó que le acercaran una silla a fin de entablar con ella lo que deseaba fuera una charla amistosa.

—Me alegra mucho verte con tan buena salud, mi querida Auriola, aunque me apena saberte aún soltera.

—Perded cuidado, majestad —respondió ella sonriente—. No tengo quejas sobre mi destino. Cada día agradezco al cielo la suerte de haber podido acompañaros y así conocer a los príncipes.

—Ya que los mencionas —fue al grano la soberana, obviando prolegómenos inútiles—, quisiera que me contaras cómo los ves tú desde la intimidad que, según mis informes, has establecido con ellos. ¿Te abren sus corazones? ¿Prestan acaso oídos al veneno que más de un cortesano intenta verterles?

Sorprendida por ese abordaje tan directo como inesperado, Auriola se quedó muda.

—Habla sin miedo, querida. Estamos entre amigas y mi única preocupación es el bienestar de los infantes.

—También la mía, mi señora —se apresuró a decir la dama, sin comprender el propósito de ese interrogatorio—. Tal como os juré en su día, intento que sean felices en la medida de mis posibilidades, que son escasas. Como bien sabéis, ellos tienen preceptores, confesores, ayos y ayas, instructores de armas y demás gentes principales cuya voz escuchan a buen seguro con mucha más atención de la que prestan a mis historias de dragones y princesas.

—Aun así —remachó la Reina—, tú pasas tiempo con ellos y hasta donde sé, te aprecian.

—Me gusta pensar que sí; que esos mocetes… ¡perdón! los infantes, se sienten a gusto conmigo. Ese es mi único propósito.

—¿Sabes si reciben visitas impropias o peligrosas? Mis informadores llegan hasta donde llegan, pero no descarto que algunas cosas escapen a mi control, y por supuesto al del Rey a quien todos servimos.

—No os comprendo, majestad.

—Sí lo haces, Auriola —endureció la voz—. No eres ni has sido nunca una necia. Percibes que la traición anida aquí mismo, en la capital, por no mencionar a ciertos magnates locales empeñados en engrandecer su poder en detrimento de los dominios reales.

—Si es así, lo desconozco —se hizo la tonta la dama—. Puedo aseguraros, no obstante, que los príncipes aman con sincera devoción a su padre, os honran de corazón y jamás secundarían maniobras como las que relatáis. Son buenos chicos. De verdad que lo son.

—Tus palabras me tranquilizan. —Relajó el gesto doña Urraca recuperando la belleza serena que había cautivado en su día a don Alfonso y aún lo mantenía prendado de su cuerpo, pese a que este evidenciara los efectos de su reciente preñez, disimulados por las modistas añadiendo pliegues a sus faldas—. ¿Qué más puedes contarme sobre ellos?

Auriola volvió a callar, confrontada a un dilema de difícil resolución. Por un lado debía guardar el secreto prometido a esos huérfanos a cambio de su confianza y, por el otro, estaba su deber sagrado de mostrar lealtad a la Reina. Afortunadamente para ella, empero, ninguna de las confesiones infantiles escuchadas de sus labios resultaba en absoluto comprometedora para nadie, por lo que pudo responder sin mentir:

—El príncipe Bermudo es impetuoso, como corresponde a su edad. Osado, temerario, imparable, algunas veces caprichoso… Tiene mucha prisa por crecer para empuñar la espada y, como ya os he dicho, siente auténtica veneración por su padre.

—Eso me agrada —asintió la Reina.

—Apenas lo veo ya —añadió la dama con pena—. Sus múltiples obligaciones lo mantienen siempre ocupado, de modo que podría haber cambiado en los últimos tiempos.

—No lo creo. Pienso como tú que su alma es noble. Si logra domeñar ese temperamento, por lo demás propio del guerrero que está llamado a ser, será un buen rey cuando llegue su hora.

—Lo será, majestad.

—¿Y qué me dices de doña Sancha? —Una inflexión casi imperceptible había aligerado el tono de Urraca—. ¿Se abre más ella contigo?

—Doña Sancha es todo dulzura, aunque su carácter sea tan fuerte como su sentido del deber —replicó Auriola con sincero orgullo—. Obediente y disciplinada, cumple con sus tareas y ayuda a su hermano en las suyas siempre que le resulta posible, si bien últimamente también ella lo frecuenta menos de lo que desearía. Durante todos estos años no ha dejado de sorprenderme el amor que ponía en cuidarlo y protegerlo ante cualquier adversidad, adoptando el papel de la madre a quien ambos echan en falta.

—Es natural —la Reina restó importancia al comentario—. Yo me he esforzado cuanto he podido, pero la sangre es la sangre…

—Disculpadme, majestad —reculó Auriola—. No era eso lo que pretendía decir. Me refería a que doña Sancha vela por su hermano con un celo impropio del año escaso que los separa.

—Lo había entendido —repuso Urraca, alzando la barbilla con gesto altanero.

—Además —prosiguió la dama, en un intento desesperado de hacerse perdonar—, últimamente piensa menos en él porque ha empezado a soñar con otra clase de príncipes… Ya sabéis a qué me refiero.

La conversación había llegado exactamente al punto que deseaba la soberana, cuya satisfacción se hizo patente en la sonrisa que le iluminó el rostro.

Con once años cumplidos, la infanta Sancha había alcanzado la edad idónea para casarse, por lo que don Alfonso de

León y su cuñado, Sancho de Navarra, habían convenido arreglar sus esponsales con el conde de Castilla, García Sánchez, hijo de Sancho García, que contaba a la sazón diecinueve. El enlace reforzaría el vínculo del Reino con uno de sus territorios más levantiscos, bajo el manto protector del poderoso monarca pamplonés, cuya sombra se extendía imparable.

Acordados los términos de la unión por los encargados de hacerlo, era hora de informar a los contrayentes, a fin de despertar en ellos la curiosidad e ilusión necesarias para conseguir no solo su consentimiento, que se daba por supuesto, sino su plena implicación personal en el plan.

—De modo que nuestra infanta sueña con caballeros —fingió asombrarse la Reina.

—Como cualquier doncella, majestad —salió en su defensa Auriola, sin saber lo que ocultaban exactamente esas palabras.

—Pues albriciémonos, porque está a punto de conocer a su futuro marido y te aseguro que le va a gustar.

—¡Qué gran noticia, mi señora!

—De momento, guárdatela, ¿queda claro? —Urraca volvió a extremar la seriedad—. Ni una palabra a doña Sancha. Yo me encargaré de revelárselo cuando y como convenga. Anímala, eso sí, a pensar en el matrimonio como en algo placentero. Alimenta esas fantasías. Y ábrete a él tú también, porque pronto llegará el día en que los infantes a los que has servido dejen de tener espacio para ti en sus vidas.

10

El día había empezado bien. De manera inmejorable, en realidad, a pesar de la zozobra patente en la voz de Sancha mientras, al borde del llanto, relataba a su querida Auriola lo que se había encontrado en la cama al despertar esa mañana: una mancha de sangre en las sábanas.

—¡Ya eres mujer, prenda mía! —la felicitó exultante la navarra, que se permitía esa familiaridad en el trato únicamente cuando estaban a solas—. No tengas miedo ni te preocupes. Tampoco prestes oídos a quienes te hablen de impureza u otras sandeces similares. Sangrar es la mejor señal que podría enviarte el cielo. Significa que serás madre en cuanto te cases, lo cual no tardará en suceder.

Auriola transmitía a su manera espontánea, directa y sin eufemismos lo que ella misma había aprendido de su añorada Galinda, imbuida de sabiduría ancestral: que ese flujo incómodo, a menudo doloroso, casi siempre inoportuno y misteriosamente acompasado a la luna, constituía una condición necesaria para cumplir con la misión sagrada de parir hijos llamados a alegrar la vejez de sus padres. Que nada había en ello de sucio, ni mucho menos suponía una tacha para la condición femenina, como habían sostenido desde antiguo clérigos cristianos o sarracenos e incluso sacerdotes de otros cultos anteriores. Que ese sangrado era un don divino. Un regalo merced al cual se le abrirían las puertas de un destino venturoso. De ahí que insistiera, entusiasmada:

—Cuando se lo cuentes a la Reina, que espera impaciente la noticia, la celebraremos como corresponde.

La princesa interrogaba con la mirada a la dama, dudando entre preguntar o esperar a que ella siguiera hablando. El decoro exigible a una doncella impedía referirse abiertamente a algo tan íntimo como la menstruación, motivo por el cual un gran número de muchachas vivía el paso a la pubertad con temor a sufrir algún tipo de enfermedad, seguido de una profunda vergüenza ante el aislamiento derivado de ese trance. Las mujeres de alcurnia se recluían en sus aposentos durante esos días «especiales». Las de condición servil o campesina no podían permitirse tal lujo, aunque tampoco proclamaban a los cuatro vientos un estado que a ninguna producía la menor satisfacción. Simplemente lo sufrían, silenciosas, como tantas otras cruces inherentes a ser hijas de Eva.

Auriola había experimentado esas desagradables sensaciones en su momento, superándolas fácilmente merced al auxilio de Galinda. A ese respecto, también, el campo resultaba ser más benévolo que la ciudad, dada la estrecha unión existente entre sus habitantes y la naturaleza. La corte de León se situaba en el extremo opuesto, lo cual no sería un obstáculo para que ella prestara toda su ayuda a su pupila. El hecho de ser una infanta, además, le posibilitaría disfrutar de ventajas sustanciales que reducirían de forma drástica las inevitables molestias.

—Esto que te ha ocurrido hoy durará cuatro o cinco días y se repetirá cada mes —le anunció, risueña, cogiéndole de la mano para calmar la ansiedad de la muchacha que la miraba con ojos inquisidores.

—¿Es grave? —acertó a musitar la princesa.

—Es lo más natural del mundo, mi chica —la tranquilizó Auriola—. Nada tienes que temer. A todas las mujeres nos ocurre lo mismo.

—¿También a las monjas?

—También. A todas.

—Entonces ¿las monjas tienen hijos? —El tono denotaba verdadera estupefacción.

—No, Sancha. Las monjas no tienen hijos porque para concebirlos no basta con sangrar cada luna. Es preciso también el concurso del marido.

—¿Y cómo se manifiesta ese concurso? —Una vez rota la barrera del pudor, la curiosidad de la infanta se tornaba insaciable.

Sin pretenderlo, la conversación había alcanzado un punto que superaba con creces lo que Auriola había previsto. ¿Cómo iba a explicar lo que, a falta de experiencia, constituía un misterio para ella misma? Había visto aparearse animales y conocía el procedimiento, pero suponía, o quería suponer, que en el caso de las personas el mecanismo sería distinto. ¿Cómo iba a consentir el Señor que las criaturas hechas a su imagen y semejanza se comportaran igual que los caballos o las ovejas? Por fuerza debía existir otro modo, que ya descubrirían ambas cuando llegara el momento.

—Lo sabrás a su tiempo, mi niña. Y tendrá que instruirte en ese campo doña Urraca, cuando te anuncie el nombre de tu prometido, así como la fecha de tu boda.

—¿Tú lo conoces y me lo has ocultado? —se indignó la princesa, olvidando por un instante el origen de la charla.

—No conozco su nombre —mintió muy a su pesar la navarra, por no faltar a la palabra dada a su reina—, aunque sé que alguno se ha barajado.

—¡Dímelos!

—No puedo. No solo incumpliría un juramento, sino que probablemente conseguiría que me alejaran de ti como castigo. Tu madrastra se encargará de anunciártelo muy pronto y no creo desvelar nada inconveniente si te digo que el elegido te gustará.

Sancha siguió tirando de la lengua a su dama favorita, sin conseguir nada más que evasivas. Al cabo de un buen rato, esta logró a duras penas regresar a la cuestión inicial, para dar a conocer a la muchacha cómo debería hacer frente en el campo de lo práctico a la sangre que brotaría de su cuerpo a lo largo de las siguientes jornadas.

—Yo misma me encargaré de ordenar a tus doncellas que te proporcionen paños limpios en abundancia y te enseñaré a sujetarlos a las calzas mediante alfileres, aunque, si lo prefieres, ellas lo harán por ti. No resulta difícil.

—¿Me dolerá?

—Es posible, máxime al principio. Pero para todo hay remedio. —Le acarició con ternura la mejilla—. Una buena infusión de manzanilla o una jarra de cerveza tibia, aderezada con canela, obrarán milagros. Las campesinas no dejan de ir a la era, a menudo con sus pequeños a cuestas, las criadas continúan trabajando y las tenderas vendiendo pan o pescado. ¿Podrá decir alguien de ti que la hija de un rey fue menos?

Sancha no contestó. Seguía asustada por ese acontecimiento repentino, cuyo significado no terminaba de comprender, aun intuyendo que supondría un vuelco irreversible en su vida. Esa noche de verano decía adiós a la niñez, sin tener la menor idea de cómo afrontar la siguiente etapa, ni mucho menos sospechar que lo peor estaba por llegar, en razón de una coincidencia dispuesta por el azar para fundir en un mismo crisol dos sangres de igual color pero significados opuestos. Vida y muerte.

* * *

Al caer la tarde, todo el palacio se vio sacudido por un enorme revuelo cuyos ecos llegaron hasta las habitaciones de la infanta, quien distraía su desasosiego jugando con Auriola a las tabas.

En esa ocasión, cosa rara, se les había unido el joven Bermudo, tan diestro con esos huesos como en el manejo de la lanza y la espada de fuste con las que se adiestraba a sus once años. Como heredero al trono, su padre había dispuesto para él una formación militar harto rigurosa, que incluía aprender a cabalgar sobre una montura de guerra de gran alzada, provista de silla de borrenes altos y estribos para los pies; una novedad de procedencia sarracena, recién introducida en la caballería cristiana, que facilitaba notablemente el dominio del animal.

La dama navarra era quien había iniciado a los infantes en esa diversión popular de las tabas, al poco de conocerlos, y todavía de cuando en cuando seguían midiendo sus habilidades, lanzando al aire las pequeñas piezas a ver cuál de los tres se anotaba más puntos haciendo que cayeran en la posición deseada. Conseguir ese propósito resultaba mucho más complejo de lo que podía parecer a primera vista, y precisaba de tanto control como agilidad. Por eso los instructores del príncipe le permitían a regañadientes entregarse a ese solaz, siempre que antes hubiese acabado todas sus tareas.

En un principio ninguno de los jugadores prestó demasiada atención al jaleo, embebidos en su disputada partida. Cuando un lacayo irrumpió en la estancia para requerir la presencia de los príncipes en el salón principal, todos intuyeron que algo grave sucedía, aunque ninguno de sus presagios se acercara siquiera a la terrible realidad que estaban a punto de descubrir.

Acudieron deprisa a la llamada, los tres juntos. Recorrieron en silencio los pasillos familiares, camino de la estancia en cuestión, aunque Auriola no pudo ahogar una exclamación de sorpresa al encontrarse frente a frente allí con la última persona que habría esperado ver: el caballero de la túnica parda con quien seguía soñando, por más que su mente luchara para olvidarlo. Y sin embargo era él, precisamente él, quien los esperaba junto a doña Urraca, rodilla en tierra, con la cabeza gacha apoyada en la mano izquierda y la derecha descansando sobre la pierna temblorosa, a punto de desfallecer.

* * *

Ramiro de Lobera había partido de Viseu el 7 de agosto de ese año 1028 del Señor, infausto para siempre en su memoria, con el alma destrozada y el corazón atenazado por el miedo.

A costa de llevar a su corcel al borde de la extenuación, obligándolo a cubrir distancias de diez leguas diarias o más, recorrió en poco más de una semana las ochenta que separaban la ciudad sarracena de la capital leonesa, sin apenas descansar ni ingerir más alimento que el tasajo y el pan duro cargado a toda prisa en sus alforjas por el escudero dejado atrás.

No tenía un segundo que perder. Muerto el Rey de un flechazo fatal frente a las murallas de la plaza sitiada, su heredero, casi un niño, se convertía en presa fácil para cuantos conspiradores quisieran aprovechar la ocasión y deshacerse de él.

Todo había sucedido tan rápido…

La hueste leonesa había puesto sitio a la plaza, decidida a rendirla por hambre o bien tomarla al asalto. Solo era cuestión de tiempo que claudicase. Pero Alfonso, joven e incauto, cometió la temeridad de acercarse a inspeccionar sus murallas sin vestir la loriga ni el peto de cuero. Y él, Ramiro, que debería haberse interpuesto entre su señor y la flecha disparada por un ballestero sarraceno, solo pudo contemplar cómo ese tiro certero derribaba de su montura al monarca, alcanzado de lleno en el pecho.

La escena quedó grabada para siempre en su retina.

—¡Señor, señor, respondedme, en nombre de Cristo! —Se veía a sí mismo agachado al lado del herido, tratando de cubrirlo con su cuerpo mientras él se esforzaba por hablar—. No malgastéis el aliento, os lo ruego. Saldréis de esta. Yo os sacaré de aquí.

Para entonces, la milicia real había formado una empalizada humana alrededor del soberano, aunque ya era tarde. Desde las almenas de la villa sitiada, los compañeros del ballestero celebraban ruidosamente la valiosa pieza cobrada, incrédulos ante su suerte. Su moral estaba por las nubes. La de los cristianos, en cambio, se hundía hacia los infiernos.

—Ramiro —musitó el Rey con un hilo de voz—, me muero…

—¡No lo permita Dios!

—¡Escúchame! —Le apretó la mano—. Mi hijo Bermudo solo tiene once años…

No eran precisas más palabras que expresaran lo que quería decir. Resultaba evidente a ojos de cualquiera que supiese algo de las intrigas palaciegas en las que vivía sumido el Reino, y Ramiro llevaba en la corte el tiempo suficiente para hacerse cargo de la situación. Aprovechando la debilidad del heredero, tanto los magnates rebeldes a la autoridad real como el poderoso rey de Pamplona se abalanzarían sobre él como buitres. Su madrastra, la reina Urraca, poco podría hacer para defender sus derechos, en el supuesto de que intentara hacerlo en lugar de plegarse directamente a la voluntad de su hermano. Todo el legado de Alfonso correría grave peligro.

—No temáis, señor —respondió Ramiro, tratando de impostar una seguridad que estaba lejos de sentir—. El príncipe se convertirá en hombre y seguirá vuestros pasos. Será un gran rey, digno de vuestro linaje.

El augurio de su leal vasallo no bastó para apaciguar al moribundo. Entre estertores agónicos, con la mirada extraviada, clavó sus ojos en los del soldado que, de rodillas, sujetaba su cabeza entre las manos. Este creyó leer en ellos una pregunta y se apresuró a contestar:

—Juro por mi honor que defenderé al infante con mi vida.

Y allí estaba, ante él, decidido a honrar su juramento.

¡Bien sabía el infanzón de Lobera que en la lista de la traición nunca faltaban nombres! Caerían sobre el príncipe, como cuervos, nobles y magnates varios empeñados en robarle la corona. La vida de don Bermudo estaría en grave peligro en cuanto corriese la voz de lo acaecido en la villa lusa. De ahí la urgencia en regresar cuanto antes junto al nuevo ocupante del trono, a fin de brindarle amparo.

Mientras asistía impotente a la agonía de don Alfonso, ese monarca con quien estaría siempre en deuda, Ramiro había empeñado su palabra en llevar a cabo la misión sagrada de proteger al heredero a cualquier precio. Por eso, al poco de exhalar el Rey su último aliento, subió a su caballo sin encomendarse a nadie, decidido a ser el primero en llevar la trágica nueva a León.

Cubierto de sudor y barro sobrepuestos a la sangre de su señor, apestando a mugre, apenas reconocible bajo la barba y el cabello crecidos hasta ocultar buena parte de su rostro curtido por la implacable intemperie, se presentó ante la Reina esa tarde, presto a cumplir con el deber más penoso al que jamás se hubiese enfrentado.

Viendo el estado de ese caballero, doña Urraca se puso en lo peor, sin por ello perder la compostura. Era hija y hermana de reyes. Había sido educada para soportar los golpes, ocultando sus emociones en lo más profundo de su ser. Si debía llorar, como temía, lo haría en la soledad de sus aposentos. Ante sus hijastros y sus damas, reunidos a su alrededor para oír lo que ese mensajero del frente hubiese venido a decir, se mantuvo erguida sobre su escaño, las manos sobre el regazo, dispuesta a demostrar la entereza que el pueblo y la corte esperaban de su soberana.

Hincado de hinojos ante ella, abrumado por la pena, Ramiro escupió la espina que le desgarraba el alma:

—El Rey ha muerto, mi señora. Cayó luchando con bravura frente a las murallas de Viseu.

Luego levantó la mirada y Auriola se encontró con sus ojos. Ojos de un azul profundo que el dolor teñía de luto.

11

Transcurrieron largos días hasta que volvieron a verse. Ramiro no se separaba del príncipe, sumido en un torbellino de emociones para el cual no estaba preparado, y Auriola trataba de consolar a Sancha hablándole del hombre que pronto llegaría a su vida para llenarla de alegría.

El palacio era un ir y venir constante de condes, abades, obispos y demás magnates, cada cual interesado en imponer su criterio y hacer valer sus peticiones aprovechando el vacío de poder creado por la súbita desaparición del monarca. Una muerte absurda, a tenor de lo que se había ido sabiendo, acaecida como resultado de una imprudencia imperdonable en un guerrero de su experiencia: pasearse en mangas de camisa a lomos de su corcel al pie de las fortificaciones que se disponía a tomar, colocándose de ese modo a tiro de un ballestero enemigo cuyo dardo alcanzó su pecho, desprovisto de coraza.

Ni el sarraceno habría podido aspirar a más, ni el cristiano imaginar que sucumbiría a la flecha de un adversario sin rostro antes de cumplir los treinta, dejando la corona en manos de un heredero casi tan niño como lo había sido él al recibirla de su padre.

La historia se repetía, implacable, obligando a sus protagonistas a bailar al son tenebroso de los timbales de guerra.

Doña Urraca, fuerte como el haya, no tardó en hacerse con las riendas del Reino. Informado del luctuoso suceso su hermano, a quien despachó un mensajero con órdenes de viajar a toda prisa a Nájera, se dispuso a ejercer la regencia en espera de que Bermudo alcanzara la edad considerada adecuada para empezar a gobernar por su cuenta, establecida a los quince años. Hasta entonces sería ella la encargada de velar por los asuntos de Estado, sometida a los ataques constantes de los bandos enfrentados.

No quiso cargar a su hijastro con un peso aún mayor del que llevaba sobre las espaldas advirtiéndole de lo que les aguardaba a ambos, pero se encomendó a Dios, tanto como a don Sancho, para que la auxiliaran en la tarea que tenía ante sí.

Ramiro apenas conocía al infante. Lo había visto en alguna ocasión en compañía del Rey, e incluso había practicado ante él algunos lances con el hacha vikinga, para solaz del pequeño, pero ignoraba lo que el muchacho llevaba dentro y lo que podía esperarse. Era plenamente consciente, empero, del compromiso inviolable contraído con su señor difunto, y se atenía a él, a su manera, manteniéndose a corta distancia del chico, siempre alerta, espada al cinto y guardia alta.

Ni siquiera la certeza de que Auriola andaba cerca, bajo el mismo techo, acaso en la estancia contigua, lo inducía a distraerse de esa estrecha vigilancia. Y no por falta de curiosidad o deseo, sino porque la culpa le roía las entrañas con voracidad. Se sentía responsable de haber dejado morir a don Alfonso, de haberle permitido cabalgar sin armadura, de no haberse interpuesto entre el acero asesino y el torso del monarca, de no haber caído en su lugar.

Semejante fardo sobre la conciencia necesitaba expiación y, sin mediar confesión ni prescripción del sacerdote, él mismo se había impuesto la penitencia de sacrificar su felicidad... Hasta el día en que se dio de bruces con la doncella de cabello rubio que le había sonreído tiempo atrás a las puertas de la capital.

Se encontraron precisamente en el patio del palacio, al despuntar el alba. Él se dirigía a las caballerizas a comprobar el estado de su maltrecho animal y ella había salido a tomar un poco del aire fresco que echaba a faltar encerrada entre cuatro paredes. Ramiro se detuvo en seco, sin saber qué hacer o decir. Auriola, igual de cohibida, solo acertó a sonreír. Ese gesto dibujó dos hoyuelos en sus mejillas, que llevaron al infanzón de regreso a un pasado dichoso y rompieron por completo el hielo.

—Mi señora —se inclinó, galante—, permitidme que me presente. Soy Ramiro de Lobera, humilde servidor de nuestro llorado don Alfonso.

—Ya iba siendo hora de que me dijerais vuestro nombre —respondió ella impostando enfado—. ¿No os parece? Deberíais haberlo hecho en el mismo instante en que cruzasteis vuestra mirada con la mía. Eso habría hecho un caballero.

Semejante rapapolvo dejó paralizado al infanzón, quien no acertaba a distinguir si hablaba en serio o simplemente lo ponía a prueba. El tormento, sin embargo, no duró mucho, porque ella abandonó enseguida el tono ofendido para regresar a su naturaleza espontánea y jovial.

—Perded cuidado. No os guardo el menor rencor. Yo soy Auriola de Lurat, dama de la reina Urraca y en estas horas tan tristes paño de lágrimas de unos príncipes que acaban de perder a su padre.

Con dieciocho años recién cumplidos, Auriola rebosaba juventud y belleza. Su piel de marfil conservaba intacta la tersura, a salvo de agresiones externas. Su cuerpo esbelto había ido adquiriendo curvas en los lugares precisos, sin perder el talle. Seguía careciendo de gracia al caminar, debido en parte al tamaño de sus pies y en parte a las prisas que casi siempre guiaban sus pasos, aunque compensaba esa falta de donaire con una elegancia natural nacida de su porte noble, su mirada limpia y una sonrisa idéntica a la que había cautivado a Ramiro.

Él estaba a punto de alcanzar los treinta y había perdido algún molar, si bien una poblada barba ocultaba la ausencia de esas piezas incluso cuando hablaba o reía. Un cabello oscuro, abundante y largo enmarcaba su rostro moreno, surcado de arrugas pronunciadas alrededor de los ojos repletos de vida, cuya expresión y tonalidad cambiante constituían un espejo fiel de su estado de ánimo. De una altura similar a la de la dama, se erguía espontáneamente en su presencia, cual gallo exhibiendo las plumas. Sus manos, encallecidas a fuerza de empuñar las armas, eran grandes, poderosas, semejantes a sarmientos o ramas de olivo. Su voz grave parecía proceder de las profundidades de la tierra, envuelta en calidez. Todo en él dejaba ver la solidez del guerrero, aunque mostrara una timidez casi infantil al dirigirse a ella.

—Lo mío siempre ha sido el combate, mi señora. Apenas recuerdo otra cosa. Temo no haber tenido tiempo para curtirme en los usos y costumbres de la corte…

—Me alegra sobremanera saberlo. ¡No los soporto!

—¿Qué ocupa entonces vuestros días aquí en palacio? —inquirió él, aliviado por esas palabras.

—La Reina me encomendó al poco de nuestra llegada velar por sus hijastros, tarea a la que me he dedicado en cuerpo y alma. ¡Pobres criaturas! Primero su madre y ahora su padre. Huerfanicos míos...

—¿Deduzco que no os habéis casado? —El tono rebosaba esperanza.

—Pretendientes no me han faltado —aclaró ella, recordando los consejos de María Velasco—, aunque ninguno tan atractivo como para alejarme de mis niños. De los infantes, quería decir.

—Don Bermudo ya es el soberano de León, aunque su madrastra ejerza la regencia —precisó el caballero, sorprendido por la familiaridad con la que ella hablaba de los príncipes—. Juré a su padre moribundo protegerlo con mi vida y sabe Dios que honraré ese juramento, aunque sea lo último que haga. ¡No permita el Señor que vuelva a fallar a mi rey!

—En tal caso tendréis que emplearos a fondo, porque Bermudo posee un temperamento indomable —comentó Auriola, jocosa, haciendo gala de su intimidad con él—. Es noble y también valiente, aunque ha echado en falta a su padre y trata de impresionar a sus ayos yendo siempre por delante de los ejercicios que le marcan. Lo mismo ha hecho conmigo. Hasta quiere ganarme a las tabas, siendo yo quien le enseñó ese juego.

Los ojos de Ramiro se abrieron como platos, en señal de incredulidad.

—¿He dicho algo inconveniente? —preguntó ella, sin comprender esa reacción.

—Bueno, las tabas no me parecen una actividad propia de príncipes —repuso él con cierta suficiencia—, y menos tratándose de un varón...

Auriola endureció el gesto, a la vez que afilaba el tono para decir:

—¿Os parece demasiado fácil? ¿Pueril acaso? Os desafío a una ronda. Lanzaremos las tabas al aire y veremos cuál de los dos es más rápido, diestro y certero.

—Me doblegaríais sin dificultad —plegó velas él, vencido antes de luchar—. Aceptad mi rendición junto con mis disculpas. No pretendía ofenderos.

La navarra fingió pensárselo unos instantes, aunque habría aceptado cualquier cosa que él le propusiera. De ahí que viera el cielo abierto cuando el infanzón añadió:

—¿Podríamos volver a vernos aquí mismo esta noche, cuando todo el palacio duerma? Me aseguraré de que una guardia de hombres leales custodie los aposentos del Rey, a fin de gozar un rato más en vuestra compañía, si tal cosa os place, dulce Auriola.

—Tal vez salga a tomar el fresco antes de los maitines —replicó ella, enigmática, sintiendo cómo ese «dulce» repicaba en sus oídos—. Me gusta esta hora tranquila en la que todo es silencio…

—Os estaré aguardando impaciente.

* * *

Ramiro tomó su decisión nada más despedirse de ella. Llevaba toda una vida esperándola y no pensaba desaprovechar la ocasión. Esa noche se jugaría el todo por el todo, a riesgo de perder la apuesta. ¿Qué alternativa tenía?

La muerte prematura de Alfonso no tardaría en traer consecuencias indeseables por todo el Reino. Pronto estallarían revueltas y disturbios que él debería acudir a sofocar en representación del rey niño, so pena de verlo destronado por alguno de los nobles que aspiraban a su corona, empezando por el rey navarro.

No le gustaba ese monarca. Recelaba de su ambición, de su poder y de sus manejos, ante los cuales Bermudo, un muchacho de once años, estaba prácticamente indefenso. Claro que tampoco podía contar con muchos de sus magnates, más preocupados por consolidar o ampliar sus respectivos feudos que por servir a su legítimo soberano y con él los intereses de un reino cuyo territorio parecía estar cada vez más fragmentado. Galicia, las tierras ganadas a los moros en Portugal, las Asturias de Oviedo, las de Santillana, vinculadas al pujante condado de Castilla, los campos góticos ricos en cereal... Esos vastos dominios resultaban difíciles de gobernar, máxime por un príncipe a quien don Sancho controlaba a través de la reina Urraca. Y a Ramiro no se le escapaba que el apetito del navarro parecía ser insaciable.

León se enfrentaba a tiempos difíciles que pondrían a prueba a sus mejores hombres. La guadaña de la parca asomaba por el horizonte, abrazada al fantasma de la guerra. El señor de Lobera no temía a la muerte ni mucho menos al combate, aunque sí a la soledad. Por eso se armó de valor, comprobó que su bolsa guardara suficiente cantidad de monedas y se dirigió al maestro orfebre más reputado de la ciudad, en busca de una alhaja digna de la dama a quien pensaba pedir matrimonio.

«No te daré motivos para avergonzarte de mí —pensó, evocando a su madre, quien se había despedido de él largos años atrás, en su aldea sin nombre situada a orillas del Cantábrico, instándolo a vivir con plenitud y a no sacrificar su dicha en el altar del deber—. Honraré la palabra dada a mi rey, pero conseguiré la mano de la mujer a la que amo. O cuando menos lo intentaré. Nadie podrá acusarme de haber cedido a la cobardía».

La luna estaba todavía baja cuando Ramiro se apostó exactamente en el mismo sitio que había ocupado esa mañana, preso de una excitación muy superior a cualquiera experimentada hasta entonces. Su corazón latía desbocado, preguntándose si ella aparecería o no, mientras daba vueltas y más vueltas a la sortija escogida como prenda de su amor: un rubí purísimo tallado en forma de óvalo y engarzado en oro, labrado a la medida de los finos dedos de Auriola.

A costa de un esfuerzo supremo de paciencia, cualidad de la que andaba escasa, la navarra esperó a la hora acordada para acercarse sigilosa hasta el patio, burlando la vigilancia de los guardias adormilados. También ella era un manojo de nervios, aunque había disimulado durante toda la jornada, guardándose para sí el encuentro con su caballero de la túnica parda ante el temor de una decepción. ¿Y si él finalmente no acudía a la cita? ¿Y si volvía a perderse en las sombras? Mejor no hacerse demasiadas ilusiones, no fuera a ser que acabaran nuevamente frustradas.

Avanzó casi a ciegas por los pasillos, apenas alumbrados aquí y allá mediante hachones anclados en los muros, hasta llegar al portón que se abría a las cuadras. Entonces lo vio, inquieto, toqueteando un objeto pequeño que sostenía en las manos mientras lanzaba miradas desesperadas hacia esa puerta. Cuando sus ojos se encontraron, apenas hicieron falta palabras.

Ella corrió a sus brazos, que la recibieron acogedores, cerrándose con fuerza sobre su cuerpo ávido de caricias. Él la besó en los labios, poniendo en ese beso toda su pasión, después de recorrer con las manos su nuca y su espalda. A duras penas se contuvo para no adentrarse más allá de lo que el decoro permitía a una dama. Ambos deseaban más, si bien refrenaron sus ansias. Permanecieron así, callados, abrazados en la oscuridad, gozando de esa intimidad tanto tiempo anhelada, hasta que Ramiro rompió el hechizo cuando ya asomaba el sol.

—Auriola de Lurat, ¿me haríais el hombre más feliz del orbe desposándoos conmigo?

La navarra no se esperaba una propuesta tan repentina. La petición la tomó por sorpresa y la dejó muda, silencio que él interpretó como el preludio de una negativa. Antes de escuchar de sus labios tal condena, sacó el anillo que había guardado en su bolsa, se lo ofreció, hincado de rodillas ante ella, y desplegó toda su elocuencia para añadir:

—No puedo compararme a vos en nobleza de sangre, pero me he ganado con la espada un dominio a orillas del Duero. Tierras suficientes para proporcionarnos un buen sustento, que pongo a vuestros pies si aceptáis compartirlas conmigo.

—Ramiro... —lo interrumpió ella.

—Dejadme acabar, os lo suplico —replicó él, temiéndose un rechazo en firme—. No soy un hombre rico, aunque tampoco carezco de fortuna. He corrido los prósperos campos moros el tiempo suficiente para acumular un buen botín. Y si es el linaje de nuestros hijos lo que os preocupa, sabed que el rey don Alfonso me armó personalmente caballero tres años ha, en la ermita de Santiago el Viejo. Fue su mano la que depositó en las mías la espada, el hacha y el escudo, mientras su voz pronunciaba las palabras sagradas. Ante él formulé mi juramento de lealtad. Sabe Dios que en Viseu no estuve a altura de ese...

—¡Basta! —lo cortó en seco la navarra, con una expresión divertida que contradecía el tono seco—. Callad y escuchad de una vez. Mi respuesta es sí. Una y mil veces sí.

El infanzón la atrajo con fuerza hacia él a fin de fundirse en un nuevo abrazo gozoso, aunque ella esquivó el gesto y añadió solemne:

—Antes de ratificar el compromiso, no obstante, sabed que lleváis lo que veis y nada más. Ni dote, ni castillos, ni joyas, ni una familia poderosa susceptible de apoyar vuestras ambiciones. Procedo de una humilde tenencia…

—Mi única ambición sois vos —zanjó en esa ocasión él, besando con delicadeza sus dedos, uno a uno, antes de introducir la sortija en el índice izquierdo, en aras de confirmar la pureza de sus intenciones—. Vuestro amor es lo único que anhelo. Pero, confesión por confesión, debo advertiros de que la vida a mi lado no será fácil ni carecerá de peligros.

La expresión serena de ella lo animó a continuar:

—Me ausentaré siempre que don Bermudo me llame, lo cual sucederá a menudo, tanto en la paz como en la guerra. Cuando esté lejos, dejaré a vuestro cargo nuestra hacienda, expuesta a frecuentes incursiones sarracenas, lo que os obligará a trocar vuestra plácida existencia en la corte por la de dueña de un dominio fronterizo en una casa indigna de llamarse hogar, carente de todo aquello que precisa una mujer. Habrá inviernos duros en los que acaso nos falte el pan y es probable que estéis sola cuando nazcan nuestros hijos. ¿Podréis soportar tal dureza?

—¡Por supuesto que podré! —se creció Auriola, apelando a su sangre navarra—. ¿Acaso lo ponéis en duda? Nada de cuanto decís me asusta, siempre que entre nosotros nunca anide la mentira ni os atreváis a esfumaros de nuevo, como hicisteis hace cinco años.

—Tenéis mi palabra, con la ayuda de Dios.

—Solo queda entonces obtener el permiso de la Reina, mi señora, a quien espero convencer de que nos dé su bendición.

—Si no lo hace —porfió Ramiro, medio en serio medio en broma—, me veré obligado a raptaros en plena noche y buscar un sacerdote que nos case en secreto.

—¡¿Seríais capaz de hacerlo?! —exclamó ella incrédula.

—Ponedme a prueba.

12

La boda quedó fijada para el día de Santa Pelagia. La fecha no brindaba mucho margen al luto debido al monarca difunto, cuyos restos traídos desde Viseu descansaban ya en el panteón de los reyes de San Isidoro en compañía de los de sus padres, pero se ajustaba a la urgencia de los esposos, impacientes por trasladarse a su hogar.

Nadie en palacio se sorprendió ante el anuncio del enlace. Las amigas íntimas de Auriola, como María Velasco, sabían de su amor por el misterioso caballero, y pese a no ser este un noble de cuna, su cercanía con el soberano bastaba para justificar su matrimonio con una dama de doña Urraca, situada en la cumbre del escalafón cortesano. Aunque no hubiera mediado sentimiento alguno en el arreglo, habría sido satisfactorio para todos.

Eran frecuentes las uniones entre hombres libres propietarios de tierras obtenidas a costa de los ismaelitas y mujeres de superior linaje. No había deshonra en ello. Antes al contrario, el respeto ganado en combate resultaba incluso más preciado que el recibido en herencia, pues el hecho de conseguirlo requería de fuerza y coraje. Además, muchas familias de renombre norteñas tenían más hijas casaderas que medios para dotarlas, con lo cual agradecían que un infanzón bien situado se interesara por alguna de ellas.

En el caso de Auriola, ni siquiera hizo falta pedir la venia del señor de Lurat, con quien perdió el contacto desde el día de su partida. Sus padres le habían explicado entonces con la más descarnada claridad que a partir de ese momento dependería únicamente de sí misma, lo cual, por otra parte, tampoco resultaba inusual. La tenencia del navarro apenas bastaba para procurar su propio sustento y quedaba muy lejos de León. Por eso había educado a su hija con la dureza necesaria para hacer de ella una superviviente.

Quien sí hubo de dar su consentimiento al matrimonio fue la Reina, a quien la joven acudió esa misma tarde, irradiando una luz impropia del duelo que oscurecía los aposentos y el corazón de la mujer a quien debía su suerte.

—Majestad. —Se inclinó ante ella con una reverencia impecable—. ¿Puedo importunaros un instante?

—Si no eres portadora de malas nuevas… —respondió doña Urraca, sombría, ataviada de blanco inmaculado y con el rostro cubierto por un velo del mismo color, propio de su condición de viuda.

—Al contrario, mi señora —su voz era un canto a la vida—. Vengo a pediros permiso para casarme.

La soberana levantó la vista, que mantenía fija en una labor, para mirar de frente a su dama. La estancia olía todavía al incienso quemado en ella durante el velatorio del monarca. El fuego ardía en la chimenea y los braseros, aunque solo la luz de un candelabro alumbraba el trabajo de la bordadora. El resto del salón estaba poblado de sombras, al igual que su ánimo.

—¿Casarte? —inquirió, escéptica—. Creía que habías rechazado a cuantos pretendientes te asediaban.

—Y así era, mi señora, hasta que apareció Ramiro. El caballero que trajo aviso de la trágica muerte del Rey.

—Macabro gusto el tuyo —escupió con desdén la regenta, quien había perdido a su esposo antes de cumplir treinta años y se veía abocada a gobernar en nombre de su hijastro un reino envuelto en traiciones y rencillas—. ¡Jamás lo habría dicho de ti!

Lejos de ofenderse, pues comprendía el porqué de ese desahogo, Auriola se sentó junto a su señora y desgranó para ella la historia de sus amoríos con el infanzón de Lobera. La soberana la escuchó con atención, formuló alguna pregunta certera y al cabo accedió al ruego, porque sentía sincero aprecio por esa muchacha franca que tan bien la había servido y también en atención a la lealtad que el llamado Ramiro mostró siempre a Alfonso.

Doña Urraca dijo sí, no sin antes advertir:

—Espero que sepas lo que haces, Auriola de Lurat. Tu hombre lleva una carga pesada a la espalda. Ha jurado proteger a Bermudo de cuantos enemigos lo acechan, tarea que absorberá todo su tiempo y sus desvelos. Nos esperan días difíciles. ¿Eres consciente de ello?

—Lo soy, mi señora. Y aun así deseo compartir su destino. Vos misma me dijisteis hace poco que pronto la princesa Sancha se desposará y no precisará de mí. Mucho menos el rey niño, quien tiene en vos y en vuestro hermano a los mejores consejeros. Nada me retiene ya en León. Dejad que marche con mi marido y emprenda un nuevo camino.

—Sea pues —concedió al fin la Reina—. No me opondré a lo que con tanto ahínco deseas. Solo confío en que ese guerrero sepa apreciar lo afortunado que es. Va a unir su sangre a la de una antigua familia navarra emparentada con los Arista y, por si tal honor no bastara, la depositaria de ese legado resulta ser la más hermosa e inteligente de mis damas. Contigo desposa tu linaje, tu talento y tus amistades. No parece ser un necio tu Ramiro de Lobera.

Auriola renunció a refutar las palabras de su señora. No merecía la pena. Era lógico que concibiera tales recelos, dados los elementos que tenía para juzgar. Ni siquiera ella misma era capaz de explicarse los fundamentos de una confianza nacida de una mirada y basada en la mera intuición. Carecía de argumentos racionales con los cuales defender al hombre de quien estaba enamorada. ¿Qué habría podido alegar? ¿Acaso lo conocía más allá del sabor de sus besos o el tacto rugoso de sus caricias? ¿Sabía de él algo más de lo que había querido contarle? No.

La pulsión que la unía a Ramiro era tan profunda como inexplicable. Podría estar equivocada, desde luego, aunque una voz interior la animaba a seguir adelante, porque era precisamente esa emoción intensa, desconocida y desconcertante para ambos, ajena a cualquier interés o lógica, la que estaba a punto de anudar una relación llamada a perdurar intacta mientras Dios les diera vida. No le cabía la menor duda. Junto a Ramiro resistiría cualquiera de los embates que quisiera infligirle el azar. Y si uno de los dos faltaba, el recuerdo de ese amor seguiría latiendo en el otro.

* * *

La infanta Sancha no tardó en hallar consuelo para su orfandad refugiándose en los preparativos de su boda con el joven conde de Castilla, llamado García, de quien se decía que era tan apuesto como galante, además de un bravo soldado. Concertadas las condiciones del matrimonio, la fecha de su celebración quedó fijada para el 13 de mayo del año siguiente, festividad de Santa Gliceria, lo que suponía que Auriola no podría asistir por encontrarse ya lejos de León, en los dominios de su esposo.

—Ese día te extrañaré más incluso que a mi madre, a quien apenas recuerdo —le confesó una mañana la princesa, mientras la navarra le cepillaba el cabello entretejiendo en él flores diminutas, blancas como la pureza, en una de las múltiples pruebas de peinados a las que ambas dedicaban buena parte de su tiempo.

—Estarás bien, mi niña —repuso Auriola, enternecida por el tono melancólico de una novia llamada a engendrar cuanto antes un linaje de reyes, pese a contar apenas once años de edad; los habituales tratándose de una mujer de su rango—. La reina doña Urraca velará por que todo transcurra del mejor modo y tu hermano mayor te conducirá al altar. Serás la novia más hermosa que nadie haya visto jamás.

—¿De verdad quieres perderte ese momento? —la tentó Sancha.

Auriola se detuvo, dejó sobre el tocador el cepillo con mango de plata que estaba utilizando, se colocó frente a la infanta y le dijo, mirándola a los ojos:

—No quisiera y tú lo sabes, reina mía. Pero nuestros caminos se separan. Tú marcharás con tu flamante marido a Castilla y yo me iré con Ramiro a la frontera.

—Donde vivirás entre enemigos, expuesta a un sinfín de peligros.

—Sabré cuidar de mí misma, tranquila. —La voz de Auriola transmitía una infinita calma—. Nos escribiremos, en la medida de lo posible. Y prometo ir a verte pronto.

—Vamos a ser muy felices, ¿verdad? —inquirió la muchacha, con ilusión infantil.

—¡Mucho! —convino su dama—. Somos muy afortunadas. Tú has sido prometida a un hombre de cuya honra todos se hacen lenguas y que te amará en cuanto te vea, estoy segura de ello. Y a mí me ha sido dado escoger mi destino junto al caballero de quien estoy enamorada. ¿Qué más podríamos pedir?

Si hubiera sabido lo que esperaba a esa princesa a quien quería como a una hija, se habría tragado esas palabras. Acaso hubiese renunciado incluso a su propia dicha, con el fin de acompañarla en la hora amarga que se abría ante ella. Pero las tragedias rara vez se nos anuncian e incluso cuando lo hacen solemos ignorar sus señales. De no ser por esa ignorancia, la vida resultaría insufrible.

* * *

Se casaron en la iglesia de San Juan Bautista, la misma que acogería unos meses más tarde la boda de Sancha y García, por expreso deseo de la infanta, quien deseaba obsequiar de ese modo a su amiga y a la vez llevar a cabo algo parecido a un ensayo general del enlace con el que soñaba. Los invitados leoneses serían prácticamente los mismos, empezando por el rey adolescente, su hermana y su madrastra, cuya presencia atraía a los altos dignatarios de la corte como la miel a las moscas.

El día amaneció lluvioso y gris, propio de la estación otoñal, aunque ninguna inclemencia era capaz de nublar el ánimo de los novios. Él había adquirido para la ocasión una rica saya carmesí y un manto nuevo de color azul, por los que pagó veinte sueldos tras regatear un buen rato con el vendedor en el mercado. Estrenaba asimismo escarpines de piel. La víspera había acudido a los baños públicos, antes de ponerse en manos del barbero, para presentarse ante su esposa como el caballero que era. Una conducta sorprendente en él, toda vez que jamás le había preocupado su aspecto.

Pensando en su noche de bodas, Auriola también se había dejado enjabonar y ungir tanto el cuerpo como la melena con aceites perfumados, antes de endosar una camisa bordada de lino fino y un brial de brocado en tonos celestes, regalo de doña Urraca, que realzaban su figura esbelta. El espejo de metal bruñido en el que se contempló, una vez vestida, le devolvió una imagen borrosa, suficiente empero para transmitirle seguridad. Impaciente por subir a la silla de manos que la conduciría al templo, ella misma se ciñó una corona de flores de campo sobre el velo que cubría su rostro, cuyo delicado tejido no llegaba a ocultar del todo el azul intenso de sus ojos.

La iglesia estaba bañada por la luz cálida de las velas que sostenían lámparas y candelabros. Un fuerte perfume a incienso impregnaba el aire, hasta el punto de embriagar a los presentes con su penetrante aroma, siempre preferible al de la multitud congregada allí. Ofició la ceremonia el confesor de Auriola, un clérigo ya anciano también de ascendencia navarra, quien trocó unos instantes la solemnidad de los latines por la lengua vernácula de León para instar a Ramiro a proteger a su esposa y recordar a esta su deber de honrarle y obedecerle en todo. Al entrar y salir los novios con paso firme, lo hicieron al son de la música de cítaras y vihuelas tañidas por músicos invisibles, que también acompañaron las antífonas y los cánticos coreados por los fieles.

Tal como había aventurado Sancha, los astros se alinearon con el propósito de repartir felicidad entre los presentes.

Un banquete austero tuvo lugar en los salones de palacio, donde aún se guardaba luto por la reciente muerte del rey Alfonso. Asistieron al mismo únicamente los más íntimos, que compartieron una sopa de picadillo y menudos, lomos de adobo, truchas frescas fritas en manteca de cerdo y un par de corderos asados, engullidos entre ríos de grasa que los comensales limpiaban en el mantel, los aguamaniles de plata o los paños, llamados sábanos, dispuestos a tal efecto. Remataron el ágape varias bandejas de quesos curados y finalmente dulces de canela y miel.

No hubo baile, ni jolgorio, ni derroche de vino o sidra, aunque los criados rellenaron más de una vez las redomas sacando caldo de las cubas donde envejecía lo mejor de la bodega. Lo que más ardientemente deseaban los protagonistas de la fiesta era retirarse a la estancia preparada para ellos, a fin de dar rienda suelta a la pasión que llevaban demasiado tiempo conteniendo. Y el ansiado momento llegó, al fin, cuando doña Urraca les otorgó su venia para ausentarse del convite.

Lo sucedido a continuación superó de largo las más altas expectativas concebidas por Auriola en su imaginación.

Sus antiguas compañeras casadas le habían dado versiones muy diferentes de lo que podía esperar. Alguna se quejaba amargamente de tener que cumplir demasiado a menudo con su penoso deber conyugal, otras se mostraban resignadas y Clara, la deslenguada, solía sonreír enigmática cada vez que surgía el tema en las conversaciones mantenidas entre puntada y puntada de sus respectivas labores.

—No prestes oídos a esas mojigatas —le había dicho la víspera, mientras hacían acopio de afeites destinados a su ritual de belleza—. Si tu hombre es amable contigo, te sorprenderá para bien.

Y sabía Dios hasta qué punto había resultado cierto ese augurio.

El tiempo se había detenido en el lecho nupcial, mientras los recién casados descubrían sus secretos más ocultos. Auriola no tardó en vencer el pudor y mostrarle su cuerpo virgen, ofreciéndoselo sin temor, a la vez que recorría con las yemas de los dedos las múltiples cicatrices que jalonaban los brazos y el torso de él, ávida de caricias. Ramiro satisfizo ese deseo, entre besos apasionados, llenando la noche de misterio, delicadeza y belleza. También dolor, aunque fugaz, como una quemadura seguida de una llamarada de placer, cuando se colocó sobre ella para fundirse en un solo ser. Luego renovó las acometidas, alternándolas con momentos de apacible somnolencia, y el fuego se intensificó, aunque dejó de doler.

A la mañana siguiente, la recién casada rememoraba cada detalle de lo sucedido recreándose en la evocación. Lo que había ocurrido entre su esposo y ella no se parecía en nada a lo que había visto hacer a los caballos o las ovejas. Desnuda en la cama mullida de plumas, junto a su amante profundamente dormido, se acordó de la conversación mantenida en su día con la infanta a propósito del matrimonio y no pudo evitar reírse de sus temores infundados, alegrándose de que su Sancha fuese a conocer muy pronto el mismo delicioso goce.

13

Año 1029 de Nuestro Señor
Torre de Lobera
Frontera del Duero

Viajaron ligeros de equipaje, aunque en compañía esperanzadora.

Atraídas por la posibilidad de cultivar sus propias parcelas, tres familias de campesinos empobrecidos por los onerosos tributos debidos a su señor decidieron unirse a Ramiro y su esposa, confiando en su promesa de obtener un solar donde levantar su casa, así como el derecho a utilizar libremente las tierras comunales de bosque y pasto. En total sumaban veintiún almas dispuestas a ligar sus destinos a los de los audaces que los habían precedido en la repoblación de esa región devastada. Una empresa sin duda arriesgada, aunque más alentadora que la idea de acabar mendigando un mendrugo en la capital.

Según les había asegurado el infanzón, allá a donde se dirigían todavía quedaban grandes espacios baldíos por roturar, y quienes antes lo hicieran, mayores cosechas conseguirían.

Aunque la estación estaba avanzada, no era demasiado tarde para desbrozar, lo cual alimentaba los ánimos tanto como las prisas.

Un viento gélido preñado de humedad anunciaba la pronta llegada de la nieve, que ese año se adelantaría al invierno. Eso afirmaban al menos los más veteranos, cuya capacidad de prever el curso de los elementos resultaba determinante para la supervivencia del grupo.

En condiciones normales nadie en su sano juicio se habría puesto en camino en esa época de recogimiento y descanso, una vez terminada la vendimia. Auriola y Ramiro, empero, tenían sus prioridades. Su deseo de estar juntos, alejados del mundanal ruido, superaba con creces su prudencia, motivo por el cual se habían aventurado a encabezar esa expedición. Sus integrantes los seguían, mansos, tratando de no perder pie, hombres y chicos mayores andando, mujeres y pequeños repartidos en tres carros tirados por mulas, junto a montones de enseres apilados bajo la tela encerada.

La marcha transcurría con desesperante lentitud, al ritmo impuesto por esa extraña compaña cuyos miembros habían malvendido sus propiedades en León a fin de comprar bestias, provisiones y simiente con las cuales empezar una nueva vida en la frontera.

A pesar del frío y la desolación reinante en esos páramos, los ánimos se mantenían en alto, caldeados por algún cántico entonado de cuando en cuando. Cantos populares acompañados de palmas, que alegraban los corazones y desentumecían las manos. Las madres iban poniendo capas y más capas de ropa a sus hijos, rezando para que Dios los protegiera de todo mal y mantuviera a raya la lluvia, pues si difícil resultaba caminar por sendas carentes de abrigo, hacerlo sobre un barrizal sería misión imposible.

Al paso que llevaban, tardarían más de una semana en recorrer las casi treinta leguas distantes entre la ciudad dejada a sus espaldas y el feudo del infanzón, si no mediaban percances susceptibles de retrasarlos.

¿Qué se encontrarían al llegar a esa tierra de promisión? ¿Cómo afrontarían los hielos sin un techo bajo el cual cobijarse? Más de un viajero se devanaba los sesos dando vueltas a esas cuestiones, mientras tiraba de una carreta atascada o instalaba una de las tiendas precarias donde pasaban las noches muy juntos, acurrucados a fin de darse calor. El señor de quien dependerían les había prometido su ayuda y su protección, lo cual constituía una cierta garantía. Su principal motivación, no obstante, residía en el hecho de que muchos antes que ellos abandonaron el resguardo de las murallas para dirigirse hacia el sur y nadie había regresado de allí arrepentido.

* * *

Ajeno a esas preocupaciones, Ramiro cabalgaba al lado de su esposa masticando felicidad. Le bastaba mirar a su compañera sujetar con destreza las riendas de su montura para sentirse el ser más dichoso de la Creación. Junto a ella sería capaz de acometer cualquier empresa. Auriola le daría el vigor necesario para engrandecer sus posesiones y llevar a cabo el proyecto oculto en lo más profundo de su intención; la razón última y verdadera que impulsaba su mano y su espada: venganza.

Cada vez que emprendía una nueva campaña en las filas de la milicia real o se lanzaba a una cabalgada en tierras moras, llevaba esa palabra grabada a fuego en la mente. Venganza por su padre cautivo y martirizado. Venganza por su orfandad y el amor arrebatado a su madre. Venganza por todo el sufrimiento que había ocasionado Almanzor.

Dios todopoderoso ya se había encargado de infligir un castigo terrible al caudillo ismaelita que osó profanar el templo de su apóstol Santiago, pero a Ramiro aquello no le bastaba. Ni la destrucción de su legado, profetizada por el herrero en la cruz, ni las muertes atroces de sus descendientes le parecían penitencia suficiente por tanto mal causado.

Sobre aquella tierra cenicienta, pensaba el hijo de Tiago y Mencía, su verdadero padre habría vertido sangre y sudor en su atroz calvario hasta Córdoba, cargando sobre sus hombros las campanas robadas al Hijo del Trueno. En esos mismos parajes desiertos, devastados por las aceifas, habría padecido la humillación de sus verdugos y sufrido la amputación de aquellos a quienes amaba. Lo cual constituía un acicate poderoso para que él, convertido en guerrero, se ofreciera a defender con su vida cada palmo de territorio recuperado, cada bestia, cada sembrado, a cada campesino lo suficientemente hambriento de libertad como para correr el riesgo de instalarse en la frontera.

Treinta años atrás, el sarraceno había expulsado de allí a sus habitantes cristianos y acantonado tropas de forma permanente con el propósito de lanzar ataques devastadores contra los reinos septentrionales que rezaban a Jesucristo. Ahora nuevos moradores iban llegando en un goteo constante a sentar sus reales en esos yermos sitios al norte del Duero, cuyo curso delimitaba los dominios de Dios y de Alá.

Se trataba de una línea difusa, sujeta a incursiones mutuas, si bien la ciudad de Zamora, casi reducida a un montón de escombros, permanecía bajo el dominio musulmán, protegida por una pequeña guarnición militar. Algunos de sus habitantes seguían acogiéndose a esas ruinas con determinación indoblegable, e incluso se decía que estaban reconstruyendo los suntuosos baños levantados en su día frente al río por el rey Alfonso el Magno, quien gustaba de pasar temporadas de solaz al abrigo de sus muros.

—Muy pensativo te veo, esposo —interrumpió sus reflexiones Auriola, lanzándole una de esas sonrisas que derretían el hielo.

—Es que debo decirte algo —respondió él, cauteloso—. Algo que aún no te he dicho y me pesa en la conciencia.

—No será tan grave... —replicó la navarra, cuyo pulso en general tranquilo se había acelerado de golpe.

—Lo es.

—¿Se trata de un hijo? —aventuró ella, sin alterar el tono risueño, apelando al conocimiento de la naturaleza masculina acumulado durante su estancia en la corte—. ¿Acaso hay algún bastardo aguardándote en tus dominios? Si es así, me lo esperaba. Raro sería lo contrario. No tienes que explicarme nada.

Ramiro sintió una oleada de gratitud inundarle las entrañas, ante la infinita capacidad de comprensión que denotaban esas palabras. Si alguna vez había albergado dudas sobre la idoneidad de la esposa escogida, se desvanecieron al instante. Y supo que se amarían por toda la eternidad.

—No es un hijo, no —aclaró, agradecido—. Es un padre.

—No comprendo —dijo Auriola desconcertada—. ¿Acaso no fue tu padre quien te regaló el caballo con el que pudiste enrolarte en la mesnada del conde?

—Ese fue mi padrastro —confesó el infanzón—. El que me crio y me enseñó a combatir. Mi verdadero padre nació siervo y murió cautivo. Esa es la sangre que corre por mis venas, Auriola. Tenías derecho a saberlo y mi deber habría sido sincerarme contigo antes de sellar nuestros votos.

Sin darle opción a responder, aunque animado por la mirada indulgente de su mujer, Ramiro desgranó la historia de Tiago, tal como la había escuchado de labios de su madre y de ese fraile venido de Córdoba cuyo relato narrado en el castillo de Gauzón le había impresionado, siendo todavía un mozo, hasta el punto de precipitar su decisión de partir. Dejó fluir el dolor mezclado con el orgullo, sin ahorrar detalles. Al final, no pudo contener las lágrimas cuando concluyó:

—El hombre que me engendró solo me dejó la cruz que has visto colgada en mi cuello. Se llamaba Tiago. Fue esclavo de los musulmanes y pereció crucificado, al igual que Nuestro Señor. No se rindió jamás y no me avergüenzo de él. Hasta el último día de su vida se mantuvo fiel a nuestra fe.

—Tu padre fue un buen cristiano —trató de consolarlo Auriola—. Valiente y noble, igual que tú. Lo que acabas de contarme te hace más grande a mis ojos y me lleva a ver en ti el ejemplo que te legó.

—A punto de rendir el alma, profetizó la destrucción del palacio de Almanzor, el saqueo de su capital y el regreso triunfal a Compostela de las campanas robadas al santo, ¿sabes? —prosiguió Ramiro, como en un trance—. Desde que aprendí a empuñar la espada, sueño con hacer realidad esa última parte del augurio y entrar vencedor en Córdoba para recuperar ese botín sagrado y devolverle su voz al Apóstol.

¿Qué más cabía añadir a semejante revelación?

Ramiro se había despojado de un gran peso al desnudar la verdad ante su esposa, y esta descubría por vez primera al niño vulnerable, escondido tras la armadura del guerrero endurecido, cuya determinación iba mucho más allá de la lealtad debida a su rey.

Acababan de ahondar los cimientos de un hogar por construir.

—Mi familia ahora eres tú —rompió el silencio ella, transcurrido un buen rato, cuando ya la luz del día empezaba a declinar—. No tengo otra. Lo único que me importa es lo que nos espera juntos.

Entonces él la miró a los ojos y vio aparecer, tras ella, en lo alto de un otero, los contornos de la torre a la que se dirigían. Su casa.

Hasta ese día, el paisaje ondulante que la rodeaba le había recordado al mar Cantábrico embravecido que abominaba en la infancia. En ese instante, sin embargo, se le antojó hermoso, feraz. Una promesa de abundancia a salvo de tempestades.

* * *

El desangelado castillo de Lobera, levantado por Ramiro con la ayuda de un puñado de labriegos, ocupaba parte de una colina chata que se alzaba a orillas del Duero, en un meandro situado entre las villas de Zamora y Toro, todavía en manos sarracenas. A sus espaldas se desplegaba una pequeña manta de tierras labradas que descansaban, en barbecho, una vez entregada la cosecha, detrás de la cual había monte abundante por desbrozar.

La posición estratégica de ese enclave resultaba ser insuperable, razón por la que el infanzón había aprovechado unas antiguas ruinas, quemadas y requemadas en las sucesivas guerras, para edificar esa fortificación, tan fácilmente defendible como carente de comodidades. Un cuadrilátero de piedra gris de dos plantas, separadas por un suelo de tablas de roble, con acceso directo al río, indispensable en caso de asedio, y vista a un horizonte lejano, que los vigías escrutaban sin descanso en la época estival propicia a incursiones enemigas.

Incluso postrada como se hallaba en esos tiempos de tribulación, Zamora la inexpugnable era la llave de paso del Duero y por tanto la puerta que guardaba León. Una urbe rica en historia, leyendas y episodios aterradores.

En un pasado glorioso, los soberanos de Asturias y después los leoneses habían aprovechado sus defensas naturales para hacer de ella un bastión varias veces conquistado y otras tantas reconquistado. Sufrió la ira de Abderramán III, cuyo poderoso ejército rellenó literalmente de cadáveres el foso que la protegía con el afán de tomarla traspasando sus murallas, y volvió a padecer la furia del caudillo amirí, tras haber sido recuperada por el gran monarca Ramiro. El sacrificio de tantos guerreros no había sido olvidado, por mucho que en esa hora triste pudiese parecer baldío.

Zamora era una pieza clave en la partida secular que cristianos y musulmanes libraban sobre el tablero hispano. Ahora languidecía, cual gigante dormido, aguardando impaciente la hora de despertar.

Las posesiones de Ramiro, emplazadas a unas cuatro leguas de la ciudad, controlaban un vado de gran valor militar, ya que el antiguo puente erigido por los ingenieros romanos sobre el río que servía de línea de demarcación ya no existía. Se había desplomado en un terremoto del que todavía hablaban con pavor los más viejos del lugar, no tanto por haberlo vivido cuanto por lo que sobre él contaban sus padres y sus abuelos.

Antes de marchar a su última campaña junto a don Alfonso, el señor de ese humilde alfoz mandó levantar un muro de ladrillo y adobe alrededor de la torre, contando cien pasos en cada dirección. El recinto serviría para albergar cuadras, corrales, cocina y demás dependencias necesarias en la vivienda de una familia, según había explicado a los encargados de construirlo. Lo que no podía saber era hasta qué punto las precisaría ahora que regresaba acompañado de una esposa. De ahí su irritación, rayana en cólera, al comprobar lo poco que habían avanzado los trabajos en su ausencia.

—No es tan frío como parece —balbució, viendo la expresión de Auriola, quien fracasaba en el empeño de ocultar su desolación.

—Me crie en un lugar similar y conozco los sabañones —replicó ella con firmeza, antes de añadir, coqueta—: Frío será, no me engañes. Tendremos que buscar el modo de mantenernos calientes.

14

La oscuridad les cayó encima sin previo aviso, con la violencia propia de la estación. Ramiro acompañó a su mujer al interior de la torre, donde la dejó a cargo de su escudero, y se marchó a impartir instrucciones para que algunos hombres de confianza condujeran hasta la aldea a los pobladores recién llegados que se habían quedado esperando a los pies del promontorio. Allí serían acogidos mal que bien por los lugareños, hasta que pudieran levantar con adobe y paja una choza donde cobijarse. Todos ellos llevaban consigo enseres y provisiones, por lo que contribuirían a su propio sustento sin representar una carga para las gentes humildes llamadas a socorrerlos.

De camino, el señor ordenó que fuera descargado con presteza su equipaje, transportado desde León en una carreta conducida por uno de sus pocos siervos, un moro cautivado años atrás en una de sus primeras cabalgadas, cuya actitud entregada reflejaba la aceptación del yugo impuesto por la implacable voluntad de su dios.

Con la ayuda de un par de guardias, el esclavo cumplió raudo el encargo, de modo que en un santiamén habían sido depositadas en su nuevo emplazamiento las escasas posesiones que constituían el ajuar conyugal: una vajilla de cerámica compuesta por seis platos, cuencos, bandeja y sopera, con sus correspondientes cubiertos. La misma cantidad de vasos, fundidos en bronce, más dos copas de plata primorosamente envueltas, regalo de María Velasco. Dos colchones nuevos de lana, algunas mantas y un cobertor. Lienzos de lino bordado, de utilidad en la mesa al igual que en la cama. Un par de pebeteros de cobre bellamente labrados, otros tantos candelabros y, por último, el arcón que transportaba el vestuario de Auriola, tan lujoso como inadecuado para la vida que se disponía a emprender.

Cuando terminó de comprobar que no faltara nada y todo estuviera intacto, la nueva dueña de Lobera ya había constatado hasta qué punto se alejaban sus augurios de la cruda realidad circundante. La tenencia de Lurat no era semejable al palacio de León, aunque lo parecía en comparación con esa fortaleza fronteriza, a medio camino entre la cuadra, la taberna, el cuartel y la letrina.

Allí dentro convivían bestias y personas en aparente armonía. Lo atestiguaba el hedor a estiércol mezclado con otros olores más desagradables incluso. En los muros de piedra desnuda cuatro argollas de hierro sujetaban otras tantas antorchas, cuya luz se sumaba a la de una lumbre. El suelo de tierra batida estaba cubierto de paja sucia. El espacio se dividía en función de los usos, sin separación alguna: uno más amplio frente a la chimenea, amueblado con una mesa larga y sendos bancos corridos colocados a cada lado, y otro menor, pegado a la pared del fondo, que hacía las veces de dormitorio a juzgar por la cama y el arcón que lo ocupaban. Una única ventana alta en forma ojival se abría al sur, aunque en ese momento permanecía medio tapada por una cortina deshilachada.

El conjunto resultaba desolador.

A la izquierda de la puerta una angosta escalera de caracol trepaba hasta el piso superior, de techo bajo, utilizado como almacén de alimentos, heno y hasta aperos de labranza. Gruesas vigas de castaño sujetaban una cubierta plana, protegida por un murete almenado, que en más de una ocasión había servido de atalaya para repeler un asalto.

—No era lo que te esperabas, ni mucho menos lo que mereces —oyó decir a Ramiro, quien se había acercado silencioso para abrazarla desde atrás.

—Desde luego, necesita algunos cambios —convino Auriola, dándose la vuelta para responder al abrazo—. Pero servirá. Ahora que tienes mujer, vas a dejar de vivir la existencia de un soldado. Y nuestros hijos también.

—¿Hay algo que yo pueda hacer para que te sientas en casa?

—Manda a tus hombres traernos vino y algo de cena. Diles que salgan de aquí, se lleven consigo a sus caballos y se ocupen de los nuestros. Advierte a ese cautivo tuyo que hoy no dormirá a los pies de tu lecho y mañana seguramente tampoco. Tenemos faena...

Según las cuentas que ella echaría poco después, esa misma noche concibieron a su hija, Mencía, bautizada con ese nombre en honor a su abuela paterna.

Era tiempo de felicidad. Días de gozo efímero cuyo final abrupto tardaría poco en llegar.

* * *

No hubo inclemencia capaz de frenar la indoblegable voluntad de Auriola, convertida en capitana de la hueste de trabajadores reclutada por Ramiro para transformar su fortín en algo digno de llamarse morada.

Aprovechando la época de ociosidad en los campos y tregua en las incursiones armadas, el caballero movilizó a cuantos dependían de él para acelerar las obras de acondicionamiento que su esposa dirigía con mano firme.

—Las monturas, a la cuadra. —Señalaba el lugar indicado, existente solo en su imaginación—. De momento habrán de conformarse con un cobertizo provisional, que ya iremos mejorando. Junto a él pondremos los establos, la pocilga, el gallinero y las letrinas. En el extremo opuesto del patio, la bodega, el pajar, el granero y la despensa, cerca de la cocina, que contará con su correspondiente leñera... ¡Y buscadme un par de gatos! Son los únicos capaces de mantener a raya a las ratas.

—Pero, señora... —trataba de objetar en vano el carpintero encargado de materializar los mandados.

—No hay peros que valgan, Gemondo. Escoge los mejores árboles para que sean talados y búscate un aprendiz espabilado. Si te hacen falta hachas o sierras, se las pides al herrero.

Y Gemondo agachaba la cabeza, apabullado por el carácter de esa mujer extraordinaria que resultaba ser su ama.

Albañiles, tejedoras, lavanderas, curtidores y demás personal implicado en la monumental empresa no obtenían mayor clemencia. Los más ni siquiera desempeñaban los oficios requeridos. Eran en su mayoría campesinos instalados lejos de cualquier urbe, que habían tenido que aprender a valerse por sí mismos. Por eso sabían hacer de todo, aunque en nada fueran maestros, salvo en predecir cuándo caería una helada o si la cosecha saciaría el hambre ese año. El cielo y la tierra hablaban su mismo lenguaje, distinto al de los señores.

Esos hombres y mujeres obedecían ciegamente al infanzón, porque, a pesar de ser libres y dueños de sus parcelas, una voz ancestral arraigada en sus conciencias los impelía a agachar la cabeza ante el amo. De él dependería su vida en caso de ser atacados y él era quien recaudaba sus tributos y gabelas. La diferencia entre señores y labradores resultaba tan abismal como la que alejaba a los ángeles de los simples mortales. Y aunque todos ellos estuviesen llamados a luchar antes o después para defender el pan de sus hijos, la sangre constituía un legado muy pesado.

Bien lo sabía Ramiro, hijo de siervos manumitidos ascendido a la condición de hidalgo. Por eso cuidaba de su gente mostrándose justo en el trato. Prefería ser respetado antes que temido y conocía mejor que nadie el poder inherente al anhelo de libertad, la razón por la cual tanto ellos como él se jugaban el pescuezo a diario en ese territorio hostil, donde el arado tropezaba a menudo con los huesos o las corazas de los guerreros caídos.

* * *

Ramiro de Lobera ejercía su influencia sobre unas cien almas, la mitad de las cuales habitaba la aldea situada a los pies de su torre, en chozas techadas de paja, rodeadas de pequeños huertos, mientras las demás estaban dispersas en granjas y caseríos cercanos, dedicados al pastoreo de ganado bovino o al cultivo de trigo, cebada y vid, sin olvidar los frutales.

Algunos habían llegado de su mano hacía una década, en busca de tierras propias. Otros se habían ido instalando poco a poco, atraídos por la posibilidad de conseguirlas. Pagaban a su señor un tributo variable en función de la siega, la esquila y la vendimia, por lo general en especies o simplemente con su trabajo en los cultivos del amo o en su residencia, como sucedía en esos días de vorágine. Cuando el campo se mostraba avaro, Ramiro compartía con ellos sus reservas o bien salía a saquear las de sus vecinos moros, aprovechando la debilidad que habían traído consigo las taifas.

Los hombres residentes en su alfoz lo acompañaban en esas cabalgadas, así como cuando el soberano llamaba a la guerra, la mayoría en calidad de peones. Se contaban con los dedos de una mano los propietarios de una montura, cuyos precios no dejaban de subir ante la escasez de animales motivada por su constante sacrificio en los campos de batalla.

Quienes poseían tan preciado bien lo habían conseguido como parte del botín, en premio por su valor. La condición de jinete acarreaba un ascenso inmediato en la escala social, hasta el punto de trocar la hoz o el cayado por la espada, el hacha y la lanza. Habitaban con sus familias las mejores casas del poblado, disponían de peones para labrar sus parcelas y luchaban junto a Ramiro en sus dominios o al servicio del Rey, pues el combate era el mejor modo de acumular gloria y fortuna.

La defensa de la frontera habría sido imposible sin la presencia de esos soldados, hijos de la determinación. Empezaban a ser conocidos como «caballeros villanos» y constituían una hueste cuya actuación resultaría determinante cuando volvieran a cambiar las tornas y los sarracenos acometieran de nuevo. Porque lo harían, antes o después, con absoluta certeza. También ellos consideraban que Al-Ándalus era suya.

Ramiro había aprendido en la escuela de la vida que mientras los cristianos no fuesen capaces de unirse, bastaría una chispa para movilizar al enemigo y desencadenar un infierno similar al causado por Almanzor. Solo esperaba que, cuando tal cosa ocurriera, él tuviera fuerza suficiente para proteger a Auriola.

* * *

—Mi padre me manda a deciros que el adobe de los ladrillos no seca con esta humedad, amo. —El muchacho paliducho retorcía con manos inquietas el gorro de piel de conejo que se había quitado antes de dirigirse a Ramiro.

—Dile a tu padre que coloquen los ladrillos en su sitio aunque todavía estén blandos y luego prendan hogueras cada pocos pasos. Quiero ese muro acabado antes de que termine el invierno. Y dile también que la próxima vez venga él a hablar conmigo en lugar de enviarte a ti —endureció el tono.

Mientras tanto, Auriola había ordenado sacar toda la paja sucia que alfombraba la torre y llevarla a quemar lejos de allí, antes de poner a una legión de mujeres a barrer y fregar el suelo hasta dejarlo como una patena. Siguiendo sus instrucciones, también había sido despejada la planta alta, donde pensaba instalar un dormitorio confortable, con un lecho de mayor tamaño, un par de escaños y un tocador, así como un pequeño oratorio en que elevar sus plegarias a Dios. A falta de iglesia, capilla o sacerdote, al menos tendría un crucifijo al que dirigirse. Y cuando llegaran los hijos, dispondrían de aposentos dignos, cercanos al de sus padres.

—¿Cómo podías soportar la suciedad de este antro?

Lanzó la pregunta a su marido en un tono entre extrañado y desafiante. Estaban sentados a una mesa digna de su posición, provista de mantel e iluminada por velas, donde un criado acababa de depositar una pierna de cordero asado rodeada de higadillos de pollo encebollados, servida en la bandeja recién desembalada que hacía juego con los platos.

—¡Jesús, María y José! —remachó, con ese acento navarro que no había perdido del todo—. Tardaremos en eliminar la peste impregnada en el ambiente, pero al menos ya no vamos por ahí pisando orines y bosta.

—Nunca había reparado en ese olor —se defendió él al contraataque—. Tú has vivido mucho tiempo en un palacio. Yo en sitios peores que este, créeme…

—No pretendía ofender —reculó ella de inmediato, consciente del menosprecio contenido en su comentario—. Mientras estemos juntos, lo demás carece de importancia.

Ramiro estalló en una carcajada sonora. El trozo de carne grasiento que iba a llevarse a la boca se le escapó de las manos y terminó en el suelo, mientras él se limpiaba los dedos con el lienzo dispuesto a tal efecto, antes de dar un trago largo a su copa.

—Deberíamos tener un perro —comentó, solemne—. Un buen sabueso que te haga compañía cuando yo esté lejos. O mejor, dos. Cuidarían de ti en mi ausencia y vendrían conmigo a cazar.

—¿A qué viene eso ahora? —inquirió Auriola, molesta—. Ya he mandado traer gatos.

—Se me ha ocurrido, sin más, viendo ese cordero perdido —respondió él sin alterarse—. Un perro lo habría aprovechado.

—¿Y a qué viene esa risa? —insistió ella.

—A que para no importar, hay que ver la zapatiesta que has armado. Nunca se había visto aquí tal revuelo. Se rumorea a nuestras espaldas que eres una tirana —volvió a reír.

—¿Soy la dueña o no lo soy? —replicó ella a la defensiva, volviendo a marcar la interrogación con su peculiar forma de hablar.

—Eres la dueña y señora. —Ramiro la taladró con sus ojos enamorados de un color azul grisáceo, risueños y algo burlones—. No solo de mis dominios, sino de mi corazón.

—Pues entonces, voy a pedirte otra cosa. —El reto se había tornado miel.

—No abuses... —advirtió él fingiendo enfado.

—Un horno —exclamó ella jovial—. Hace mucho que no practico, pero todavía recuerdo cómo cocía el pan mi Galinda.

* * *

El molino más próximo a Lobera pertenecía a un musulmán y estaba enclavado en su territorio, al otro lado del río. En tiempos de paz no solía haber problema para llevar allí el trigo a moler a cambio de una décima parte, pero cuando la convivencia se quebraba o al hombre le entraban escrúpulos, era preciso accionar a mano la vieja rueda de moler, como se había hecho desde antiguo. De un modo u otro, no obstante, rara vez faltaba harina en la casa.

Atendiendo a la demanda de su esposa, el señor mandó fabricar un rústico horno de leña justo al lado de la cocina, de donde cada semana salía una hogaza crujiente, hecha de trigo y cebada, que se conservaba fresca hasta la siguiente hornada. La Dueña había tomado la costumbre de amasarla ella misma, como un gesto de amor a su hombre. Y en el mismo vientre ardiente se asaban de cuando en cuando lechales o cochinillos, si la ocasión lo merecía o alguna cría había muerto antes de ser sacrificada.

La vida en el campo era dura, pero Auriola no se arrepentía del paso dado. Ni una sola vez lo había hecho. Recordaba la repulsión que le produjo la ciudad nada más pisar Pamplona y cuánto había deseado entonces recuperar el verdor de su infancia. Ahora su matrimonio con un señor de frontera le permitía satisfacer ese anhelo, lo que compensaba con creces las penalidades sufridas.

Los paisajes de aquella meseta no se parecían en nada a los bosques milenarios custodiados por el Basajaun, aunque también eran hermosos. En los días claros se alcanzaba a ver, a lo lejos, el perfil de la cordillera que había servido de muralla al viejo Reino de Asturias, bajo un cielo azul añil cuya intensidad deslumbraba. Libre de la neblina causada por el humo de los llares en León, el aire era cristalino. En las riberas del Duero crecían chopos esbeltos, disputándose el frescor con sauces, abedules u olmos, y hacia el norte, allende los campos, robledales, hayedos y monte bajo donde abundaba la caza.

Cuando la nieve cayó, cubriendo el mundo de blanco, las gentes buscaron el abrigo de sus hogares y toda actividad se detuvo. Era tiempo de reposar, contar historias y hacer hijos. Tiempo de amar y dormir. Tiempo de aprovechar la oportunidad de estar juntos, sabiendo que al fundirse el hielo Ramiro habría de partir.

* * *

El día aciago del adiós llegó mucho antes de lo deseado.

Habían pasado las fiestas de la natividad del Señor dando gracias al Altísimo por el regalo de la vida que abultaba el vientre de Auriola, en un castillo muy distinto al encontrado meses atrás, ampliado, adecentado, cubierto de paja fresca y pieles cálidas. También a Ramiro le apretaba el cinturón, aunque en su caso era la dicha, unida a la buena comida, la causante de esa gordura inédita en sus treinta años de existencia.

Era hora de recuperar las viejas costumbres guerreras.

Las armas, afiladas y engrasadas, estaban prestas para el combate. Los hombres de su mesnada se habían despedido de sus familias, dejándolas al cuidado de los chiquillos y las haciendas. Los zurrones contenían pan, cecina, queso y alguna fruta seca para el viaje. En las botas no faltaba el vino.

Ramiro había jurado proteger con su vida al rey niño y el honor lo urgía a cumplir ese deber sagrado, por mucho que le doliera dejar sola a su mujer encinta. Conocía mejor que nadie el peligro al que se enfrentaría en su ausencia.

15

Auriola se había marchado de León sin remordimiento, pues sabía que su querida Sancha estaba a punto de contraer matrimonio y que Bermudo quedaba al cuidado de su madrastra. Ni uno ni otra la necesitaban.

Tras partir Ramiro de Lobera, ella centró su actividad en supervisar la buena marcha de la tenencia y asegurarse de que cada cual cumpliera con sus tareas en el campo, de modo que al volver el amo lo encontrara todo en orden. Y así fue, en lo referente a los dominios, por más que su temprano regreso, mucho antes de lo esperado, obedeciera a razones trágicas, ajenas a esos desvelos.

Tocaba a su fin el mes de mayo. La Dueña tejía en su telar una manta para la cuna que había mandado fabricar al carpintero, canturreando. Estaba entregada a su trabajo, feliz de sentir las enérgicas patadas del niño en su vientre, cuando Abilio, un viejo aldeano a quien había encomendado funciones de criado en la casa, irrumpió sofocado en el salón.

—El señor está aquí. Acaba de llegar y pregunta por vos.

Auriola corrió a abrazarlo, gratamente sorprendida, aunque la sonrisa se le congeló en los labios al ver la expresión sombría de su marido. Su aspecto cansado, la oscuridad de su mirada, la tristeza velada de inquietud que llevaba tatuada en el rostro.

—¿Qué tienes? —inquirió asustada—. ¿Ha ocurrido algo malo?

—El conde de Castilla ha sido asesinado —anunció él con hondo pesar—. La daga de un sicario segó su vida a las puertas de la iglesia de San Juan Bautista, ante los ojos horrorizados de doña Sancha, quien presenció toda la escena.

—¡Mi chica! —exclamó la navarra, llevándose las manos a la cara como si hubiese recibido un golpe—. ¡Pobrecica mía!

Ramiro conocía bien el amor que unía a su mujer con la princesa y el dolor que le estaba causando al darle esa noticia terrible. Él mismo había sentido una sincera compasión ante el destino cruel al que esa muerte abocaba a la joven, condenada a la viudez antes incluso de contraer matrimonio. Claro que, en su caso, la fuente de mayor preocupación era Bermudo y la posibilidad de que también el Rey pudiera ser objeto de un atentado semejante. Le había resultado difícil alejarse unos días de su lado para dar cuenta en persona a su esposa de lo sucedido, pero no se habría perdonado delegar en otro ese penoso deber.

—Lo lamento de verdad —trató de consolarla, acogiéndola en su regazo—. Llora cuanto tengas que llorar. Sé lo mucho que quieres a esa infanta.

—¿Cómo está? ¿La has visto?

—No. Lo único que puedo contarte es lo que se rumoreaba en la corte: que había conocido al conde García unos días antes, en palacio, ambos se habían enamorado a primera vista y ella se entregaba a esa unión como lo hicimos nosotros, por propia voluntad y al margen de intereses políticos, aun siendo estos considerables. Mi señor Bermudo está desolado, aunque dada su tierna edad dudo que alcance a comprender la trascendencia del crimen.

—Debería ir a verla —dijo Auriola con firmeza, ajena a esa última consideración—. Me necesita más que nunca. Marcharemos mañana mismo.

—De ningún modo —replicó Ramiro en un tono que no admitía objeción—. En tu estado es impensable que emprendas semejante viaje. No lo consentiré. Y además la infanta se ha retirado a un convento donde no recibe visitas. Tú permaneces aquí y yo vuelvo a donde debo estar, que es al lado del soberano.

—¿Te quedarás unos días al menos? —rogó ella—. Por favor...

—Solo uno. Dos a lo sumo —concedió él—. Tengo motivos para temer por la integridad del Rey, acosado en todos los frentes. Nada me haría más feliz que estar junto a ti en este momento, pero si algo le sucediera, no podría perdonármelo.

* * *

Bermudo, el protegido de Ramiro, había sido coronado con solo once años y carecía de fuerza para enfrentarse a los magnates contrarios a permitirle reinar, entre los cuales destacaban numerosos obispos, empezando por el de Santiago. Tampoco faltaban potentados ávidos por acrecentar sus señoríos a costa del realengo. Sin la tutela del hermano de su madrastra, su vida habría valido muy poco. Pero ese padrinazgo tenía su precio, que don Sancho se cobraba implacablemente, aumentando su influencia sobre un territorio cada vez más extenso.

El infanzón de Lobera intuía que el pamplonés estaba involucrado de algún modo en la muerte violenta del conde castellano, y esa noche compartió esas sospechas con su esposa, navarra de cuna, dama de doña Urraca y buena conocedora de las intrigas cortesanas.

—¿Han colgado ya al asesino? —le preguntó ella en la mesa, donde apenas había probado bocado—. ¿Lo han mandado descuartizar? Cualquier castigo sería poco para semejante demonio.

—El hombre que empuñaba el puñal fue prendido y muerto a golpes allí mismo —respondió él, dando cuenta de un capón asado regado con abundante vino—. Lo cual no deja de resultar extraño.

—¿Por qué? —se indignó Auriola—. ¿Acaso merecía vivir?

—No. Pero de haber sido interrogado, habría acabado confesando quién le pagó para perpetrar tal felonía.

—¿Quién crees tú que lo hizo?

—En León se habla en voz baja del clan de los Vela y se menciona el nombre de Ruy, padrino de bautismo del difunto. La sangre del joven conde habría lavado así la afrenta infligida a la familia por su padre, quien despojó a esos nobles de buena parte de sus territorios. A mí esa explicación no me cuadra.

—¿No te parece motivo suficiente?

—No me parece beneficio parejo al riesgo. Quien mayor provecho saca de esa muerte prematura no es otro que el inefable don Sancho, cuya larga mano llega lejos.

Auriola se encaró con su marido, visiblemente airada, y le espetó elevando el tono:

—¿Se puede saber qué te ha hecho a ti el soberano de Navarra? ¿Tienes alguna prueba que avale tu acusación? El po-

160

bre García debía de tener mi edad y era el único hermano de doña Mayor, la Reina. ¿De verdad crees que un hombre de honor mandaría matar a su cuñado el mismo día de su boda?

—No te enfades, mujer —respondió él, conciliador—. Contén ese genio tuyo y piensa con la cabeza. ¿Sabes que antes de dar tierra al cuerpo de ese desgraciado, don Sancho ya se había apropiado de Castilla, invocando los derechos de su esposa? ¿Sabes que el nuevo conde ya es formalmente Fernando, el segundo de sus hijos legítimos? ¿Sabes lo que supone para él adueñarse de ese pujante condado, vasallo del rey Bermudo, contra quien puede lanzar ataques en posición ventajosa el día que mi señor decida sacudirse su tutela?

—Lo que más me importa ahora mismo es la suerte de mi niña Sancha —plegó velas Auriola, sin reconocer, empero, la solidez del razonamiento que acababa de exponer su esposo—. ¡Con lo impaciente que estaba por casarse, y acaba en un monasterio! Criaturica…

—Sancha se ha quedado sin marido y sin condado —remachó él—. Castilla, sin el último conde perteneciente a la estirpe de Fernán González, y el rey de León, su soberano legítimo, más aislado y dependiente que nunca. El único que gana es don Sancho, mal que te pese. Claro que aún no se ha escrito la última palabra. Mientras hay vida hay esperanza, incluso para la infanta de tus amores. Ten fe. Acaso Dios se apiade de ella y ponga en su camino otro esposo.

Tal augurio iba a cumplirse mucho antes de lo imaginado, en la última persona en quien Ramiro habría podido pensar…

* * *

Bermudo III era un monarca con trono pero sin mando efectivo sobre buena parte de su territorio, lo cual constituía una espina clavada en el alma del más leal de sus vasallos, que habría dado cualquier cosa por revertir esa situación. Demasiado joven para luchar por lo suyo y obligado a aceptar los designios de una madrastra sujeta al influjo de su poderoso hermano, a duras penas controlaba la parte septentrional de su reino: Galicia, Asturias y el norte de León, en disputa constante con prelados y condes levantiscos, mientras el rey de Navarra gobernaba de hecho sobre el resto de sus dominios, incluida Castilla.

Como fiel caballero al servicio de su señor, Ramiro pasaba largas temporadas alejado de su hogar, junto a la regente y su hijastro, en las filas del ejército que trataba de meter en cintura a ciertos magnates, en su mayoría gallegos, lanzados al saqueo de los bienes de la Iglesia aprovechando el vacío de autoridad provocado por la muerte de Alfonso V.

Cuando no auxiliaban a los monjes de un convento atacado, repelían a la hueste de algún noble leonés descontento con las injerencias foráneas y deseoso de coronar a un títere de su gusto. Últimamente habían dedicado muchos guerreros a combatir a una horda de normandos encabezados por un bárbaro apodado el Lobo, que tenía aterrorizada a una vasta región septentrional y alternaba sus expediciones de rapiña con labores de mercenario al servicio del conde Rodrigo Romariz, reacio a someterse a su legítimo rey.

Siempre había un buen motivo para teñir de sangre el acero, que Bermudo empezaba a empuñar con destreza impropia de sus pocos años.

—Vuestro padre estaría orgulloso de vos —se había atrevido a decirle en una ocasión Ramiro—, aunque tal vez deberíais refrenar vuestro entusiasmo. Corréis un peligro innecesario acercándoos tanto al enemigo. ¡Sois el Rey!

—Por eso precisamente debo estar en primera línea —le respondió el muchacho con gallardía.

Y su guardián no insistió, por temor a perder su favor y verse alejado de él.

Algunas noches, frente a la hoguera del campamento, se reprochaba a sí mismo haberse casado con Auriola, arrastrándola a una existencia de soledad. Le pesaba un amor tan incondicional como egoísta, que ella aceptaba sin una queja, acrecentando con ello su amarga sensación de culpa. Pero por mucho que extrañara a su mujer, por más que le doliera su ausencia, nunca pensó en incumplir el juramento solemne hecho a su señor moribundo. Bermudo lo necesitaba a su lado y él sería su escudo.

¿Qué clase de caballero no antepondría su deber a su conveniencia o su goce?

El reino leonés atravesaba una época convulsa, que demandaba del infanzón dedicarse en cuerpo y alma a la tarea de servir a su soberano y guardarlo de todo mal. No solo por la deuda contraída en su día con don Alfonso, sino porque en Bermudo y únicamente en él residía la legitimidad sobre el trono de España, transmitida de generación en generación desde la era de los reyes godos, duramente castigados por el Altísimo con la invasión musulmana.

Para ganarse el perdón divino por tantos y tan graves pecados, los cristianos debían luchar sin descanso hasta restaurar la verdadera fe allá donde los infieles habían impuesto la suya. Y al frente de esa sagrada misión estaba Bermudo, monarca ungido por Dios y su Iglesia. Por eso, antes de cada batalla, recibía la santa cruz de manos de un obispo, quien acto seguido se ceñía el yelmo para lanzarse al combate con él.

* * *

Auriola sintió las primeras contracciones mientras daba de comer a las gallinas, cosa que hacía con frecuencia, dado que en su nueva vida en la frontera ejercía de dueña y señora con la misma naturalidad con la que ejecutaba tareas propias de una campesina. Había aprendido rápido, apelando a sus recuerdos de infancia, y disfrutaba del contacto con los animales de casa.

El calor del estío derretía las piedras. En las horas del mediodía era preciso permanecer a resguardo dentro de la torre, y únicamente la noche traía algo de frescor, que las gentes de la aldea aprovechaban para salir a conversar mientras los chiquillos jugaban fuera. Ella sin embargo estaba sola en su otero, con la excepción del viejo criado, una cocinera que iba y venía a diario y los hombres de la guardia.

Ramiro se hallaba lejos, luchando en las mesnadas del Rey.

—Tranquila, mujer —se dijo a sí misma en voz alta, santiguándose en un gesto espontáneo, antes de gritar—: ¡Abilio!

No hubo respuesta.

—¡Abilio! —volvió a llamar, más fuerte, utilizando las manos a modo de pantalla para proyectar la voz.

Únicamente las gallinas parecieron alterarse, redoblando sus cacareos en el patio donde picoteaban.

—¡¡Abilio!! —repitió por tercera vez, profiriendo un alarido intensificado por una segunda acometida de dolor peor que la primera.

—Perdonad, mi señora —oyó decir al sirviente, quien se acercaba desde la cocina todo lo rápido que le permitían las piernas—. Estaba prendiendo el fuego para calentar la olla y no os había oído.

—Manda enseguida a uno de los hombres a buscar a la partera —dijo ella sin perder la calma, aprovechando la tregua entre embestida y embestida.

—¿Partera? —replicó Abilio frunciendo el ceño, cubierto por gruesas cejas canosas—. Aquí no hay de eso.

—¡Alguna mujer habrá que atienda a las parturientas! —protestó la Dueña, impacientándose.

—La Saturnina ha parido seis o siete criaturas sanas y su hombre se arregla bien cuando a una vaca se le tuerce el choto...

A pesar de su determinación, la navarra empezaba a ponerse nerviosa. Tan segura estaba de que nada se interpondría en la feliz llegada al mundo de su hijo, que ni siquiera había preguntado por la matrona que ahora reclamaba. Demasiado tarde para lamentarse. Contuvo unos segundos la respiración, a fin de aguantar el tormento de la sierra que parecía rebanarle la cintura, y al recuperar la paz ordenó al criado:

—Que vaya un guardia a caballo a buscar a la tal Saturnina. ¡Rápido! Estaré esperándola en mi alcoba.

Con no poco esfuerzo entró en la torre y subió las escaleras, sujetándose la tripa como si el chiquillo que pugnaba por salir fuese a escapársele. Entre calambre y calambre, al principio le hablaba:

—No tengas prisa, mocetico. —Daba por hecho que sería un varón, pues tal era el deseo de Ramiro—. Mejor que nazcas de noche. De día hace mucho calor.

Luego fue pasando el tiempo, con desesperante lentitud, sin que la matrona diera señales de vida.

Los dolores eran cada vez más fuertes y seguidos. Apenas le daban tregua. Sudaba copiosamente, había manchado las sábanas, perdido por completo todo control sobre su propio cuerpo, y a duras penas contenía las ganas de arrojarse al vacío desde la ventana de la planta alta, a fin de acabar de una vez con ese padecer insoportable. Si tal locura no hubiese supuesto también la muerte del bebé, acaso lo hubiera hecho.

Había oído hablar a menudo a las madres del sufrimiento que traía consigo un parto, sin llegar a imaginar lo fundada que era su queja. Ahora comprendía, compadecía y percibía la presencia de un fantasma siempre presente en cualquier alumbramiento: el miedo, cuya sombra se acentuaba al compás de los espasmos.

Finalmente, tras lo que pareció una eternidad, oyó los pasos torpes de alguien en las escaleras. Vio aparecer a una mujer de edad indefinida y rostro bondadoso de mejillas encendidas. Iba en camisa, pues el guardia enviado a buscarla no le había permitido vestirse, con la melena recogida en una sencilla trenza y alpargatas de esparto en los pies.

—Ya estoy aquí —proclamó jovial con voz aguda—. Vamos a traer al mundo a este zagal.

—No puedo más —balbució Auriola, exhausta—. Sácalo como puedas. No te preocupes por mí.

—¿Cómo no voy a preocuparme, hija? —la regañó Saturnina, ajena al protocolo habitual entre señora y aldeana—. ¿Llevas así mucho rato? Déjame ver...

Con manos expertas palpó la barriga de la parturienta e introdujo sus dedos en la vagina, ante la indiferencia de su paciente, demasiado cansada para quejarse.

—Se hace de rogar el bribón —comentó risueña—. Y veo que *tas cagao*. Es lo normal, no te avergüences. ¿*Quiés* que te limpie un poco?

Auriola asintió, entregada. A esas alturas lloraba en silencio, transida de dolor desde la cabeza a los pies, temerosa de acabar allí mismo sus días sin conocer a ese hijo ni volver a ver a Ramiro. Mientras la buena mujer la aseaba con un lienzo empapado en el agua del barreño colocado sobre el tocador y retiraba la sábana manchada, ella trataba de rezar, sin encontrar las palabras.

—¡Ya viene! —anunció la partera, tras una nueva comprobación—. Empuja cuando yo te diga.

No habría sabido explicar de dónde sacó fuerza suficiente para cumplir las órdenes de esa extraña que parecía dominar por completo la situación. Se limitó a obedecer, mordiendo un trozo de cuero que ella le había entregado a tal efecto, hasta que notó que algo se quebraba en su interior.

Fue una percepción nítida, inequívoca. En medio de ese suplicio, supo que en sus entrañas algo se había roto y lo interpretó como el peor de los augurios, aunque la sensación no tardó en disiparse. Tras el fogonazo de pánico, sobrevino un alivio inmenso cuando de entre sus piernas surgió una cabecita cubierta de pelusa, empapada en un líquido sanguinolento, a la que siguió un cuerpecito perfecto. La cosa más bonita que jamás hubiera contemplado.

—¡Es una zagala! —exclamó Saturnina, triunfal, mientras anudaba un hilo grueso de lana en el cordón que la unía a su madre. Acto seguido lo cortó de un tajo certero, cogió a la criatura liberada por los pies y la puso boca abajo, antes de empezar a golpearla en la espalda.

—¡Vas a matarla! —chilló Auriola, aterrorizada, apelando a esa desesperación para incorporarse a duras penas.

—¡*Quia!* —rebatió la mujer—. *Tié* que llorar *pa* soltar *to* el moco que ha *tragao*. Es bueno. Ahora la fajo, te la doy y me ocupo de ti…

Auriola estrechó a esa niña contra su pecho y se olvidó por completo del tormento soportado. La inundó una oleada de ternura infinita, que dejó fluir en forma de llanto, esta vez sanador. Entonces, de repente, asomó de nuevo tras la cama el negro espectro del terror, unido al sabor amargo que había dejado en su boca ese fugaz mal presagio.

Pero apenas duró un instante.

16

El tiempo transcurrió sin sobresaltos a partir de entonces, hasta que un arriero trajo la noticia del fallecimiento de la reina Urraca.

Corrían los primeros meses del 1032 de Nuestro Señor y Ramiro se hallaba en sus dominios, disfrutando de la paz que encontraba junto a su esposa y su hija, quien, lejos de defraudarlo por su condición de hembra, colmaba de alegría sus días de descanso.

Aquella nueva sombría hizo saltar por los aires las horas de felicidad.

La pequeña Mencía poseía cuantas cualidades podían pedirse a una niña. Era hermosa, jovial, obediente y risueña. Auriola veía en ella un compendio de todas las virtudes humanas. Se sorprendía a sí misma sintiendo cómo crecía en su interior el amor hacia esa criatura de cabello rubio, piel nívea y ojos grandes azules verdosos, idénticos a los que recordaba Ramiro en el rostro de su madre. Por eso se alegraba de criarla lejos de la corte, en la soledad de su torre fronteriza, donde podía mimarla cuanto quisiera.

Afortunadamente para ella, desconocía cuán efímera iba a ser esa licencia y lo que la vida, en su crueldad, pronto le obligaría a hacer...

—Mal empieza este año —sentenció afligida, resignada a ver marchar de inmediato a su marido—. No solo pierdo a la soberana a quien debo el haberte conocido, sino que a partir de ahora aún te veremos menos por aquí, imagino.

El infanzón lanzó a su mujer una mirada impregnada de cariño y gratitud a partes iguales, antes de responder:

—Bermudo pronto cumplirá quince años, alcanzando así la mayoría de edad. Ya sabes lo que eso significa. Se sentará de pleno derecho en el trono leonés y será él quien asuma las obligaciones del gobierno, máxime ahora que ha fallecido la regenta.

—¿Se enfrentará al rey navarro? —inquirió ella, preocupada, evocando los temores expresados en el pasado por su esposo—. ¿Habrá guerra con mi gente?

—No lo creo —la tranquilizó él—. Desde luego, no en este momento. Ambos se necesitan mutuamente y además, justo antes de venir, supe que don Sancho había escrito a Bermudo para pedirle que le diera a su hermana Sancha por mujer para su hijo Fernando, en aras de firmar la paz de los cristianos.

—Pero ¿no me dijiste que Sancha se había recluido en un convento? —replicó Auriola alzando la voz—. ¿Cómo has podido ocultarme semejante misiva?

—¡No te he ocultado nada! —protestó él airado—. Sencillamente no he encontrado ocasión para hablarte de un hecho que hasta la fecha carece de importancia, toda vez que el soberano no ha tomado una decisión al respecto.

—¿Y Sancha qué dice? —preguntó ella sin arredrarse.

—Lo ignoro. —El tono de la conversación se había agriado—. Pero, como deberías saber, no será ella quien decida. Habrá de someterse a la voluntad de su hermano.

—Mi chica…

—Tu chica es una infanta leonesa que se debe a los intereses del Reino.

—¿No eras tú quien acusaba a don Sancho de haber mandado asesinar a su prometido, el conde de Castilla? —escupió ella con rabia—. ¿Ahora que el condado ha pasado a ser propiedad de ese Fernando, te parece bien que se la entreguen por esposa?

—No me parece ni bien ni mal, Auriola. Solo digo que Bermudo hará lo que más convenga a León. Y por cierto: si es tu deseo trasladarte con nuestra hija a la capital, a fin de estar más cerca de la corte, puedo encargarme de buscar una residencia adecuada.

Auriola evitó contestar. Estaba demasiado enojada y temía decir algo de lo que después se arrepentiría.

No tenía intención alguna de abandonar su hogar para regresar al epicentro de las intrigas que tan bien conocía, pero debía recuperar el sosiego antes de explicar a su marido las razones de su negativa. Porque ella sí tenía capacidad de decisión, no en virtud de la ley, que la desamparaba ante él, sino gracias al amor del hombre con quien acababa de porfiar. Ramiro nunca había violentado sus deseos ni tampoco lo haría en esa ocasión. Aunque solo fuera por eso, merecía con creces el beso que le dio en los labios como prenda de paz.

* * *

Sancha abandonó el convento recién enterrada su madrastra. Recuperó su antiguo vestido de novia para contraer matrimonio con el conde de Castilla, Fernando Sánchez, hijo del poderoso monarca navarro y sobrino del único hombre a quien ella había amado y todavía lloraba. No había plantado cara a su hermano. De nada le habría servido. Consciente de su posición, aceptó el destino con mansedumbre, dispuesta a cumplir con sus deberes de esposa y parir hijos llamados a engrandecer la estirpe de su marido.

Al aproximarse la fecha de la boda, Ramiro fue en busca de su mujer con el propósito de conducirla hasta la capital, donde ambos asistirían al enlace. Auriola ansiaba reencontrarse con la infanta y brindarle su apoyo y su consuelo en esa hora agridulce. Le dolía separarse por vez primera de su pequeña, a la que había amamantado ella misma contraviniendo la costumbre imperante entre las damas de la nobleza, aunque estaba segura de dejarla en buenas manos: las de Saturnina, madre de siete rapaces criados, quien tras ejercer de partera se había convertido de manera natural en el aya de la niña. Algo parecido a lo que Galinda había sido para Auriola, aunque no cuajara las natillas con la misma maestría.

Partieron juntos una mañana de primavera, a lomos de sendas monturas, acompañados por una escolta de cuatro hombres de a pie. Una vez en León, se alojaron en una estancia lujosamente dispuesta para ellos en el palacio, respondiendo a la invitación de la infanta, quien aguardaba ilusionada la visita de su vieja amiga tanto como esta anhelaba reencontrarse con ella.

Sancha ya no era la chiquilla dichosa e ilusionada de la que Auriola se había despedido tres años antes. Apenas se parecía a ella. El dolor le echaba años encima, velaba su mirada, restaba brillo a su piel, dibujaba un rictus amargo en sus labios. La dama que la había cuidado, por el contrario, rezumaba juventud y lozanía. Aunque se protegiera cuidadosamente del sol, el aire del campo teñía sus mejillas de un saludable color sonrosado, que realzaba el azul intenso de sus ojos.

—¡Qué hermosa estás! —la saludó su antigua pupila con genuina admiración—. ¡Y cuánto te he añorado! —añadió, al borde del llanto.

—Mi señora. —Se inclinó la navarra ante ella, sin saber muy bien qué hacer.

—¿Tu señora? —replicó la futura condesa, entre la decepción y la ironía—. ¿Ya no recuerdas quién soy?

—He pensado tanto en ti, prenda mía —se dejó ir Auriola, vencida por esas palabras y animada por la intimidad recuperada entre ellas—. No sabes cuánto lloré y recé al enterarme de lo ocurrido. Habría acudido a tu lado, pero mi estado no lo permitía.

—¿Ya eres madre? —dedujo la infanta.

—De una niña preciosa, sí. —Se le iluminó la cara—. Se llama Mencía. Verás cuánta felicidad traen a tu vida los hijos.

—¿Y el matrimonio? —Había un deje de sarcasmo en la pregunta—. ¿Recuerdas nuestras conversaciones cuando las dos bordábamos juntas nuestros respectivos ajuares? Nunca llegaste a decirme lo que debía esperar de mi noche de bodas, aunque supongo que pronto lo descubriré por mí misma. Sería raro que el azar me jugara dos veces la misma pasada.

—El matrimonio también, mi chica —trató de tranquilizarla la dama, abrumada por esa resignación amarga—. Te doy mi palabra. Y en cuanto a la noche de bodas… Todo cuanto te diga se queda corto. Prepárate para lo mejor.

Era mentira.

Ambas sabían que Sancha no era más que una pieza en el tablero del poder. Un peón importante cuya felicidad carecía de relevancia. Su casamiento con el conde de Castilla obedecía a la ambición ilimitada del monarca llamado a convertirse en su suegro, quien completaba de ese modo una jugada urdida con esmero tiempo atrás.

Los dos hijos mayores del difunto rey Alfonso quedaban a partir de ese momento en sus manos, sujetos a su influencia directa. El Reino de León, cuya primacía entre los cristianos nadie ponía en duda, se supeditaba en la práctica al arbitrio del soberano navarro, heredero de un territorio modesto, devenido en decisivo gracias a la audacia de aquel a quien ya apodaban el Magno.

La novia aportaba al matrimonio su sangre, el más valioso y codiciado de sus bienes, además de una dote cuantiosa: la tierra fértil comprendida entre los ríos Cea y Pisuerga, que supondría una notable ampliación del condado de Castilla. Fernando, segundón de un reino pobre, acrecentaba los dominios de su pujante condado y se convertía en cuñado del soberano leonés.

Ni el amor, ni el placer, ni los sueños de una huérfana desempeñaban papel alguno en esa compleja trama.

—Tu suerte va a cambiar, Sancha —dijo Auriola al cabo de unos instantes, en un intento desesperado de arrojar algo de claridad sobre ese tenebroso paisaje—. Verás cómo el conde es un marido gentil.

—Gentil era García —repuso la infanta, nostálgica—. Si lo hubieras conocido… No había doncel más apuesto ni noble que le hiciera sombra en galanura. Me lo mataron a traición y al hacerlo también a mí me apuñalaron el alma.

La princesa se había echado a llorar, desconsolada, una vez derribado el dique de contención en el que se apoyaba.

—Lo sé, lo sé. —La acunó su vieja amiga, igual que cuando era pequeña—. Pero don Fernando es un gran señor y un buen cristiano. Un guerrero temible, un caballero navarro. Seguro que también sabrá ser digno de ti, mi niña.

—¡Dios te oiga!

—Claro que sí. ¡No me digas que habrías preferido encerrarte en ese monasterio! Tienes mucha vida por delante...

—Si tú lo dices...

También en esa boda hubo músicos, infinidad de candelabros, incienso y otras esencias, vestiduras lujosas, cintas de seda, un banquete suntuoso, invitados de postín y baile por todo lo alto.

Auriola disfrutó de la fiesta junto a Ramiro hasta mucho después de que se retiraran los esposos, rogando por que sus augurios se hubiesen revelado certeros. Por que el hijo de don Sancho supiese estar a la altura de la dama que esa noche se le entregaba en el lecho. Una noble del más alto linaje, pero sobre todo una persona íntegra, valerosa, fiel, inteligente, acostumbrada a luchar contra la peor adversidad y capaz de brillar con luz propia.

Una mujer llamada a ser reina.

* * *

El camino de regreso fue silencioso. Ramiro sabía que muy pronto debería retornar a León para atender a la llamada de su rey y Auriola anticipaba esa soledad, sumida en sus pensamientos. La apenaba haber comprobado hasta qué punto había hecho mella la tristeza en la infanta, pero al mismo tiempo era consciente del profundo nexo de unión que siempre compartiría con ella. Lo cual, dadas sus circunstancias, no resultaba en absoluto baladí. En un mundo tan peligroso como el que les había tocado en suerte, toda alianza era poca en el empeño de sobrevivir.

Al llegar a sus dominios, detectaron cierta agitación en la casa. Un ir y venir de hombres que puso en guardia al señor.

La actividad en los campos era intensa. Se estaban limpiando y ampliando los canales de irrigación, para facilitar la llegada de agua a los sembrados; en los viñedos unos arreglaban las espalderas mientras otros plantaban nuevas vides, y por doquiera manos infantiles expurgaban los huertos de malas hierbas, entre cánticos, chanzas y rituales de cortejo.

Era tiempo de segar el heno a golpe de guadaña, a fin de tener reservas cuando llegara el invierno, pero aun así sobraba hierba fresca para que el ganado se hartara de pastar. La naturaleza renacía después del invierno helado y con ella despertaban las gentes cuyo sustento dependía de ese ciclo ancestral. Nada parecía estar fuera de lugar, salvo ese trasiego inusual de aldeanos en el recinto fortificado donde habitaba el infanzón.

—¿Ves alguna cara desconocida a tu alrededor? —preguntó Ramiro a su esposa, en cuanto desmontaron frente a los establos.

—No me parece, no —respondió ella, sin demasiado interés—. ¿Por qué lo dices?

—Algo raro está pasando aquí —sentenció él, en evidente tensión—. Aún no sé de qué se trata, pero mejor desconfiar. He combatido más de una rebelión campesina en los últimos tiempos y sé lo violentos que pueden mostrarse esos rústicos cuando están desesperados. Enciérrate en casa con la niña y no salgáis hasta que yo llegue.

—¡Me estás asustando!

—Mejor así. ¡Haz lo que te digo y no discutas!

Auriola se dirigió a toda prisa hacia la torre, acompañada por dos de los guardias que habían viajado con ellos. Ramiro volvió a montar de un salto y partió al galope hacia la aldea, seguido a la carrera por los otros dos peones, acostumbrados a bregar hasta el límite de sus fuerzas.

No tardó en alcanzar la pequeña villa levantada a los pies de su castillo, donde todo parecía normal. Apenas un par de ancianas tomaban el sol en el quicio de sus puertas, al cuidado de chiquillos demasiado pequeños para trabajar. Los demás debían de estar en los campos, dedicados a sus quehaceres. Tranquilizado por esa estampa, volvió grupas hacia su hogar, deseoso de echarse al coleto un buen trago de sidra fresca, quitarse las botas y descansar.

En el patio de armas, no obstante, lo aguardaba una desagradable sorpresa. El sospechoso alboroto percibido un rato antes parecía haberse ordenado en un grupo compacto de aldeanos, formado cual ejército presto para el combate. Ramiro contó docena y media de hombres adultos y reconoció entre ellos al herrero, a un par de propietarios de caballos integrantes de su mesnada, a uno de los padres de familia que le habían seguido tras su boda con Auriola y a Gemondo, el carpintero a quien su esposa había confiado años atrás las obras de acondicionamiento de la Lobera.

Fue este último quien, bonete en mano, con evidente nerviosismo, se erigió en portavoz de los demás.

—Si dais vuestro permiso —lo abordó, en cuanto puso pie en tierra—, quisiéramos parlamentar.

Curtido en muchas batallas, el infanzón apeló a su instinto de guerrero para valorar de un vistazo la gravedad de la situación. Aquellos hombres constituían una fuerza considerable, pero parecían pacíficos. Además, eran su gente, los colonos con quienes compartía la aventura de repoblar aquella tierra yermada por siglos de fuego y sangre. Algo en su interior le dijo que podía fiarse, de modo que respondió, conciliador:

—Venid dentro conmigo. Daremos buena cuenta de una jarra. No sería civilizado hablar con la garganta seca.

Precedidos por su señor, los paisanos se encaminaron hacia el edificio de piedra con aire decidido y cabeza alta. Aunque ninguno hablara, salvo Gemondo, los unía un mismo sentir y una misma voluntad firme de formular sus demandas. Las habían masticado entre ellos en múltiples ocasiones, tras escuchar lo que contaban arrieros u otros viajeros procedentes de comarcas situadas a levante. Una vez dado el paso de encararse con el amo, no pensaban conformarse con un «no» por respuesta. Claro que una cosa era vociferar en una asamblea improvisada entre amigos y otra muy distinta exponer dichas peticiones al señor.

—Vosotros diréis —los animó este, en tono enérgico, una vez sentados todos alrededor de la gran mesa y llenos los vasos de vino—. Os escucho.

—Veréis —arrancó Gemondo, tras aclararse la voz—. Los aquí presentes hablamos en nombre de todos.

—Entendido —respondió el caballero, sin dejar de mirarlos a los ojos uno a uno.

Ramiro había formado parte de una pequeña comunidad de pescadores, acompañado a su madre a vender paños en el mercado situado junto al castillo de Gauzón y experimentado un respeto reverencial hacia el guardián de dicha fortaleza. Nadie debía explicarle la naturaleza de los sentimientos que embargaban en ese instante a los hombres que tenía ante sí; estaban grabados en su piel y su memoria, formaban parte de su ser. Sin embargo, ahora las tornas habían cambiado y no podía permitirse mostrar debilidad ante ellos. Fuera cual fuese el contenido de la negociación que estaba a punto de producirse, debía conservar su ventaja.

—¿Qué queréis de mí? ¡Dilo de una vez sin miedo!

—Un concejo —escupió el carpintero.

—Un concejo...

—La aldea ha crecido —se envalentonó Gemondo, animado por los demás—, somos muchos los vecinos y queremos elegir a nuestros representantes.

—¡Y una iglesia! —recordó una voz procedente de un extremo de la mesa—. ¡Di lo de la iglesia!

—También queremos construir una iglesia en el pueblo —añadió el portavoz—, y para eso necesitamos madera, clavos, algo de plata y un cura, claro.

—Nada menos… —ironizó Ramiro, en el fondo tranquilizado por lo que acababa de oír.

—Es lo justo, señor. —Le sostuvo la mirada Gemondo—. Somos hombres libres, al igual que vos. No somos más que vos, pero tampoco menos. Luchamos a vuestro lado y estamos aquí porque queremos.

Un murmullo de asentimiento acudió en auxilio del carpintero, quien había demostrado un coraje sobresaliente al dirigirse de ese modo a un caballero de condición muy superior a la suya. A su favor jugaba el hecho de conocerlo desde antiguo y saber de su hombría de bien. Ello no obstante, había arriesgado mucho osando plantarle cara, motivo por el cual, una vez dicho lo que había venido a decir, bajó los ojos, bebió su vino y guardó silencio, mientras sus compañeros de ambos lados le palmeaban la espalda a fin de expresarle gratitud y admiración.

Ramiro se tomó su tiempo antes de contestar. Debía medir bien sus palabras y aún mejor sus concesiones, si quería conservar no solo la obediencia, sino la lealtad de esos hombres en quienes descansaba su poder. Cuando les dio su respuesta, lo hizo con tal firmeza que no dio lugar a más réplicas.

—Esto es lo que haremos. Tendréis vuestro concejo, que atenderá a vuestros asuntos, aunque yo seguiré ejerciendo mi potestad sobre vosotros, dado que soy vuestro señor. Me pagaréis los tributos en la misma medida que lo hacéis. Ni más ni menos. Y yo os proveeré de todo lo necesario para edificar ese templo y buscaré un sacerdote que oficie la santa misa, al menos una vez al mes y en las grandes festividades.

Aceptadas sus reclamaciones, los aldeanos se levantaron para salir ordenadamente, con la dignidad intacta y la satisfacción dibujada en sus rostros barbudos. Ramiro a su vez los despidió en pie, junto a la puerta, sin perder el aplomo pétreo que se esperaba de él.

Había cedido lo necesario para evitar posibles revueltas, sin renunciar a nada de cuanto se había ganado luchando. Seguiría cobrando las gabelas pagadas con el sudor de esas gentes, a cambio de permitirles organizarse a su manera. Un precio muy asequible, se dijo, dadas las circunstancias.

En cuanto a la iglesia, él mismo compraría en León los libros y ornamentos necesarios para el culto, además de pedir al obispo que designara a un párroco.

Se disponía a celebrar el éxito del encuentro degustando un último trago del vino escanciado a sus huéspedes, cuando un grito desgarrador interrumpió de golpe sus pensamientos. Venía de la planta de arriba y lo había proferido Mencía.

17

Encontró a su esposa en la alcoba, medio desnuda, con la camisa teñida de rojo. La expresión de su rostro era una mezcla de terror y desolación, aunque se afanaba por tranquilizar a su hija, quien se había asustado hasta el extremo de chillar de ese modo al detectar el miedo de su madre y ver esa mancha en su ropa. Pese a su corta edad, conocía y reconocía la sangre.

—No pasa nada, chiquichu —le decía Auriola al oído, agachada a su lado—. Todo está bien.

—¿Qué te ocurre? —Corrió a su lado Ramiro, mirando a su alrededor en busca de una explicación—. ¿Estás herida? ¿Alguien te ha hecho daño?

Auriola tardó en responder. Le costaba expresar con palabras la tormenta de emociones que sacudía en ese momento su alma, al comprobar cómo su cuerpo rechazaba la nueva vida que tanto ella como su marido habían buscado engendrar con ansia. Sentía pena, vergüenza, dolor, culpa, temor: un ramillete siniestro que la devolvía de golpe al instante de pánico experimentado al dar a luz a su hija, cuando percibió claramente que algo en su interior se había roto. Ahora ese desgarro se hacía patente en esa pérdida, cuyo nombre se negó a pronunciar. Únicamente acertó a decir:

—Lo siento...

No hizo falta más. Él la estrechó en sus brazos, que acogieron también a la pequeña, y así permanecieron un rato, en silencio. Luego se marchó, tratando de ocultar su decepción, para mandar llamar a Saturnina, quien acababa de regresar a su casa.

Transcurrieron varios días sin que ninguno de los dos mencionara el incidente, como si por el hecho de callar este no se hubiera producido. Finalmente fue ella quien lo sacó a relucir, aun no mencionándolo de forma expresa, mientras cenaban, sombríos, la víspera de su marcha.

—¿No vas a reprocharme nada? —En la pregunta no había desafío, sino algo parecido a una petición de perdón.

—¿Acaso debería hacerlo? —respondió con frialdad Ramiro, quien seguía intentando disimular su malestar—. Es la voluntad de Dios y como tal hay que aceptarla.

—Si hubiese sabido que estaba preñada —alegó ella en su defensa—, no habría emprendido ese viaje a León. Te lo juro.

—Déjalo correr, Auriola —replicó él, irritado—. Concebirás de nuevo y la próxima vez tendrás más cuidado.

—¿Y si no hubiese próxima vez? —La dureza que destilaba el tono de su esposo era un segundo cuchillo clavado en sus entrañas—. ¿Si no volvieras de esta campaña o yo hubiera quedado estéril?

—¡No escupas al cielo! —exclamó el infanzón, amenazante—. Hay cosas que es mejor no pensar y mucho menos decir. Trae mala suerte.

Fue la última conversación que tuvieron a ese respecto.

Con el correr de los meses se disiparon las nubes, recuperaron la pasión y Ramiro regresó al lecho de su esposa en busca del varón llamado a perpetuar su estirpe, pero el milagro no se produjo.

* * *

Transcurrieron años tranquilos en la torre de Lobera. Años de paz y abundancia, al amparo de los cuales el dominio prosperó.

Cuando Auriola sentía la tentación de compadecerse de sí misma, miraba a su alrededor y enseguida hallaba motivos para desechar tales sombras. El primero, Mencía, que crecía saludable y feliz, llenando el mundo con su alegría. Los demás la rodeaban allá donde dirigiera la vista. La suya era una existencia privilegiada, en un universo pequeño, compartido con sus tributarios. Nada parecido a la ciudad, que levantaba muros casi infranqueables entre ellos.

Esa mañana de verano, Aciscla, la lavandera, estaba haciendo la colada en el patio, auxiliada por sus dos hijas. Hervía ropa blanca en un inmenso caldero de hierro, después de haberla restregado enérgicamente. El olor acre del jabón, elaborado con grasa de cerdo, impregnaba el aire y se colaba en la torre a través de las ventanas abiertas.

Irritada por ese hedor, Auriola salió a decirle que la próxima vez se fuera al río y encendiera una hoguera en la orilla, en lugar de apestar la casa.

—Si vas a terminar allí, para aclarar y tender las sábanas, ¿a qué viene cocerlas aquí, armando esta escandalera? —la regañó—. ¡Que sea la última vez!

Aciscla la miró sin comprender, pues su olfato no detectaba los efluvios que molestaban al ama. Ambas se conocían bien. Habían llegado juntas en el mismo viaje y a una edad parecida. De ahí que la sirvienta se atreviera a contestar, mirándola a los ojos:

—El caldero pesa *demasiao*, señora. Hacen falta varios hombres para arrimarlo hasta aquí. ¿Cómo vamos a bajarlo al río?

La navarra hubo de plegarse a la fuerza del argumento. Quien lo enarbolaba no lo hacía con impertinencia, sino apelando al sentido común. Era una mujer libre, consciente de tener razón. Una mujer de la tierra, con las manos llenas de sabañones, destrozadas por la sosa, la espalda rota de trabajar y la dignidad intacta.

—Visto así… —masculló, a guisa de disculpa—. Si después necesitas ayuda con los canastos, pídesela a los guardias.

La lavandera asintió, mientras removía el cocimiento con un cucharón de madera, subida en un escabel, ante la atenta mirada de las niñas, que le sujetaban la saya, no fuera a caerse dentro.

Auriola se retiró, vencida, a lamerse las heridas y celebrar su fortuna. Una simple sirvienta acababa de darle una lección que creía tener aprendida y parecía haber olvidado. No la habían educado en la molicie, sino en la reciedumbre. Y si la adversidad se empeñaba en poner a prueba su carácter, sabría plantarle cara.

—¡Por estas! —dijo en voz alta, llevándose el pulgar a los labios.

* * *

El año 1035 de Nuestro Señor fue pródigo en acontecimientos.

Con el fin de festejar la natividad de Jesús, la aldea se vistió de gala para celebrar mascaradas. Siguiendo una tradición aprendida de sus mayores, los lugareños se disfrazaron, bailaron e improvisaron chanzas y burlas dirigidas sobre todo contra los clérigos, objetivo de los dardos más punzantes.

La mañana del último día, Mencía entró corriendo en la alcoba de Auriola cuando esta se disponía a bajar a desayunar.

—¡Madre, madre! —La excitación le encendía las mejillas—. ¿Puedo bajar a las fiestas? ¡Por favor!

—¡Ni hablar! —fue la respuesta drástica de la Dueña—. Esas son cosas propias de rústicos en las que no deberías pensar siquiera.

—Pero es que van a elegir rey del corral a Pelayo, el cabrero —protestó la niña, imprimiendo un tono de súplica a sus palabras—. ¡Por favor, por favor! Sabes que somos amigos...

—Una damita como tú no debería mirar a un cabrero ni mucho menos conocer su nombre o permitirle la menor confianza —fingió escandalizarse la señora, pese a saber que a la edad de su hija también ella se fijaba en los zagales apuestos de los alrededores, fuera cual fuese su condición.

Mencía insistió, lloró y rogó, en vano. Su madre se mantuvo inflexible, consciente de su deber. De modo que el jolgorio, las danzas y los disfraces pasaron de largo para los habitantes del castillo, aunque todos ellos albergaran el deseo secreto de olvidar la responsabilidad, dejarse llevar por la música y abandonarse al placer, como hacían muy de tarde en tarde esas almas sencillas cuyo trabajo incansable surtía de productos sus despensas.

* * *

En lo más crudo del invierno, cuando los guerreros habían dejado descansar las armas para hartarse de comer, los campos se cubrían de escarcha y los ancianos dormitaban junto al fuego, viendo bullir el potaje en la marmita, el rey Bermudo contrajo matrimonio con Jimena, hija de Sancho III el Magno y de su esposa, doña Mayor.

El enlace reforzaba todavía más los sólidos lazos familiares establecidos entre el soberano leonés y el de Navarra, cuya sangre se unía indisolublemente a la de los herederos de Alfonso V. Desposada Sancha con Fernando y Bermudo con su hermana pequeña, la dinastía Jimena sentaba plaza en el trono de León, fuera cual fuese el devenir de una historia que muy pronto escribiría páginas de llanto y luto.

Cumplidos los dieciocho años, el novio llevaba tres ejerciendo de pleno derecho el poder, sin por ello librarse de la férrea tutela de su suegro, quien se permitía incluso firmar documentos apropiándose de su título. Al igual que en el caso de Sancha, tampoco su boda guardaba relación alguna con los sentimientos o las apetencias. Se trataba de un arreglo político merced al cual él esperaba recuperar autonomía, al comprometerse don Sancho a cruzar el río Cea y dejar de inmiscuirse en los asuntos de su reino.

¡Qué insignificantes resultan ser ciertos actos cuando el destino tiene dispuesta otra cosa!

En esa ocasión Ramiro asistió al enlace, como no podía ser de otro modo, aunque Auriola permaneció en Lobera guardando reposo. Estaba nuevamente encinta, del tiempo suficiente para concebir esperanzas, y no quería poner en riesgo a la criatura que esperaba impaciente. Permaneció pues en su hogar, al abrigo de la chimenea, dejándose cuidar por Saturnina, que velaba asimismo por el bienestar de Mencía.

Fueran los caldos de gallina preparados según la receta de Galinda, la observancia de un estricto descanso o la voluntad de Dios, lo cierto es que a comienzos del verano dio a luz un niño sano, fuerte y hermoso, a quien pusieron por nombre Tiago, como el padre que el infanzón no había llegado a conocer.

Una vida comenzaba y otra estaba a punto de apagarse.

Acababa de finalizar la vendimia, que Ramiro había supervisado personalmente, cuando un mensajero despachado por el mismísimo Bermudo le llevó una noticia agridulce, ansiada y a la vez temida, preludio de días venturosos o bien de aconteceres trágicos: Sancho III, soberano de Navarra, grande entre los reyes cristianos siendo el suyo un reino pequeño, había rendido el alma lejos de su gente y de su hogar, mientras peregrinaba a Oviedo con la intención de adorar las reliquias custodiadas en su catedral, empezando por el Santo Sudario de Cristo.

La nueva apenó a Auriola, criada en el respeto a ese hombre a quien su familia en Lurat veneraba por sus hazañas. Su esposo en cambio sentía hacia él más resquemor que admiración, aun reconociendo las virtudes que habían hecho de Sancho un gobernante sin par. De ahí que su muerte repentina lo llenara de inquietud.

—Mañana al alba me marcho —anunció a su mujer esa noche, como en tantas ocasiones anteriores—. Debo estar cerca del Rey. Las cosas pueden torcerse en cualquier dirección y me necesita a su lado.

Ella estaba acostumbrada. Ese ir y venir incesante era su pan cotidiano. Ya no se quedaba rezando, como antaño, angustiada ante la posibilidad de que él no volviera. Ahora tomaba las riendas de la propiedad, suplía a su marido en todas las decisiones urgentes y aguardaba confiada su regreso, sabiendo que no faltaría a su promesa de velar por ellos: su esposa, su hija y ese heredero anhelado que aún iba envuelto en mantillas.

—¿Se sabe cómo ha fallecido don Sancho? —inquirió, curiosa, dándose por enterada de su inminente partida—. Era un hombre vigoroso y, si no me equivoco, no debía de tener mucho más de cuarenta años. Es extraño…

Mientras hablaba, devoraba a dos carrillos un muslo de capón bien cebado, insuficiente para saciar el voraz apetito que la consumía desde que empezara la lactancia de ese pequeño tragón al que también había decidido amamantar ella misma. La reciente preñez había redondeado su cintura y rellenado el óvalo de su rostro algo anguloso, infundiéndole una belleza que tenía cautivado a Ramiro, más reticente que nunca a anteponer su deber a sus obligaciones de esposo.

—Don Bermudo no se refería a ello en la misiva, de lo cual deduzco que tampoco él está seguro. Es posible que sucumbiera a un síncope repentino, aunque me inclino más por el asesinato. No se llega hasta donde él estaba sin dejar atrás muchos enemigos.

—Empezando por nuestro rey —constató ella, provocadora.

—¡Nuestro rey jamás cometería semejante vileza!

—El amor te nubla el juicio, esposo, pero no quiero discutir. Hoy no.

—Yo tampoco.

—¿Qué cabe esperar ahora? —reanudó Auriola el interrogatorio, llevándose a la boca un contramuslo grasiento—. Llevo demasiado tiempo alejada de la corte para estar al tanto de lo que se cuece allí…

—Pero te sigue interesando —rio él.

—Conozco a Bermudo y a Sancha desde que eran unos críos —adujo ella—. ¿Cómo podría no interesarme lo que les ocurra? Además, nuestro destino está indisolublemente ligado al del soberano. Me interesa, sí. Igual que a ti.

—En tal caso, reflexionemos juntos. Tú dominas mejor que yo la tradición navarra que permite a un monarca dividir sus posesiones entre sus distintos herederos, ¿no es así?

—Siempre que el Reino quede en manos del primogénito, sí —confirmó Auriola.

—Pues entonces es de suponer que don García Sánchez, el de Nájera, herede Navarra y Aragón, acrecentados con los territorios de Trasmiera, La Bureba, Montes de Oca, Las Encartaciones y Las Merindades, anexionadas por su padre a lo largo de estos años a costa de León; don Fernando, el esposo de Sancha, consolide la titularidad del condado de Castilla, y el pequeño, Gonzalo, reciba Sobrarbe y Ribagorza.

—Pero don Sancho tenía otro hijo muy querido, habido fuera del matrimonio pero no por ello negado: Ramiro, creo recordar.

—Los bastardos no tienen derecho a la herencia —rebatió el tocayo del mencionado.

—Aun así, dudo que don Sancho desamparara a su vástago, máxime tratándose del primero. Algo le dejaría.

—¿Los dominios aragoneses tal vez?

—Sería lo que menos afrentaría a los otros, desde luego.

—Dices bien, «lo que menos» —convino el infanzón, mostrando su preocupación con un leve fruncimiento de las gruesas cejas oscuras que cubrían sus ojos—, porque afrenta habrá, eso es seguro. O mucho me equivoco, o no tardaremos en ver a esos hermanos luchando por los despojos del imperio que se derrumba.

—Eso mismo temo yo…

—Hasta donde yo sé —prosiguió Ramiro—, García y Fernando no se parecen en nada. El primero es arrogante, impetuoso, previsible. Su benjamín, en cambio, sabe contener sus impulsos, calcula mejor sus pasos, domina la estrategia. Comparten, eso sí, idéntico arrojo y una misma ambición, que de forma inexorable los llevará chocar pronto o tarde.

—¿Y qué hay de Jimena, nuestra soberana? —insistió la navarra, a quien esa conversación había despertado recuerdos de un pasado lejano en el que ella misma formaba parte de ese intrincado juego de tronos.

—A ella la dejó casada y muy bien casada, por cierto —respondió su esposo con un deje de reproche—. Esperemos que García, Fernando, Gonzalo y su hermano bastardo se peleen entre sí y se olviden de su cuñado, que bastante tiene con domeñar a sus vasallos más levantiscos.

—¡Ojalá tengas razón! —exclamó Auriola, escéptica.

—¿Qué quieres decir? —Ramiro la conocía demasiado bien para no detectar en esas palabras mucho más que la formulación de una esperanza.

—Nada más que lo dicho, esposo. Ojalá que don Bermudo quede al margen de toda pugna y reine la paz en León. Ojalá escape a la tentación de cobrarse viejas deudas. Ojalá…

Acabada la cena, los esposos se retiraron a la alcoba con prisas de recién casados. Ella calculaba que en breve debería levantarse para alimentar a su hijo y él quería despedirse prendiendo fuego en su piel, pues resultaba imposible saber si volvería a abrazarla. Se deseaban con urgencia, con violencia, con la misma pasión de antaño y mucha más sabiduría.

Esa noche durmieron poco, aferrados el uno al otro, conscientes de que al rayar el alba la magia se quebraría.

Eran tiempos inciertos, tiempos peligrosos, tiempos en los que la vida de un hombre tenía escaso valor, incluso tratándose del mayor guerrero de la cristiandad hispana, Sancho III el Magno, rey por la gracia de Dios.

18

No habían pasado dos años desde la muerte del monarca navarro cuando estalló la guerra que Auriola había augurado y temido.

En los campos el trigo recién segado era majado por los trillos, uncidos a burros dóciles habituados a esa brega, o bien por el mayal, más pequeño, manejado con soltura por hombres, mujeres y niños. La actividad era frenética, a pesar del calor aplastante. Tanto que poca o ninguna atención prestaron los campesinos afanados en su tarea al paso de los ejércitos que marchaban al combate.

Fernando culpó a Bermudo de invadir sus dominios y este arengó a sus guerreros invocando su derecho sagrado a recuperar las posesiones que le habían sido expoliadas aprovechando su minoría de edad. En disputa estaban las comarcas leonesas entregadas en dote a Sancha, que el Rey y el conde ambicionaban por igual. Uno en su calidad de soberano de León, a cuyo territorio habían pertenecido antes de ser cedidas a su hermana, y otro como esposo de Sancha y por tanto defensor de sus legítimos intereses.

Nadie preguntó a la condesa cuál era su parecer. Únicamente Auriola, su antigua amiga, se condolió de corazón con ella al saber que su hermano y su esposo se disponían a despedazarse. Fuera quien fuese el vencedor, ella saldría dañada, al igual que otras muchas mujeres utilizadas como moneda de cambio en pactos entre grandes familias que a menudo terminaban quebrándose. ¿Qué podían hacer ellas salvo amparar a sus hijos?

La hueste del rey leonés, integrada por lo más granado de la nobleza leonesa y gallega, atravesó la Tierra de Campos, antes de cruzar el Pisuerga en su camino hacia el valle de Tamarón, próximo a Burgos, lugar escogido para el choque. Junto al soberano iba su leal caballero, Ramiro, acompañado por los soldados reclutados entre sus vasallos. Cabalgaba tranquilo, confiado en la victoria, dada la superioridad de sus tropas sobre las mesnadas castellanas, incluso reforzadas estas por los contingentes navarros que había aportado García III.

El destino, sin embargo, tenía dispuesta otra cosa.

* * *

Recogida la cosecha, llenos hasta los topes los silos, casi a punto de maduración la uva agarrada a las espalderas, pasado lo peor del calor, con noches más tolerables y fruta fresca en la mesa, Auriola aguardaba impaciente el regreso de su esposo, a quien no había visto en meses.

Sus días comenzaban temprano, coincidiendo con el canto del gallo, y transcurrían a un ritmo de locos. El verano era de largo la estación más agotadora, máxime cuando los hombres expertos en empuñar la guadaña estaban lejos de casa, armados de espadas o lanzas que la mayoría no sabía usar. Era menester acopiar víveres con vistas al frío, reparar paredes y tejados, atender a las crías nacidas, disponer los productos destinados al mercado... y un sinfín de otras tareas cuya dirección correspondía a la Dueña en ausencia de su esposo.

Mencía y Tiago crecían prácticamente asilvestrados por los recovecos del castillo, bajo la mirada distraída de una Saturnina abrumada por semejante responsabilidad, que se encomendaba a Dios para conjurar las amenazas. Su prole había gozado siempre de tan alta protección. ¿Por qué no habría de extenderse esta a las dos criaturas del ama sujetas a su vigilancia?

Hacía menos de una semana, sin ir más lejos, un paño del muro que protegía el recinto se había derrumbado sin previo aviso cuando los niños jugaban cerca, causando un estruendo ensordecedor. Al llegar al lugar del incidente, próximo a las cuadras, Auriola se encontró a su hija paralizada por el terror, temblando y gimiendo. Los ladrillos y la argamasa caídos estaban a pocas pulgadas de ella y la habrían aplastado, a buen seguro, de no haber mediado la intervención del Niño Jesús, a quien ambas elevaron juntas sus oraciones allí mismo, dándole cumplidas gracias por su intervención providencial.

—¡No volváis a acercaros a la muralla! —regañó después a los chiquillos, enfatizando la advertencia con un movimiento inequívoco de su dedo índice—. ¿Me habéis comprendido? Si vuelvo a veros por aquí, os encierro.

Esa misma mañana mandó reparar el boquete abierto en la fortificación y revisar todo el cercado, cuya resistencia endeble obedecía seguramente a la precipitación con la que había sido levantado.

Las obligaciones de todo caballero incluían contribuir a construir o mantener los castillos fronterizos vitales para la defensa del Reino, entre los cuales se contaba la modesta plaza de Lobera, próxima a Zamora. Cuando la ciudad fuese cristiana, habían comentado a menudo Ramiro y Auriola, ya se encargarán ellos de fortificarla a conciencia para que nunca más sufriera embates como los de Almanzor.

¡Cuántos sueños compartidos se disponía a truncar la vida!

* * *

—¡Señora! —La voz ronca de un soldado resonó como un cuerno de guerra en el granero donde Auriola anotaba las cantidades de trigo y cebada almacenadas—. Don Ramiro está de vuelta.

Auriola bajó a toda prisa de su atalaya, a riesgo de descalabrarse, ansiosa por abrazarlo. Salió corriendo al patio, donde esperaba encontrarse con el caballero orgulloso que había visto partir, pero lo que vio fue a un hombre vagamente parecido a su marido, a quien hubieran echado de golpe diez años a las espaldas. Un hombre avejentado, demacrado, vencido, con el rostro desfigurado por un rictus de profunda amargura.

—¿Habéis sido derrotados? —preguntó, pese a dar por supuesta la contestación afirmativa—. ¿Tan mal ha ido la batalla?

—Si solo fuera eso… —masculló él sombrío.

—¿Qué tienes, esposo? Ven aquí… —intentó confortarlo.

Ramiro esquivó la caricia, huraño, para encaminarse al interior de la torre sin añadir palabra. Ella lo siguió, desconcertada, pues jamás, ni en los peores momentos, lo había visto comportarse de manera tan grosera.

—Manda que nos traigan vino —ordenó él una vez dentro—. Tengo sed.

—Ramiro, por amor de Dios, dime qué es lo que te ocurre —le plantó cara ella sin arredrarse, elevando el tono y el mentón—. Me estás asustando.

—Todo ha terminado, Auriola —murmuró su esposo, como ido, mientras se derrumbaba sobre un escaño—. Se acabó. Bermudo ha caído.

El imberbe soberano de León y su cuñado, conde de Castilla, se habían visto las caras en un campo yermo y lleno de polvo cercano a la villa de Tamarón. Ambos ansiaban las mismas tierras, igual dominio, idéntica gloria. Consciente de la inferioridad numérica de sus tropas, Fernando había suplicado el concurso de su primogénito, García, demanda que este había satisfecho proporcionándole un contingente de aguerridos soldados navarros, cuyo auxilio acrecentó la magnitud del desastre.

—No sé qué va a ser de León y mucho menos de nosotros —masculló el señor de Lobera—. Es el fin.

Un espeso manto de silencio cubrió el salón, sacudido hasta los cimientos por el impacto de esa revelación.

Ramiro llevaba días rumiando su desesperación por los caminos, mientras retornaba a Lobera con los pocos supervivientes de la debacle sufrida. Se preguntaba hasta cuándo conservaría esos dominios, sin querer conocer la respuesta. Auriola trataba de asimilar lo que acababa de oír, venciendo su propia pena ante la muerte de ese monarca a quien había conocido siendo un niño, en aras de ayudar a su hombre a salir cuanto antes del pozo en el que se estaba ahogando.

—Cuéntamelo despacio —dijo al cabo de unos instantes, tras llenarle hasta arriba una copa del mejor tinto de la bodega—. Deja fluir tu dolor.

Y él abrió la espita de la memoria y el llanto, para desahogar la congoja que le atenazaba el alma.

Relató las últimas horas del Rey, convencido de su victoria, encabezando orgulloso el grandioso ejército leonés. Habló de su propia confianza, a todas luces infundada, y de su clamoroso fracaso en el juramento hecho a don Alfonso en su día.

—La historia se repitió, idéntica a la vez anterior, sin que tampoco en esta ocasión yo pudiera hacer nada —lamentó, entre sollozos, mesándose el cabello revuelto, manchado con grumos de sangre real.

—¿También fue un arquero enemigo quien abatió a don Bermudo? —dedujo Auriola, cuya mirada azul envolvía el desconsuelo de Ramiro con infinita ternura.

—No —replicó él en tono fúnebre—. Fue infinitamente peor.

—¿Peor? —se sorprendió la navarra.

El infanzón levantó los ojos, enrojecidos por el cansancio y las lágrimas, antes de narrar unos hechos que jamás podría olvidar.

—El Rey cometió el mismo error que su padre: bajó la guardia. Si uno cabalgó bajo las murallas de Viseu en camisa, el otro acometió al enemigo antes de tiempo, a galope tendido, solo y con la celada del yelmo abierta.

—En tal caso no puedes culparte por ninguna de esas dos muertes. La imprudencia fue suya.

—Era mi deber protegerlos, Auriola. ¿No lo comprendes? Era mi deber y les fallé.

—No te atormentes, mi amor…

Sordo a esa súplica, Ramiro siguió vomitando a borbotones su frustración y su tristeza.

—Salí tan rápido como pude tras él, sin darle alcance. Vi cómo un venablo castellano le entraba por el lado derecho del visor, le reventaba el ojo y le arrancaba media cara. Oí su alarido desgarrado. Contemplé, impotente, cómo se le echaban encima esos lobos y lo remataban en el suelo, clavándole sus picas, sus hierros y hasta sus puñales, incluso después de muerto. Se cebaban con él como buitres hambrientos, cosiendo su cuerpo a lanzadas… ¡Así ardan en el infierno esos cobardes malnacidos!

También Auriola se había conmovido hasta los tuétanos con el horrible final de ese rey a quien siempre recordaría indefenso, ataviado con ropas impropias de un niño, sin saber qué decir ni qué hacer. Se abrazó a su marido, uniéndose con ese gesto a su duelo, aunque él la apartó suavemente a fin de apurar hasta las heces el cáliz de ese recuerdo.

—No fuimos capaces de rescatar sus restos, Auriola. ¿Te das cuenta de lo que eso significa? Lo dejamos allí, pudriéndose en el barro, bajo el sol implacable de agosto. Luchamos con bravura por él. ¡Te lo juro! Algunos guerreros salieron en desbandada tras ver caer al monarca, pero otros muchos perecieron en ese campo, tratando de acercarse al cadáver del soberano. Sin embargo, fuimos repelidos por la hueste enardecida del conde Fernando, incrédula ante su suerte. ¡Maldito sea su nombre, maldito el de su hermano García y maldita por siempre su estirpe!

La Dueña lo dejó hablar, pues comprendía su rabia. A ella misma le costaba aceptar, y más aún perdonar, que hubieran sido sus paisanos los verdugos del rey mozo, arrebatado de este mundo antes de cumplir veinte años.

—Ya se habrá reunido con su padre en el cielo —trató de restañar la herida abierta de su esposo—. Ya goza de la paz de Dios.

También Ramiro había encontrado algo de sosiego tras descargar su corazón del peso que lo abrumaba. La congoja remitía, poco a poco, lavada por esas lágrimas, dejando paso a una preocupación tan honda como fundada.

—Don Bermudo descansa en la gloria eterna —convino, en tono sarcástico—, pero nosotros seguimos aquí, solos y desamparados.

—Eso no es cierto, Ramiro. Eres dueño de un dominio próspero, cuyas rentas crecen de año en año.

—¿Hasta cuándo? —incidió él, sombrío—. ¿Cuánto tardará el vencedor en despojarme de mi propiedad?

—¡Esta es tierra de realengo concedida a perpetuidad por el Rey!

—Lo que un rey da, otro lo quita. Nuestra heredad no es muy rica, pero ocupa una importante posición estratégica. Y yo ya no soy nadie en la corte. Pronto habrá más de un magnate disputándose nuestros despojos. Las grandes familias del Reino nunca tienen suficiente y van acumulando poder. Los tiempos cambian deprisa…

«… Y las desgracias nunca vienen solas», habría debido añadir.

* * *

Cuando un cálido día de junio del año 1038 de Nuestro Señor, Fernando, hijo de don Sancho el Magno, entró en León a lomos de un enorme semental negro, para ser ungido rey por el obispo Servando, entre los magnates presentes en la basílica de Santa María no estaban ni Ramiro de Lobera ni Auriola de Lurat. Tampoco otros muchos dignatarios del clero y la aristocracia, reacios a inclinar la cabeza ante un magnate considerado un vulgar usurpador.

El camino hasta ese trono no le había resultado llano al vencedor de Tamarón. Una gran parte de la nobleza leonesa, encabezada por los condes gallegos, rechazaba frontalmente reconocerlo como soberano y se había alzado en armas contra él, en una rebelión abierta que le llevó casi un año sofocar a sangre y fuego.

Los alzados se negaban a rendir pleitesía a quien no dejaba de ser su igual, en su calidad de conde de Castilla, territorio perteneciente a la Corona de León. En vano esgrimían los partidarios de Fernando el argumento de que, muerto Bermudo, era Sancha, legítima heredera de Alfonso V, la única propietaria de unos derechos sucesorios que transmitía a su esposo. A ojos de los insurrectos, el hijo segundón del difunto monarca navarro carecía de méritos suficientes para llevar la corona del primer reino cristiano, máxime tras conocer que había pagado el auxilio militar de su primogénito, García, cediéndole todo el norte de su condado y despojando así a León de lo que en derecho era suyo.

El rencor, las inquinas, las conjuras y el afán de venganza volvían a sentar plaza en la corte, donde Sancha, convertida en reina a su pesar, se enfrentaba al reto formidable de conjugar intereses opuestos, defender sus derechos sin traicionar el legado que corría por sus venas y hermanar cuanto antes a esos vasallos suyos, valiosos guerreros de la Cristiandad, enzarzados en choques baldíos que solo traerían derrota.

Ramiro asistió a esa lucha fratricida sin implicarse en ella, sumido en una tristeza que ni Auriola ni sus hijos eran capaces de ahuyentar. Un pesar del que solo escapaba cuando emprendía una cabalgada a ciegas en territorio musulmán, de la que solía regresar victorioso, aunque con magro botín, dada la escasa población de las tierras situadas en la orilla meridional del Duero.

Los combates entre cristianos tenían lugar lejos, al norte de su pequeño dominio, donde la vida continuó monótona siguiendo el curso de las estaciones, hasta el día en que Tiago sufrió un accidente fatal.

* * *

Al principio nadie le dio importancia.

El chiquillo, que correteaba por todas partes, tropezó en el almacén donde se guardaban los aperos de labranza, con tan mala fortuna que intentó instintivamente agarrarse a un azadón recién afilado y se hizo un feo corte en la mano.

Lo llevó en brazos a casa uno de los jornaleros que andaba por allí, seguido a la carrera por Saturnina.

—El niño se ha hecho una herida —anunció el aya a la señora, cuando esta se disponía a almorzar—. Igual hay que coserle el roto.

—¿Qué clase de herida? —inquirió Auriola, levantándose a comprobar su alcance.

Tiago había dejado de llorar, aunque tenía la carita llena de mocos y enrojecida por el sofoco. Llevaba la mano derecha envuelta en el delantal de su «Nina», como llamaba al aya, que había improvisado con él un vendaje de emergencia. Al retirarlo su madre, con infinito cuidado, se puso a sangrar profusamente, por lo que ella volvió a colocarlo reforzando la presión.

—Ve corriendo a buscar a tu marido —ordenó a la mujer, sin perder los nervios—. Él sabe hacer estas cosas, ¿no?

—Ha *cosío* a muchas ovejas y a nuestros zagales también —repuso ella, lacónica—. Chillan, pero sanan.

Tiago soportó la aguja con un valor impropio de su corta edad. Mientras el curandero, capador y albéitar, daba puntadas desiguales con dedos inusualmente hábiles para su descomunal tamaño, el pequeño se agarraba a su madre, cerrando con fuerza los ojos y resoplando de dolor. Finalizada esa parte, el hombre cubrió la costura con una mezcla de saliva y barro, antes de volver a vendarla, empleando esta vez un paño de lino limpio.

—¡Ánimo, mocetón! —le decía Auriola con dulzura—. Tienes que ser valiente.

Y valiente fue hasta el final, dando muestras del guerrero que estaba llamado a ser.

Esa noche lo acostaron temprano, después de darle a beber una infusión de hierbas mezcladas con hidromiel, que, a decir de Saturnina, lo ayudaría a dormir, aliviando sus molestias.

El niño cayó en un sueño agitado, acompañado por la Dueña, que no se apartó de su lado. A la mañana siguiente su respiración era irregular, su cuerpecito estaba helado y su mano en cambio ardía, una vez retirado el apósito con el fin de lavar la herida.

—Tiago, tesoro, ¿cómo te encuentras? —preguntó Auriola con voz queda al durmiente, quien apenas abría los ojos. Parecía estar muy débil, aunque algo lo reanimó el tazón de leche caliente que le trajeron como desayuno, con trocitos de bizcocho nadando en la superficie.

—Me *güele* —se quejó él—. Y tengo *seño*.

Auriola, cada vez más asustada, le dio un beso tierno en la frente antes de salir de la alcoba, dejándolo adormilado en la cama. Una vez abajo, hizo venir al jefe de la exigua tropa encargada de custodiar la torre y le ordenó en tono apremiante:

—Envía ahora mismo un jinete a Zamora y otro a León. Deben buscar al mejor galeno de la ciudad para traerlo de inmediato. Tanto da que sea cristiano, judío o musulmán. Lo único que cuenta es que sepa ejercer su oficio.

—Pero, señora... —trató de objetar el soldado—. Hasta León hay al menos siete días de viaje, cambiando de montura, y en Zamora es probable que ni siquiera se permita la entrada de uno de nuestros hombres.

—Te daré plata suficiente para abrir cualquier puerta —rebatió ella, sorda a esa réplica—. No hay tiempo que perder. ¡¿Has comprendido?!

Partieron al galope los emisarios, armados con sendas bolsas de monedas, dejando atrás a una mujer sola que hacía lo que podía por dominar la situación, pues tal era su deber de madre, esposa y Dueña. Tampoco en esta ocasión podía contar con Ramiro, ausente desde hacía días, dedicado a la depredación. Todo dependía de ella, de su fuerza, de sus oraciones.

—¡Señor Jesús —rogó—, no me lo arrebates!

Regresó junto a la cabecera del niño, que dormía profundamente. Su pecho menudo parecía tener cierta dificultad para coger aire, aunque se movía de forma acompasada. Su rostro estaba sereno y frío; no tenía fiebre. La manita, muy inflamada, había adquirido un color violáceo que se extendía hacia arriba por el antebrazo. De la llaga manaba un hilillo de líquido maloliente, preludio del peor desenlace.

—Santa madre de Dios —elevó de nuevo su clamor Auriola—, intercede por Tiago ante tu hijo. Te lo suplico. Llévame a mí y sálvalo a él. ¡Déjalo vivir!

19

El soldado enviado a la ciudad de Zamora volvió al cabo de tres días, acompañado por un hebreo entrado en años que cabalgaba una mula demasiado gruesa y decía entender de pócimas, emplastos, sangrías y otros métodos de sanación.

Llegaron demasiado tarde.

Tiago se había apagado esa misma mañana, en brazos de su padre, quien alertado por otro de los hombres de su mesnada regresó a casa justo a tiempo de ver morir a su hijo entre escalofríos, sonriéndole con una mirada que expresaba infinita confianza.

Ese golpe fue, de largo, el peor de cuantos le había propinado la vida.

Rezó el responso fúnebre del niño el mismo sacerdote que lo había bautizado, ante toda su congregación, en el patio de armas del castillo convertido para la ocasión en improvisada capilla, con su crucifijo clavado a un poste y su altar consistente en una plancha de madera montada sobre caballetes. Hasta el último bracero acudió a despedir al heredero de Lobera, llamado demasiado pronto a la presencia de Dios, como el más humilde de los campesinos.

—La muerte no hace distingos entre nobles y villanos —comentó tras la oración uno de los aldeanos, sinceramente apesadumbrado.

—Ya está en el cielo con los ángeles —aseveró Saturnina, entre sollozos, tratando de consolarse a sí misma.

—Angelico era él —la corrigió la cocinera, de origen navarro al igual que Auriola, recientemente incorporada a su servicio—. ¡Criaturica sin culpa! Cuántos como él se nos van, con toda la vida por delante, mientras los peores bellacos se quedan para hacer el mal.

Era la pura verdad. Los peligros que afrontaban los más pequeños resultaban ser tantos y de tal magnitud que muchos sucumbían a ellos antes de alcanzar la edad de la razón. Incluso los que disfrutaban de una vigilancia estrecha. Enfermedades, quemaduras, heridas, ahogamiento, mordeduras de rata u otros animales infames, ataques de lobo... El elenco de amenazas era tan abrumador que los camposantos estaban llenos de sepulturas diminutas. De ahí las prisas de las familias por cristianar a los recién nacidos antes de que la parca hincara en ellos sus garras. Al menos se aseguraban de que alcanzaran la gloria.

La muerte de su hijo no solo tiñó de luto los corazones de los esposos, sino que sembró la discordia entre ellos. Él no pudo evitar echarle en cara haber faltado a su obligación de cuidarlo y ella, que se hacía a sí misma ese cruel reproche cada noche, se defendió acusándole de haberlos dejado solos para satisfacer su codicia.

Sumidos en esas agrias discusiones, ninguno de los dos prestó demasiada atención durante ese tiempo a Mencía, quien acabó refugiándose en los brazos de Saturnina. Ella la amaba sin condición a su modo primitivo, instintivo y fatalista, incapaz de cuestionar la sacrosanta voluntad de Dios. A su designio inescrutable achacaba el fallecimiento del niño. ¿Por qué molestarse en buscar culpables? Todo lo que acontecía en el mundo obedecía a esa razón, ajena a la comprensión de los hombres. Pretender que fuera de otro modo constituía un grave pecado de soberbia.

—Tu hermano te espera en el cielo —le decía a la chiquilla, mientras peinaba su melena cobriza o le enseñaba a coser—. No padezcas por él. Está donde tiene que estar.

—Pero yo le echo de menos —protestaba la niña, cuyo sentido de la justicia difería considerablemente del de su aya—. Ya no tengo con quien jugar.

—Me tienes a mí y a un montón de zagales de la aldea.

—No es lo mismo…

* * *

Nada volvió a su lugar en el castillo de Ramiro tras el entierro de su hijo, cuya sencilla lápida esculpida en piedra se sumó a las ya existentes en el pequeño cementerio habilitado a las afueras de la aldea. Los dominios del señor habían crecido en el transcurso de los años, lo que se reflejaba en el número de almas acogidas a su protección, así como en los difuntos cuyos nombres eran recordados al llegar la festividad de Todos los Santos.

El infanzón ahogó su pena y su frustración en una orgía de sangre, multiplicando las razias en territorio musulmán, como si quisiera cobrarse la revancha de tanto sufrimiento ensañándose con los sarracenos. Era la ventaja de residir en la frontera. Sus tierras estaban expuestas a las aceifas de los ismaelitas, pero también él podía saquear las de esos paganos sin solicitar el permiso del Rey, demasiado ocupado en consolidar su poder como para ocuparse de los asuntos de alguien tan insignificante.

En cuanto empezaba la época de las algaras, los pastores conducían a sus ganados al norte, en busca de pastos frescos y tranquilidad, cruzándose por el camino con los hombres de armas que bajaban dispuestos a vadear el Duero y adentrarse en territorio enemigo, ávidos de botín consistente en trigo, rebaños, con suerte alguna vacada y, por supuesto, cautivos. Entre los mesnaderos más célebres pronto se abrió paso el nombre del de Lobera, cuya ferocidad en la depredación llegó a cobrar merecida fama.

De acuerdo con las leyes del Reino, cualquier cristiano tenía derecho a quedarse con todo lo que consiguiera arrebatar a los moros en dichas cabalgadas, algunas de las cuales, las menos, resultaban ser muy lucrativas. Especial valor tenían los esclavos jóvenes, varones o hembras, que alcanzaban precios elevados en los abundantes mercados dedicados a su compraventa. De ahí el interés de los guerreros en capturarlos con vida. Si alguno de esos desdichados imploraba clemencia a Ramiro, invocando la misericordia de Dios, él se mostraba implacable.

—¿Tuviste tú piedad del herrero que cogisteis en Compostela? ¿La tuvo vuestro caudillo Almanzor?

Cuando el interpelado, aterrorizado, lo miraba sin comprender, sentenciaba cual juez supremo, mostrando una frialdad glacial:

—Tu dios me arrebató a mi padre y el mío se llevó a mi hijo. Acepta tu destino y no supliques. Es inútil.

Su carácter se había agriado hasta volverse irreconocible. En su interior todo era ira, rencor y oscuridad. Bebía más de la cuenta. Se aturdía junto a sus soldados, dándose a toda clase de excesos. Perdió la cuenta del tiempo que pasó así, carente de rumbo, hasta que poco a poco fue recobrando un cierto dominio de sí mismo, con la ayuda de la mujer que nunca le cerró las puertas.

Auriola halló consuelo en su hija, sus quehaceres y su fe. Lloró durante semanas a Tiago, hincada de hinojos ante su tumba, hasta que un buen día, igual a cualquier otro, tomó la decisión de dar por concluido ese duelo y continuar con su vida. Eso no significaba en modo alguno olvidarlo. ¿Cómo habría podido hacerlo? Antes al contrario, se propuso conservar el recuerdo de su precioso pequeño en el rincón más abrigado de su corazón; rememorarlo en los días dichosos, jugando, riendo, esparciendo alegría a su alrededor; honrar su memoria siendo con su hermana la madre que él habría merecido y recuperar a su esposo, perdido en un laberinto del que no lograba salir.

No fue fácil la tarea, sobre todo al principio. Pasadas las primeras tormentas, empero, Ramiro notó que la proximidad de su mujer le aportaba algo de sosiego y dejó que ese sentimiento lo ayudara a aplacar la cólera. Una rabia que lo consumía y lo empujaba a luchar, a matar, a ir en busca de la muerte, aun sin saberlo, con el afán de expiar una culpa que su maltrecha conciencia no lograba soportar.

* * *

Merced a su infinita paciencia y al ardor recuperado de su esposo, al comenzar el otoño del 1040 de Nuestro Señor, Auriola se hallaba de nuevo encinta, aguardando el regreso de Ramiro.

La cosecha había sido mala ese año y la escasez empezaba a hacer mella no solo entre los labriegos, sino en el interior de la propia torre, donde faltaba la harina esencial para cocer el pan. El fantasma de la hambruna mostraba su rostro huesudo, llevando de la mano al del miedo.

La Dueña aplazó hasta donde le fue posible tomar una decisión que correspondía a su esposo, aunque al final la necesidad la obligó a ocupar una vez más su lugar. Antes de que se agotaran las reservas almacenadas en la ciudad o las lluvias y el lodo hicieran impracticables los caminos, llamó al jefe de su guardia, en quien confiaba ciegamente, para encomendarle una misión delicada.

—Mi señora. —Se inclinó el soldado, cuya delgadez atestiguaba la gravedad de la situación—. ¿En qué puedo serviros?

—¿Sabes lo que guardó mi esposo en la bodega, bajo llave, al regresar de su última algara? —inquirió ella a modo de prueba.

—Yo mismo me encargué de hacerlo —respondió el hombre, sereno—. Vino y aceite.

Se referían a diez pellejos de aceite de oliva y cuatro cubas de excelente vino, consumido con libertad en la taifa musulmana pese a prohibirlo su religión. Esos productos constituían un tesoro conservado como oro en paño. Un lujo reservado a paladares selectos en León, por los cuales obtendrían un buen precio en el mercado.

—Cárgalos en la carreta y llévate a tu mejor gente contigo. Esa mercancía vale tanto como sus vidas.

—O más —replicó él sin ironía—. ¿Cuánto debo pedir a cambio?

—Necesitamos trigo y cebada —reflexionó ella en voz alta, haciendo cuentas con los dedos—, pero también herramientas para el campo y algún cacharro de cocina. No aceptes menos de cinco fanegas, o sea, veinticinco modios; una reja nueva, un hacha grande, una cazuela de barro vidriado, siete pares de galochas y otros tantos de abarcas. Si tienes suerte y consigues colocar el aceite a los compradores del monasterio de la Escalada, que lo aprecian más que nadie y no suelen regatear, te traes también un tonel de sebo, algunas ristras de ajos y garbanzos.

—No sé si dará para tanto después de pagar las maquillas debidas al Rey —objetó el guardia.

—Tendrá que dar y dará —repuso enérgica la Dueña—. Antes de ofrecer nada, observa cómo actúan quienes despliegan allí sus tenderetes cada semana, para hacer exactamente lo mismo. ¡No te dejes engañar! Y si cobras en moneda, que sea plata de ley: sueldos, dírhams o denarios. Tanto da. Lo importante es que regreses con todo lo que te he pedido y a ser posible alguna pieza en la bolsa.

Auriola necesitaba un manto de lana nuevo, pero habría de esperar una mejor ocasión para adquirirlo. La ropa resultaba costosa y los tiempos no invitaban a dispendios, por muchos remiendos que afearan el que volvería a cubrirla ese invierno. Tal vez hallara el modo de que le tejieran uno utilizando la lana de la siguiente esquila o acaso su marido le trajera uno a su regreso. En caso contrario, se arreglaría con el viejo.

Antes de que se torciera su suerte, a él le gustaba sorprenderla con obsequios, aunque estos solían ser más hermosos que prácticos. Ella le regañaba por ello, aunque ambos sabían cuánto valoraba esos regalos. Ahora que la nueva preñez parecía haber reforzado sus lazos matrimoniales, confiaba en recibir una prenda de su amor y había dejado caer que una pieza de buen paño sería más apreciada que una joya, un afeite o cualquier otra extravagancia tan del gusto de los moros.

* * *

Jimena vino al mundo una fría noche de diciembre, sin apenas sufrimiento. Nació deprisa, como si estuviera impaciente por llenar la casa con sus risas, y devolvió la luz a ese hogar desterrando en buena medida las sombras, aunque no la preocupación. La incertidumbre ante el futuro del infanzón sujeto a los designios del nuevo rey era una sombra permanente de la que resultaba imposible librarse.

A tenor de las escasas noticias traídas por arrieros o peregrinos de paso, don Fernando se hallaba en trance de sofocar las revueltas instigadas contra él por la nobleza descontenta, sin por ello renunciar a embellecer su capital con obras de restauración o construcción de nuevos edificios. También había confirmado el Fuero de León dictado por Alfonso V, al que Ramiro debía en última instancia su fortuna. Aquello constituía sin duda un motivo de esperanza, aunque no despejaba por completo sus temores. Como bien había dicho a su esposa, lo que un soberano daba, otro podía quitarlo con idéntica potestad.

El infanzón se hallaba a merced del arbitrio real, manchado por su cercanía al derrotado Bermudo. En cuanto el nuevo monarca dispusiera de tiempo y manos libres para reorganizar sus dominios, podría despojar a ese vasallo de las tierras que gobernaba, a fin de servirse de ellas como pago de deudas pendientes o regalo a amistades añejas. Ramiro no tendría más opción que convertirse en soldado de fortuna y ganarse la vida con la espada, lo que condenaría a su familia a una degradación humillante. La mera evocación de esa posibilidad le causaba pesadillas que envenenaban sus noches.

El señor de Lobera se encontraba indefenso ante el vencedor de Tamarón, pero Auriola no. Ella disponía de una carta valiosa que estaba dispuesta a jugar, aun a sabiendas de que al hacerlo se arriesgaba a ofender a su esposo. Por eso debía medir los tiempos, actuar con suma cautela y cerciorarse de mantener en absoluto secreto lo que se traía entre manos.

* * *

Si Ramiro hubiese sospechado que su mujer iba a suplicar en su nombre la intercesión de la Reina, se lo habría prohibido tajantemente, no solo en razón de su orgullo masculino, sino por la profunda aversión que le inspiraba el hombre que había dado muerte a Bermudo y ahora ocupaba su trono. La mera idea de inclinarse ante aquel a quien consideraba un usurpador constituía una humillación intolerable a sus ojos. El hecho de que lo hiciera su mujer, sin consultarle, traspasaba a buen seguro los límites de lo que habría perdonado.

Auriola era plenamente consciente del rechazo frontal de su marido a cualquier maniobra de aproximación a la corte. Por otra parte, confiaba en conservar un ascendiente considerable sobre doña Sancha, a pesar del tiempo transcurrido desde su último encuentro. ¿Debía someterse a la voluntad del hombre a quien había jurado obedecer, o luchar con todas las armas a su alcance por dar a su familia un futuro?

La decisión era compleja, aunque no tardó en tomarla.

A comienzos del año 1042 de Nuestro Señor, en cuanto se derritieron las nieves, partió hacia León en compañía de una pequeña escolta, pretextando la necesidad imperiosa de renovar su vestuario ahora que la fortuna había sonreído a Ramiro en el transcurso de su última algara.

Llevaba mucho tiempo apartada de la ciudad, adujo aprovechando un buen momento, y ansiaba darse una vuelta por el mercado, así como visitar a algunas viejas amigas. Nada dijo por supuesto de la soberana a la que pensaba acudir, ni mucho menos del plan urdido al detalle con el fin de obtener su auxilio. Tampoco confesó a su marido que Mencía formaba parte de él. Era su última baza. Un recurso a la desesperada si todo lo demás fracasaba.

20

Doña Sancha había cumplido con creces su deber de esposa y reina, dando a su esposo cinco hijos sanos, a razón de uno cada dos años; tres varones y dos hembras: Urraca, Sancho, Alfonso, García y Elvira, que aún iba envuelta en mantillas, pegada a la teta de su nodriza.

Al llegar a la capital, Auriola se hospedó en la posada del Obispo y solicitó audiencia a través de un mensajero enviado al palacio real. Había previsto una espera larga, que mataría con paseos por las calles casi olvidadas, pero le sorprendió la respuesta entusiasta que trajo el emisario al cabo de unas horas: la Reina le daba la bienvenida y la recibiría gustosa a la mañana siguiente. Apenas si tendría tiempo de comprarse una saya adecuada para presentarse ante ella.

Esa noche apenas durmió.

Antes de acostarse, hecha un manojo de nervios, mandó subir a su cuarto una tinaja apropiada, agua caliente, jabón y paños limpios, a fin de tomar un baño. Ese lujo supondría un sobrecoste considerable en el precio de su alojamiento, pero la ocasión lo merecía. Además, podía permitírselo. Bastantes privaciones había padecido en época de vacas flacas. Cuando la bolsa estaba llena, lo natural era vaciarla.

Acudió puntual a la cita, ataviada como una gran dama. La recibió un mayordomo distinto del que ella había conocido, quien la condujo, solícito, hasta el gran salón del trono, prácticamente igual a como lo recordaba. Solo que en el lugar antaño ocupado por Urraca estaba ella, su niña, su pequeña Sancha, sentada en un escaño de respaldo alto, con la espalda erguida y el mentón alzado, convertida en la viva imagen de la realeza.

Ante semejante estampa, no pudo contener las lágrimas. Trató de esconderlas agachando la cabeza en exceso al efectuar una reverencia, pero sus ojos estaban húmedos cuando saludó, aún inclinada:

—Majestad, no puedo expresar la alegría que siento al volver a veros.

Sancha se levantó para abrazar a la mujer que había desempeñado en su infancia el papel de madre, amiga, confidente y hermana, ante la mirada atónita de los presentes, sorprendidos por lo inaudito de un gesto así efectuado por la soberana.

—Auriola, querida Auriola, cuánto has tardado en venir…

Su voz quebrada denotaba una emoción sincera.

En la amplia estancia se hallaba también a esa hora el infante don Alfonso, un mozo de elegantes hechuras y exquisita educación, vigilado de cerca por su ayo, el conde Pedro Ansúrez, hombre muy cercano a don Fernando, de estirpe lebaniega, que con el tiempo llegaría a mandar en Zamora y Toro, extendiendo su influencia sobre los dominios de Ramiro.

La navarra no podía saber en ese momento lo que el destino le tenía reservado, aunque notó con desagrado la diferencia existente entre ese hombre distante y su esposo, forjado a sí mismo en la defensa de una frontera crucial para la Cristiandad, cuyo probado coraje no bastaba para garantizar a sus hijas un hogar donde crecer a salvo de la miseria.

Tras unos instantes de silencio incómodo, la Reina ordenó al noble retirarse, llevándose consigo al príncipe, mediante un movimiento de la mano que Ansúrez comprendió y acató de inmediato.

* * *

—¡Resplandecéis de belleza y elegancia, mi señora! —exclamó Auriola, una vez a solas con la Reina—. ¡Si erais una criatura la última vez que os vi! Señor, cómo pasa el tiempo…

—¡Embustera! —la regañó doña Sancha, con un punto de melancolía en la voz—. ¿Crees que no me miro al espejo? Hace tiempo que perdí la cintura y cada día descubro una arruga nueva en mi rostro. Me hago vieja.

Auriola había notado esas huellas, no tanto del tiempo cuanto de la tristeza, especialmente en las comisuras de los labios. Sin embargo, sus ojos no veían a la soberana ni a la mujer, sino a la niña con la que había jugado a las tabas y a las muñecas. Era la mirada de entonces la que buscaba. Su alegría, su ilusión desaparecida. Lo demás le resultaba completamente indiferente.

—¡Pero si sois una moza! —rebatió, enérgica—. Vieja soy yo, y sin talle, a diferencia de vos, pese a tener solo dos hijas.

—Me alegra oírlo, querida. Los hijos son una bendición del cielo. El mejor regalo de Dios.

—El más valioso sin duda —contestó la dama, evocando el recuerdo de Tiago con el dolor de una herida permanentemente abierta—. Sois muy afortunada.

—Tienes razón —convino Sancha, con el mismo tono apagado—. No tengo motivos de queja. El Señor me ha bendecido con una progenie abundante, que colma de orgullo al Rey y garantiza su linaje.

—¿Puedo hablaros de corazón?

—No espero otra cosa de ti, Auriola. Sabes que siempre has sido como una madre para mí.

—Entonces permitid que os pregunte cuál es la causa de esa aflicción que impregna vuestras palabras. ¿Qué os ocurre, mi señora?

—¿Ya he dejado de ser tu Sancha? —Más que una pregunta era un lamento.

—¡Jamás! —La duda la había ofendido—. Pero ahora os debo otro respeto.

—¿Y el cariño?

—Uno y otro no están reñidos.

La Reina se había vuelto a sentar en su escaño, invitando a su aya a hacer lo propio en una silla, algo más baja, dispuesta frente a ella por un lacayo. Ambas ocupaban únicamente la parte delantera del asiento, alejadas del respaldo, con las piernas muy juntas y las manos cruzadas sobre el regazo, dando muestras de su buena crianza. La complicidad de antaño se había diluido, sin llegar a esfumarse del todo, dejando paso a una relación compleja, que ninguna de las dos sabía bien cómo gobernar.

—Perdóname, mi buena amiga —rompió finalmente el hielo la anfitriona—. Es que tu visita ha removido sentimientos que yacían enterrados en lo más profundo de mi corazón y así han de seguir por el bien de todos.

—¿Nostalgias tal vez? —inquirió Auriola con ternura, pensando en el asesinato del prometido al que amaba, la muerte de su único hermano o su matrimonio forzoso con el hombre responsable de esa tragedia—. ¿Rencores, a lo peor?

—Tal vez alguna añoranza de lo que pudo ser y no fue —replicó Sancha, más serena, tras obligarse a recuperar la majestad—. Necedades sin importancia. Hace mucho que dejé atrás la niñez y los sueños que la acompañan. Son incompatibles con esta corona que me esfuerzo por llevar con dignidad, pese a no haberla deseado jamás.

—Os conozco bien y estoy segura de que vais mucho más allá y honráis a vuestro esposo tanto como a vuestra sangre.

—Hago cuanto puedo, mi buena Auriola. Doy a Fernando lo que está en mi mano: hijos, apoyo, obediencia, fidelidad, regalos, como un libro de horas iluminado que estoy pensando encargar a un copista... Cuanto depende de mi voluntad se lo entrego. En lo que atañe al resto...

No terminó la frase.

—¡Nuestro señor don Fernando no podría haber encontrado mejor reina y mejor esposa!

La navarra expresó esa convicción con contundencia, sinceramente conmovida por la confesión silenciosa que explicaba la infelicidad reflejada en el rostro de doña Sancha.

La conversación continuó un rato más por los derroteros que deseaba la Reina, quien fue desgranando ante su amiga los avatares vividos a lo largo de los últimos años. Le contó cuánto estaba ayudando al monarca a pacificar el Reino tras la unión de Castilla y León sellada con su matrimonio, que todavía provocaba algún movimiento de resistencia por parte de ciertos nobles, y también le confió su determinación de acompañarlo en la lucha contra los sarracenos, toda vez que él estaba firmemente decidido a recuperar la tierra arrebatada a los cristianos por Almanzor, en aras de restaurar en ella la única fe verdadera.

—Iré a la batalla a su lado, del mismo modo que cabalgué en más de una ocasión junto a él a lo largo y ancho del Reino cuando muchos de mis súbditos se negaban a reconocerlo como su legítimo rey. Conseguiré que mi padre se enorgullezca de mí desde el cielo.

Después de hacer un par de intentos fallidos, Auriola renunció a profundizar en el terreno de los sentimientos, pues resultaba obvio que Sancha prefería eludirlo. En él se mostraba esquiva, incómoda, doliente. Hablando de política, en cambio, se crecía e iluminaba como digna hija del gran rey que había sido Alfonso V. Se limitó por tanto a escuchar, expresando en todo momento su respaldo, hasta que la soberana le dio pie para escupir el hueso que llevaba atravesado en la garganta.

—¡Y ahora basta de hablar de mí! —zanjó en un momento dado, como si de pronto hubiera caído en la cuenta de que algo se le había escapado—. Es una descortesía imperdonable por mi parte. Dime, mi buena amiga, ¿a qué debo esta visita tan grata como inesperada?

—Me avergüenza acudir a vos —contestó Auriola agachando la mirada—, pero desgraciadamente no tengo elección.

Antes de perder el valor o que se le agotara el tiempo, relató lo acontecido en su castillo fronterizo, pasando de puntillas sobre las cabalgadas enloquecidas de Ramiro y haciendo especial hincapié en la devoción con la que había servido a Bermudo hasta el último momento y la frustración que le causaba no haber podido salvarle la vida. Después, apelando a toda su fuerza, espetó:

—Os suplico que intercedáis por nosotros ante el Rey, nuestro señor, a fin de evitar que tome represalias contra él. Si perdiera las tierras que le entregó vuestro padre, no tendríamos adonde ir. Ese pequeño dominio es nuestro único patrimonio pues, como bien sabéis, hace años que yo perdí todo contacto con mi familia.

—¿Aún no ha acudido a León a jurarle lealtad? —inquirió ella sorprendida—. La mayoría de los infanzones hincó la rodilla hace tiempo. Incluso los más reacios.

—Ramiro es obstinado, mi señora. He tratado de convencerlo, pero se niega a inclinarse ante el vencedor de vuestro hermano, a quien él consideraba su soberano legítimo.

Sancha cerró un instante los ojos, acaso para reprimir una emoción inoportuna. No podía permitirse flaquear. Ahora estaba actuando en calidad de reina, y el recuerdo de Tamarón era un intruso molesto.

—Escúchame bien, Auriola —dijo al fin, muy seria, taladrándola con los ojos—. Tu marido debe tragarse el orgullo y someterse a Fernando cuanto antes. ¡Cuanto antes! Si lo hace, conseguiré el perdón para él, invocando la relación de cariño que mantenemos tú y yo. En caso contrario, ay de vosotros…

La navarra sintió un escalofrío recorrerle el cuerpo de arriba abajo.

—Mi esposo desea congraciarse con sus súbditos leoneses —prosiguió la soberana—, aunque no a cualquier precio. Su paciencia es limitada y su temperamento, fogoso, al igual que el de su padre. No es prudente provocarle.

—Cumpliré mi parte, señora —prometió Auriola, aun sin tener la menor idea del modo en que lo lograría—. Ramiro será tan buen vasallo como buen señor sea don Fernando.

—No se hable más entonces.

Sancha estaba a punto de levantarse, al dar la entrevista por terminada, cuando su visitante la interpeló de nuevo, sin atreverse a mirarla, abrumada por el bochorno.

—Una última cosa, majestad, os lo ruego.

La Reina esbozó un gesto de irritación, frunciendo levemente el ceño, al tiempo que se revolvía en el escaño. Había recibido a su antigua amiga con verdadero placer y cordialidad, aunque empezaba a lamentarlo. Los pedigüeños constituían un flagelo para las personas poderosas y Sancha, que estaba en el vértice de esa pirámide, los sufría a toda hora. Claro que aquella no era una solicitante cualquiera, sino la mujer que la había cuidado, consolado, querido y amparado cuando ella era una huérfana a merced de su madrastra. De ahí que, superado ese impulso espontáneo, recobrara la amabilidad al contestar en tono afable:

—Te escucho.

—Se trata de mi hija Mencía, señora. Tiene doce años...

Aquella era la carta que tenía reservada. Una carta que le repugnaba poner sobre la mesa pero que, llegado ese momento, consideró indispensable jugar. Porque si fracasaba en su empeño de persuadir a Ramiro, si este se empecinaba en incumplir la condición impuesta, la suerte de la familia quedaría en sus manos; las de una niña en edad casadera convertida, por mor de la necesidad, en moneda de cambio a la desesperada.

Su primogénita era hermosa, despierta, dócil, alegre. Había sido educada en la obediencia y afrontaría sin protestar el destino que sus padres dispusieran para ella, lo cual no hacía sino agravar el dolor que embargaba a su madre al ponerla en venta como estaba haciendo, por mucho que la casamentera encargada de cerrar el trato fuese nada menos que la reina de León.

—... y carece de dote —añadió, con rubor—. Allá en la frontera vivimos en un aislamiento casi total, que dificulta mucho la búsqueda de un partido adecuado. Si vos pudierais hacer algo...

—Lo que acabas de contarme de tu esposo descarta por completo un candidato de la nobleza, máxime si vuestra situación económica es tan precaria como dices —apuntó la soberana, mostrando una crudeza despiadada—, lo cual no me deja muchas opciones.

Llegadas a ese punto, Auriola deseó que se la tragara la tierra, no por estar haciendo nada fuera de lo habitual, sino porque al haber gozado ella misma de libertad para escoger a su hombre, sin urgencias ni requerimientos paternos, le parecía estar traicionando a Mencía al empujarla a una boda precipitada y probablemente vergonzante, concertada con el único fin de rescatar a su familia de la ruina.

Estaba a punto de retirarse, vencida por el desprecio que se inspiraba a sí misma, cuando a doña Sancha se le encendieron los ojos.

—Tal vez tengamos a alguien idóneo después de todo —proclamó triunfal—. Es algo mayor que tu hija y forastero, aunque supla sus carencias con una fortuna notable.

—¿Forastero, señora? —Por grande que fuera su agobio, no estaba dispuesta a entregar a su primogénita a cualquiera.

—Un comerciante franco afincado aquí en la capital —aclaró la soberana—. Tendrá unos treinta o treinta y cinco años. Es proveedor de la corte, regenta un próspero negocio de paños y, a tenor de lo que me han dicho, anda buscando esposa ahora que ha conseguido afianzar su posición. Se llama Hugo y procede de la Borgoña. Tal vez yo pueda enviarle recado a fin de arreglar el compromiso, siempre que previamente tu esposo se avenga a rendir el vasallaje debido a Fernando, por supuesto.

Ahora, sí, la actitud de doña Sancha daba a entender claramente que el encuentro había llegado a su fin. Auriola se levantó, besó su mano, respetuosa, sin que en esta ocasión ella devolviera el gesto con un abrazo, y se despidió, agradecida, preguntándose en su fuero interno por la utilidad real de esa visita.

* * *

De regreso a su posada, se despojó de la pesada saya y apuró una copa de vino especiado, en su habitación, tumbada sobre el lecho. Solo entonces hizo un balance sereno de lo logrado con su embajada.

Pensándolo fríamente, un rico mercader borgoñés no era en absoluto un mal partido para Mencía. La vida a su lado sería tranquila, alejada de combates, rodeada de lujos, ajena a los peligros que acechaban a los guerreros. ¿Qué más podía pedir? Sus nietos no conocerían ni la violencia ni el miedo. Y si por añadidura Hugo resultaba ser un caballero apuesto, como ocurría a menudo con los francos, su primogénita podría considerarse afortunada.

Claro que antes de llegar a esa boda, había mucho por hacer.

Auriola tenía ante sí una misión laboriosa, que llevaría a cabo a cualquier precio. Incluso a costa de mentir a Ramiro u ocultarle parte de la verdad, silenciando la intervención de doña Sancha en lo concerniente al vasallaje con el fin de conducirle a jurar lealtad a Fernando no por imposición, sino por voluntad propia. Es decir, actuando con habilidad. Ese era el único modo de convencerlo para que agachara su testaruda cerviz. Él no se perdonaría nunca deber su heredad a su mujer y ella no soportaría infligirle semejante humillación. Si había de salvar sus dominios, su sustento, su felicidad y el futuro de sus hijas, tendría que poner en suerte toda su inteligencia.

«Nunca sabrás, amor mío, lo que acordamos Sancha y yo sin testigos en ese salón de la corte —se dijo a sí misma esa noche, con una sonrisa burlona, algo amodorrada por el brebaje ingerido—. Yo me llevaré a la tumba los secretos que me reveló y lo mismo hará ella a buen seguro con los míos. ¿Qué sería de este mundo si en verdad las mujeres fuésemos las perezosas, las parlanchinas, las concupiscentes glotonas de las que hablan, sin saber, tantas lenguas viperinas? Mi niña conoce de sobra cuál es su deber de reina y yo voy a hacer lo posible por cumplir con el mío de esposa, sin que nadie se entere jamás de lo que tejimos juntas».

21

Auriola regresó a Lobera con regalos para todo el mundo. A su esposo le llevó un cinturón de cuero repujado, rematado por una hermosa hebilla de plata. A Mencía, una camisa de lino finísimo que le prometió enseñarle a bordar como parte de su ajuar de novia. A Jimena, una muñeca de trapo con varios vestidos de recambio. A Saturnina, unas zabatas nuevas. Todos los celebraron con júbilo, acostumbrados a gozar cuando la situación lo permitía con la misma naturalidad con la que apretaban los dientes si las cosas venían mal dadas.

Tras el alborozo de rigor por el feliz regreso de la Dueña, las niñas se retiraron al aposento que compartían, los criados fueron despedidos y Auriola se arrancó a hablar, llevando el agua a su molino.

—León crece y hermosea a ojos vistas. Deberías ir a verla...

—¿Para que me cuelgue el usurpador sentado en el trono de Bermudo? —respondió él, huraño—. ¡Ni lo sueñes!

—El Reino está próximo a recuperar la paz, cabezota —rebatió ella, quitando hierro al asunto con ese apelativo cariñoso—.

No vi patíbulo alguno que aguardara a un huésped ilustre y todas las amistades con las que tuve ocasión de hablar se hicieron lenguas de la habilidad con la que el monarca se está atrayendo a lo más granado de la nobleza leonesa. Fernando está resultando ser un buen rey, lo cual no me sorprende en absoluto, dado su linaje navarro…

—¡No me provoques, mujer! —saltó el infanzón, como impulsado por un resorte—. Conoces perfectamente mi opinión sobre ese conde venido a más.

Auriola la conocía, claro que la conocía. Llevaba años sufriéndola. Precisamente por eso se había propuesto cambiar ese parecer y lograr que, por su bien, su esposo llegara a admirar al hombre a quien debía servir.

Esa misma noche puso en marcha una incansable labor de zapa.

¡Cuánto le costó convencerlo de que se rindiera a los hechos y abdicara de esa actitud infantil, tan costosa para la familia como inútil en términos prácticos! Ramiro se resistió durante semanas, masticando su rencor, sin atender a las razones que esgrimía Auriola ante él aprovechando cualquier ocasión.

—La hermana de tu llorado Bermudo sigue casada con Fernando, a quien muestra obediencia y respeto. ¿Vas a ser tú más obstinado que ella? ¿Crees que tu dolor supera el suyo?

—Ella no tiene elección. Su marido se aprovechó de ese matrimonio para ocupar las tierras sobre las cuales derramó su sangre Bermudo, mi rey. Yo no puedo entregar mi lealtad a su verdugo.

—Mal que te pese, esposo, no está en tu mano darte el lujo de empecinarte en esa negativa. ¿O acaso quieres regresar a tu aldea de pescadores en Asturias? ¿Crees que a tu edad podrías ganarte la vida como mesnadero? ¿No soñabas con entrar victorioso en Córdoba y así vengar a tu padre?

—Esa sucesión de golpes bajos es impropia de ti.

—Es la verdad, y lo sabes. Fernando es el futuro. Es fuerte y audaz como lo fue su padre, que Dios tenga en su gloria. Si pretendes avanzar, si deseas dejar un legado a nuestras hijas, has de aceptarle como señor y convertirte en su vasallo. En caso contrario, que el cielo nos ayude.

Al cabo de mil discusiones, él dio su brazo a torcer, no solo por amor a Auriola, sino porque ella estaba en lo cierto.

Fernando, cuya corona abarcaba el viejo Reino de León y el pujante condado de Castilla, representaba el mañana. Un horizonte de progreso y avance en la recuperación de la España aún en manos musulmanas. La oportunidad de poblar nuevos territorios con gentes venidas del norte. Un escenario del que él, Ramiro de Lobera, hijo de un herrero cautivo y una humilde tejedora, solo podría formar parte si aceptaba rendir pleitesía al vencedor de Tamarón. Por más que le repugnara hacerlo, ese era su deber de esposo, padre y caballero. De ahí que, un lluvioso amanecer de otoño, se tragara el orgullo herido e hincara la rodilla ante el monarca.

Auriola acompañó a su marido a la ceremonia organizada en palacio, a instancias de doña Sancha. Un acto simbólico, carente de boato, aunque de suma importancia con vistas a sellar un vínculo sagrado entre señor y vasallo. Mientras Ramiro juraba, comprometiendo en ese acto su honor y su salvación, ella rogaba al Creador que otorgara al soberano sabiduría para gobernar con justicia y él suplicaba Su perdón por lo que en el fondo del alma consideraba una traición.

* * *

Vencido el principal escollo, lo demás fue pan comido.

Mencía contrajo nupcias en León con Hugo de Borgoña, a quien conoció en persona la víspera de la boda, cuando le faltaban algunos meses para cumplir catorce años. Se avino sin resistencia al enlace acordado discretamente por su madre, que su padre aceptó gustoso al enterarse de la fortuna que el franco entregaría a su hija en concepto de dote.

Hugo era un hombre de apariencia agradable, acaudalado, refinado en sus modales y acostumbrado a tratar con gentes de elevada alcurnia, lo que convenía sobremanera a la familia del infanzón, necesitada de esos recursos. En contrapartida, él emparentaba con la pequeña nobleza y ascendía así un peldaño en la escala social, además de obtener una mujer joven y bien dispuesta que le daría abundantes hijos.

Un arreglo altamente satisfactorio para ambas partes.

La pareja se instaló en una casa de nueva planta situada en el barrio franco de la capital, fuera de la muralla, asomada al camino por el que transitaban los peregrinos que se dirigían a Compostela a fin de postrarse ante las reliquias de Santiago. En la ciudad del Apóstol tenía el mercader un gran almacén de productos varios, destinados a abastecer las necesidades de los viajeros, aunque el principal se hallaba entonces en la propia León.

Las calles aledañas a la que acogió su hogar se habían ido llenando rápidamente de artesanos, canteros y exponentes de diversos oficios, venidos del otro lado de los Pirineos al calor de las oportunidades ofrecidas por esa tierra joven y esa vía de peregrinación cada vez más concurrida, cuya capacidad de atracción solo cabía atribuir al poder milagroso del santo. Muchos de esos forasteros no tardaron en unirse con mujeres locales, de manera que ambas comunidades se fundieron en una sola, dando lugar a un núcleo de prosperidad en el cual el de Borgoña pronto resplandeció con luz propia.

Paños de Flandes, lana de Castilla, brocados, tules, joyas, pescado en salazón procedente de las Asturias, especias y esencias venidas de Oriente, perfumes de Francia, cera, miel, tasajo, armas… Ya fuera lujoso o sencillo, cualquier producto susceptible de ser comprado o vendido despertaba el interés del experto mercader, que pasaba gran parte de su tiempo viajando. De ahí que hubiera pospuesto tanto tiempo la decisión de sentar la cabeza. Adentrándose ya en la treintena, con una nao en propiedad que atracaba habitualmente en el puerto de Avilés y varias cuadrillas de arrieros que trabajaban para él casi en exclusiva, le había llegado la hora de formar una familia. Era persona sensata, que dejaba poco margen al azar y solía calcular cada paso con precisión.

A su lado Mencía comenzó una vida plácida. Una existencia sin sobresaltos, tal como había previsto Auriola, quien la dejó instalada en una vivienda mucho más confortable que su torre fronteriza, sin por ello desprenderse del todo de una molesta sensación de culpa.

* * *

Fueron tiempos dichosos.

Junto a Fernando o con su consentimiento expreso, Ramiro participó en numerosas cabalgadas, asoló campos, hizo cautivos, luchó al lado de su señor y celebró cada una de sus victorias frente a los debilitados muslimes. Incluso llegó a recaudar en su nombre alguna paria pagada por un reyezuelo sarraceno a cambio de benevolencia.

Si algo le disgustó, nunca lo dijo. Es más, le complacía sobremanera observar cómo la fuerza del rey leonés imponía su autoridad a los territorios vecinos, hasta el punto de reducir drásticamente el ramillete de taifas surgidas tras el hundimiento del califato andalusí.

Sobrevivían, acosadas, Sevilla, Córdoba, Toledo, Badajoz, Zaragoza, Granada, Denia-Baleares y Valencia. Prácticamente todas rendían pleitesía al rey Fernando, entregándole enormes cantidades de oro y plata que recaudaban a costa de gravar a sus habitantes con impuestos cada vez más onerosos, causantes de revueltas cuyo aplastamiento requería la ayuda de las tropas cristianas, retribuidas generosamente con fondos cargados a las espaldas de los musulmanes.

Un círculo tan virtuoso para el rey de la Cristiandad como letal a largo plazo para los adoradores de Alá.

Después de cada campaña, Ramiro volvía a los brazos de Auriola, feliz de haber contribuido a vengar alguna de las afrentas infligidas por Almanzor a su padre. Porque era su rostro imaginario el que veía al dar muerte a cada sarraceno. El del herrero capturado, humillado y crucificado cuya sangre corría por sus venas. Ya no luchaba movido por el entusiasmo, la lealtad o la necesidad de honrar su juramento de caballero, sino atraído por el botín unido al ansia de revancha. El Rey ya no era su rey. En el fondo de su corazón seguía siendo fiel a Bermudo, hijo de su eterno señor don Alfonso. Si combatió hasta el final sin ceder jamás al desánimo fue por amor a su esposa, por temor de Dios y para cobrarse con creces la deuda que los ismaelitas tenían contraída con él.

* * *

El día de San Juan Crisóstomo del año 1054 de Nuestro Señor, Auriola estaba canturreando en la cocina mientras preparaba una compota de manzanas cuando entró Beltranillo, el escudero de su marido, con una cara desencajada cuya expresión lo decía todo. La canción se le congeló en los labios. Los ojos se le llenaron de lágrimas. No pudo reprimir un grito semejante al que habría proferido si la olla de agua hirviendo se le hubiera derramado encima, pues anticipó con lucidez el golpe que iba a encajar. A duras penas se mantuvo en pie, llevándose la mano a la boca.

Hacía algo más de un mes que el muchacho había partido junto a su señor y media docena de hombres para integrarse en la hueste del Rey, que andaba metido en pendencias con su hermano mayor, García. El hecho de que regresara solo, con esa mirada de perro apaleado, únicamente obedecía a una razón posible. La que la Dueña llevaba toda una vida temiendo.

—Don Ramiro cayó luchando —dijo con gran esfuerzo el chico, tras buscar inútilmente palabras capaces de mitigar la dureza de ese anuncio—. Como el gran guerrero que era.

—¿Dónde está? —acertó a responder Auriola, sobrecogida por la pena—. Quiero verlo y lavar su cuerpo.

—¡Ojalá fuera posible, mi señora! —Agachó el testuz Beltranillo.

—¡¿Ni siquiera has sido capaz de traerme su cadáver?! —estalló ella contra él, presa de una ira ciega—. ¿Acaso no era tu obligación? ¿De qué le serviste entonces?

El escudero mantuvo la cabeza humillada, sin saber qué contestar.

Tras la cruenta batalla librada en Atapuerca entre leoneses y navarros, había pasado horas buscando los restos de su señor en un campo de despojos, hasta dar con lo que quedaba de él, semioculto entre unos arbustos. A juzgar por su rostro sereno, le pareció que había muerto en paz, de un lanzazo en el costado. Los carroñeros humanos lo habían precedido en la búsqueda, porque no halló rastro de su espada, Berta, ni tampoco del hacha normanda que manejaba con tanta soltura como los diablos del norte. Le habían cortado el anular para quitarle una joya de oro, según el proceder habitual de esas alimañas.

En el fango sanguinolento donde empezaban a descomponerse hombres y bestias en un mismo revoltijo, también acabó encontrando a Sansón, su caballo, herido en una pata trasera y posteriormente rematado. Era todo cuanto podía contar. ¿Deseaba escucharlo la señora? ¿Realmente era necesario desgranar semejantes detalles?

—Dime al menos que le diste tierra —suplicó ella algo más calmada, sin poder contener el llanto—. Dime que no se pudre al sol.

—Cavé una fosa profunda —la tranquilizó el chico, mirándola por vez primera a los ojos—. ¡Os lo juro! Y puse bien de piedras encima para evitar que los animales lo desenterraran de noche. Habría dado cualquier cosa por traerlo a casa, pero con este calor y sin montura no tenía modo de hacerlo.

—Está bien, no te atormentes. No es culpa tuya.

—Si de mí hubiese dependido… —trató de explicarse él.

—Déjalo estar —le cortó ella, ansiosa por refugiarse en los brazos de su hija pequeña—. Agradezco tu lealtad como lo haría Ramiro. Di que te den de comer y descansa.

* * *

El funeral por el eterno descanso del infanzón se celebró en la humilde iglesia recién levantada en la aldea, cuyos muros de adobe aún rezumaban humedad. Parecía que los propios ladrillos lloraran la pena de Auriola y Jimena, que atendieron el oficio sin derramar una lágrima, sosteniéndose la una a la otra.

La navarra había agotado el llanto en noches interminables de duelo por el hombre de su vida y sabía que ese dolor nunca llegaría a sanar. La acompañaría hasta que el Altísimo los reuniera en la Eternidad, anidada en un espacio cálido de su corazón, contiguo al ocupado por Tiago. En cierto modo la consolaba la idea de que ya estarían juntos en el cielo, aunque el destino no hubiese querido hacer lo mismo con sus sepulturas. La pena era únicamente suya. Ellos ya no sufrían.

Bajo el velo oscuro que ocultaba su rostro, unas ojeras profundas enmarcaban sus ojos hinchados y daban fe de su calvario. Pero por rota que tuviera el alma, por mucha angustia que sintiera, no podía permitirse flaquear ante sus feudatarios. Ahora que, en ausencia de hijos varones, la administración del dominio pasaba a sus manos, debía demostrar a todos que no vacilaría su ánimo. Sería una dueña tan firme como lo había sido su esposo.

El responso, los pésames y el ágape funerario le parecieron interminables. Los aguantó no obstante a pie firme, sin desfallecer, anhelando el momento de recogerse en su alcoba para dar rienda suelta a un torbellino de emociones en que la tristeza rivalizaba con la incertidumbre ante el mañana, la resignación forzosa, la determinación de resistir, la decepción, la inquina y el desprecio. Un desprecio infinito por los causantes del desastre cuyo nombre estaba grabado a fuego en su recuerdo y el de otras muchas viudas y huérfanos: Atapuerca.

La batalla había truncado vidas y empresas tan ambiciosas como la concebida por Sancho III el Magno. La fecunda alianza tejida entre sus dos herederos para derrotar al incauto Bermudo y apropiarse de sus tierras terminaba en un baño de sangre, que ahogaba al Rey de Pamplona y liquidaba el esplendor alcanzado por el Reino bajo el sabio gobierno de su padre. Su legado parecía abocado a disolverse en la irrelevancia, mientras León seguía creciendo en influencia y pujanza bajo el pulso firme de Fernando, después de robarle a Auriola su primer y único amor.

—¡Malditos seáis uno y otro! —exclamó en voz alta, en referencia a esos hermanos—. ¡Qué razón tenía mi marido cuando os juzgó en Tamarón! Ninguno de los dos reuníais, ni juntos ni separados, la mitad del valor que siempre le sobró a él. Si hubierais sumado fuerzas para combatir a los sarracenos en lugar de perderos en vuestras mezquinas rencillas, Ramiro seguiría conmigo y mis hijas tendrían un padre. ¡Maldita sea vuestra ambición, maldita vuestra soberbia y malditas vuestras envidias! Cuando llegue vuestra hora, responderéis ante Dios.

Escupida toda esa rabia, se recogió en oración, prometiéndose a sí misma y al Altísimo que honraría el ejemplo de ese hombre valeroso, velaría por sus hijas y, si vivía para conocer la alegría de los nietos, se aseguraría de transmitirles las hazañas protagonizadas por su abuelo, Ramiro de Lobera, a fin de que pudieran amarle y enorgullecerse de él.

22

Jimena llevaba el nombre de su abuela navarra y era el vivo retrato de su madre, que a su vez había sido una réplica perfeccionada de la suya. Alta, esbelta, de piel nívea, cabello claro, facciones regulares y ojos de un extraño azul verdoso, unía a esa belleza de cuna una elegancia natural que, con la ayuda de sus pies menudos, impregnaba de gracia sus movimientos sin necesidad de impostura.

Tras la muerte de su padre, se convirtió en el principal sostén de Auriola al frente de la tenencia, ayudándola a desempeñar un papel que ninguna de las dos habría deseado ejercer jamás. Atapuerca había quebrado un gran número de sueños y puesto fin a incontables proyectos. Entre ellos, su boda con el caballero Nuño García, propietario de casa y tierras en las inmediaciones de Osma, situadas en la linde oriental del condado de Castilla.

El matrimonio había sido concertado por Ramiro poco antes de su trágico final y habría debido celebrarse al cumplir la chica quince años, según el compromiso alcanzado. Llegado el momento, no obstante, ella se negó a dejar sola a su madre marchándose de Lobera y esta no encontró fuerzas para obligarla a partir. El enlace se aplazó una y otra vez, bajo distintos pretextos, hasta el punto de hacer temer a la Dueña por que el infanzón castellano acabara echándose atrás.

No lo hizo.

Al tratarse de unas nupcias convenidas en firme entre dos compañeros de armas y tras haber satisfecho Ramiro la correspondiente dote, el honor de don Nuño habría sufrido un golpe irreparable de haber faltado a su palabra a resultas de lo acontecido en ese campo de Atapuerca donde tantos bravos guerreros se habían dejado la vida.

Ramiro de Lobera había sido un caballero cuya memoria merecía ser respetada, y su hija Jimena, a decir de cuantos la conocían, era una doncella cuyas cualidades justificaban con creces la espera. Lo que no podía sospechar el de Osma era la oposición que su nombre había suscitado en casa de su prometida antes incluso de que una espada navarra se interpusiera entre ambos.

Cuando el infanzón anunció el arreglo alcanzado con el castellano, sin sospechar que no llegaría vivo a la boda, Auriola se mostró reacia a dar su consentimiento, hasta el extremo de intercambiar palabras gruesas con su esposo. Le apenaba profundamente utilizar a su Jimena para tejer una alianza de intereses estratégicos por completo ajena al afecto, máxime después de haber desposado a Mencía con un comerciante franco cuyo único atractivo residía en su fortuna.

Su primogénita había aceptado dócilmente ir al altar, sin una palabra de queja, pero ella no dejaba de preguntarse si al forjarle ese destino habrían obrado bien o la habían condenado a una amarga infelicidad. Transcurridas casi dos décadas, la duda seguía torturándola.

El matrimonio y el amor eran cosas muy distintas y a menudo incompatibles, lo sabía. Entre familias de su condición lo natural era acrecentar el poder, las posesiones o la influencia a través de esas uniones. Aun así, le dolía entregar a su última hija a un desconocido que, por añadidura, había levantado su hogar en un territorio fronterizo repleto de peligros, tan parecido al que ella misma había conocido en sus primeros tiempos con Ramiro. Claro que ellos se habían elegido el uno al otro y estaban enamorados. Juntos se habrían instalado en el mismísimo infierno, desafiando al ángel caído. Jimena ni siquiera conocía al tal Nuño, pese a lo cual marchó a su encuentro y cumplió la voluntad de su padre antes de que el castellano terminara de perder la paciencia.

* * *

Corría el año 1058 de Nuestro Señor. Ramiro llevaba cuatro en la paz de Dios y el dominio Lobera se mantenía en pie a base de mucho esfuerzo bajo la atenta mirada de Auriola.

Llegado el día de acompañar a su pequeña al que sería su nuevo hogar, los reparos y el miedo de antaño la asaltaron de nuevo con violencia. Su preciosa niña de ojos sonrientes, la que había sido su consuelo durante los momentos más desgarradores del duelo, iba al encuentro de un hombre al que no la vinculaba nada más que el contrato suscrito por su difunto padre. Dejaba atrás todo lo conocido, lo familiar, lo seguro, movida únicamente por la necesidad y la obediencia. ¿Cómo no inquietarse por ella?

A pesar de esa zozobra, el viaje resultó tranquilo.

Madre e hija aprovecharon para intercambiar confidencias y consejos relativos a la noche de bodas, susurrados bajo la lona de la carreta que transportaba el magro ajuar de la novia o frente al hogar de alguna posada más o menos limpia. Venciendo la vergüenza a hablar de esas cosas, Auriola rememoró su propia experiencia para explicar a Jimena lo que debía esperar del momento en que entregaría su preciada virginidad.

—Tú déjate hacer sin temor, que él sabrá cómo complacerte…

Jimena fingió una ingenuidad muy alejada de la realidad, dado que, cercana a la veintena, había oído toda clase de historias picantes y practicado más de un juego amatorio con Beltranillo, el escudero de Ramiro que le había robado el corazón y la inocencia. Nada susceptible de amenazar la prenda de su pureza, por supuesto. Cualquier mujer, noble o villana, sabía desde muy joven hasta dónde podía llegar en la holganza con un varón sin arriesgarse a una preñez que arruinaría su vida. La sensatez imponía poner coto a ciertos deseos, aunque el ingenio se las arreglaba para satisfacer la pasión sin correr excesivos riesgos.

Además, ante la sospecha de que su hija y ese peón que la miraba con ojos de carnero degollado anduvieran en tratos impropios de la distancia existente entre ellos, la Dueña había despachado al muchacho antes de que las cosas pasaran a mayores, sorda a las súplicas y llantos de la chica, quien acabó por someterse a la autoridad de su madre.

Desde entonces, esta había vigilado estrechamente cada paso de Jimena, manteniéndola alejada de todo hombre cuya edad representara un peligro.

* * *

Al llegar ante los formidables muros de Gormaz, salpicados de andamios a los que se encaramaba una legión de obreros encargados de repararlos, Auriola no pudo evitar rememorar los terribles sucesos que habían tenido lugar allí en una época no muy lejana, cuando Almanzor mandó dar muerte a su propio hijo. Hechos cuya maldad, pensaba ella, condenaban aquella tierra a quedar por siempre maldita.

La historia había corrido de boca en boca desde entonces.

Abd Allah, primogénito del caudillo sarraceno, conspiraba al parecer contra su padre. Eso decían al menos quienes narraban lo sucedido, santiguándose frecuentemente a fin de alejar el espíritu del demonio que nombraban. Enterado de la conjura, Almanzor tendió una trampa a ese retoño levantisco, le hizo abandonar su refugio de Zaragoza y lo obligó a reunirse con él en el campamento levantado allí mismo, frente a las murallas del fortín próximo a donde se alzaba el castillo de Nuño García. Corría el año 989 de Nuestro Señor y el Azote que afligía a los atribulados hijos de Eva se hallaba en su momento de máximo esplendor.

Aprovechando el asalto a la plaza, tan brutal como los sufridos en acometidas anteriores, el muchacho halló el modo de escapar y buscó refugio junto al conde castellano, García Fernández, quien le brindó hospitalidad. Enfurecido por la huida de su vástago y la osadía del noble que le había dado asilo, Almanzor devastó sus tierras, se apoderó de media Castilla, derrotó a la hueste cristiana enviada a defenderla, tomó al asalto el fortín de Osma y juró que no cejaría en sus correrías mientras no le fuera enviado Abd Allah. Finalmente García se vio obligado a ceder y despachar a su huésped, quien partió al encuentro de su padre tranquilo, convencido de que obtendría su perdón.

¡Cuán lejos estaba el infeliz de sospechar lo que le esperaba!

El implacable Abu Amir Muhammad, nombre de aquel a quien los suyos apodaban el Victorioso de Alá, ni siquiera se molestó en escuchar a su hijo. Con la frialdad que le caracterizaba, ordenó que fuese decapitado por uno de sus verdugos, quien a su vez sufrió la misma suerte, culpable de haber cumplido el mandato de su señor. Después hizo proclamar a los cuatro vientos que Abd Allah en realidad no era sangre de su sangre, sino el fruto de una esclava deshonesta que lo había engendrado con otro. Sus despojos quedaron a merced de los buitres en esos campos a la sazón yermados por la guerra, sobre los que ahora reinaba Sancho II, vencedor de su hermano en Llantada.

23

El matrimonio resultó ser feliz aunque fugaz. Los rigores de la guerra rara vez concedían tiempo a los hombres para tejer existencias largas. Antes de celebrar el undécimo aniversario de su unión, don Nuño cayó luchando en la batalla de Llantada. Su sangre bañó la tierra que se disputaban Sancho y Alfonso, hijos del rey Fernando, cumpliendo con descarnada crudeza los peores temores de su madre, viuda del gran monarca leonés.

En la primavera del año 1067 de Nuestro Señor había rendido el alma la reina Sancha, con quien Auriola mantenía la amistad. El paso de los años y la distancia se dejaban sentir en la relación, aunque no hasta el punto de quebrarla. Por eso, sabedora de su enfermedad, la navarra la visitó en el monasterio de San Juan y San Pelayo, aprovechando uno de los raros viajes que emprendía a la capital con el propósito de ver a su hija Mencía y a sus nietos.

La soberana que se encontró ya no era la mujer brava que había sido. Se asemejaba más a la niña desvalida que había conocido Auriola antaño, recién llegada a León acompañando a la princesa Urraca. Postrada, apagada, con ese tono macilento que adquiere la piel de los moribundos y la mirada impregnada de tristeza, Sancha le confesó:

—Desde que mi esposo descansa en el panteón de San Isidoro, que mandó construir a instancias mías sobre el que mi padre había levantado junto a la iglesia de San Juan Bautista, temo por la suerte de mis hijos. Dios los ha hecho muy diferentes, así en virtudes como en defectos, talentos, anhelos y capacidad, lo que inevitablemente los llevará a chocar más pronto que tarde. Auriola, querida, ¿qué será de ellos cuando yo falte? —exclamó al borde del llanto—. Esa angustia me consume tanto como el mal que roe mis entrañas.

—Sosegaos, señora —trató de tranquilizarla su vieja amiga, pese a compartir plenamente su inquietud—. Don Fernando no descuidó a ninguno de sus hijos ni les dio motivo de queja. A don Sancho, vuestro primogénito, le dejó nada menos que Castilla, el dominio heredado de su padre, junto a las ricas parias procedentes de la taifa de Zaragoza. A don Alfonso, el Reino de León, además de las cuantiosas parias que paga Toledo en oro y plata. Y para el pequeño, García, quedaron Galicia y las parias de Badajoz. A doña Urraca y doña Elvira les entregó los infantazgos de Zamora y Toro, haciéndolas señoras además de un gran número de monasterios cuya riqueza estará en sus manos. ¿Por qué habrían de entrar en conflicto si todos han sido tan bien tratados?

—Fernando conocía bien a sus vástagos —respondió la Reina con la voz quebrada—. El amor no le nublaba el buen juicio, como tampoco me ciega a mí. Actuó con arreglo a la tradición navarra y repartió sus dominios de manera que no dejara a nadie sin cobijo, pero puso la joya de su corona, León, en manos de Alfonso, a quien consideraba más sagaz y prudente que Sancho.

—Lo que ha de dar paz a vuestro espíritu es que ambos han aceptado la decisión de nuestro llorado monarca —repuso Auriola, tratando de sonar convincente a pesar de estar segura de lo contrario.

—¡Ojalá fuese eso cierto! Nadie más que yo desearía que tuvieras razón, pero ambas sabemos que Sancho se siente injustamente despojado de León, tal como osó espetar a su padre en vida, reprochándole con aspereza renunciar a su deber cristiano de restaurar bajo una misma corona la unidad del antiguo reino visigodo de España.

Doña Sancha se apagaba. Apenas le quedaba aliento. Auriola le acercó a los labios una copa de agua en la que el galeno había diluido unas gotas de extracto de adormidera, a fin de aliviar su dolor. La Reina bebió despacio, aceptó de buen grado que su antigua amiga le limpiara los labios y retomó su lamento:

—Esa ambición de mi hijo mayor le lleva a escuchar con excesiva atención las lenguas que vierten en sus oídos el veneno de la envidia. Alfonso, a su vez, jamás aceptará prescindir de Galicia ni se conformará con la primacía de Sancho. Y en cuanto a García, lo mimé en exceso, convirtiéndolo en un hombre pusilánime. No sabrá ganarse la lealtad de sus súbditos. El amor que siento hacia él no me impide reconocer su incapacidad para gobernar.

Semejante confesión provocó un silencio denso que Auriola rompió transcurridos unos segundos saliendo en defensa del primogénito, señor natural de su yerno Nuño.

—Vuestro hijo Sancho es un rey sin tacha, además de un hombre de honor. Y lo mismo puede decirse de su hermano Alfonso. Perded cuidado, mi señora, los reinos de la cristiandad hispana están en las mejores manos.

—En mejores estaban cuando mi esposo, Fernando, era el Rey de toda España y engrandecía sus dominios recuperando la tierra usurpada por los sarracenos —rebatió doña Sancha con amargura—. Él mismo enumeró sus méritos en el epitafio que mandó grabar sobre su sepulcro.

Auriola acababa de leerlo, ya que había aprovechado su visita a la ciudad para acudir al panteón real, por lo que recordaba con exactitud el mensaje escrito en esa piedra: «Trasladó a León los cuerpos santos de san Isidoro arzobispo desde Sevilla, y de Vicente mártir desde Ávila, y construyó esta iglesia de piedra, la que en otro tiempo era de barro. Hizo tributarios suyos, con las armas, a todos los sarracenos de España. Se apoderó de Coímbra, Lamego, Viseu y otras plazas. Se adueñó por la fuerza de los reinos de García y Bermudo».

—Quiera Dios que nuestros hijos no deshagan por sus rencillas lo que con tanto sacrificio y sangre construyó su padre en vida —concluyó la soberana.

—Don Fernando fue sin lugar a dudas un gran monarca y mejor cristiano —ponderó su memoria la navarra, tratando de consolar a su viuda—. A buen seguro goza ya de la luz eterna de Dios, a quien sirvió sin descanso.

La Reina quiso decir algo más, pero se mordió la lengua, como si las palabras se le hubieran quedado atravesadas en la garganta. Auriola le cogió la mano en un gesto afectuoso, disimulando la pena que le provocaba ver a su antigua amiga en ese estado de angustia. Sus caricias debieron de conseguir brindar paz a la moribunda, porque finalmente escupió el hueso:

—Me casé con él obligada, no solo sin profesarle amor alguno, sino odiándolo con toda el alma por haber dado muerte a mi querido Bermudo. Tú lo sabes bien. Fuiste mi paño de lágrimas en más de una ocasión. Nunca le quise, esa es la verdad, mas con los años aprendí a respetarlo.

—No os torturéis con esos recuerdos, mi señora, ha pasado mucho tiempo desde entonces…

—¡Escúchame, por favor! —imploró la soberana—. Necesito decir esto en voz alta y que tú lo oigas. No le amé, es la verdad. Aun así, siempre le fui fiel y enaltecí con ello su honor. Y nunca habría conspirado contra él. ¡Jamás! Sé que en su día corrieron rumores que me involucraban en una conjura destinada a dar muerte a su hermano en la batalla de Atapuerca, donde cayó igualmente tu llorado Ramiro, pero yo nunca habría hecho tal cosa. Si alguien urdió esa vil acción contra García y vulneró la voluntad y las órdenes del Rey, no contó con mi beneplácito. Lo juro.

Auriola se entristeció al oír el nombre de su marido, sin sospechar por lo más remoto que hubiese formado parte del complot que llegaba a sus oídos por vez primera. En su memoria, Ramiro siempre sería el escudo salvador del soberano de León, a costa del mayor sacrificio que un vasallo pudiera hacer. ¿Cómo iba a sospechar que actuara al margen de su señor en aras de vengar al príncipe a quien había visto morir? Su esposo encarnaba el honor, aunque no todos entendieran igual el sentido último de esa palabra.

Aliviada por su confesión, Sancha apretó la mano que sujetaba la suya antes de añadir con un hilo de voz:

—Pronto descansaré a su lado, como lo harás tú cuando llegue tu hora, junto al hombre con quien tuviste la suerte de casarte enamorada. La fortuna me hizo reina y a ti una mujer feliz. Si el dolor del bien ajeno no fuese un grave pecado, te envidiaría.

* * *

Así finalizó esa última conversación a corazón abierto, que Auriola recordaba a menudo. Su niña, convertida en digna soberana de León, previó todo lo que sucedería a su muerte, sin equivocarse en nada.

Apenas un año después de dar tierra a sus restos junto a los de don Fernando, Alfonso y Sancho se vieron las caras en Llantada, en un duelo llamado a librarse entre ellos dos que acabó enfrentando a sus respectivos ejércitos y dejó viuda a Jimena con un huérfano de corta edad.

El heredero de la corona leonesa se lamía a esa hora las heridas, sin darse por vencido, mientras su primogénito, rey de Castilla, hacía planes para enseñorearse lo antes posible de cuanto a su juicio le pertenecía por derecho.

Si bien en Llantada Sancho había puesto en fuga a Alfonso, nadie creía que este fuese a conformarse con la derrota. Y menos que nadie, Auriola. Conocía demasiado bien a esos dos gallos para pensar que fuesen capaces de convivir en corrales vecinos, máxime ahora que el fallecimiento de su madre los privaba del último nexo de unión capaz de mantener a raya sus respectivas ambiciones.

La Dueña sabía con absoluta certeza que esos dos hermanos enemistados por el apetito de poder volverían a enfrentarse muy pronto, y estaba segura de que quien saliera victorioso del lance haría recaer su ira no solo sobre el vencido, sino también sobre cuantos vasallos hubieran luchado con él. En esa partida a vida o muerte se jugaba el futuro de su hija y su nieto inocentes, sin que ella dispusiera de armas con las que entablar una lucha.

Con Sancha había perdido su última aliada en la corte.

24

Año 1069 de Nuestro Señor
Torre de Osma
Castilla

Desde la muerte de su marido, Jimena había perdido la alegría que completaba su abanico de encantos, aunque se esforzaba por disimular la tristeza ante su hijo. Lo que resultaba ser del todo ajeno a su proceder era la agitación que la poseía cuando, esa mañana, se plantó ante la mesa donde abuela y nieto desayunaban, armada de un pergamino esgrimido cual estandarte.

—Don Fadrique me urge a darle una respuesta inmediata o considerar retirada su propuesta —exclamó al borde del llanto—. He de tomar una decisión hoy mismo.

—¿La impaciencia de ese hombre no retrocede ni siquiera ante tu luto? —se indignó Auriola—. ¡Habrase visto bellaco semejante!

—¡Madre! —la detuvo Jimena, lanzando una significativa mirada al muchacho—. Estás hablando de mi cuñado.

—Un cuñado ansioso por convertirse en marido, a lo que parece —replicó la aludida con desdén.

—Es un gesto generoso por su parte —repuso su hija, algo más calmada—. Al fin y al cabo somos su familia, él también se ha quedado viudo y el matrimonio constituye un arreglo favorable para todos. Quiero creer que le preocupa nuestro bienestar y desea asegurarlo. Desde la primera vez que mencionó el asunto, a poco de morir Nuño, siempre ha sostenido que considera su responsabilidad velar por la mujer y el hijo de su difunto hermano.

—¡No me hagas reír! —volvió a contradecirla su madre, llena de rabia. Después, dulcificando el tono para dirigirse a su nieto, añadió—: Diego, mocetico, ¿quieres coger un par de trozos de pan, abrigarte bien, bajar al cuerpo de guardia y buscar a ese Juanico con quien haces tan buenas migas? Dile que te lleve a ver los caballos.

El chico no se lo hizo repetir. Salió disparado por las escaleras, sordo a las voces que hablaban de capas, directo hacia los establos. Jimena tomó asiento en el borde de la silla ocupada hasta entonces por él, dispuesta a escuchar lo que la prudencia impedía decir a su madre en presencia del pequeño. Una vez a solas con su hija, Auriola se sintió libre de hablar a corazón abierto.

—Si profesaste estima por tu esposo —expuso con seriedad, impregnada de ternura—, su recuerdo te acompañará siempre. Yo fui mujer de un solo hombre y tú llevas mi sangre. ¿Te imaginas a ti misma compartiendo el lecho con Fadrique sin repugnancia?

—No conocía a Nuño antes de desposarlo y sin embargo terminé amándolo —rebatió Jimena a la defensiva—. Es más, tú sabes bien que estaba enamorada de otro, pese a lo cual acepté mi destino y encontré la dicha a su lado.

—Porque tu padre lo eligió para ti pensando en tu felicidad. Tal vez te resulte difícil creerlo, pero te prometo que es la verdad. Tanto Ramiro como yo queríamos lo mejor para ti. Teníais una edad parecida, se trataba de un hombre de honor probado, soltero, leal, en nada parecido a ese hermano suyo mucho mayor, con demasiada prisa por poseerte como para confiar en sus intenciones.

—Aun así…

—Si no lo haces por ti —insistió Auriola—, piensa en Diego.

—¿Qué quieres decir? —repuso Jimena, con renovada angustia en la voz.

—Que si aceptas la proposición de tu cuñado —le advirtió su madre—, perderás el control sobre tus bienes y los de tu hijo. Estaréis a su merced. Todo, incluida tu dote, pasará a sus manos de inmediato, que es exactamente lo que busca ese bellaco al apremiarte de esta forma.

—¿Cómo puedes estar tan segura?

—Porque ningún caballero merecedor de ese nombre escribiría una carta como la que acabas de mostrarme —sentenció esta—. En ella no hay rastro de amor o preocupación, sino una urgencia que estaría fuera de lugar en cualquier circunstancia y resulta inaceptable dado lo reciente de tu pérdida. Pero voy más lejos. ¿Eres consciente de lo que sucedería si quedaras encinta de él, cosa más que probable?

—A mis veintinueve años es difícil —trató de rebatir el argumento Jimena, sin demasiada convicción—. Esta es mi última oportunidad. No encontraré otro hombre dispuesto a desposarme. Se me acaba el tiempo.

—Lo que ansía ese rufián de Fadrique es apropiarse de cuanto os pertenece a Diego y a ti —prosiguió Auriola con vehemencia—. Y lo peor es que estará en condiciones de hacerlo si pones tu suerte en sus manos desposándolo. A partir de ese momento, cualquier decisión relativa a vuestra fortuna le pertenecerá, al menos mientras tu hijo sea menor de edad, en el supuesto de que siga vivo. En calidad de viuda, en cambio, serás la dueña de tu destino. Podrás velar por él y defender sus derechos. Decidir sobre su educación, aconsejarlo, mantenerlo cerca, ayudarle a escoger a una esposa adecuada... ¿Te das cuenta del poder que te confiere esa libertad?

—¿De qué poder hablas, madre? —la corrigió Jimena, sombría—. ¿De qué libertad? Todo está en manos del Rey. ¿Quién sabe si nos permitirá conservar este castillo y estas posesiones? Diego es demasiado joven para defenderlas y yo no sabría cómo hacerlo, aunque quisiera. No necesito decirte que se trata de tierras de realengo, sujetas al arbitrio real. Si don Sancho decide expulsarnos para entregárselas a alguien más apto, capaz de conservarlas y aun engrandecerlas, no tendremos a donde ir.

—Vendréis a Lobera conmigo. —Un sonoro golpe de mano en la mesa rubricó la afirmación—. Allí sigue estando la casa por la cual derramó su sangre tu padre. Tal vez carezca de las comodidades de las que gozáis aquí, pero tendréis un techo que os cobije y un plato de comida en la mesa.

—Seríamos una carga.

—¡Sois mi hija y mi nieto, en nombre del Santísimo! —exclamó Auriola, airada—. ¿Crees que existe alguien o algo más importante para mí?

—Aun así —siguió objetando Jimena, con el juicio obnubilado por el miedo—, seríamos dos mujeres solas y un niño de corta edad. Correríamos graves peligros privadas de la protección de un hombre.

—Mayor peligro correréis si aceptas a tu cuñado, créeme. ¿Acaso no salí yo adelante cuando murió tu padre? ¿No me ocupé de ti y de nuestros dominios? Hace muchos años que estoy al frente de la tierra que el rey Alfonso V concedió a Ramiro, y nunca he faltado a mis obligaciones de dueña. Tú harías lo mismo, estoy segura.

—No sé si me siento capaz, la verdad…

Las lágrimas que había estado aguantando se desbordaron de golpe, como si un dique invisible se hubiera roto. El llanto manó, imparable, ante la impotencia de Auriola, quien se enfrentaba al sufrimiento de su hija sin saber cómo aliviarlo. Nunca le prodigó demasiadas carantoñas durante su infancia, en parte por no haberlas recibido ella misma, en parte por la dureza que preconizaban todos los cánones pedagógicos al uso. Mimar a los hijos, se decía, era echarlos a perder. ¡Cuánto lamentaba ahora haber hecho caso de esas monsergas!

Con cierta torpeza, rodeó los hombros de Jimena y la estrechó contra su pecho, a la vez que musitaba:

—Tranquila, *maitia*, tranquila, encontraremos una solución.

Cuando logró que se sosegara lo suficiente como para retomar la conversación, recuperó la firmeza con que le había estado hablando, para añadir:

—Yo sé que esa fuerza está en ti, hija. Hazme caso; te parí. Sé que te educamos en la modestia y la templanza, con el fin de convertirte en una dama, pero no confundas humildad con debilidad. No eres ni has sido nunca una damisela enclenque, ni mucho menos pusilánime. Eres hija de Ramiro de Lobera y Auriola de Lurat. No necesitas un marido codicioso para seguir con tu vida.

—Al menos Berenguela está a salvo, lejos de esta locura —contestó Jimena, refiriéndose a su hija, cinco años mayor que Diego.

—Así es —convino Auriola recuperando la sonrisa ante la evocación de su nieta—. Nuestra preciosa Berenguela se encuentra perfectamente bien en Aragón, junto a su futuro esposo, bajo la protección de una familia de ascendencia navarra de cuya probidad doy fe. Pierde cuidado. Tanto tu difunto Nuño como yo misma vimos ese enlace con los mejores ojos, sabiendo que sería tratada con el respeto y la consideración que merece. Pronto celebraremos sus bodas, aunque ella haya emprendido ya su propio camino.

—Claro que tampoco Aragón está exento de conflictos —se desdijo la joven, embargada por el ánimo sombrío—. Tras la muerte del rey Ramiro frente a los muros de Graus, derrotado por el caudillo taifa de Zaragoza, a saber qué será de los dominios que unificó bajo su corona.

—Si mi rey don Sancho, el mayor monarca que ha conocido la cristiandad hispana, hubiera vivido para ver cómo su primogénito sucumbía ante los infieles auxiliados por su otro hijo, él mismo habría empuñado la espada, a pesar de su avanzada edad. Pero el oro y la plata moros compran soldados, aceros y almas. Dios todopoderoso les perdone esa traición.

—Las gentes se hacen lenguas del capitán castellano que destacó en esa campaña, don Rodrigo Díaz, señor de Vivar, amigo de mi difunto Nuño —apuntó Jimena, con voz quebrada por la pena.

—Ahora quien debe preocuparte es Diego —replicó su madre en tono severo, consciente de una situación cuya gravedad no dejaba espacio a lamentaciones baldías—. Pierde cuidado por Aragón. Está en las manos firmes de Sancho Ramírez, quien ha tejido alianzas sólidas con Navarra y con el papado. Tu hija no corre peligro. Tu hijo en cambio sí, aunque de momento es de suponer que el rey de

Castilla no desamparará al heredero de quien tan bien le sirvió.

—¿Estás segura? —objetó su hija—. La gratitud no suele adornar las coronas de los soberanos.

—La que me quita el sueño a mí eres tú —continuó su discurso Auriola, haciendo caso omiso del comentario—. No soporto la idea de verte casada con ese gañán de don Fadrique, que a buen seguro te hará infeliz.

Jimena no respondió. Seguía sumida en un dolor profundo, que dejaban traslucir sus ojeras violáceas, su piel carente de brillo, sus manos nerviosas, su aspecto abrumado, como si su espalda debiera soportar el peso de un fardo demasiado grande. Luchaba contra ese desaliento con todas sus fuerzas, aunque su derrota era patente. Auriola, en cambio, no estaba dispuesta a rendirse.

—Escúchame bien, hija. No voy a engañarte. Tienes razón al decir que a tu edad y en tu posición es improbable que recibas alguna proposición de matrimonio aceptable. Si decides seguir mis pasos y asumir tu condición de viuda, el precio que deberás pagar será alto. Habrás de llevar una vida en extremo virtuosa, ya que el menor desliz te haría perder la reputación, te acusarían de ser una mujer licenciosa y eso te convertiría en una apestada social, estigma que recaería también sobre tus hijos.

Esa última palabra despertó a Jimena, quien salió de su ensimismamiento para prestar atención a lo que decía su madre.

—La virtud, empero, no resulta un precio excesivo si piensas en los beneficios que te acarreará. A cambio de esa renuncia, serás libre. ¿Eres consciente de lo que eso significa? Solo tú puedes decidir si abrazas esa libertad o aceptas desposar a tu cuñado. Tomes el rumbo que tomes, supondrá un gran sacrificio. A las mujeres rara vez nos es dado ser felices y, cuando tal milagro acontece, nunca dura mucho tiempo.

Tras una pausa interminable, la joven acertó a decir:

—Debo darle una respuesta cuanto antes...

—Consúltala con la almohada, tu conciencia y tu corazón. El orgullo de don Fadrique tendrá que soportar la espera.

25

A diferencia de los demás habitantes de la fortaleza, Diego nunca parecía sentir frío. Si de él hubiese dependido, se habría pasado el día a la intemperie, en mangas de camisa, desafiando a los más reputados combatientes de la mesnada armado con su diminuta espada de madera. Y dado que en la práctica era el rey de la casa, siempre lograba imponer su voluntad, aun cuando las mujeres de su alrededor le imploraran que se abrigara.

En ausencia de su padre, los hombres con quienes este había luchado constituían el mejor sucedáneo de esa figura que el niño extrañaba hasta el punto de sentir dolor en el pecho, aun sin comprender la naturaleza de esas emociones. La tristeza de su madre no hacía sino incrementar la suya propia, por lo que la rehuía de manera espontánea, con el egoísmo propio de sus siete años.

La compañía de la abuela le resultaba más grata, dado su repertorio inagotable de historias, sumado al hecho de que ella nunca lloraba. En cuanto al hermano Honorio, su preceptor, habría prescindido gustoso de sus tediosas lecciones, de no haber sido porque en ese punto madre y abuela unían sus fuerzas para mostrarse inflexibles. Se pusiera como se pusiese, los latines del viejo fraile constituían un deber ineludible, del que escapaba en cuanto podía para irse al patio de armas.

Lo único capaz de llevarlo voluntariamente de regreso al castillo era la llamada de las tripas, siempre que en la cocina, situada en el exterior, le hubieran negado un trozo de pan untado en manteca o tocino frito, obedeciendo las órdenes estrictas de la Dueña en tal sentido. Solo a la hora del almuerzo subía las escaleras corriendo, dispuesto a devorar un buey, con las manos amoratadas y las mejillas encendidas.

—¿Se puede saber de dónde vienes tan apurado? —le preguntó como de costumbre Auriola, quien mataba el tiempo y los problemas al calor de la chimenea, bordando un pañuelo tendido sobre un sencillo bastidor.

—¿Dónde está madre? —eludió contestar el muchacho—. ¡Tengo hambre!

—Tu madre no nos acompañará hoy —repuso su abuela, levantando la vista de la labor para taladrarlo con la mirada—. No se sentía muy bien, por lo que tomará un refrigerio en su alcoba. Y tú tienes que aprender modales, mocete. ¡Cuanto antes! Ya va siendo hora de que te comportes como lo que eres.

El tono severo de esa respuesta llevó a Diego a recular.

—Perdón, abuela. ¿Así vale? Pero sigo teniendo hambre.

Esta vez ella no pudo evitar reír. Ese chiquillo llegaba con su espontaneidad a los rincones más blindados de su corazón; los que a lo largo de la vida había ido recubriendo de gruesos muros con el fin de protegerse del dolor causado por la pérdida de tantos seres queridos. Sus padres, Ramiro, los hijos nacidos muertos y los que murieron al poco de nacer, Sancha, su niña reina…

Los años y el sufrimiento la habían endurecido, hasta que la aparición de los nietos, y en especial de ese mocoso descarado, alegre y repleto de vitalidad, le devolvió la capacidad de enternecerse. Un valioso don casi olvidado, pero también un flanco vulnerable abierto a nuevas heridas. Diego la haría padecer, no cabía duda. Estaba tan segura de ello como de que valdría la pena.

—Pediremos que nos traigan una sopica bien caliente —propuso al chico—. ¿Te parece?

—Si no hay otra cosa…

* * *

Mientras llegaba la comida, Auriola entretuvo a su nieto contándole una historia que a él le gustaba especialmente. La referida a la muerte heroica de su abuelo en la batalla de Atapuerca, luchando por su legítimo señor, el rey Fernando, del mismo modo que su padre había rendido el alma al servicio de don Sancho. Uno y otro habían honrado su condición de caballeros y cumplido con su obligación a costa de perder la vida. Dicho lo cual, la abuela insistía siempre en destacar lo mucho que esas guerras entre hermanos ofendían a Dios.

—Los cristianos no deberían enfrentarse nunca entre sí, sino contra los paganos —enfatizaba, negando a la vez con la cabeza—. Máxime tratándose de hijos de una misma madre. ¡Qué sinsentido!

Después desgranaba el final de su abuelo tal como lo imaginaba ella, adornando esa tragedia con tintes épicos y dando por hecho que cayó sirviendo lealmente a don Fernando.

¿Cómo habría podido sospechar siquiera que su marido formara parte de una conspiración urdida a espaldas del soberano?

Ramiro había abandonado este mundo sin conocer el desenlace de la batalla. Sin la satisfacción de saber que la venganza que con tanto ahínco buscaba se la había cobrado otro noble, unos decían que castellano traidor, otros que leonés pariente de Bermudo, al infligir una herida letal a su odiado García Sánchez. Sin ver al vencedor, Fernando, honrar el cadáver de su primogénito en el mismo lugar donde expiró y reconocer a su sobrino adolescente como nuevo rey de Pamplona, con el nombre de Sancho Garcés IV. Sin disfrutar del botín obtenido gracias a esa victoria, merced a la cual el leonés amplió la extensión de sus dominios tanto como fue mermada la del Reino de Pamplona.

Los restos del monarca navarro descansaban desde entonces en un lujoso panteón del monasterio de Santa María la Real de Nájera. Ramiro, en cambio, ni siquiera estaba enterrado en suelo sagrado. Su escudero le había cavado una tumba anónima en el mismo campo de Atapuerca, para librarlo de las alimañas.

Auriola encontraba consuelo en la idea de que al menos un capellán le habría dedicado un responso y, antes del choque final, él habría oído misa, confesado y comulgado. Se aferraba a esa convicción con la esperanza de compartir pronto otra vida llena de luz, en la cual nada ni nadie volvería a separarlos.

—Dios escribe derecho con renglones torcidos, mi chico —concluyó su relato, ante la atenta mirada de Diego.

—Entonces escribe aún mejor que el hermano Honorio —dedujo el muchacho en tono solemne.

Auriola volvió a reír con ganas esa salida, fruto de la aplastante lógica infantil. El preceptor de su nieto habría castigado severamente semejante falta de respeto al Altísimo, a buen seguro recurriendo a la vara de castaño. Ella desempeñaba un papel distinto en la educación de ese niño, cuya inocencia aún sin mancha consideraba un tesoro impagable. Con todo, se obligó a sí misma a recuperar la seriedad para añadir:

—Lo que quería decir, Diego, es que el Todopoderoso nos lleva a menudo por caminos que nos cuesta comprender. En este caso me refería a que si cuando yo conocí a tu abuelo alguien me hubiera dicho que iban a ser mis paisanos, precisamente mis hermanos navarros, quienes lo mataran combatiendo, yo no lo habría creído.

—¿Porque el abuelo era más fuerte y más valiente que ellos?

—No, mocetico —dijo ella, esbozando una sonrisa nostálgica a la vez que atusaba con su mano grande y huesuda la cabellera dorada del niño—. Porque llegar a la guerra para resolver asuntos entre cristianos es una locura, además de una estupidez. Existen otras maneras mejores de zanjar esas disputas, sin sangre, ni viudas, ni huérfanos. Y que se te meta en esa cabecica tuya que la valentía no está reñida con la sensatez. Antes al contrario, un insensato no será nunca un valiente, porque quien no ve el peligro, ni siente miedo ante él, no debe obligarse a vencerlo. Esos necios suelen tener vidas cortas. ¿Cuántas veces tengo que decírtelo?

—En la guerra, el enemigo es el enemigo —protestó el muchacho, empecinado—, ya sea navarro, leonés o sarraceno.

—Por tus venas corre sangre navarra y leonesa, Diego, además de la castellana que recibiste de tu padre. ¡No lo olvides! Antes que los hombres e incluso que los reyes, está Dios, el único dios verdadero, a quien todos nosotros elevamos nuestras oraciones.

—Pero los navarros mataron al abuelo Ramiro...

—Así es, mi chico. Hasta es probable que algún pariente mío formara parte de esa hueste. ¡Fíjate qué paradoja tan cruel!

—¿Qué para...qué? —inquirió el chiquillo, frunciendo de nuevo el ceño.

Auriola le lanzó otra mirada impregnada de cariño, antes de responder:

—Paradoja, mi chico, paradoja. Significa que a menudo pasan cosas que no deberían pasar. Cosas que carecen de lógica y van en dirección contraria a lo que nosotros querríamos o consideraríamos justo. ¿Lo comprendes?

Diego seguía sin entender, aunque su abuela interpretó su silencio como una señal de asentimiento y prosiguió:

—Lo importante es saber aceptar lo que nos depara la vida y mirar hacia delante. Sobreponerse a los percances y olvidarse de resentimientos, porque el rencor envenena el alma. Es preciso levantarse después de cada tropiezo para seguir caminando, incluso cuando hayas caído a causa de una zancadilla. No merece la pena detenerse a pelear, salvo que te veas obligado a hacerlo. En caso contrario, la venganza no te hará más llevadero el sufrimiento ni traerá paz a tu corazón.

El pequeño escuchó esas palabras con suma atención, cavilando algo que su abuela creyó relacionado con la muerte de su padre. Ese era, de hecho, el motivo por el cual ella había insistido por enésima vez en ese mensaje de superación. No perdía ocasión de hacerlo, empeñada en conseguir que su nieto renunciara a cobrarse la revancha sobre los leoneses a quienes culpaba de haberlo dejado huérfano, en gran medida bajo la influencia de los soldados de la mesnada con quienes pasaba largas horas intercambiando chanzas cuartelarias a pesar de su corta edad. Esa compañía constituía su mayor placer, por lo que ni ella ni Jimena habían sido capaces de prohibírsela.

Auriola era consciente de lo difícil que resultaría la empresa de reconciliar al chiquillo con lo que la Providencia había dispuesto para él, pero no cejaba en su propósito. Bastante había tenido que padecer a causa de las cicatrices dejadas por el odio y la frustración en Ramiro, tras ver caer ante sus ojos primero a su idolatrado Alfonso y después al joven Bermudo. No pensaba permitir que Diego fuese víctima del mismo mal. No, si podía impedirlo.

—Pues el hermano Honorio presume a menudo del castigo que el rey Fernando dio al verdugo del rey Alfonso —le espetó al cabo de un rato su nieto, satisfecho de haber encontrado un argumento con el que rebatir la moralina de su abuela—. Eso es venganza, ¿no? ¡Y bien que se la merecía ese moro!

El chico se refería a una historia relatada por los juglares, según la cual el monarca cristiano, tras reconquistar Viseu en el año 1058, mandó prender al ballestero cuya flecha había derribado a su suegro años atrás e hizo que le cortaran las manos, condenándolo a una existencia peor que la muerte.

Auriola no estaba segura de que tal leyenda se correspondiera con hechos realmente acaecidos, aunque sabía lo mucho que habría gozado Ramiro teniéndola por cierta. Tanto como su nieto, quien acababa de referirse a ese suplicio con evidente fruición. ¿Estaría grabado a fuego en el alma de los varones el gusto por la violencia que a ella tanto le repugnaba?

No le quedaba más defensa que apelar a la condición pagana de ese arquero musulmán, a quien era lícito combatir en nombre de la verdadera fe. Con todo, Diego hallaría el modo de llevarle la contraria, porque su testarudez era pareja a esa inteligencia ávida de polémica que solo parecía descansar cuando jugaba a la guerra, dormía o satisfacía su voraz apetito con alguno de sus platos favoritos. De ahí que la comida, oportunamente servida, la librara de enzarzarse en otra discusión baldía abocada a la derrota.

Una criada ataviada con un sayón sucio de lana gruesa, toca ceñida de lino basto y mitones que dejaban ver los sabañones de sus dedos depositó un enorme perol de cobre sobre la mesa, en la que previamente había dispuesto vasos, cuencos y cucharas, así como una jarra de vino aguado. El cacharro desprendía un vapor impregnado de olores capaces de resucitar a un difunto, en los que Auriola reconoció el ajo y el suave aroma de la gallina hervida, entre otras delicias. La visión de su contenido le hizo la boca agua, pues la cocinera había enriquecido el sabroso caldo disponiendo en la superficie finas rebanadas de pan blanco y huevos escalfados cuyas yemas tiernas, de un amarillo intenso, parecían gritar «¡cómeme!».

Como si hubiese olfateado el guiso desde la distancia, justo en ese momento apareció en el comedor fray Honorio, precedido por su abultada barriga.

—¡El Señor nos bendice hoy con unas sopas de ajo! —comentó jovial—. No existe nada mejor para combatir este maldito frío.

—Buenos días, hermano —saludó Auriola, cortés, incitando con los ojos a su nieto a hacer lo propio.

—Buenos días —repitió Diego de mala gana, ansioso por sumergirse en el contenido de ese caldero humeante.

—Bendigamos estos alimentos que vamos a compartir y demos gracias a Dios por ellos —dijo el fraile, a modo de respuesta, mientras juntaba las manos y agachaba la cabeza en actitud devota.

Finalizado el ritual, el chico agarró el cucharón decidido a introducirlo directamente en el puchero, pero su abuela lo detuvo con firmeza:

—Los soldados con los que compartes mesa en demasiadas ocasiones se comportan de ese modo. Los señores utilizamos cucharas y cuencos, que para eso están. Espera a que te sirvan. Así evitarás, además, abrasarte la lengua por impaciente.

Y Diego tuvo esperar su turno antes de poder relamerse con ese exquisito manjar.

26

Coincidiendo con la oscuridad, que en invierno tendía su manto sobre el mundo mucho antes de lo deseado, había empezado a tronar. Al principio pareció que la tormenta pasaría de largo, pues su siniestro acompañamiento de rayos apenas se traducía en algún resplandor lejano. Sin embargo, lo peor estaba por llegar y no tardaron en tenerla encima.

Atendiendo los ruegos de Diego, quien sentía auténtico pavor ante el retumbar de la tierra sacudida por esos chispazos, su preceptor accedió a elevar al cielo una plegaria apaciguadora. Armado de una vela bendecida en Viernes Santo, desafió la furia del viento desde el quicio del zaguán, abriendo la puerta lo suficiente para que su voz fuese oída tanto dentro como fuera de la casa.

—¡En nombre de san Bartolomé —gritó con fuerza, elevando los ojos al firmamento enfurecido—, por mediación de Cristo Nuestro Señor, ordeno al rayo que se aleje de este hogar de buenos cristianos! Márchate allá donde no habitan hijos de Dios, ni pastan ganados en los prados, ni empollan sus huevos las gallinas. ¡Aplaca tu ira!

Auriola, entre tanto, acurrucaba a su nieto contra su pecho y acariciaba su cabecita con el afán de calmar su temor sin que trasluciera el de ella. Porque también a ella la aterraban los efectos de ese castigo que el demonio infligía a los seres humanos. Los incendios en bosques y pajares. Los árboles demediados por sus cuchillos de fuego. Las vacas privadas de leche. La devastación en los campos. De ahí que le alegrara reconocer en las palabras del monje conjuros muy parecidos a los que recordaba haber escuchado siendo niña en boca de mujeres de mala reputación a quienes su padre llamaba «brujas». Únicamente cambiaban los nombres de los intercesores invocados. Las súplicas eran idénticas.

Tanto don Honorio como esas viejas paganas combatían de manera similar a los ángeles malignos que andaban en la región del aire haciendo maleficios y relámpagos. Se llamaran como se llamasen, causaban graves destrozos y debían ser expulsados. ¿Qué importaba la manera de conseguir ese propósito? Cuando ni el canto del gallo, ni el llanto de las criaturas, ni el tañer de las campanas eran capaces de alejarlos, solo quedaba rezar y suplicar la misericordia divina, por mediación de san Bartolomé, quien finalmente consiguió acallar el pavoroso estruendo y así conseguir que Diego dejara de temblar en el regazo de su abuela, tragándose a duras penas las lágrimas para no evidenciar su miedo.

El hermano Honorio regresó junto a su pupilo, henchido de orgullo, convencido de haber obrado prácticamente un milagro. En esa ocasión fue recibido con júbilo por el chiquillo, quien por lo general trataba de escabullirse escondiéndose en los lugares más insospechados con tal de escapar a sus lecciones, aun sabiendo que de ese modo lo sometía a un cruel tormento.

El viejo fraile llevaba ya casi dos lustros viviendo entre los muros de piedra de esa casa solariega. Antes lo había hecho en otros enclaves del reino leonés, donde había hallado refugio tras huir de su Sevilla natal, recién pronunciados sus votos, en tiempos de Almanzor.

El Azote de Dios, tal como lo llamaba él, santiguándose con fervor a fin de conjurar su fantasma, era, según su criterio, el castigo enviado por el Altísimo para hacer purgar a sus hijos las incontables afrentas de nobles, plebeyos e incluso hombres y mujeres consagrados a la Iglesia. Codicia, gula, envidia, lujuria... Sobre todo lujuria, manifestada en abominaciones tales como coyundas entre hermanos o, peor, abuelos y nietas. La terrible penitencia infligida a los cristianos estaba por tanto a la altura de sus gravísimos pecados, achacables al mísero barro del que procedían.

Claro que, merced a la clemencia infinita del Señor, esa época siniestra formaba parte del pasado.

En pago por la hospitalidad recibida en casa de don Nuño García, el clérigo había enseñado lo básico a la hermana mayor de Diego y ahora intentaba inculcar en el pequeño el gusto por la lectura, la historia sagrada, el latín, la retórica y otras disciplinas útiles para un joven de alta cuna llamado un día a impartir justicia y gobernar con equidad a las gentes sujetas a su autoridad. Sus esfuerzos cosechaban, no obstante, un éxito muy escaso.

—¿Cómo harás cumplir la ley si ni siquiera la conoces? —Había tratado de azuzar esa misma tarde el interés del muchacho—. Has de saber que el Fuero Juzgo, vigente en todo el Reino desde tiempos inmemoriales...

—Habláis raro, padre Honorio —se burló con descaro el chaval—. No entiendo la mitad de lo que decís. Y además gritáis mucho y no oís nada.

—Solo trato de desbastar ese tronco de alcornoque que tienes en lugar de cabeza —adujo el fraile, acostumbrado a soportar con paciencia las impertinencias de ese consentido—. Algún día me agradecerás lo poco que haya conseguido enseñarte. En cuanto a mi lenguaje…

—¿Veis como habláis raro? La lengua es esto —replicó el chiquillo, sacándosela en un gesto de desafío inaudito.

—¡Mocoso maleducado! —lo reprendió el fraile—. Mi forma de hablar es la misma que la del Rey, la nobleza y los hombres de Iglesia que les sirven en León. Es el romance culto más parecido al latín, que habrás de aprender si quieres llegar a ser alguien de provecho. Las gentes de esta Castilla salvaje, en cambio, parecen ser apartadizas incluso en sus expresiones. Se comen las efes al decir «hazer» en lugar de «facer» y cometen multitud de otras faltas ofensivas para mis oídos.

—¡Si estáis sordo! —se burló el niño, envalentonado.

Tras el consiguiente varazo, propinado en la palma de la mano, don Honorio concluyó:

—Cuídate de hablar como lo hacen los soldados con los que pierdes tu tiempo, porque quien te escuche con cierta atención te confundirá con un vulgar labriego.

—Lo que debo aprender es a luchar —zanjó el chico, a quien toda aquella jerigonza aburría sobremanera—. Ellos y yo nos comprendemos. ¿Qué más da cómo lo hagamos?

Y no le faltaba razón.

Incluso entre la alta nobleza resultaba excepcional que un hombre supiera leer y mucho menos escribir. Para eso estaban los clérigos a su servicio, cuya función consistía precisamente en redactar documentos, además de elevar oraciones por la salvación de sus almas. Los caballeros tenían otras obligaciones, entre las cuales destacaban la defensa de su tierra, la respuesta inmediata a la llamada del Rey, en caso de guerra, y la elección de una buena esposa capaz de darles abundantes hijos con el fin de asegurar la continuidad del linaje.

* * *

Pasada la tormenta, cada cual regresó a sus quehaceres, no sin antes agradecer a Dios la misericordia mostrada.

Ramiro y Honorio habrían debido reanudar sus lecciones, pero el fraile había quedado exhausto y el chico prefería de lejos la compañía de su madre y de su abuela, por lo que animó al preceptor a retirarse a sus aposentos a descansar, mientras ellas y él se acomodaban en la estancia principal del castillo, frente a un fuego cebado con abundante leña seca.

Jimena, que seguía dando vueltas a la conversación mantenida con su madre, retomó su bastidor con la intención de sumergirse en sus pensamientos bordando. Su hijo se tumbó en el suelo, sobre una alfombra de piel de oveja, como hacían los perros en las raras ocasiones en que se les permitía guarecerse de la nieve a cubierto, en compañía de sus amos. Boca abajo, apoyado en los codos, cogió dos palos menudos que su imaginación convirtió en soldados y se puso a jugar con ellos, musitando violentas incitaciones a la pelea mientras los hacía entrechocar en un combate a vida o muerte.

—Diego, hijo, ¿no sabes jugar a otra cosa que no sea la guerra? —le regañó su madre, evidenciando una tristeza honda disfrazada de mal humor—. Más te valdría rezar y hacer carrera en la Iglesia para no acabar como tu padre.

El chiquillo se disponía a ganarse una bofetada dándole una contestación impertinente, cuando Auriola salió al rescate con una de esas historias que ayudaban a vencer el tedio en las largas noches del invierno.

—¿Qué te parece si tú y yo nos retiramos a tu alcoba y te sigo contando las peripecias de don Quintín de Pamplona?

—¿Tu vecino? —inquirió su nieto, fascinado por ese personaje, absolutamente real a sus ojos, a quien noche tras noche la abuela hacía correr las más descabelladas aventuras.

—¡El mismo! —asintió ella, poniéndose en pie sin esfuerzo—. El caballero valeroso al servicio del rey don Sancho, de Dios y de todas las causas justas, cuyas tierras se hallaban cerca de las nuestras, en mi Navarra natal.

Dicho y hecho. Tras las buenas noches de rigor a su madre, que se despidió con un beso en la frente, el chico cogió de la mano a su abuela y juntos subieron la empinada escalera de caracol que conducía a la planta superior de techos bajos donde se encontraban las alcobas, más fáciles de calentar mediante braseros que el inmenso salón principal.

Una vez allí, Diego se quitó el pellote y las calzas, sin aceptar la ayuda ofrecida, antes de acurrucarse bajo las mantas.

—Cuéntame la de la doncella a la que rescató del dragón —dijo, zalamero, sabiendo que su petición sería satisfecha por la mujer sentada a los pies de su lecho que nunca le negaba nada.

—Pues verás, mocetico, como ya te he relatado muchas veces, tanto don Quintín como el rey Sancho luchaban bajo el estandarte de la Santa Cruz, contra los sarracenos invasores que se llevaban a nuestras más bellas doncellas para encerrarlas en sus harenes…

—El dragón, abuela, el dragón —la interrumpió el chaval en tono apremiante.

¿En qué momento, se dijo para sus adentros Auriola, habría tenido la ocurrencia de recurrir a la figura de un dragón para referirse a Almanzor, caudillo ismaelita a quien el monarca en cuestión había entregado a su propia hija en un vano intento de apaciguarlo?

Al inventar esa metáfora le había parecido una buena idea; una forma divertida de narrar al chiquillo los horribles hechos acaecidos en los reinos cristianos justo antes de que ella naciera, achacando su ferocidad a una criatura monstruosa y no a la brutalidad de los seres humanos. Intentaba protegerlo el máximo tiempo posible de la cruel realidad a la que habría de enfrentarse, para lo cual había apelado al *herensuge*, señor de las cuevas, cuyo nombre invocaba su aya con aires tenebrosos, antes de transformarse en él para hacerle cosquillas fingiendo devorarla con sus dientes enormes. Ella había tratado de imitar ese juego, pero Diego rechazaba la parte lúdica, se tomaba al monstruo muy en serio y gozaba de una memoria excelente, que le hacía recordar con precisión cada detalle de lo escuchado la víspera.

—Bueno, don Quintín salvó a muchas doncellas de esa bestia que se las comía crudas. —Arqueó las cejas, engolando la voz con el fin de imprimir emoción al relato—. Se enfrentó en incontables ocasiones al dragón, interponiéndose entre él y las muchachas a las que quería capturar, pero nunca pudo vencerlo y tampoco logró librar de sus garras a la princesa de la que estaba enamorado.

—¿Porque le gustaba demasiado el vino y solía terminar borracho bajo la mesa de una taberna? —dedujo el chico, sin que Auriola pudiera recordar cuándo o en base a qué había introducido ella ese rasgo tan poco decoroso en la conducta de su héroe. ¿Acaso para referirse a las traiciones y la división que habían debilitado a los guerreros de Cristo enfrentados a la hueste invencible capitaneada por Almanzor? Fuera como fuese, era demasiado tarde para cambiar la narración.

—¡Desde luego que no! —se corrigió a sí misma, asustada ante la posibilidad de estar inculcando, sin pretenderlo, semejante vicio en su nieto—. Don Quintín era todo un caballero, al igual que tu padre y tu abuelo. Pero hasta los mejores sucumben ante un adversario a quien es imposible vencer. Por eso te digo siempre que nuestra mayor fuerza reside en la cabeza, que es la que nos lleva a tomar las decisiones acertadas, incluida la retirada cuando no queda otra opción.

—¿Qué pasó con la princesa? —A Diego las enseñanzas que la abuela trataba de introducir en cada capítulo le interesaban mucho menos que su desenlace.

Auriola conocía de sobra la respuesta. Sabía que Urraca acabó sus días en un convento, tras largos años de cautiverio en Córdoba, prisionera en una jaula dorada de la que finalmente pudo escapar dejando atrás a su hijo, Sanchuelo, quien poco tiempo después sufrió una muerte atroz a manos de su propia gente.

¿Cómo explicar a una criatura de siete años lo que debió de sentir esa madre al saber que la cabeza cortada de su retoño había sido expuesta sobre una pica, a las puertas de la ciudad donde ella misma padeció? El dragón resultaba ser una opción más aceptable, de modo que adoptó una actitud compungida para responder:

—La princesa languideció encerrada en una torre, pero nunca dejó de amar a don Quintín, quien a su vez la amó hasta el final y no cejó en su empeño de rescatarla del dragón.

—¿Cómo?

—Mañana te contaré más, que se nos ha hecho muy tarde y es hora de apagar la lámpara. ¿Qué hacemos cada noche antes de dormir?

—Rezar nuestras oraciones.

—Pues hala, hoy empiezas tú.

Y mientras ella hacía la señal de la cruz sobre la frente del pequeño, su boca y su pecho, volcando en ese gesto cotidiano el cariño infinito que le inspiraba su nieto, él empezó a desgranar un padrenuestro al que se unió su abuela, en la lengua que había aprendido de su madre y de su aya:

Gure Aita, zeruetan zarana:
santu izan bedi sure izena...

27

Verano del 1078 de Nuestro Señor
Torre de Lobera
Reino de León y Castilla

Montado sobre su alazán y empuñando una lanza topada adecuada a su elevada estatura, Diego arremetía furioso contra el estafermo, una y otra vez, imaginando que ese monigote de paja era el rey Alfonso en persona. Lo odiaba con todo su ser. Por más que las mujeres de su entorno trataran de apaciguar esa ira, su corazón destilaba rencor hacia el suplantador a quien culpaba de haberlo despojado de todas sus pertenencias: su heredad, sus derechos, su futuro.

Luchando contra ese judas, su padre, Nuño García, había caído en Llantada, sin tiempo para dejar huella en su memoria de niño, y por una decisión suya se había visto expulsado después sin motivo de las tierras ganadas por sus ancestros a orillas del río Ucero, cerca de El Burgo de Osma. Con dieciséis años cumplidos, su sangre de caballero clamaba venganza a gritos.

Tras el asesinato del soberano de Castilla, Sancho, primogénito del rey Fernando, acaecido siete años atrás a las puertas de Zamora, los dominios del difunto infanzón habían sido entregados a un noble leonés próximo al nuevo monarca. Carente de la protección de un varón o de influencia en la corte, su familia y sus escasos leales se vieron abocados a pedir auxilio a doña Auriola, su abuela, quien los había acogido en la vieja torre de Lobera, levantada por su esposo no muy lejos de las murallas escenario de ese magnicidio. Allí mascaba Diego su rencor, mientras se preparaba para la guerra.

—¡Señor, señor! —Vio acercarse a la carrera a un niño de corta edad, hijo de una criada—. Un caballero pregunta si estáis. Me manda el ama a deciros que aligeréis. Se ve que tiene prisa el forastero.

En el patio del caserón, donde las galinas compartían espacio con las gentes de armas, caía un sol de justicia. Era tiempo de cosecha y la casa bullía de actividad, pues había que almacenar trigo suficiente para el invierno, recoger la paja, cocer peras y otras frutas a fin de guardarlas en conserva y llevar a cabo las restantes tareas propias del estío. Todo el mundo colaboraba en ese esfuerzo colectivo, bajo la batuta de la Dueña que, auxiliada por su hija, capitaneaba a esa abigarrada tropa. Únicamente el heredero eludía tales trabajos, considerados impropios de un hombre de su condición.

Auriola había rejuvenecido visiblemente tras el regreso a casa de Jimena, acompañada de ese mocetico cuya vitalidad le devolvía los ánimos perdidos con la soledad. No se alegraba de su desgracia, desde luego. Lejos de hacerlo, intentaba paliarla por todos los medios a su alcance, poniendo a su disposición cuanto poseía. Y aunque de su boca nunca saliera un reproche contra don Alfonso, deploraba profundamente la injusticia perpetrada por el soberano contra su hija y su nieto, víctimas de la arbitrariedad propia de los poderosos.

«Lo que un rey da, otro lo quita», recordaba haber oído decir en más de una ocasión a Ramiro. En su casa tenía la prueba de que su esposo no erraba.

De haber sospechado que tal calamidad podía sobrevenir a los suyos, habría intentado mover algún hilo en León cuando aún conservaba allí amigos. Claro que de eso hacía ya mucho tiempo. La mayoría de las personas cercanas a doña Sancha o a don Bermudo descansaban en la paz de Dios o en la de un monasterio, carentes de influencia alguna sobre el orgulloso monarca cuyas sucesivas victorias sobre cristianos y moros habían llevado a ciertas gentes a intitularlo emperador. Ella ya no era nadie en el Reino. Procuraba humildemente pasar desapercibida, convencida de que solo así lograría sobrevivir.

En cuanto a Jimena, había elegido finalmente ceñirse la toca de viuda y rechazar la propuesta matrimonial de su cuñado, en aras de proteger los derechos de su hijo. Sin sospechar lo que estaba por venir, lo había condenado a la ruina, fiándolo todo a un dominio perdido de repente como consecuencia de un crimen. ¿Quién habría podido prever semejante concatenación de desgracias?

Antes de que Diego alcanzara edad suficiente para defender lo suyo, se reprodujo un choque sangriento entre Sancho y Alfonso, semejante al acaecido en Llantada, esta vez en Golpejera y con idéntico resultado. Volvió a vencer el hermano mayor, quien perdonó la vida al otro. Mientras Alfonso se hallaba exiliado en la taifa de Toledo, un grupo de nobles leoneses se rebelaron contra Sancho, auxiliados por la infanta Urraca, quien los acogió en Zamora al amparo de sus murallas. Y cuando el soberano de Castilla sitiaba la plaza, con el empeño de someter a los alzados y restaurar el orden quebrantado, fue asesinado a traición.

¿Cuántos años habían transcurrido desde entonces? Más de un lustro infernal. Una caída vertiginosa hacia el abismo de la incertidumbre, que empezó con la muerte del castellano, siguió con la desposesión de las tierras de su difunto marido y acabó en el destierro a orillas del Duero, acogidos a la hospitalidad de su madre. Un declive cuyo desenlace era la pérdida del patrimonio por el que había sacrificado la oportunidad de recomenzar y abrazado una virtud sin fisuras.

¿Sería toda esa catástrofe fruto de un error fatal?

En ocasiones maldecía la hora en que tomó tal decisión. Incluso culpaba a su progenitora de haberla inducido a cometer tal acto de soberbia, cosa que esta negaba con vehemencia, haciéndole ver lo desdichada que podría ser su existencia en ese momento.

—¿No te das cuenta de que carecerías de valor para él? —le espetaba con su franqueza habitual, tratando de abrirle los ojos—. No te quería a ti, hija, sino a tus bienes. Sin ellos, sabe Dios la clase de trato que te habría dado ese canalla.

—Al menos Diego tendría un padre —objetaba Jimena, aterrada por el horizonte brumoso que se abría ante ellos.

—Más bien un dueño, y de los peores —rebatía Auriola—. El mocete nos tiene a ti y a mí. No le va a faltar de nada, tranquila. La suerte va y viene, las tornas cambian… Hazme caso y no padezcas. Vendrán días mejores para todos.

* * *

En la modesta tenencia de Lobera, cedida en su día por Alfonso V al guerrero venido de una aldea asturiana y ratificada años más tarde por el rey Fernando, encontraron refugio no solo Jimena y Diego, sino media docena de hombres de armas desterrados con ellos de Castilla. No era mucho lo que la Dueña podía ofrecerles, pero lo entregaba a manos llenas y volcaba en su nieto un caudal inagotable de cariño con el que trataba de cauterizar la herida abierta en el chico.

Al menos allí reinaba la paz. La guerra no amenazaba a Diego, que a sus ojos seguía siendo un niño pese a tener edad, envergadura y formación militar suficientes para destacar en cualquier ejército. Las aceifas que había conocido ella en su juventud tampoco suponían ya riesgo alguno, lo cual le brindaba igualmente una gran tranquilidad.

Una vez reconquistadas Zamora, Toro, Tordesillas, Simancas y otras plazas principales en la defensa de esa frontera, la marca cristiana se había desplazado hacia el sureste y las tierras antaño yermas se hallaban en trance de repoblación. En contrapartida, ya no había margen para cabalgadas en busca de botín cerca de la vieja torre, lo que llenaba a su nieto de frustración e impotencia.

Don Alfonso afianzaba su poder siguiendo los pasos de su padre, por más que en opinión de muchos su proceder con respecto a sus hermanos resultara harto cuestionable. ¿Qué había de nuevo en tal conducta? El fratricidio era consustancial a su sangre. Nadie lo sabía mejor que Auriola, navarra de nacimiento, cuya experiencia bastaba para saber que un vasallo no es quién para juzgar a un rey, so pena de acabar ahorcado o cuando menos desposeído.

Además, estaba ese nombre, Alfonso, rondándole los pensamientos. ¿Sería casualidad que otro monarca llamado igual hubiese hecho la fortuna de Ramiro? ¿Obedecería esa coincidencia al puro azar? Más pronto que tarde, se maliciaba, ese soberano ambicioso, audaz, feroz e indoblegable pondría sus ojos en Diego y lo llamaría a su lado. Solo era cuestión de tiempo.

—¡Señor! —urgió el zagal al infanzón, que tardaba en despojarse del velmez, demasiado ceñido al cuerpo al habérsele quedado pequeño—. ¡Aligerad!

* * *

El anuncio de una visita imprevista llenó de inquietud al joven amo, pues la vida le había enseñado a relacionar las sorpresas con malas noticias. Alarmado, desmontó con agilidad, dejó en manos de un peón la lanza y el escudo, se quitó con dificultad el yelmo, que pronto habría de cambiar por otro de mayor tamaño, e introdujo la cabeza en un cubo de agua, a fin de lavarse el rostro cubierto de sudor y polvo.

Librarse del gambesón acolchado le costó más, porque con las lazadas desatadas apenas le pasaba por los hombros. Más de una vez había entrenado sin esa protección, pero los golpes del estafermo cuando no lograba esquivarlo resultaban dolorosos y dejaban grandes verdugones. Mientras no dominara el arte del combate a caballo hasta el punto de resultar inmune a las embestidas del muñeco, tendría que soportar la opresión de esa incómoda prenda.

—¡Maldito engorro del demonio! —juró, rabioso por no poder permitirse renovar ese equipo obsoleto.

Refrescado, aunque de mal humor, se encaminó a grandes zancadas hacia el interior de la torre, cuyos muebles, tapices y alfombras eran los mismos que en vida de Ramiro, ajados por el paso de los años, aunque todavía servibles.

—Hijo —lo saludó su madre con una sonrisa luminosa, ataviada a la manera sencilla de una campesina y un tanto azorada por recibir de semejante guisa a tan ilustre huésped—. Don Álvar López de Arlanza ha venido a visitarnos. ¿Te acuerdas de él? No, eras muy pequeño, ¿cómo podrías recordarlo? Álvar fue un gran amigo de tu padre e hizo lo que pudo por socorrernos en los momentos difíciles.

Jimena se refería a la época posterior a la muerte de Nuño en Llantada, cuando Auriola acudió en su auxilio para ayudarla a llevar la casa, al tiempo que el noble en cuestión abogaba por la familia ante su señor don Sancho. Gracias a su mediación conservaron el realengo mientras se mantuvo en el trono el primogénito de don Fernando, pese a la ausencia de un hombre capaz de defenderlo con las armas. En vida del rey de Castilla, nadie osó discutir la titularidad de esas tierras. Después, pasó lo que pasó en Zamora y fueron expulsados de su feudo.

Como Diego no reaccionaba y se había quedado parado en el quicio del portón, mirando con desconfianza al forastero, su abuela le ordenó severa:

—¡Diego, muestra a este caballero el respeto que merece!

El muchacho hizo a regañadientes una leve inclinación de cabeza, antes de decir con cierta sorna:

—Bienvenido seáis a nuestro humilde hogar, don Álvar López de Arlanza. ¿Puedo ofreceros un vaso de vino?

Roto el hielo, los cuatro tomaron asiento alrededor de la mesa, situada bajo una arpillera que proporcionaba luz a la estancia. No mucha, dado que el edificio había sido levantado como una verdadera fortaleza susceptible de resistir las acometidas moras, pero la suficiente para verse las caras cuando los rayos del sol penetraban libres de obstáculos, como sucedía en verano.

Una criada sirvió vino en cuatro copas de latón, acompañado de dulces hechos a base de miel y avellanas. Tras dar un generoso trago al caldo, don Álvar tomó la palabra, empleando el tono solemne de un clérigo diciendo misa.

—He venido a advertiros, porque corréis un peligro cierto.

Alto, fornido, de largo cabello y barba grises, manos grandes encallecidas por el manejo de las armas y ojos de extraordinaria viveza bajo unas cejas pobladas, aquel veterano guerrero encarnaba una figura muy parecida a la que Diego atribuía en sus fantasías al padre muerto prematuramente que añoraba con desgarro. Vestía una túnica corta de buen paño, calzaba escarpines de cuero fino y derramaba un chorro de voz grave en cada frase.

—Alguien os quiere mal en la corte —prosiguió, amenazador, dirigiéndose al muchacho—. Ignoro de quién se trata, pero corren rumores de que podrían arrebataros esta heredad, al igual que hicieron con vuestras tierras paternas de Soria.

—¡Desatinos! —exclamó la Dueña, enérgica, cortando en seco a su invitado—. Esta tenencia le fue entregada a mi difunto esposo por el rey Alfonso V a perpetuidad. El título de propiedad está a buen recaudo. Nadie nos arrebatará lo que es nuestro.

—Eso pensábamos nosotros, abuela, y mira dónde estamos —repuso su nieto, sarcástico—. El usurpador no tiene ninguna deuda con nuestra familia y sí muchas lealtades que pagar a gallegos y leoneses. Además, estas tierras se encuentran justo en la linde entre el alfoz de Toro, perteneciente a la infanta Elvira, y el de Zamora, desde donde su hermana Urraca fraguó la conjura contra don Sancho. Tu Rey le debe más de un favor y no dudará en pagárselos a nuestra costa.

—¡No hables así de nuestro soberano! —suplicó su madre, aterrorizada—. Las paredes oyen. ¿Acaso quieres darle motivos para castigarnos? ¿Pretendes fundamentar una acusación por traición?

—El Rey no tiene arte ni parte en lo que os estoy contando —retomó su discurso don Álvar, que había aprovechado la interrupción para dar buena cuenta de un puñado de golosinas—. Ni siquiera me consta que sea doña Urraca quien conspira contra vosotros.

—¿Quién entonces? —inquirió Auriola.

—Lo único que sé es que el nombre de mi querido amigo Nuño despierta un profundo rencor en alguno de los magnates que rodean hoy al soberano, tal vez por la cercanía que mantuvo en su día con Rodrigo Díaz, señor de Vivar. No es ningún secreto que quien fuera el alférez mayor de nuestro llorado Sancho tiene enemigos poderosos, como el conde García Ordóñez, muy próximo al hermano que hoy ocupa el poder.

—Pero eso es agua pasada —protestó Jimena, cuya angustia dibujaba un rictus de preocupación en su rostro de hermosos rasgos—. Mi marido lleva más de diez años en la paz de Dios y a lo largo de ese tiempo jamás hemos tenido noticias del señor de Vivar. Hasta donde yo sé, además, Rodrigo está en los mejores términos con don Alfonso, quien casó con él a una sobrina suya. ¿Por qué motivo podría alguien querernos mal?

—No busques razones que justifiquen la maldad del usurpador, madre —terció Diego, empleando de nuevo ese término despectivo para referirse al soberano castellano-leonés—. ¿Acaso no te basta su conducta para probar su perfidia?

—¡Basta ya, Diego! —zanjó la Dueña, y apoyó sus palabras con una sonora palmada en la mesa—. Te prohíbo que vuelvas a referirte al Rey en semejantes términos. Don Alfonso es el legítimo soberano de León, Castilla, Galicia y Portugal. No lo digo yo; como tal lo reconocieron los propios vasallos del castellano difunto, incluido el señor de Vivar, al jurarle sumisión. ¿Lo hicisteis vos, don Álvar?

—Lo hice —reconoció el de Arlanza—. ¡Qué remedio!

—Pues un caballero solo tiene una palabra —le espetó ella, taladrándolo con la mirada, antes de aleccionar a su nieto—: Nadie en su sano juicio piensa que don Alfonso tuviera nada que ver con la muerte de su hermano. Te recuerdo que en esos días se hallaba exiliado en Toledo, acogido por su amigo Al-Mamún.

—Pero él...

—¡No hay peros que valgan, Diego! Mientras vivas bajo mi techo, respetarás mis reglas y honrarás al soberano de León y de España. Ni tú ni yo somos quiénes para cuestionar los designios del Altísimo, cuya Iglesia lo ungió rey.

∗ ∗ ∗

La voluntad del Creador se había mostrado en cambio implacable con el efímero monarca de Castilla, Sancho, asesinado cuando apenas contaba treinta y cuatro años de edad, sin descendencia capaz de continuar su estirpe. Desde su atalaya asomada al Duero, Auriola había contemplado cómo se cumplían los peores temores de su difunta amiga, Sancha, y cómo el veneno de la ambición emponzoñaba a sus vástagos. La historia se repetía, idéntica en sus miserias, sin que ni cristianos ni infieles aprendieran nada de ella.

Tras el óbito de la reina viuda, cuatro de sus hijos celebraron un cónclave secreto en Burgos destinado a estudiar el modo de arrebatar su herencia al ausente, García. En la reunión se dieron cita también varios abades, como el de Silos, y otros personajes principales entre los que destacaba Rodrigo Díaz, unidos por el deseo común de repartirse los despojos del reino creado por don Fernando para amparar a su benjamín.

En ese encuentro se acordó que Alfonso permitiera el paso de las tropas castellanas por sus tierras, a fin de que Sancho y una nutrida escolta se abrieran camino hasta Galicia, fingiendo peregrinar a Santiago. García salió a recibir a su pariente, sin percatarse de la trampa, y a las puertas de su ciudad fue capturado, cargado de cadenas y encerrado en una lóbrega celda. Allí languideció hasta que Sancho le permitió marchar a un cómodo exilio en la taifa de Sevilla, no sin antes tomarle solemne juramento de fidelidad.

¿Podía durar una paz tejida con semejantes mimbres?

Cuando a principios del año siguiente, 1072 de Nuestro Señor, un arriero llevó hasta las tierras del Duero la noticia de lo sucedido en Golpejera, a orillas del río Carrión, nadie se sorprendió.

Por aquel entonces Jimena y Diego residían todavía en las Tierras del Burgo pertenecientes a Nuño García, bajo la protección del monarca castellano, mientras Auriola había regresado a su hogar de Lobera, donde administraba su pequeño feudo procurando no hacerse notar en ese mundo turbulento de ambiciones encontradas.

Tras la reconquista de Zamora y las comarcas circundantes, un flujo constante de gentes venidas de Galicia, las Asturias y León se unía al de los francos deseosos de labrarse un futuro en esa tierra de oportunidades. Los pioneros llegados junto a Ramiro sufrían la presión de esos forasteros, ávidos por hacerse con una parte del botín arrebatado a los sarracenos, y cada vez resultaba más difícil sobrevivir a las pretensiones de condes y potentados eclesiásticos empeñados en consolidar grandes dominios susceptibles de blindar su poder.

La posición de la navarra era sumamente inestable. Antaño había ejercido cierta influencia en la corte, pero en ausencia de la reina Sancha carecía por completo de aliados. Lo mejor era agazaparse y no llamar la atención, a la espera de ver cómo terminaba un enfrentamiento que finalmente acabó con el primogénito muerto y su hermano menor aupado a dos tronos.

* * *

—¡Ojalá hubiera matado el rey Sancho al traidor de Alfonso cuando lo tuvo en su poder! —reanudó Diego su alegato, sordo a las advertencias de su abuela—. O mejor, ojalá hubiera mandado sacarle los ojos, dejarlo tullido y cortar de cuajo su desmesurada codicia, condenándolo a sufrir cada día de su existencia.

Jimena, sentada a la izquierda de su hijo, se llevó las manos a la cabeza, horrorizada ante esas palabras pero aliviada de que en ese instante no hubiera ningún criado en la estancia. Don Álvar esbozó una media sonrisa complacida, al comprobar lo abonado que estaba el terreno para acoger la propuesta que le había llevado hasta allí. Auriola, que encabezaba la mesa, se levantó con parsimonia, llegó hasta el lugar donde se encontraba su nieto y le propinó dos sonoras bofetadas, una de las cuales, la cruzada, abrió el labio del muchacho con el anillo de casada que seguía luciendo en el dedo índice.

—Nunca vuelvas a decir tal sarta de disparates, ¿me oyes? ¡No te atrevas a pensarlos siquiera! Eres hijo de tu padre y nieto de tu abuelo. Un infanzón leonés o castellano, como prefieras. En cualquier caso, un leal súbdito de Su Majestad, el rey Alfonso, soberano de ambos reinos, a quien debes fidelidad. ¿Me has entendido?

El tono glacial de su abuela impactó en el chico más que el golpe. Aturdido por una conducta tan inusual en esa mujer a la que quería y respetaba por encima de cualquier otra persona, agachó la cabeza en silencio, sintiendo el sabor salado de su propia sangre en la boca.

—El muchacho no yerra al decir que nuestro señor don Sancho tuvo a su merced a su hermano y optó por mostrarse clemente, dejándolo partir a un exilio dorado en la taifa toledana —terció López de Arlanza, tras apurar la segunda copa—. De todos es conocida la vida de lujos que le proporcionó allí la hospitalidad del rey Al-Mamún, a quien prometió mantener en el poder de por vida, renunciando con ello a reconquistar la joya a la que todo cristiano aspira.

Auriola acusó el golpe. Ese huésped extraño distaba de ser un necio y se le veía ducho en el arte de manipular voluntades. Sus palabras escondían intenciones oscuras, destinadas a embarcar a su nieto en alguna locura, y aunque desconociera el cariz exacto de la aventura en cuestión, estaba firmemente decidida a impedirla. De ahí que descendiera a su terreno con el empeño de contrarrestar cuanto antes el efecto pernicioso de su discurso.

—Sabéis tan bien como yo que aunque don Alfonso se lanzara hoy mismo a una campaña de conquista, carecería de fuerza suficiente para conservar y poblar esas tierras. Lo más sagaz que puede hacer es continuar con la sabia política de su padre, quien ya mantenía excelentes relaciones con Al-Mamún sin dejar de cobrarle tributos a cambio de protección. De acuerdo con su testamento, esas parias correspondieron al soberano de León.

—¿Habría dispuesto ese reparto don Fernando de haber sabido lo que ocurriría a su muerte? —inquirió sinuoso don Álvar—. Creedme cuando os digo que muchos nobles castellanos no tienen más rey que Sancho y rehúsan someterse a Alfonso.

—¿Prefieren rendir vasallaje a un fantasma? —se burló la Dueña—. ¿No jurasteis vos mismo lo que ahora discutís? Carece de sentido remover el pasado. Lo hecho, hecho está, y don Sancho descansa en paz en el monasterio de Oña. Ignoro qué pretendéis alimentando el rencor de mi nieto.

—El rey Sancho murió a manos de un traidor cuando asediaba Zamora, donde su hermana daba cobijo a toda clase de felones —se revolvió Diego—. ¿Cómo va a descansar en paz? Su alma reclama venganza. Lo mató por la espalda un infame a sueldo de Urraca, cuyo nombre será por siempre sinónimo de bellaquería: Vellido Dolfos…

—A quien don Alfonso llama «fiel servidor», según me han dicho —remató don Álvar, arrojando de ese modo otra piedra sin dejar de esconder la mano—. Por eso le ha entregado el señorío de Villalpando.

Jimena se revolvía incómoda en su escaño, consciente del peligroso cariz que tomaba la conversación, pero sin hallar el modo de cortarla. Se sentía responsable de la ira que carcomía a su hijo, por no haber sabido atajarla cuando todavía estaba a tiempo de hacerlo. Sumida en su propio dolor, había permitido que él creciera albergando sueños guerreros y después, de un día para otro, mascando resentimiento.

Tanto ella como su madre habían tratado de impedirlo con todas sus fuerzas, sin éxito. Ambas llevaban años intentando hacer de él un caballero libre de ese enojoso lastre, aunque la imposibilidad de brindarle un futuro atractivo frustraba el empeño. A falta de proyectos ilusionantes y sobre todo de padrinos poderosos, su meta se antojaba inalcanzable. Y ahora, por si las cosas no fuesen suficientemente complejas, aparecía ese espectro del pasado para envolver a Diego en una tela de araña que solo traería disgustos.

—Sin embargo, hijo —prosiguió el invitado, dirigiéndose nuevamente al chico e ignorando de forma ostentosa a las damas—, tal vez haya llegado la hora de lavar esa afrenta con sangre y recuperar lo que Alfonso jamás debió arrebatarte.

—¡Basta! —estalló la Dueña, golpeando la mesa con tal fuerza que derramó uno de los vasos—. Ni una palabra más. Si habéis venido a embarcar a mi nieto en un complot traicionero, pincháis en hueso, don Álvar. No pienso permitir que lo cuelguen. Os ruego que regreséis por donde hayáis venido y espero no volver a veros nunca.

Su tono no solo era glacial, sino grosero. Tanto que Jimena intentó quitarle hierro:

—Disculpad a mi madre, viejo amigo. Ella desconoce la relación que mantuvisteis con Nuño y solo pretende proteger a Diego.

—Lo mismo pretendo yo —repuso el forastero, ofendido—. Aun así, no permaneceré un segundo donde no soy bienvenido.

Tras levantarse de la mesa y dirigirse hacia la puerta, se volvió una última vez hacia el chico, que lo miraba desconcertado, para tentarlo de nuevo:

—Piensa en lo que te he dicho, no lo eches en saco roto. Si no te faltan arrestos para luchar por lo que es tuyo, tu madre sabe dónde encontrarme.

28

La irrupción de ese personaje en su casa produjo una profunda turbación en Auriola, además de enemistarla con su nieto y aterrorizar a Jimena. ¿Qué estaba tramando el castellano? ¿Quién lo enviaba? ¿Se trataba de una celada urdida por algún enemigo de Ramiro de quien su esposa no hubiera oído hablar? ¿Buscaba ese bribón un pretexto para acusar de traición a la familia y arrebatarle sus posesiones? ¿Era una locura sin más? Imposible saberlo con certeza en ese tiempo de conjuras, pródigo en lenguas bífidas aficionadas a verter veneno.

Fuera como fuese, desde su punto de vista cualquier intento de destronar al monarca estaba abocado al fracaso, lo que convertía la propuesta del presunto caballero en una peligrosa añagaza. Auriola no albergaba dudas. Su nieto, en cambio, ansiaba con todo su ser tomarse cumplida revancha por el agravio sufrido, y se hallaba en una edad tierna en la que resulta fácil confundir los deseos con la realidad. Una realidad inequívoca, que proclamaba la plena integración de Castilla en la Corona de León, así como la desaparición del efímero

Reino de Galicia, cuyo titular, García, languidecía encerrado en el castillo de Luna.

La cristiandad hispana únicamente conservaba dos cabezas coronadas, situadas a ambos lados del río Ebro. A levante, Aragón, regida por Sancho Ramírez, quien se había anexionado buena parte de los dominios pamploneses tras el asesinato del soberano navarro a manos de sus parientes. A poniente, León, que también había acrecentado notablemente su territorio y prosperaba bajo el gobierno de Alfonso, cuyas mesnadas auxiliaban a los musulmanes vasallos a cambio de montañas de oro.

Casi todas las taifas pagaban con puntualidad sus tributos al monarca leonés, o bien sufrían su ira: Sevilla, Toledo, Badajoz, Zaragoza y hasta la orgullosa Granada. Ya no gobernaba la capital del añorado reino visigodo su amigo Al-Mamún, envenenado algún tiempo atrás en Córdoba, sino el nieto de este, Al-Qadir, con quien el Rey no mantenía pacto de amistad alguno. Su abuelo le había brindado amparo cuando huía derrotado por Sancho, lo que constituía una deuda de honor sagrada. Ese muchacho, por el contrario, era un completo extraño. Un infiel llamado a sufrir el mismo trato que los demás.

Lo sucedido en esa ciudad, de la que tanto hablaba Ramiro sin haberla pisado jamás, llenaba de pena y vergüenza el corazón de su viuda. Hacía menos de tres años, en el 1075, Alfonso y su aliado Al-Mamún habían tomado la antigua capital del califato, pero en lugar de incorporarla a sus dominios, el rey cristiano se la había cedido al musulmán. La urbe no conservaba ya nada del esplendor alcanzado en tiempos de Almanzor, aunque no dejaba de constituir un símbolo poderoso. Por eso Auriola contemplaba esa cesión como una ofensa a la memoria de su difunto esposo, cuyo padre había sufrido allí un cautiverio atroz.

Por mucho que el leonés careciera de medios para poblar la plaza, por cauto o inteligente que fuese su proceder, a ella le costaba perdonárselo. Jamás había mencionado ese resquemor ante su nieto, pues no deseaba indisponerlo todavía más con su señor natural, pero albergaba un sentimiento amargo que de algún modo ensombrecía su admiración hacia ese monarca, orgullo de la Cristiandad, con quien Diego estaba condenado a entenderse, por las buenas o por las malas.

* * *

—Me has mandado llamar, abuela.

El chico estaba de pie ante la Dueña, en actitud desafiante, con la túnica corta empapada en sudor, la melena despeinada, unas uñas demasiado largas, incrustadas de suciedad, y esos ojos color de mar, tan parecidos a los de su abuelo, lanzando destellos oscuros, signo inequívoco de su enfado.

—Así es —respondió ella desde su escaño, esforzándose por parecer dura—. Ven, siéntate aquí a mi lado.

Diego obedeció de mala gana, pues no borraba de su recuerdo lo ocurrido con ese amigo de su padre despedido con cajas destempladas cuando venía a ofrecer su ayuda. Desde entonces, hacía ya varias semanas, evitaba la compañía de las mujeres y pasaba todo su tiempo entre los soldados, hasta el punto de dormir con ellos al raso o bien en el cubículo anejo a la torre que hacía las veces de cuerpo de guardia. Se sentía incomprendido, injustamente tratado y rabioso. Incluso había estado tentado de marcharse a probar fortuna como mercenario, aunque le había faltado el valor.

—Sé que estás enojado, mocete.

—¡No me llames así! —saltó él, encolerizado—. Soy un hombre hecho y derecho.

—Está bien —reculó Auriola, conteniendo a duras penas la risa—. Te trataré como a un hombre entonces, siempre que tú te comportes como tal.

—¿Acaso no lo hago?

—No —contestó sin dudarlo la abuela, recuperando la seriedad—. Lamento mucho decirlo, pero no veo en tu conducta nada que me indique madurez, responsabilidad y capacidad para tomar decisiones. Vives bajo mi techo, comes de mi comida y barruntas disparates varios, sin buscar el modo de labrarte un futuro.

Ese dardo dio de lleno en la diana, porque a Diego se le hincharon todas las venas del cuello, al tiempo que cerraba los puños, preso de una ira ciega.

—Y qué quieres que haga, ¿eh? ¿Me estás echando de aquí, como hiciste con don Álvar? Si es así, no tienes más que decirlo. Me iré esta misma tarde.

Auriola pensó que tal vez se hubiese excedido en su propósito de abrirle los ojos y trató de hacer un mimo a su nieto, que apartó violentamente la cara para zafarse de la caricia. Ese rechazo le dolió en lo más hondo, aunque no le impidió continuar con lo que quería decir.

—Por supuesto que no es esa mi intención, hijo. Lo sabes tan bien como yo. Lo que pretendo es que reflexiones. Que mires más allá de tu rencor. Quieras o no, nuestro soberano es Alfonso de León y Castilla. No hay más presente que él y menos aún más futuro.

Mientras hablaba, Auriola se recordaba a sí misma utilizando el mismo discurso con el fin de convencer a su tozudo esposo para que abandonara su hostilidad hacia el rey Fernando y se pusiera a su servicio. ¿Por qué había imbuido Dios a sus hombres de semejante obstinación? ¿Cuál era la razón de que todos se inclinaran hacia el bando perdedor en lugar de mostrarse sensatos? ¿Hasta cuándo se repetiría esa historia, semejante a una maldición?

Armándose de paciencia, prosiguió:

—Piensa, hijo, piensa como un adulto. Don Alfonso no le debe nada a Al-Qadir y pronto irá a por Toledo, el joyel con el que ansía engrandecer su corona. Ha permanecido en esa ciudad casi un año. Conoce perfectamente sus defensas, al igual que sus debilidades. No le costará tomarla, aunque necesitará soldados y hombres valientes dispuestos a defenderla. Esa será tu oportunidad. No puedes desaprovecharla. La marca de la Cristiandad se situará en el Tajo y habrá tierra que poblar. Una frontera en la que asentarse, como hicieron tu padre y tu abuelo.

—¿Quieres que me enrole como simple mesnadero? —inquirió su nieto incrédulo—. ¿Ese es el futuro que deseas para mí?

—No me escuchas —replicó Auriola suspirando—. Lo que planteo es que debes desterrar el resentimiento de tu corazón y unirte al emperador. Digo bien, emperador, ¿te das cuenta de lo que significa? Antes de Alfonso ese título únicamente se había dispensado a reyes difuntos. Él se lo ha ganado con sus hechos. Dios lo ha llamado a un destino glorioso, del que tú puedes y debes formar parte. Ese es el futuro que deseo para ti. Antes que castellano o leonés, eres cristiano.

—¿Y cómo sugieres que lo haga, abuela? —El joven no aflojaba, atrincherado en su resquemor—. Mi montura tiene casi tantos años como yo, la loriga se cae a pedazos, perdidas buena parte de sus arandelas de acero, y el gambesón me aprieta tanto que no me deja respirar. En cuanto a mis hombres... tú misma ves el estado en el que se encuentran. ¿Así quieres que me presente ante tu emperador?

—No digo que sea fácil...

—No es difícil; es imposible. ¿Sabes cuánto cuesta una montura de guerra? Yo te lo diré: unos cien sueldos de plata. Más que todo nuestro ganado, contando ovejas y vacas, y aproximadamente lo mismo que una espada de acero bien templado. En cuanto al yelmo y la cota de malla dignos de ese nombre, calcula unos ciento veinte. Súmale la lanza, los escudos, los jaeces del animal, la túnica hendida para cabalgar, el capiello, las espuelas…

—¡Ya basta! —cortó la retahíla Auriola—. Demasiado bien conozco el precio de merecer ser llamado caballero. Ahora se trata de ver cómo conseguimos el dinero.

—Podríamos vender los códices… —sugirió el chico con burla, que pasó desapercibida a su abuela.

—Dudo que el viejo salterio del difunto hermano Honorio alcanzara un gran precio en el mercado, y por nada de este mundo me desharía yo del libro de horas que me regaló tu abuelo.

—Entonces es muy sencillo —sentenció Diego, sombrío—. Solo tengo dos caminos. Unirme a lo que sea que esté planeando don Álvar o bien permanecer aquí, pudriéndome en esta espera.

—¡La traición es peor que la muerte, hijo! —exclamó Auriola alzando la voz, a la vez que agitaba el índice ante la cara de su nieto—. Un hombre solo tiene una palabra, y cuando jura fidelidad a un señor queda atado a esa promesa.

—Yo no he jurado fidelidad a nadie, abuela. No se me ha dado esa oportunidad.

—Pero el personaje del que hablas —rehusó pronunciar su nombre para marcar su desprecio— sí lo hizo. La nobleza castellana en bloque se sometió a la autoridad de don Alfonso tras la muerte de su hermano.

—Muerte no, abuela; asesinato a traición —precisó Diego.

—De eso no estamos seguros, hijo. Tal vez su trágico fin fuese fruto de una simple imprudencia, como le sucedió a otro rey de León ante las murallas de Viseu.

—¡No hablas en serio! —se indignó el chico.

—Lo que digo es que conviene hacer de la necesidad virtud cuando no hay alternativa posible. ¿Me entiendes?

—No.

—Pues te lo diré más claro. De la disputa feroz librada por los hijos de don Fernando, salió un único vencedor. Mejor dicho, dos: don Alfonso y su hermana Urraca. Nuestra tenencia depende directamente de la voluntad de ambos, pues ni siquiera a los condes les es dado luchar en el bando perdedor cuando este queda decapitado. Ya no hay elección posible, Diego. Debes entregar tu lealtad a ese señor y buscar el modo de salvar la honra.

—No me hables más de honra, abuela —contestó en mal tono su nieto, escupiendo su rabia al suelo con modales cuartelarios—. Tú serviste a dos reinas y te casaste con un infanzón propietario de tierras y almas. A mí me han arrebatado todo lo que poseía. ¿De qué me sirve el honor si no puedo defenderlo?

Con el egoísmo propio de la juventud, el muchacho solo pensaba en sí mismo, como si su madre y su abuela no formaran parte de un mismo destino compartido. En su preocupación únicamente había espacio para su propia estrechez y acaso la de sus hombres. Las mujeres que lo habían criado quedaban fuera de esa zozobra. Su amor se daba por supuesto, al igual que su capacidad para sortear dificultades. Ellas daban, no pedían. Resolvían, no planteaban problemas. En particular la abuela, en quien Diego siempre había visto una fortaleza inexpugnable. De ahí su desconcierto cuando ella le confesó:

—Me gustaría poder decirte que siempre tendréis aquí un hogar seguro tu madre y tú, pero faltaría a la verdad.

Un silencio gélido acogió esa revelación, cuya crudeza sorprendió a la propia Auriola, dado que nunca se había atrevido a expresar en voz alta esos temores. La situación, no obstante, era a esas alturas insostenible, por lo que apuró esa copa de franqueza hasta el fondo amargo de la verdad:

—Aunque el amigo de tu padre no traía buenas intenciones, parte de lo que dijo era cierto. Ahora nuestro dominio depende de la infanta Urraca, de quien sería un grave error fiarse. Su propia madre decía de ella que era la más astuta de sus hijos, y precisamente por eso resulta muy peligrosa. Se le achaca haber aconsejado a don Alfonso cargar de cadenas a su hermano García y encerrarlo en una lóbrega mazmorra, por no mencionar la celada que tendió en Zamora a don Sancho.

—¡Te lo dije! —exclamó el muchacho exultante, pensando haber convencido a su abuela.

—¡Déjame acabar! —replicó ella, endureciendo el gesto—. Doña Urraca dista de ser una santa, por más que diga haberse entregado a Dios, y tampoco está ayuno de ambiciones Pedro Ansúrez, íntimo amigo del Rey con poder sobre la región. Antes o después reclamarán estas tierras y poco podremos hacer tu madre o yo para oponernos. El futuro de la familia ahora está en tus manos. Ya que no quieres oír hablar de honor, apelaré a tu deber. Cumple con él y encuentra la forma de salvarnos a todos.

29

La vida en Lobera siguió su curso como hasta entonces, aunque en la cabeza de Diego las piezas se habían descolocado, sumiéndolo en una gran confusión. Ya no hallaba consuelo en el combate feroz con sus mesnaderos, las cabalgadas a lomos de un jaco que estaba en las últimas ni tampoco el abuso del vino, cada vez más aguado. La ira había dejado paso a una profunda amargura, compañera indeseada de la que intentaba escapar contribuyendo en las faenas rechazadas durante años por considerarlas viles.

—El trabajo engrandece al hombre —solía decirle su abuela, gratamente sorprendida por el cambio—. Los caballeros villanos siempre alternaron la era con el campo de batalla, sin hacer ascos tampoco a la cría de ganado. La espada y la yunta van de la mano. Así se ha guardado la frontera desde tiempos inmemoriales.

El chico no contestaba. Dirigía las labores agrícolas ejerciendo de capataz o reparaba vallados entre pugnas con armas de fuste, tanto a pie como a caballo, sumido en un mutismo hosco, impregnado de tristeza, que rompía el corazón de su madre.

—Deja que sepa lo que es sudar —la regañaba la Dueña, tragándose su propio dolor—. Ha crecido entre algodones. Ahora que por fin parece haber asumido la situación, debe ganarse el pan con esfuerzo.

—¿Como un vulgar campesino?

—Como la estirpe de la que procede. ¿O acaso Nuño nunca dobló la espalda? Tu padre fue pescador antes que guerrero, y sabe Dios cuánto odiaba el mar. Tu abuelo Tiago, cuya cruz lleva al cuello nuestro mocete desde que levantaba tres palmos del suelo, nació siervo y murió cautivo. Nada hay de malo en que conozca la tierra por la que está llamado a sangrar. No le hará daño.

Jimena se había curtido desde su llegada al dominio zamorano. Ya no era la mujer quebrada en cuyo auxilio acudió su madre tras la muerte de su esposo, aunque carecía de fuerza para enfrentarse a ella. Además, sabía que estaba cargada de razón, pese a lo cual se pasaba las noches en vela, buscando una salida a la trampa que iba tragándose a Diego, su pujanza, su orgullo, su alegría. No había renunciado a casarse con don Fadrique para ver a su hijo convertido en un vulgar labrador. Ella podía soportar cuantas penalidades le infligiese la vida, pero la humillación de su vástago abría una herida insufrible.

Más de una vez había pensado en enviarlo a Aragón junto a su hermana mayor y el esposo de esta, bien situado en dicho reino, aunque no había tardado en desechar la idea. Allí sería un mesnadero más al servicio de otro señor. Un extranjero. Un desterrado. La solución para el joven se hallaba necesariamente en León, junto al rey Alfonso. Pero ¿cómo recuperar su favor? ¿Dónde encontrar la llave capaz de abrir esa puerta?

Auriola se preguntaba exactamente lo mismo. Esa cuestión rondaba su cabeza como las moscas a las vacas, de forma tan insistente que hasta le parecía oír un zumbido en los oídos. Aunque hubiera dicho lo contrario en aras de espabilar a su nieto, se consideraba responsable de brindarle una existencia acorde a la sangre que corría por sus venas. Y tras devanarse los sesos del derecho y del revés, llegó a una conclusión firme. Una única posibilidad que a buen seguro a él no le gustaría, aunque ya se encargaría ella de hacerle tragar la propuesta endulzándosela con miel.

* * *

La nieve teñía los campos de blanco y apaciguaba con su manto sus sonidos, creando una sensación de paz tan placentera como engañosa. Gentes y animales dormitaban, resguardados en sus respectivos abrigos, a la espera de una primavera que aún tardaría en llegar. El tiempo estaba detenido.

Entre hielos y amargura, el año 1079 de Nuestro Señor tocaba a su fin.

Siguiendo una costumbre cumplida con disciplina espartana, Diego había madrugado y despertado a patadas al escudero que dormía a los pies de su lecho, para salir a adiestrarse en el patio desafiando la temperatura.

Ese día ensayaría lances de espada y hacha sosteniendo con el brazo izquierdo el pesado escudo ovalado empleado en el combate a pie, pues todo buen jinete debía dominar igualmente ese arte, en aras de sobrevivir si era derribado de su montura. Por más que la caballería encuadrara a los señores y constituyera la fuerza principal en la batalla, pocas pugnas se ganaban sin una infantería ordenada, diestra, valerosa y resistente. Un guerrero que se preciara de serlo estaba por tanto obligado a dominar todas las formas de lucha, propósito en el cual el joven ponía todo su empeño.

—Bien está que pases tanto tiempo quebrando armas de fuste con tus soldados, pero no deberías descuidar otros aprendizajes indispensables para medrar en la vida, hijo.

La abuela lo había sorprendido horas más tarde en la cocina, mientras devoraba un trozo de pan fresco cubierto de tocino crujiente. Un almuerzo preparado por Saturnina, quien pese a su avanzada edad seguía acercándose al castillo de cuando en cuando, para mimar al muchacho con alguno de sus guisos favoritos.

—Al abuelo Ramiro le bastó con dominar las técnicas de combate normandas para pasar de villano a infanzón, según tú misma me has contado mil veces —replicó Diego, huraño, impregnando sus palabras de un tonillo de suficiencia con el que trataba de disimular su propia incomodidad.

—Tu abuelo empezó desde lo más bajo y hubo de subir por una escalera empinada que solo las armas permitían escalar —repuso Auriola sin levantar la voz, haciendo un gran esfuerzo por no alterarse—. Tú has tenido la suerte de nacer rodeado de privilegios, de modo que no te atrevas a compararte con él. Tu padre gastó buenos dineros en que el hermano Honorio te enseñara todo aquello que un caballero debe saber. Tu deber ahora es utilizar esos recursos para recuperar tu posición y a ser posible acrecentar ese legado, a fin de dejar a tus hijos más de lo que recibiste.

—Por eso precisamente he de ser un guerrero imbatible, abuela. —La expresión del muchacho reflejaba la convicción de quien está proclamando una obviedad—. Por eso debo entrenar sin descanso.

—Por eso has de ser más sabio, Diego —le corrigió ella, enternecida por el arrojo de ese nieto que aunaba en su ser tanto las virtudes como los defectos que ella había amado en Ramiro: su coraje, su sentido del honor inflexible, su tozudez indoblegable—. Por eso has de ser más hábil, más astuto, más paciente, mejor estratega. No olvides que la fuerza sucumbe siempre ante la agilidad y la resistencia.

—Las batallas las ganan los soldados en el campo de batalla —se obstinó el chico frunciendo el ceño—. Y lo hacen con acero, no con palabras.

—Pero rara vez las ganan solos —lo reconvino la Dueña—. Las alianzas suelen ser decisivas. Si lo sabré yo, que procedo de un reino pequeño, rodeado de gigantes, obligado a escoger con cuál de ellos entendernos y con cuál enemistarnos a fin de conservar no solo cierta autonomía, sino la libertad o la vida.

—¿No decías que la traición era peor que la muerte?

—No te hablo de traición, sino de inteligencia, don de la oportunidad, conocimiento, sensatez. Los navarros pasamos siglos pactando con francos, musulmanes, asturianos o leoneses, dependiendo del momento y la circunstancia. Tuvimos que aprender a elegir el bando ganador. Y te diré que, de todas esas relaciones, las tejidas con nuestros vecinos asturleoneses resultaron ser las más ventajosas. Tu abuelo y yo fuimos un buen ejemplo. Ojalá lo hubieras conocido…

Haciendo caso omiso de ese arranque de tristeza, al que no podía sumarse dado que la mención de un abuelo fallecido mucho antes de que él naciera no le producía la menor emoción, Diego siguió porfiando:

—¿Ahora resulta que nos llevamos bien? ¡Pero si los reyes de Pamplona y de León no han dejado de luchar entre sí, al igual que con Castilla! ¿Acaso fueron los moros quienes mataron a mi abuelo o a mi padre? ¡No! Fueron cristianos. No me hables de buena vecindad, abuela, ahora que Sancho

Ramírez y Alfonso se han comido tu Navarra sin dejar ni las migajas. Yo solo confío en mi fuerza y la de mi caballo. Los mejores aliados traicionan y los vecinos siempre ambicionan más de lo que poseen.

—Ahí coincido contigo, hijo —concedió Auriola—. La vecindad suele generar conflictos, precisamente por la codicia de los hombres. Razón de más para aprender a lidiar con ellos sin tener que hacer correr la sangre.

—¿Qué hay de malo en que corra la sangre? Mientras no sea la tuya...

La lógica de Diego era la propia de un hidalgo de su edad, nacido y crecido sin otra finalidad que la de servir a su rey en la defensa de la frontera. Un soldado tanto más empecinado cuanto que la guerra lo había privado de su padre y de sus abuelos, convirtiéndolo en el único hombre de la familia, responsable de velar por las mujeres a su cargo.

Ese deber constituía un fardo muy pesado para un muchacho tan joven, especialmente desde el momento en que Auriola se lo había echado de forma expresa a las espaldas. Una vez vertida la cal, ella se sentía obligada a rebajar la mezcla con arena, pues asistir al tormento interior de su nieto le partía el alma, aunque fuera una maestra escondiendo sus emociones.

—Confiar en tu fuerza es bueno, Diego —continuó, tomando las manos del chico entre las suyas, para acariciar con cariño la piel de las palmas repletas de callos—. Es lo que tienes que hacer. No obstante, créeme cuando te digo que tu fuerza no reside en estas manos, ni en tu brazo, ni tampoco en tus armas, sino en tu cabeza. Y en la mujer con la que te cases...

—No tengo tiempo para eso, abuela —se revolvió él—. ¡No empecemos otra vez!

—Quieras o no, tendrás que oírme. No te estoy hablando de amor, sino de matrimonio, que son cosas bien distintas. Y ya va siendo hora de que pienses en tu futuro, mientras tu madre y yo estemos en este mundo para ayudarte a encontrar una mujer digna de ti.

—Ya sabré yo honrar mi linaje sin necesidad de mujer alguna —repuso él con la terquedad de sus diecinueve años.

—En eso vuelves a equivocarte, mocete —contestó Auriola, poniendo el acento en esa forma de llamarlo que Diego odiaba—. Las hijas de los reyes de Pamplona hicieron más por el Reino a través de sus matrimonios que sus padres con la espada, desde el primer Sancho Garcés e incluso antes. Por no mencionar a sus esposas. ¿Te he hablado ya de la reina Toda Aznárez, su mujer?

—Sí, abuela. —Ahora su tono estaba a medio camino entre el tedio y la resignación.

—Pues aun así, escucha y aprende, que el saber no ocupa lugar —replicó Auriola con severidad.

—Te escucho. —Agachó las orejas el chico.

—La reina Toda, de la noble estirpe de los Arista, amiga de mi abuela materna, fue mejor gobernante que cualquier varón de su tiempo. No solo en la lucha contra el sarraceno, cabalgando junto a los reyes y condes que derrotaron a Abderramán en Simancas, sino por su habilidad para mediar en disputas y resolver pendencias, así como por su audacia.

—Audacia... —repitió él aburrido.

—Audacia, sí. Porque se precisa mucha para plantarse en Córdoba después de aquella batalla junto a su nieto favorito, Sancho, obtener allí la ayuda militar precisa para reponerlo en el trono y conseguir además que un médico judío obrara el milagro de adelgazar al muchacho, cuya gordura le impedía cabalgar, combatir y cumplir con sus obligaciones de rey.

—¿Un judío hizo un milagro? —inquirió Diego incrédulo.

—Es una forma de hablar, no te lo tomes al pie de la letra —repuso la navarra, divertida por esa respuesta—. Quería decir que ese galeno hebreo sanó al chico de su obesidad, cosa que nadie había conseguido hacer, ni en León ni en Pamplona.

—¿De qué manera? —quiso saber el joven, que parecía haber recobrado el interés por la conversación al volver a dirigirse esta a derroteros militares.

—Dicen que usando hierbas, recetando mucha sopa y obligando al paciente a darse largas caminatas cuesta arriba y cuesta abajo.

—¿Y cómo terminó la historia?

—Sancho volvió a montar a caballo, se puso al frente de un ejército reforzado por contingentes musulmanes y se sentó en el trono de León, que le disputaba un primo suyo.

La idea de que su abuela considerara admirable la conducta de un cristiano dispuesto a pactar con infieles para robarle la corona a un hermano de fe le resultaba incomprensible a Diego.

—¿Con ayuda de los ismaelitas? —exclamó.

—Te he repetido muchas veces, hijo, que para sobrevivir o prevalecer hay que saber escoger en cada momento el bando vencedor —pareció claudicar la abuela, preguntándose si algún día lograría infundir algo de cordura en esa cabezota tan hermosa como dura—. Las alianzas son circunstanciales y cambiantes. Lo importante es discernir con claridad cuál es el objetivo final. Cuál es la meta que pretendes alcanzar.

—La mía está muy clara —zanjó su nieto con altivez, volviendo al principio de la charla—. Tú misma me la mostraste: ansío entrar en Toledo junto al rey Alfonso, puesto que no me es dado escoger a otro; marchar sobre Córdoba y conquistar mi propia tierra, para lo cual no necesito una esposa, sino una mesnada a mis órdenes.

* * *

Mientras atravesaba el patio nevado, arrebujada en su manto forrado de piel y poniendo buen cuidado en no resbalar, Auriola cayó en la cuenta de que su estrategia adolecía de una carencia insalvable. ¿Cómo podía haber sido tan estúpida como para no percatarse antes de ese fallo? Ni la más torpe de las alcahuetas habría cometido un error semejante.

Fueron las últimas palabras pronunciadas por su nieto las que la hicieron comprenderlo. Lo que él necesitaba no era compañía ni mucho menos amor, sino plata. Con el empeño de procurársela, su abuela había ejercido alegremente de casamentera, sin antes dar con la candidata adecuada a tal propósito. Un matrimonio conveniente constituía una solución óptima, cierto; pero ¿con quién?

La vida aislada que llevan desde hacía lustros en Lobera, unida a su escasez de recursos, no facilitaban las cosas. Tampoco ayudaba el hecho de que Diego fuese el huérfano de un castellano caído en Llantada al servicio del rey Sancho. ¿A quién acudir en busca de ayuda? ¿Dónde empezar a buscar?

Un mal presentimiento atravesó la mente inquieta de la Dueña. Sus huesos estaban cansados. Su voluntad flaqueaba casi tanto como su vista, cada día más nublada. Superados partos, calenturas, viajes y demás peligros, se hallaba a punto de adentrarse en la séptima década de vida, lo cual constituía un auténtico prodigio. ¿Cuánto tiempo más le concedería el Creador para dejar sus asuntos en orden y a ese mocete encarrilado?

—Se acerca el momento, Ramiro —dijo en voz alta, aprovechando el hecho de estar sola—. No tardaré en ir a tu encuentro.

Una vez a resguardo en el gran salón, con las manos tendidas sobre las llamas de la chimenea y el cuerpo templado por su calor, el nubarrón pareció disiparse, hasta hacerle recuperar su natural optimismo.

La víspera, uno de los hijos de Saturnina le había arrancado su última muela, empleando la misma tenaza que usaba para herrar a las caballerías y parecida delicadeza. La operación la tenía dolorida. Pese al enjuague confeccionado por la vieja partera, su encía desierta se le antojaba un yunque martilleado por un herrero con desesperante cadencia. Pero lo peor era que a partir de ahora solo dispondría de algunos dientes para masticar. Adiós a delicias tales como la carne a la brasa o las nueces, que ya le resultaban muy difíciles de comer. Por mucho que su paladar protestara, habría de conformarse con sopas y menudillos, ablandando con vino o leche sus dulces favoritos de avellana.

«Al menos aún se me entiende al hablar», se consoló, resignada.

La constatación de esa ventura no tardó en devolverle el ánimo.

30

Acababa de celebrar Diego su vigésimo cumpleaños, el día de Santa
Marcia, cuando regresó a Lobera don Álvar López de Arlanza, visiblemente envejecido.

El joven había salido a cabalgar un rato antes, a la caída de la
tarde, con el afán de desahogar su impaciencia. Auriola tampoco
estaba en casa. Se hallaba en la aldea desde el mediodía, tratando
de resolver el conflicto causado por un ladrón acogido a sagrado
en la iglesia. Un robaperas de poca monta pillado in fraganti
mientras aligeraba de huevos los gallineros de varios vecinos, que
se negaba a abandonar su refugio, entre súplicas y lloriqueos.

El sacerdote lo protegía, a riesgo de perder en el envite el
prestigio ganado ante sus parroquianos, invocando el derecho
de asilo inviolable aprobado en tiempos del rey Fernando por
los príncipes de la Iglesia reunidos en un concilio cuyo nombre había olvidado. La multitud agrupada a las puertas de la
capilla estaba empeñada en lincharlo.

—¡Entregadnos al ladrón! —bramaban hombres, mujeres
y niños.

—Bien sabéis que no puedo hacerlo, hermanos —se defendía el cura, atrapado entre dos fuegos—. Cometería un grave pecado. Si no se aviene él a salir, yo tengo las manos atadas. Ni me es dado forzarle a marcharse ni permitiros entrar a sacarlo.

La situación se había enquistado hasta el punto de obligar al concejo a ir en busca de la Dueña, máxima autoridad en la plaza. Era sumamente raro que una dama impartiera justicia, tarea reservada a los varones, aunque, en ausencia de un señor, ella era el último recurso. Un trago harto desagradable del que se habría librado gustosa.

El pueblo carecía de tamaño suficiente para disponer de alguaciles. La propia costumbre ancestral se encargaba de mantener el orden, y cuando alguien la transgredía los miembros del concejo actuaban, en general sin contemplaciones. El hurto constituía un delito grave, pues nadie andaba sobrado de nada. Costaba demasiado ganarse el pan como para mostrar indulgencia con los amigos de lo ajeno. El destino del ladrón sería por tanto la horca, si es que llegaba vivo al cadalso. Lo sabían ellos y lo sabía él, decidido a perecer de hambre en su escondite antes de enfrentarse a esa muchedumbre enfurecida.

Auriola estaba acostumbrada a hacerse respetar, pese a su condición femenina. Desde su llegada a la torre, hacía ya muchos años, se había esforzado por mantenerse en su sitio y mostrar el suyo a esos rústicos, sin excesivas confianzas ni tampoco desprecio. Simplemente guardando las formas establecidas desde antiguo, en virtud de las cuales cada cual conocía exactamente cuál era su lugar. Dado que el de la viuda del señor se situaba en lo más alto de esa sociedad, no se molestó en consultar ni mucho menos negociar nada. Tomó una decisión salomónica, que nadie osó discutir.

—Esto es lo que vamos a hacer —dictaminó—. El granuja abandonará nuestra iglesia e irá directamente al potro, donde permanecerá tres días a merced de los presentes. Si alguien se excede y lo mata, se las verá conmigo.

—¡¿Y qué hay de lo robado?! —clamaron varias voces al unísono—. ¡A la horca con él!

—Yo contribuiré a compensar parte de los huevos que ha sustraído. El resto, dadlo por perdido. No podemos esperar a que se muera ahí encerrado ni obligar a don Gervasio a transgredir sus votos de obediencia. Es la mejor solución. Y que alguien se ocupe de darle agua y algún mendrugo.

Tras un murmullo de aceptación resignada, uno de los paisanos comunicó a gritos el veredicto al bellaco, quien acepto de mala gana salir entre imprecaciones de los congregados. Había salvado la vida. ¿Qué más podía pedir?

La Dueña emprendió el camino de regreso al castillo, en una silla de manos destartalada cargada por dos mulas mansas, pues no se veía con fuerzas para montar a caballo ni caminar esa distancia cuesta arriba. Iba cansada, aunque satisfecha. Una vez más, y ya eran muchas, había suplido a Ramiro sin desmerecer su autoridad.

* * *

Entre tanto, en el desangelado salón de la torre Jimena mataba el tiempo sola, ajustando con aguja e hilo un viejo jubón de su padre para que pudiera aprovecharlo su hijo, más alto y ancho de espaldas, más rubio, de rostro más arrogante y a sus ojos mucho más apuesto.

En otras circunstancias habría delegado en su madre la resolución de ese espinoso asunto, como era su costumbre hacer. Siendo el hombre que pedía ser recibido un antiguo amigo de su esposo, no obstante, prefirió enfrentarse a él cara a cara, dando gracias al cielo de que Diego no estuviera allí.

—Don Álvar. —Ofreció asiento a su huésped—. ¿A qué debemos el placer de esta inesperada visita?

—Antes de desvelaros lo que he venido a decir, agradecería un vaso de vino y también algún refrigerio —respondió en tono misterioso el hidalgo, cuyo rostro demacrado reflejaba un enorme cansancio.

—Perdonad mi descortesía —se disculpó Jimena, que pese a la poco favorecedora toca de viuda conservaba un rostro hermoso, iluminado por dos pupilas azules—. Enseguida mandaré que os traigan algo de pan y cecina. No puedo ofreceros más.

—Con eso sobrará.

—¿Y bien? —reanudó ella el interrogatorio, sorprendiéndose a sí misma de su aplomo.

—Don Alfonso ha desterrado al señor de Vivar, amigo mío y de vuestro difunto esposo —escupió el visitante, como quien se quita una espina clavada.

—¿Por qué motivo habría hecho nuestro soberano tal cosa? —dudó en creerle su anfitriona.

—Por su iniquidad o su imprudencia al prestar oído a quien no debiera —respondió el de Arlanza, indignado—. Lo cierto es que ha enviado al exilio al más leal de sus caballeros con manifiesta injusticia, pues su única culpa fue defender al sevillano Al-Mutamid, vasallo de Su Majestad, del ataque llevado a cabo por su vecino granadino, a quien auxiliaban las huestes del conde García Ordóñez.

—Pero ¿ese magnate no es castellano, como vos mismo y don Rodrigo? —inquirió desconcertada la mujer.

—Lo es —asintió el visitante— y precisamente por ello su inquina es más enconada. García Ordóñez fue derrotado y apresado por el de Vivar. No duró mucho su cautiverio, pues enseguida fue liberado, pero mientras Rodrigo cumplía la misión encomendada por el Rey y recaudaba las parias debidas, el otro corrió a difamarlo ante el soberano, quien prestó oído a sus mentiras. Ya ha conseguido deshacerse del que fuera portaestandarte de nuestro señor don Sancho. Conociéndolo, os aseguro que no descansará hasta ver humillados a todos sus amigos y leales.

—¡Pero si mi hijo es un muchacho inofensivo! —protestó Jimena—. ¿Qué mal puede causar a nadie?

—Vuestro hijo lleva la sangre de don Nuño García, que cabalgó junto al Campeador en tiempos del monarca castellano. No digáis que no os aviso. Su esposa se ha librado de correr la misma suerte únicamente gracias a su estrecho parentesco con el conde de Oviedo, cuyo peso en la corte es considerable. Vos no tenéis semejante padrino.

—Aun suponiendo que estuvierais en lo cierto —repuso Jimena, cauta—, ¿qué podéis ofrecernos mejor de lo que tenemos aquí?

—De momento, poca cosa. El propio Rodrigo fue rechazado por el conde de Barcelona después de cruzar la frontera, al rehusar alzar sus armas contra su rey, don Alfonso. Ahora combate junto a sus hombres en las filas del rey de Zaragoza, Al-Muqtadir…

—¡Un pagano! —lo interrumpió Jimena.

—Un señor a quien servir —corrigió ofendido don Álvar—. Cuando los tuyos te dan la espalda, has de buscar el modo de subsistir hasta que cambien las tornas. Hacerlo empuñando la espada no resulta deshonroso.

—Estáis hablando de traición —resumió la dama, tapándose los oídos con las dos manos en un gesto que equivalía a una negativa a seguir escuchando.

—No se traiciona a un traidor —se defendió el invitado, en clara alusión al Rey.

Esas últimas palabras fueron más de lo que Jimena podía soportar. Apelando a todo su coraje, se levantó del escaño, alzando el mentón altanera para zanjar la conversación.

—¿Os marcharéis por vuestro propio pie o debo llamar a los guardias?

Ante el estupor del caballero de Arlanza, remachó en el tono más gélido que hubiera empleado en su vida:

—No oséis regresar por aquí. Si vuelvo a veros, os denunciaré. Y si os acercáis a mi hijo, que Dios os asista.

Mientras su huésped se retiraba, se sintió invadida por una mezcla de alivio, orgullo y cansancio extremo. Toda la tensión acumulada le sobrevino de golpe, hasta el punto de provocarle un temblor considerable en las piernas. Empezaba a serenarse lentamente, tras apurar una copa de vino, cuando Auriola irrumpió en la estancia, iracunda, tras cruzarse en el patio de armas con el hombre a quien percibía como una clara amenaza.

* * *

No tardó mucho Jimena en resumir la conversación a su madre, quien escuchó el relato de lo acaecido conteniendo a duras penas la rabia. En aquella ocasión Diego había escapado por muy poco al nefasto influjo de ese hombre, pero él podría volver a la carga y acaso la próxima vez encontrara a su nieto dispuesto a secundar sus descabellados planes. El tiempo se agotaba. Si el joven, en su desesperación, se decidía a cruzar esa línea, no habría vuelta atrás. Se perdería sin remedio en el fango de la infamia toda la obra de su padre, de su abuelo y de tanta sangre derramada a fin de dejarle un legado.

Guardias y criados fueron aleccionados para ocultar al infanzón el paso de don Álvar por la torre, so pena de enfrentarse al más severo castigo. Las mujeres se conjuraron para sellar sus labios y entregarse en cuerpo y alma a la tarea de hallar cuanto antes una salida, no sin repasar previamente las vías que veían cegadas. Diego regresó de su cabalgada, sudoroso y taciturno, cuando hacía rato que las sombras habían cubierto la tierra.

Aquella noche la cena se retrasó más de lo habitual. Con la frugalidad impuesta por los tiempos de escasez, la familia compartió un potaje de verduras acompañado de pan, perfecto para la maltrecha dentadura de la Dueña, aunque insuficiente e insípido a juicio del muchacho, quien habría devorado un cochino de haber tenido ocasión. La frustración se sumaba al apetito insatisfecho, alimentando su mal humor, hasta que un aldabonazo en el portón de entrada rompió de golpe el silencio.

—Un viajero solicita hospedaje, mi señora —anunció al rato el viejo criado que había servido la mesa.

—¿Qué clase de viajero? —se inquietó la Dueña, cuyo ánimo sombrío no invitaba a la hospitalidad.

—Dice ser un peregrino en ruta hacia Compostela —respondió el sirviente.

—¿Va armado? —inquirió Diego, dispuesto a defender sus dominios.

—Lleva un báculo y un zurrón —eludió evaluar el interrogado, limitándose a brindar información escueta. Cuanto menos le comprometieran sus palabras, menos riesgo correría de tener que responder por ellas.

—Muy lejos del camino anda si se dirige al sepulcro del Apóstol —comentó Jimena, todavía bajo la impresión de la charla mantenida horas antes—. ¿No será una celada?

—¿Qué celada va a ser? —le recriminó su hijo, con un toque despectivo en el tono—. Se habrá despistado en algu-

315

na encrucijada o tal vez proceda de Zamora o alguna plaza cercana. ¿Vamos a negarle un techo y un plato de comida caliente?

—Déjale entrar y ponle un cubierto —zanjó Auriola, dirigiéndose al criado—. Será nuestro invitado esta noche.

* * *

Don Munio Bermúdez no resultó ser un peregrino cualquiera. Vástago de una familia de noble linaje castellano, sometida de buen grado al nuevo rey Alfonso, acababa de enviudar de su amada esposa y peregrinaba a la ciudad del Apóstol, previo paso por Oviedo, con el propósito de suplicar el perdón de sus pecados antes de profesar en un monasterio. Tras una agitada vida dedicada a la batalla y los placeres mundanos, sentía la llamada de Dios en lo más profundo de su corazón. Su único deseo era abandonar este mundo, hallar la paz en la oración entre los muros de un cenobio y dedicar el resto de sus días a prepararse para el reencuentro con esa mujer añorada.

—Nadie me echará de menos —relató con humildad, una vez hechas las presentaciones, mientras daba buena cuenta de la sopa, el vino y el pan—. He dejado las cosas en orden. Confío en completar mi viaje merced a la caridad de gentes como vosotros, pues hice voto de pobreza antes incluso de partir. Temo no estar en disposición de corresponder a vuestra hospitalidad.

A falta de plata o presentes, el caballero burgalés deleitó a sus anfitriones hasta bien entrada la madrugada con un relato pormenorizado de lo que esperaba encontrarse a lo largo de su itinerario, cuidadosamente preparado antes de ponerse en marcha.

Al igual que tantos peregrinos acudidos a Compostela desde todos los confines del orbe, conocía bien los hechos del apóstol Santiago, así como las historias que jalonaban ese camino ya secular, pues no había perdido ocasión de entrevistarse con cuantos clérigos, notables o magnates lo habían precedido en el viaje iniciado unas semanas antes. Todavía no sabía dónde recalarían finalmente sus huesos cansados, aunque confiaba en que fuera en la propia ciudad del Hijo del Trueno, después de haberse postrado ante sus reliquias.

—De acuerdo con lo que se oye decir —mostró su interés Auriola—, la urbe a la que os dirigís no deja de crecer y prosperar gracias al favor del Rey y de su cuñado, el duque de Borgoña. La familia de mi difunto esposo procedía de allí. Su pobre madre vivió en sus carnes la aceifa de Almanzor, en el transcurso de la cual su padre fue hecho cautivo. Ni él ni yo tuvimos la dicha de regresar, aunque constituía un gran consuelo para ambos saber que el Azote de Dios no logró acabar con ella.

—¡Todo lo contrario! —negó con entusiasmo el peregrino—. Don Alfonso no ha dejado de embellecerla, siguiendo el ejemplo de su padre, el buen rey don Fernando, y de su abuelo navarro, don Sancho. Incluso hay entablada una pugna con el mismísimo Papa, porque el obispo Cresconio pretende otorgarle el rango de sede apostólica, lo que amenazaría la supremacía del trono romano. Se habla de excomunión si el gallego no recula.

—Santiago no fue menos apóstol que Pedro, ¿me equivoco? —apuntó Diego, picado en su orgullo, recordando las enseñanzas del hermano Honorio.

—No solo fue uno de los doce —hizo gala de erudición don Munio—, sino uno de los más amados. Cristo lo bendijo coronándole con el honor de ser el primero en el martirio, y desde su milagrosa aparición en tiempos del Rey Casto, muchos son los testimonios que acreditan su participación decisiva en hechos de armas cruciales para la cristiandad hispana. Los prodigios obrados por su intercesión corren de boca en boca. El Apóstol es nuestro patrón, el protector de nuestra santa causa y nuestro mejor capitán. Por eso crece cada día el río de gentes que llegan hasta su sepulcro para adorarlo.

—Pocos de ellos nos visitan —se lamentó el joven—. ¿Acuden realmente de lugares tan remotos como Grecia o Bizancio?

La pregunta accionó una suerte de resorte oculto en el caballero, que vio en ella el pretexto idóneo para exponer el fruto de su investigación exhaustiva. Espoleado por la curiosidad de Diego, ilustró a sus anfitriones sobre los personajes procedentes de allende los Pirineos cuyos pies cansados habían recorrido los caminos del norte en dirección a poniente, a través de Navarra, Álava, Aragón y las Asturias, siguiendo el recorrido del sol.

Francos, griegos, germanos, apulios, anglos, galos, dacios, frisios, armenios… Estos últimos en mayor número, dado que, según su creencia, habían recibido la fe en Cristo del apóstol sepultado en Compostela, quien de regreso a Palestina, procedente de tierras hispanas, se había detenido en aquella tierra pagana para predicar el Evangelio.

Habló el viejo castellano de gentes y rutas exóticas, sin dejar de ponderar la importancia de hacer un alto en ese camino y detenerse en Oviedo, custodia de la reliquia más santa de toda la Cristiandad: el Santo Sudario de Nuestro Señor Jesucristo, celosamente guardado en su catedral junto a otras reliquias no menos preciosas, halladas por el segundo de los Alfonsos astures, grande entre los grandes monarcas, a quien le había sido revelada la ubicación exacta del túmulo bajo el cual descansaba el santo «como premio a su inquebrantable fe e incansable batallar», según su convicción íntima.

Los ojos se le iluminaban ante la evocación de las maravillas que se disponía a contemplar, engrandecidas en su imaginación por el incalculable valor espiritual que otorgaba a esos talismanes capaces de abrirle el cielo.

—¿No resulta peligroso emprender un viaje semejante sin la preceptiva escolta? —quiso saber Jimena, haciendo gala de pragmatismo.

—Todo desplazamiento acarrea riesgos en nuestros días —convino con ella don Munio—, aunque ninguno resulta tan seguro como el que conduce al sepulcro de Santiago. El Rey ha mandado levantar o restaurar puentes, abrir caminos, construir hospederías y dotar de medios a hospitales donde los enfermos son tratados por monjes doctos en medicina, sin distinguir entre villanos y nobles.

—Obra piadosa donde las haya… —comentó Auriola.

—Sufragada en gran medida con las parias de los sarracenos —subrayó la paradoja su huésped—. Por añadidura, el soberano ha extendido un amparo especial a los peregrinos. Un privilegio merced al cual gozan de su protección personal para transitar de forma libre, sin verse obligados a pagar pontazgos y a salvo de salteadores.

—Los maleantes abundan —objetó Diego.

—Por supuesto —concedió don Nuño—. Esa salvaguarda es relativa, pero quien roba o mata a un peregrino se enfrenta a tan terrible castigo, que pocos malhechores se atreven. Voy tranquilo, encomendado a la paz del camino y a la bendición del Apóstol.

—Veo que lo habéis previsto todo —concluyó la Dueña, en cuya cabeza empezaba a rondar una idea audaz, aunque todavía borrosa—. ¿Partiréis mañana temprano?

—Antes de causaros más molestias, sí —respondió el castellano, mientras se ponía en pie con cierto trabajo—. Una noche de sueño bastará para restablecer mis fuerzas, pues ánimo no me falta.

—Mandaré que os preparen un desayuno adecuado y carguen en vuestro zurrón provisiones para el día —ofreció Jimena, de nuevo pendiente de los detalles.

—Santiago sabrá premiároslo —agradeció con humildad su huésped.

Ninguno de los presentes cayó en la cuenta en ese momento de que esa expresión constituía en realidad todo un augurio.

31

La breve visita de ese peregrino no hizo sino confirmar las nuevas de las que todos se hacían lenguas. El Camino de Santiago constituía una fuente de riqueza creciente, únicamente comparable a la procedente de las parias abonadas con puntualidad por los reyezuelos taifas, cada día más dependientes de la tutela cristiana.

¿De qué manera afectaba esa constatación a las preocupaciones de la familia que lo había acogido en su casa? Auriola pasó toda la noche en vela, rumiando y volviendo a rumiar esa pregunta. Al amanecer, la respuesta definitiva llegó en forma de nombre: Hugo de Borgoña.

Si su yerno ya gozaba de una posición desahogada años atrás, al contraer nupcias con Mencía, ahora debía de acumular una fortuna notable. No en vano centraba su actividad comercial precisamente en ese tráfico incesante de gentes y mercancías, alentado y favorecido por la devoción del Rey al Apóstol. El matrimonio de don Alfonso con una princesa franca, Constanza de Borgoña, había contribuido mucho, además, a la prosperidad de sus compatriotas. Su influencia y la de la poderosa abadía de Cluny constituían un acicate constante para la promoción del Camino de Santiago, a la sombra del cual medraban los hombres como él.

¿Querría auxiliar a Diego y con él a los de su sangre en esa hora de tribulación?

Aunque hacía mucho tiempo que no veía a Mencía, su madre tenía noticias suyas a través de alguna carta traída por un arriero y también de la pequeña, Jimena, quien sí había mantenido el contacto con su hermana, en cuya residencia de la capital se alojaba algunas temporadas cortas.

A través de Jimena sabía que el franco ocupaba un lugar destacado en la asamblea general de vecinos de León y su alfoz, responsable de hacer justicia, avalar donaciones, contratos y demás actuaciones cruciales para la buena marcha de los negocios, fijar las medidas de pesos, establecer los jornales, elegir a los zabazoques del mercado y otro sinfín de responsabilidades cuya trascendencia otorgaba gran poder e influencia a los integrantes de dicho concejo. Lejos de constituir un mal menor vergonzante para el linaje familiar, tal como lo había contemplado ella al aceptar entregarle la mano de su adorada primogénita, ese hombre de origen plebeyo se había convertido en un baluarte de la comunidad; un verdadero magnate.

«¡Señor, cómo disfrutas enredando los hilos de nuestro destino!», pensó la navarra, con ironía, mientras se peinaba la trenza y se ajustaba el brial, antes de bajar a compartir con su hija los detalles de su plan.

Este había ido cobrando forma a medida que las tinieblas dejaban paso a un alba clara, preludio de un día venturoso.

Oyó partir a don Munio, tras dar cuenta de su desayuno, descendió la angosta escalera que conducía al salón, con más brío del acostumbrado, y mandó llamar a la madre de Diego, siempre reacia a madrugar. Cuando estuvieron juntas las dos, frente a frente en la mesa ante un plato de humildes gachas, no se anduvo con rodeos.

—Mañana mismo partes a León, como embajadora de tu hijo.

Ante la mirada sorprendida de Jimena, su madre desgranó el contenido de sus reflexiones, hasta alcanzar la conclusión a la que había llegado. Su cuñado estaba en posición de rescatar a Diego de su naufragio y lo haría, a poco que Mencía y ella hicieran frente común para respaldar la empresa. Él era su última carta. No podían desaprovecharla.

—Iría yo —añadió a guisa de justificación—, pero son treinta leguas y no me veo con fuerzas para soportar cinco o seis días de viaje. Es tu hijo y nadie mejor que tú abogará por su causa.

Tras llevarse una cucharada a la boca y masticar con lentitud deliberada, a fin de darse tiempo para calibrar su respuesta, Jimena tomó al fin la palabra.

—Si te soy sincera, madre, yo también había barajado esa idea. Más de una vez.

—¿Y por qué diantres no dijiste nada? —saltó cual resorte Auriola—. ¿Tengo que pensarlo yo todo?

—¿Tal vez porque no resulta fácil hacer sugerencias susceptibles de desagradarte? —contestó su hija, con un deje de reproche en la voz—. Tu forma de referirte a Hugo siempre ha sido tan despectiva, que estaba convencida de que preferirías pasar hambre y hacérnosla pasar a todos antes que rebajarte a pedirle auxilio.

La Dueña se disponía a rebatir esa crítica con cajas destempladas, dando rienda suelta a su genio, cuando la mirada de la dama en que se había convertido su pequeña la detuvo en

323

seco. En sus ojos no leyó desafío ni mucho menos inquina, sino más bien inseguridad; un profundo temor a tomar la iniciativa, probablemente fundado en el papel secundario a que la había relegado ella durante demasiados años. A su protección mal entendida. Al modo equivocado e inflexible en que ejerció la autoridad en esa casa, arrinconando a su propia hija y pretendiendo suplantarla en la educación de su nieto.

De nuevo se dirigió en silencio al Altísimo para afearle su manera de jugar con los simples mortales, aunque en esa ocasión la ironía había dejado paso a la culpa. Bien sabían ambos, Dios y ella, que en cada una de sus actuaciones siempre la había guiado el amor, lo cual no la eximía de haber errado a menudo. Por eso se tragó el orgullo para decir:

—Tienes razón.

Era lo último que Jimena habría esperado oír.

A partir de ahí la conversación fluyó ligera, con una complicidad inédita entre esas dos mujeres aliadas en el empeño común de salvar a Diego.

Roto el hielo, se estableció una competición por ver cuál de las dos superaba a la otra en optimismo.

—La última vez que visité a Mencía en León, parecía una condesa —se explayó Jimena—. Vestía ropas lujosas y su hogar era una exhibición de riqueza. Ella misma alardeó de que cada escudilla en la que bebíamos vino especiado valía lo que dos bueyes, y el cobertor de su cama, unas sesenta ovejas. En cuanto a su brial de brocado, le dio pudor revelármelo.

—No me sorprende —agregó Auriola—. Según me contaste a tu regreso, su esposo tiene almacenes en Puente la Reina, Burgos y Oviedo, auténticos emporios que abastecen la ruta jacobea. Tal como nos relató don Munio, el Rey no solo protege a los peregrinos, sino que ha otorgado generosas exenciones fiscales a los mercaderes que recorren el Camino, librándolos de abonar pontazgos y otras cargas similares. Tu cuñado debe de ahorrarse una buena cantidad de plata merced a esa decisión. Sus mercancías pagarán derechos de tránsito, pero aun así dejarán cuantiosos beneficios.

—Ya lo creo. —Jimena iba recordando a medida que avanzaba la charla—. Mencía comentó que, con la incorporación al negocio de su hijo mayor, sus reatas de mulas transportaban en ambas direcciones una variedad creciente de productos: paños flamencos, pescado en salazón, vino e incluso joyas. Saltaba a la vista que las cosas les iban muy bien.

—¿Y él se mostró afectuoso contigo? —quiso saber Auriola, en aras de calibrar las posibilidades de alcanzar el éxito en el proyecto que estaban tramando.

—Hugo estaba ausente —la dejó en la duda su hija—. Se encontraba de viaje, como de costumbre, tras recuperarse de una pequeña herida curada precisamente en uno de los hospitales levantados por orden del soberano sobre las ruinas de un viejo palacio, en las inmediaciones de Oviedo.

—Hospital financiado con el dinero de las parias —se relamió la navarra, pensando en la historia de su difunto marido—. En una sublime venganza del Altísimo, los ismaelitas están pagando no solo la reconstrucción y el engrandecimiento de la urbe arrasada por su caudillo, sino la creación de una vía segura, provista de todos los servicios necesarios para que aumente de forma incesante el flujo de monjes, peregrinos y comerciantes que la recorren…

—Que a su vez incrementan la riqueza de Compostela, su Iglesia y sus monasterios —remachó Jimena—. Incluso se dice que don Alfonso pretende construir una basílica mayor y más suntuosa que la destruida por el sarraceno. ¡Cuánto le hubiera gustado a padre ver obrarse este prodigio!

—No sé si se trata de un prodigio, pero en todo caso es una bendición del cielo. ¡Cuando pienso en lo que sufrí al entregar a tu hermana a un vulgar mercader franco carente de sangre hidalga!

—En tal caso, puedes dejar de sufrir, madre. Mi hermana no solo es una mujer rica, sino feliz. ¡Ya nos gustaría a ti o a mí darnos los caprichos que se permiten ella y sus dos hijas mientras los hombres de la familia engordan la bolsa con sus negocios!

—Ve entonces y habla con ella —zanjó la Dueña—. No te demores. Mencía es generosa y no se negará a ayudarte. Si está en su mano rescatar a Diego proporcionándole medios para labrarse un futuro digno, estoy segura de que lo hará. Ella sabrá convencer a su esposo. Al fin y al cabo es su sobrino y un infanzón leonés. —Salió a relucir el orgullo, a duras penas embridado.

—¿Y si él no ve las cosas así? ¿Si Mencía no logra persuadirlo?

—En tal caso estaremos en tus manos. Tienes mi confianza y mi bendición. Haz lo que tengas que hacer. Cualquier cosa.

* * *

El día de Santa Casilda del año 1082 de Nuestro Señor, Jimena se puso en camino a lomos de una yegua baya, acompañada de dos hombres de armas y una mula entrada en años cargada con el equipaje.

Antes de partir, Auriola le entregó una carta dirigida a su vieja amiga María Velasco, con el encargo de hacérsela llegar al monasterio de San Pedro y San Pablo. Prefirió mantener en secreto el asunto tratado en la misiva, entre otras razones porque ignoraba si su paisana seguiría viva. Si así era, empero, no dudaba de que accedería a sus ruegos y pondría en suerte toda su influencia en aras de encontrar una esposa adecuada para Diego, con la urgencia reclamada por la situación. Una dama adinerada, ese aspecto quedaba muy claro, al ser el más acuciante. Si además su estirpe resultaba equiparable a la de su nieto, los hijos que engendraran juntos ennoblecerían sus respectivos linajes.

El chico quedó al margen de la conjura urdida por su madre y su abuela, que prefirieron esperar a ver el resultado de sus gestiones antes de ilusionarle con sueños tal vez imposibles. A sus efectos, Jimena iba a visitar a su hermana, como en otras ocasiones.

La Dueña vio marchar a la comitiva depositaria de sus anhelos, su angustia y sus últimas esperanzas, mientras se encomendaba a la misericordia divina y a la intercesión de Ramiro. Ya solo cabía esperar, conteniendo la impaciencia. Todo estaba en el aire, a expensas de una decisión de su yerno. ¡Ojalá no fuera rencoroso y hubiera borrado de la memoria los desplantes más o menos explícitos que ella le había infligido en un pasado lejano! En otra vida, otra era.

—Si he de ponerme de rodillas ante él —susurró mientras despedía a Jimena agitando un pañuelo—, lo haré sin vacilar. Si he de pagar por mi soberbia, caiga el castigo sobre mí y no sobre ese mocete, que ya ha sufrido bastante.

* * *

Aunque no era día de mercado, había un tráfico considerable de gentes entrando y saliendo de León. La ciudad traspasaba desde hacía años los límites de sus murallas, aunque las puertas seguían abriéndose y cerrándose puntualmente cada jornada, más por la necesidad de controlar el flujo de mercancías y la correspondiente recaudación de tributos que por miedo a sufrir ataques. Eran tiempos de paz, sinónimo de prosperidad. Pocos guardaban algún recuerdo de los horrores sufridos en el pasado.

El sol estaba en su cénit cuando el grupo capitaneado por Jimena divisó a lo lejos el Arco del Rey, que daba acceso a la urbe desde el sur, rodeado de tapiales tras los cuales labraban sus huertos monjes y monjas acogidos a varios monasterios construidos merced al favor de los soberanos cristianos.

La capital del Reino oraba con devoción para agradecer al Señor su ayuda en la interminable lucha librada contra los infieles. Centenares de consagrados elevaban sus voces al cielo ocho veces cada día coincidiendo con las horas canónicas, pues ese era su deber sagrado, su contribución esencial a la salvación de cuantos laicos garantizaban su sustento y su seguridad, unos trabajando los campos o ejerciendo sus oficios, otros empuñando las armas. Ese era el orden natural de las cosas. Tres estamentos complementarios, conocedores de su función, que convivían en armonía bajo el manto protector del Señor.

A medida que se aproximaban, los viajeros comprobaron que el movimiento inusual percibido desde la distancia se convertía en tumulto de personas cuyas voces chillonas llegaban hasta sus oídos. Alarmada, la dama mandó parar y preguntó a uno de los soldados:

—¿Tienes alguna idea de lo que está sucediendo?

—Parece un ajusticiamiento —respondió el hombre sin emoción.

—¡Qué horror! —exclamó Jimena, a quien siempre habían repugnado esos espectáculos de escarnio público, muy del gusto de los rústicos—. ¿Podemos cambiar de ruta?

—Podemos, pero el rodeo será largo —advirtió el guardia.

—Está bien —se avino ella—. Proseguiremos por aquí, pero lo haremos deprisa. ¡Nada de pararse a contemplar cómo cuelgan a un desdichado!

—Algo habrá hecho, señora —rebatió el interpelado con insolencia—. Nadie acaba en el cadalso sin más.

Jimena ignoró el comentario, pues discutir con un mesnadero habría constituido una degradación innecesaria. Ella sabía demasiado bien lo tuerta que podía ser la justicia, dependiendo del justiciable tanto como del juez, pero no había recorrido ese largo camino para interesarse por la suerte de quien fuese a ser ahorcado, sino con una misión mucho más importante: obtener de su cuñado una suma considerable de plata.

Avanzaron a duras penas, a empujones de los caballos empleados como arietes contra la multitud reunida para increpar al condenado, hasta que les cortó el paso el carro que transportaba al reo, tirado por un pollino. El hombre iba de pie, cabizbajo, con las manos atadas a los barrotes altos del vehículo. Lo habían despojado de su calzado, su sayo y sus bragas, dejándole únicamente una camisa desgarrada que dejaba ver las huellas de los azotes recibidos durante el terrible tormento previo a la ejecución. Tras él marchaba el sayón encargado de conducirlo al patíbulo y ponerle la soga al cuello. Iba de mal humor, renegando de esa parte del oficio, pues muchas de las inmundicias lanzadas contra el convicto le caían encima a él, inocente de toda culpa.

—¡Arrea a ese maldito animal aunque tengas que desollarlo! —azuzó a gritos al siervo que conducía al burro—. ¡Me cago en toda tu ralea! ¡Y vosotros, abrid paso!

Respondiendo a esa orden brutal, cuyos ecos despertaban en ellos un respeto reverencial mamado en la más tierna infancia, los soldados se hicieron a un lado, obligando a Jimena a hacer lo mismo. Los mismos guerreros encallecidos que hasta entonces se habían mostrado implacables con las mujeres y los niños concentrados a los lados del camino obedecieron sin vacilar el mandato del verdugo, a costa de desoír el de su señora.

Forzada por la situación, Jimena levantó la vista, traicionando su voluntad. Miró, aun sin querer hacerlo, y lo que vio superó en horror cuanto había imaginado. Porque el guiñapo desnudo que llevaban al matadero no era otro que Álvar López de Arlanza, destacado infanzón de Castilla y antiguo amigo de Nuño. El rostro tumefacto de ese hombre escarnecido por la muchedumbre, a quien aguardaba la muerte más vil, era el mismo que había intentado embaucar a su hijo, implicándolo en una conjura urdida contra don Alfonso.

Era la cara de un traidor.

La impresión fue tan violenta que estuvo a punto de desmayarse. Por un instante le pareció ver a Diego en el lugar que ocupaba el de Arlanza, sentir su vergüenza, sufrir su deshonor. De no haber sido por la intuición de Auriola, por su propia firmeza y por la gracia del Altísimo, a saber qué suerte atroz habría corrido su hijo. Solo de pensarlo se le erizaba la piel y le faltaba el aire, porque algo en su interior le decía que si no triunfaba en la empresa que se traía entre manos, su único varón se enfrentaría a un destino similar al de ese desdichado.

32

Mencía se albrició con la visita de su hermana, sin sospechar por lo más remoto la razón que la motivaba. En esa ocasión la familia al completo se hallaba en su domicilio, por lo que hubo celebración a lo grande, cena de lujo y conversación hasta bien entrada la noche. Jimena evitó exponer la cuestión que le quemaba los labios, pues prefería tratarla a solas con su hermana mayor antes de someterse al dictamen de Hugo. No lo conocía lo suficiente como para prever su reacción o mucho menos abordarlo del modo más conveniente.

Su cuñado mostraba todos los signos externos de la alta posición alcanzada: un rostro rubicundo recién pasado por el barbero, una barriga prominente, propia de quien come hasta hartarse, y vestiduras de la mejor calidad, desde los borceguíes altos confeccionados con cuero fino hasta la túnica de brocado ancha, carente de correa o balteo en aras de dar libertad a su voluminosa cintura. Su actitud era cortés, aunque algo distante en comparación con la de sus sobrinos, fascinados por las aventuras de frontera que ella se afanaba en narrarles, aderezándolas de emoción.

Hugo de Borgoña reinaba sobre sus dominios, cual monarca coronado de oro, exhibiendo ante su noble pariente el fruto de una actividad que ella y su madre despreciaban, aunque nunca le hubieran ofendido diciéndoselo a la cara. A diferencia de su esposa, demasiado bondadosa para pensar mal de nadie, él sí albergaba sospechas sobre la verdadera intención de Jimena. Se maliciaba que había venido a pedir socorro y estaba decidido a negárselo, aunque solo fuera por los desplantes que habían sufrido sus hijos con respecto a los de esa mujer, clara favorita de Auriola.

Desde su punto de vista, la evidente preferencia de la abuela por sus otros nietos resultaba un insulto imperdonable. Cuando en el pasado había tratado de abordar esa cuestión con Mencía, en busca de respaldo a su reproche, ella disculpaba a su madre aduciendo la orfandad de esos niños, su situación de precariedad y su necesidad de amparo. Nunca se había sentido relegada o agraviada por su madre y tampoco consideraba que lo estuvieran los chicos. Antes al contrario, le agradecía de corazón haber arreglado su matrimonio con él a través de la reina Sancha, unión fecunda y placentera que había hecho la felicidad de ambos. ¿Por qué guardarle rencor?

Aquello no convencía al franco, que amaba a su mujer y más aún a la prole que esta le había dado, sin hacer extensivo ese amor al resto de su familia. Ellos le resultaban extraños a quienes nada debía. Así se lo haría saber a la hora de saldar cuentas.

* * *

Jimena se confió a su hermana la mañana siguiente, mientras daban un paseo hasta la basílica de San Isidoro, acompañadas por un lacayo a una distancia de varios pasos. Le abrió su pecho sin reservas, haciéndola partícipe de su angustia ante el riesgo de que su único hijo se dejara llevar por la desesperación hasta caer en un precipicio. Le habló del señor de Arlanza, de las penurias que se pasaban en la torre de Lobera, de la impotencia de su madre, que envejecía afligida por la misma preocupación, de la falta de amigos leales, perdidos en el pasado…

—No tenemos a nadie más —concluyó, a las puertas de la iglesia, taladrándola con una mirada que imploraba compasión.

Mencía escuchó en silencio, sinceramente compungida por esas calamidades que superaban con creces sus peores temores. Si hubiera dependido de su voluntad, habría concedido sin vacilar la ayuda solicitada, aun antes de conocer su cuantía. Así se lo dijo a Jimena, quien cantó victoria antes de tiempo, dado que las cosas no iban a resultar tan sencillas.

—Desafortunadamente, la propietaria de ese oro no soy yo, sino mi marido. Y mucho me temo que él no comparta mis sentimientos.

—¿Qué quieres decir?

—¿De verdad necesito explicártelo? —Mencía detestaba herir.

—Supongo que no. —La euforia había dado paso a una negra desesperanza—. Hemos pecado de soberbia y esta es nuestra penitencia… Pero Diego no tiene la culpa. Él es inocente. No es justo que pague por nuestras faltas.

—Trataré de hacérselo ver a Hugo —la confortó su hermana con ternura, como cuando eran pequeñas y hacía las veces de madre—. Abogaré por vuestra causa, tienes mi palabra. Pero con la misma sinceridad te digo que no te hagas ilusiones. Lo más probable es que se cierre en banda.

—¿No hay pues nada que hacer? ¿Ningún argumento susceptible de ablandarle?

—Mi esposo es un comerciante duro como el pedernal, Jimena. Está acostumbrado a pelear hasta la extenuación por un sueldo, con gente para quien ese sueldo representa una diferencia importante. Rara vez cede en una discusión.

—Tú siempre me dijiste que era generoso —escupió su decepción Jimena.

—Y lo es —confirmó su hermana—. Lo ha sido siempre conmigo y con nuestros hijos. Si te niega lo que le pides no será por avaricia, sino por desquite.

* * *

Esa noche, acabada la cena, los chicos fueron enviados a sus aposentos a fin de despejar el terreno para la batalla que iba a tener lugar en el comedor de la casa. No hubo lugar a súplicas. El padre se mostró inflexible, impaciente por tomarse al fin la revancha largamente soñada. Los jóvenes obedecieron sin rechistar, y hasta la criada fue despachada con prisas, después de rellenar las copas de un licor dulce de cerezas.

Entonces empezó el combate.

—Tengo entendido que vuestra visita no era del todo desinteresada —lanzó la primera carga el franco, dirigiéndose a Jimena.

—Efectivamente, hermano —respondió ella con aplomo, acentuando el parentesco con la intención de marcar el terreno—. Ayer di prioridad a las nuevas de la familia, por el gran afecto que nos une, pero lo que me ha traído a León es una propuesta de negocio. Una oferta que mi madre y yo queremos haceros llegar en primer lugar, por deferencia hacia nuestra querida Mencía y hacia vos mismo, desde luego.

La mirada desconcertada que intercambiaron los cónyuges hizo saber a Jimena que había dado en el clavo.

Durante la tarde dispuso de tiempo para trazar un plan alternativo al urdido con su madre. Descartada tras la conversación mantenida con Mencía la posibilidad de un donativo a fondo perdido, solo quedaba pensar en algo que pudiera despertar la codicia de su cuñado. Algo que resultara atractivo al mercader y sirviera también de acicate a la vanidad afrentada que delataban las insinuaciones de su hermana.

«Haz lo que tengas que hacer —le había dicho la Dueña al despedirse de ella en Lobera—. Cualquier cosa».

Pues bien, sería un movimiento audaz. Un ataque por sorpresa, probablemente suicida, que culminaría en un triunfo inconcebible de otro modo o arrastraría en su derrota a todos sus seres queridos. Una locura.

—Esto no me lo esperaba —confesó el de Borgoña, curioso—. Os escucho.

—Se trata de nuestro castillo en el río Duero y su alfoz, que como sabéis fue donado a perpetuidad por el rey Alfonso V a nuestro padre.

—Continuad, os lo ruego —la animó a seguir él, borrando el gesto despectivo.

—Mi hijo Diego quiere armar una mesnada de treinta hombres de a caballo para unirse a nuestro soberano en la conquista de Toledo, que como probablemente sabréis se prepara ya en la corte.

Considerando la premura con la que había preparado su argumentación, Jimena se sorprendió de la firmeza que mostraba al hablar. Animada por esa sensación de poder, asentada en la certeza de no tener nada que perder, continuó su alegato:

—En aras de llevar a cabo tal propósito, que todos consideramos un deber ineludible para con Dios y nuestro rey, precisa de una suma elevada que ahora mismo no está a su alcance: ciento cincuenta libras de plata francas, o su equivalente en dinares o sueldos.

—¡Eso es una fortuna! —exclamó el comerciante—. ¿De dónde pensáis sacarla?

—De vos —repuso la dama sin alterar el semblante, embellecido por una sonrisa enigmática.

Mencía se disponía a intervenir, dando por hecho que su hermana había perdido el juicio, cuando su marido la detuvo con un gesto, decidido a llegar hasta el final de ese misterioso trato.

—¿Me estáis pidiendo que arme yo ese costosísimo ejército, a mayor gloria de vuestro hijo a quien apenas conozco?

—Desde luego que no. Sería un desvarío hacerlo, incluso tratándose de vuestro sobrino —dejó caer el veneno—. Por eso he comenzado mencionando la torre familiar de Lobera.

—No os comprendo.

—Veréis, querido Hugo. Si Diego consigue formar su mesnada y luchar al costado de don Alfonso, dad por hecho que destacará en la batalla, se ganará el favor del Rey y obtendrá de él su propio feudo en la nueva frontera del Tajo. De todos es sabido que el soberano necesita caballeros valerosos dispuestos a repoblar la tierra que gane a los moros.

—Sigo sin entender.

—Me explicaré con mayor claridad entonces. Esta es mi propuesta. Adelantad a mi hijo la cantidad necesaria para cumplir su anhelo y él os la devolverá con creces en cuanto tenga ocasión de participar del botín ganado a los sarracenos. Su riqueza es pareja a su debilidad, lo cual permite augurar una victoria aplastante.

—¿Y si fracasa o perece luchando? —inquirió el franco, con la crudeza propia del negociador ajeno a sentimentalismos—. Comprenderéis que un hombre sensato como yo no arriesgue las ganancias de varios años en una empresa tan incierta y sin la menor garantía. Vuestra hermana no me lo perdonaría.

—Por supuesto que no —convino Jimena, pese a tener la absoluta certeza de que Mencía era totalmente ajena a esas reservas—. Y ahí es donde interviene el dominio familiar, que pasaría a vuestras manos si por desventura Diego llegara a morir antes de saldar la deuda que contraigamos ahora.

Ante el silencio de Hugo, que parecía estar calibrando los pros y contras de tan inesperada proposición, su cuñada remató:

—No necesito deciros que el valor de esas tierras y sus rentas supera de largo las ciento cincuenta libras. —Ahí obvió mencionar el riesgo de expropiación al que estaba expuesta la propiedad ante las apetencias de los magnates vecinos—. Por no mencionar la honra inherente a ostentar la condición de propietario de un señorío.

—Yo soy hombre de ciudad, no de campo y menos de guerra —objetó el mercader, acostumbrado a rebajar el valor de los productos para así aminorar su precio.

—La guerra ha quedado lejos. Los campos producen trigo, las viñas, caldos exquisitos y los huertos, abundante fruta. ¿No querríais para vuestros hijos un feudo propio? ¿No deseáis que Mencía regrese un día al hogar donde nació?

—Piénsalo, esposo —intervino esta, conmovida e ilusionada—. A todos nos haría felices.

—Voy más lejos —remachó Jimena, viendo el éxito a su alcance—. Si, como esperamos, Diego consigue tierras de repoblación al sur, mi madre y yo nos instalaremos allí con él, cediéndoos la propiedad tanto de la torre como de su alfoz a cambio de la deuda. De un modo u otro, saldréis ganando.

—Debo pensarlo —respondió el de Borgoña, quien en su fuero interno había tomado ya la decisión de aceptar la bicoca que se le ofrecía—. Mañana os daré mi respuesta.

—Si es afirmativa, acudiremos juntos al notario a dejar constancia escrita de lo acordado. En caso contrario —mintió la dama sin inmutarse—, pasaré al siguiente de la lista que me dio mi madre al partir.

33

Año 1085 de Nuestro Señor
Palacio de Al-Mamún, Huerta del Rey
Toledo

E l campamento de don Alfonso, levantado extramuros de la plaza si-
tiada, alrededor del palacio donde se había instalado el soberano, bullía de actividad. Nadie sabía exactamente cuáles
eran los planes del monarca, excepto su inseparable conde
Ansúrez y acaso algún otro noble de su más estrecho círculo, pero todos comprendían el altísimo valor de ese recinto fortificado cuyas murallas naturales, reforzadas por la
mano del hombre, parecían inexpugnables desde allí abajo.
De ahí que magnates, soldados y hasta el más humilde escudero las contemplaran embelesados, conscientes de que
un asalto supondría un baño de sangre. La pieza a cobrar
era nada menos que Madinat al Muluk, la Ciudad de los
Reyes, un botín tan codiciado como excelentemente protegido.

Gran capitán en la batalla y mejor estratega al disponer sus piezas sobre el tablero, el abanderado de la cristiandad hispana había descartado por completo lanzar a su ejército a esa carnicería. Aunque consiguiera su empeño, se decía, en modo alguno podía permitirse semejante coste en vidas. Por eso llevaba tiempo urdiendo una alternativa.

Él mejor que nadie conocía las defensas de la antigua urbe donde había residido en calidad de huésped del rey Al-Mamún, durante su exilio forzado por la derrota ante su hermano Sancho. Esa estancia le había permitido estudiar al detalle cada pieza del complejo engranaje que guardaba la ciudad, escuchar con atención las conversaciones de sus anfitriones y llegar a la conclusión de que únicamente el hambre, aliada a la desesperación, lograría rendir ese formidable bastión abastecido por ricas tierras. Cortar todo suministro, agotar sus reservas de oro, aislar a la presa a batir, privarla de auxilio y de esperanza se había convertido desde entonces en el norte de su política, que finalmente estaba a punto de alcanzar su recompensa.

Tras largos años de paciente espera, dedicados a tejer con astucia, fuerza y diplomacia una tupida tela de araña en la que atrapar uno tras otro a todos los reyezuelos taifas, el soberano leonés se disponía a tomar Toledo, capital del reino visigodo de España. Toledo, la urbe orgullosa, aupada sobre su otero, resguardada en tres de sus flancos por el formidable foso natural del Tajo, inasequible a las embestidas desde los tiempos de Tariq. Toledo, la pieza soñada por cuantos soberanos hispanos habían combatido bajo el estandarte de la Santa Cruz. Toledo, la deseada.

La joya llamada a rematar su corona estaba a punto de caer cual fruta madura en sus manos, sin necesidad de derramar la sangre de sus soldados. A tal fin llevaba más de un lustro corriendo su alfoz, arrasando cultivos, cautivando a sus labradores, apropiándose de sus ganados y sosteniendo con sus temibles guerreros a un reyezuelo cobarde, ruin, avaricioso y débil, que no mucho tiempo atrás había sido destronado por su vecino, Al-Mutawakkil de Badajoz.

Alfonso lo había repuesto rápidamente en el poder a cambio de varios castillos, con el único propósito de convertirlo en un peón a su servicio. Ahora, apurada la copa de ese amargo papel hasta las heces, esquilmada la riqueza de su taifa por la carga de los tributos debidos a su protector, Al-Qadir debía cumplir una última misión si quería salvar el pellejo y conservar su abultada fortuna: abrir las puertas de Toledo a los cristianos.

Ese era el trato. En esa línea estaban siendo redactadas las capitulaciones que antes o después habría de aceptar el caudillo ismaelita abocado al exilio. Claro que, en aras de salvar el honor o cuando menos las apariencias, no podía rendirse sin más. Debía fingir oponer alguna resistencia al enemigo, so pena de sucumbir a la ira de sus propios correligionarios, instigados desde las mezquitas por clérigos cuyas prédicas arengaban a la guerra santa.

En esos días de preparativos febriles, el Rey recordaba a menudo a su padre, iniciador de la tarea que él iba a tener el honor de señalar con un hito histórico al restaurar el cristianismo en una de sus principales moradas. Una ciudad habitada aún en ese 1085 de Nuestro Señor por un gran número de mozárabes, cuyas voces le suplicaban una rápida intervención. Cumplidos más de tres siglos de ocupación musulmana, ellos tenían prisa por sacudirse el yugo caldeo. También abundaban los muladíes hastiados de cargas fiscales, abusos, humillación y derrotas, que anhelaban terminar con esa estéril espera. Alfonso, por el contrario, era un excelente estratega y conocía el alto valor de la calma unida a la perseverancia.

«Divide y vencerás», le había enseñado don Fernando en lo concerniente a los musulmanes. A esa consigna se atenía él, con resultados sobresalientes. Divididos, enfrentados entre sí, cegados por la codicia, acostumbrados a inclinar la cabeza tras décadas de vasallaje a sus vecinos norteños, empobrecidos por el pago de onerosas parias, despreciados cuando no odiados por sus respectivos pueblos, sujetos a cargas fiscales que superaban lo soportable, los caudillos ismaelitas asistían impotentes al avance arrollador del abanderado cristiano.

El pusilánime Al-Qadir preparaba el equipaje para salir de su palacio en dirección a Valencia, que Alfonso le había prometido como premio de consolación, siempre que una vez allí reanudara la entrega puntual del oro acordado a cambio de su resguardo. En la ciudad del Turia gobernaba todavía el frágil Abu Bakr, gravemente enfermo, sujeto a la tutela de Al-Mutamín de Zaragoza, controlado a su vez por don Rodrigo Díaz de Vivar, desterrado por el monarca castellanoleonés y pese a ello fiel a su condición de vasallo, hasta el extremo de rehusar chocar sus lanzas con las de él, aun habiendo puesto a su mesnada al servicio de un mahometano.

En Badajoz, al otro extremo de la península, el bereber Al-Mutawakkil trataba de impresionar a sus rivales con bravuconadas, sin conseguirlo, mientras escribía cartas desesperadas al emir africano, Yusuf ben Tashufin, rogándole que cruzara el Estrecho para acudir en auxilio de sus hermanos de fe en la península.

Más peligro encerraba el poderoso Al-Mutamid de Sevilla, cuyos ejércitos habían logrado apoderarse de Córdoba y Murcia, dominando las fértiles vegas del Guadalquivir y buena parte de La Mancha. A favor del cristiano, no obstante, jugaba la enemistad enconada de ese príncipe con el de Granada, Abd Allah, a quien Alfonso consideraba, de largo, el más inteligente de sus rivales y por tanto el más preocupante.

Auxiliado por su embajador, el conde Ansúrez, buen conocedor de la lengua árabe, el soberano de Castilla y León había alimentado minuciosamente esa inquina, azuzando al uno contra el otro y atizando asimismo la envidia de Tamim, hermano de sangre de Abd Allah, que conspiraba contra él desde Málaga. A resultas de esas maniobras, acompañadas de incursiones devastadoras llevadas a cabo por sus mesnaderos en los territorios en disputa, a esas alturas del siglo tanto el sevillano como el granadino dependían de su favor, que pagaban a razón de cincuenta mil y treinta mil dinares de oro cada uno.

Con las montañas de monedas que ponían a sus pies los adoradores de Alá, a quienes se había propuesto expulsar de España en cuanto tuviera gente suficiente para repoblarla, el emperador mandaba construir iglesias, forjar lanzas, espadas, yelmos y lorigas, aparejar monturas de guerra y levantar castillos. Entre tanto, los exprimía, utilizando en su beneficio el odio que se profesaban árabes y bereberes entre sí, la ambición que los cegaba y la molicie derivada de su desmedido gusto por el lujo.

Su trampa estaba a punto de cerrarse.

* * *

Diego de Lobera aguardaba el momento de entrar en combate con la misma ilusión que la primera vez e idéntico nerviosismo. Sabía que todo estaba arreglado para evitar bajas inútiles en la conquista de la ciudad, aunque esperaba poder tomar parte en alguna escaramuza que le permitiera demostrar su valía ante el Rey. Solo así se ganaría su reconocimiento, paso previo indispensable a la obtención de una tenencia en la nueva frontera del Tajo. Su futuro y el de su familia se jugaban en ese lance. Por eso había suplicado el honor de marchar en vanguardia al puesto más arriesgado, flanqueado por los treinta jinetes alistados en su mesnada con el dinero de su tío Hugo.

Cumplida finalmente la vocación militar alimentada desde que tenía memoria, vestido de hierro, provisto de venablo, hacha y acero de la mejor calidad, a lomos de un semental negro cuya fuerza descomunal se dejaba sentir a través de la silla, el infanzón entretenía la espera rememorando lo acaecido desde el momento en que cambió su suerte. El instante preciso en que su vida dio un giro radical y abrió las puertas de sus sueños, a cambio de echarle a la espalda una carga abrumadora.

¿Cómo olvidar esas imágenes, esas palabras, esa muestra de confianza absoluta por parte de las mujeres a quienes debía lo que era, esa responsabilidad terrible asumida sin vacilar?

Tres años habían transcurrido desde el día en que su madre regresó de León al frente de un auténtico ejército, contratado por el marido de su hermana para custodiar el baúl que transportaba las ciento cincuenta libras de plata destinadas a permitirle armar su propia tropa. Venía acompañada de un hombre entrado en años a quien presentó como notario del Reino, cuya misión era redactar la escritura de donación acordada por Jimena con su cuñado y llevársela de vuelta a la capital, donde quedaría a disposición del prestamista, en espera de acontecimientos.

Claro que eso lo fue sabiendo él poco a poco. Al principio todos creyeron que se trataba de un regalo.

¡Qué ingenuidad!

No le llevó mucho tiempo a Jimena explicar a su madre y a su hijo la naturaleza del trato suscrito con el de Borgoña, así como la razón que la había impulsado a hacerlo.

—Fue el único modo que hallé —confesó, ante la mirada penetrante de la Dueña, quien veía peligrar más que nunca el legado de su añorado Ramiro y con él la paz de su ancianidad—. Hugo estaba cerrado en banda. De no haberle tentado con el castillo, traería las manos vacías.

Auriola no contestó. Había dado por hecho que su hija conseguiría convencer a su yerno, y no se esperaba algo así. Ella interpretó ese silencio como una desautorización tácita. Una negativa a respaldar su locura, que ni la sorprendía ni podía en modo alguno reprocharle. La vida ya había infligido demasiados golpes a esa mujer, sin restarle un ápice de generosidad. Por eso añadió:

—Todavía estamos a tiempo de desdecirnos. Nada está escrito. Este es tu hogar y tuya es la última palabra. Si te parece que mi juicio ha sido errado, Diego y yo acataremos tu voluntad de buen grado. ¿Verdad, hijo?

El joven iba a responder, pese a no terminar de comprender el tremendo alcance de la operación en curso, cuando su abuela se le adelantó, dirigiéndose a su hija:

—Has obrado bien, Jimena. Estoy segura de que nuestro chico no nos decepcionará.

Luego hicieron entrar al notario, que aguardaba de pie en el patio junto al cofre y los hombres de armas, para proceder a la firma del documento. La plata fue puesta a buen recaudo, a la espera de darle el uso previsto, y el fedatario público emprendió el regreso a León, llevando en sus alforjas el fruto de la sangre derramada por Ramiro. El último refugio de Auriola.

La suerte de la familia quedaba en manos de Diego.

El tiempo voló a partir de entonces y esa deuda le pesaba como una losa colgada al cuello.

Se había gastado hasta el último dinero franco en contratar a los mejores guerreros y sufragar la compra de los caballos y los pertrechos requeridos para armar una mesnada de treinta lanzas, con sus correspondientes peones y escuderos. Al frente de esa tropa se había presentado ante el Rey, siempre necesitado de hombres prestos para la batalla, y desde ese día participaba en cuantas cabalgadas cristianas corrían las tierras moras.

Su introductor en la hueste real no fue sino Pedro Ansúrez, más accesible que otros por su vinculación con las tierras zamoranas donde se alzaba Lobera. La fuerza que le acompañaba despertó la curiosidad del conde, quien se interesó por su linaje y la procedencia de esa mesnada. Siguiendo instrucciones de su abuela, el joven eludió entrar en detalles sobre sus ancestros, a menudo alineados con el bando perdedor en las luchas fratricidas que habían jalonado el pasado, y prefirió referirse a su tío Hugo, sin precisar la naturaleza del acuerdo que los vinculaba. Ser sobrino de un comerciante no proporcionaba lustre alguno a un caballero, pero estar emparentado con un borgoñés, en cambio, jugaba a favor de cualquiera en la corte de don Alfonso.

—Nuestro señor aprecia sobremanera la contribución de los francos al engrandecimiento de sus dominios —explicó el noble al infanzón, con la afabilidad propia de quien ya ha otorgado su favor.

—Ese es exactamente mi empeño y el motivo por el cual mi tío ha puesto a mi disposición su fortuna —respondió Diego, bordeando la mentira con una media verdad.

—Vuestro tío es un hombre sabio, además de un negociante que apuesta sobre seguro —convino don Pedro—. El Rey no solo ha elegido por esposa a la hija del duque de Borgoña, nuestra reina doña Constanza, sino que apoya con decisión y también con oro abundante la causa del abad de Cluny, cuyos monjes llevan a cabo una provechosa siembra espiritual a medida que don Alfonso extiende los límites de su corona.

—Perdonad mi ignorancia en asuntos de religión, excelencia —se excusó el infanzón—. Soy un hombre de frontera criado entre soldados. Mi preceptor, el bueno de don Honorio, intentó desasnarme siendo niño, hasta el límite de su paciencia, aunque siempre se topó con esta dura mollera. Lo mío son las armas, no las prédicas.

—¿Estáis dispuesto a defender la verdadera fe con la espada? —inquirió resolutivo Ansúrez, renunciando a malgastar su valioso tiempo con una lección de diplomacia que ese patán sin cultura no sabría apreciar.

—¡Hasta la última gota de sangre! —proclamó Diego, henchido de orgullo—. Enviadme al lugar de mayor peligro y os lo demostraré.

Ocasiones no faltaron y de todas salieron airosos los mesnaderos a sus órdenes, aunque, una vez pagado el quinto debido al monarca, lo rapiñado apenas bastaba para dar forraje a las monturas, alimentarse, reponer las armas dañadas y a lo sumo solazarse con una mujerzuela pública, si es que alguna cautiva mora no daba alivio a la urgencia. Ni rastro de joyas u otras riquezas con las que saldar la deuda pendiente.

Tampoco satisfizo sus expectativas pecuniarias la feroz algara lanzada en el verano del 1083, cuando don Alfonso ordenó una operación de castigo por el brutal ajusticiamiento de su recaudador, Ben Salib.

El judío había acudido a Sevilla, como cada año, con la misión de cobrar las cincuenta mil piezas de oro debidas por Al-Mutamid, aunque pagó su lealtad con la vida. El rey taifa envió el dinero a través de algunos notables, pretendiendo engañar al hebreo con monedas de baja ley que no superaron su criba. Él amenazó con tomar ciudades y cobrarse lo debido en esclavos, a lo cual respondió el sevillano clavándolo en una cruz y mandando cargar de cadenas al resto de la embajada cristiana.

Al enterarse de lo acontecido, la ira del Rey resonó hasta el último rincón de su palacio.

—¡Por Dios que arrasaré el reino de ese incrédulo con tantos guerreros como pelos tiene en la cabeza y no me detendré sino en el estrecho de Gibraltar!

Según supo Diego más tarde, cuando ya marchaba junto a su gente como parte de la hueste real, antes de vengar la afrenta, el monarca tuvo la sangre fría de negociar con Al-Mutamid la liberación de los prisioneros, a cambio de una fortaleza. Conseguido ese propósito, empezó a cumplir su amenaza exactamente en los términos que él mismo había establecido, ayuno de mesura o piedad.

Arengados por su soberano, agrupados tras sus estandartes, los guerreros de León y Castilla entraron a saco por la taifa hispalense, quemaron aldeas, asolaron comarcas enteras, mataron o hicieron cautivos a cuantos moros tuvieron la desdicha de encontrarse en su camino, pusieron sitio a Sevilla durante tres días, devastaron las tierras de Sidonia y continuaron su cabalgada enloquecida hacia el sur, hasta darse de bruces con el mar Mediterráneo.

En sus aguas penetró el monarca a lomos de su montura, entre vítores enfervorecidos de la tropa, y tras demostrar su destreza ejecutando varias cabriolas vistosas, exclamó con voz de trueno:

—Este es el final del país de Al-Ándalus y yo ya lo he pisado.

Su alarde fue recibido con una ovación ensordecedora, a la que Diego se unió derrochando entusiasmo, porque comprendía, como los demás, su significado último. Alfonso carecía todavía de medios y sobre todo de gentes para restaurar el dominio cristiano de la península, repoblándola, pero estaba decidido a lograrlo cuanto antes. La demostración de fuerza que acababa de llevar a cabo daba testimonio de su determinación, al igual que de su poderío, no solo a sus enemigos, sino a sus soldados. Sobre todo a ellos, a los hombres que habrían de morir por la causa invocada con esas palabras: la reconquista del país al que ellos llamaban España.

En ese instante glorioso, Diego evocó a su padre, a su abuelo y a su bisabuelo, pensando en lo que habrían gozado viéndolo convertido en un hombre del que sentirse orgullosos. También le vinieron a la mente su abuela y las historias que ella le contaba sobre el cautiverio de Tiago, las aceifas del dragón Almanzor y las penalidades sufridas por su esposo para escapar a la miseria inherente a su condición de huérfano, hijo de una sierva manumitida.

Todos esos sacrificios, ese dolor, ese legado de fiero combate contra la dureza del destino se sumaban en su interior a la deuda contraída en su nombre con el franco, hasta formar un muro compacto que debía derribar si quería liberar su alma. Luchar era el único modo que tenía de escapar, y en esa playa se juró a sí mismo que lo haría sin desfallecer.

El monarca a quien servía acababa de brindarle una lección impagable de coraje, empuje y audacia, adentrándose en territorio enemigo sin miedo a las consecuencias. Si quería alcanzar su meta y honrar a sus antepasados, solo debía imitar su ejemplo. El camino estaba trazado. De él dependía seguirlo.

También Al-Mutamid entendió claramente el mensaje lanzado por don Alfonso con su feroz correría. Tras asistir impotente a la tormenta desatada en su reino por la cólera del infiel, invocó la ayuda del emir que acababa de completar la conquista del norte de África y se disponía a tomar la ciudad de Ceuta. Con su ayuda, la plaza cayó en manos de los almorávides en agosto del 1084. Desde allí se prepararía un nuevo desembarco musulmán en la península, semejante al protagonizado por Tariq y Muza en el pasado, cuyo empuje le permitiría a él afianzarse en el trono hispalense y conservar su tesoro. A esa esperanza se aferraba el caudillo taifa al cultivar la amistad del implacable Yusuf, sin conocer su extremo rigor ni sospechar sus intenciones.

Estaba alimentando al tigre que acabaría por devorarlo.

34

Con la llegada del invierno, Diego regresó fugazmente a Lobera, donde la vida seguía su curso monótono, adormilada por la estación.

El plazo fijado para la devolución del préstamo aún no había vencido, aunque, según le contó su madre aprovechando una visita a la torre, Mencía y sobre todo Hugo habían mostrado un interés inusitado por las rentas derivadas de la tenencia, sus tierras y demás cuestiones relativas al dominio.

—Parecía que hubieran venido a supervisar su propiedad —relató con desdén Jimena, que no había perdonado a su hermana ni mucho menos a su cuñado.

—No seas tan dura con ella —trató de apaciguarla Auriola, a quien su nieto percibía como su mejor aliada—. Y no indispongas al chico contra sus tíos. Acaba de llegar y ya le estás llenando la cabeza de preocupaciones.

—¡Es la verdad y debe saberla! —se defendió su hija, airada.

—La sé, madre, la sé —terció él con voz serena, intentando tranquilizarla, pues percibía que ese enfado solo trataba de esconder su temor—. Soy muy consciente del envite en juego y sabré estar a la altura de lo que esperáis de mí.

En su fuero interno estaba lleno de dudas, pero jamás lo habría admitido. Además, encontraba un remanso de paz en el amor incondicional de su abuela y en la fe inquebrantable en él que reflejaba su mirada. Si se contemplaba en sus ojos azules, veía a un guerrero invencible, capaz de alcanzar cualquier meta. Ella no tenía miedo. ¿Cómo iba a tenerlo él?

No permaneció a su lado mucho tiempo. Apenas el necesario para permitir que sus hombres abrazaran a sus hijos y engendraran nuevas vidas en los vientres de sus mujeres. Él aprovechó los días para ayudar en la reparación de algún paño de muro caído y al calor del hogar nocturno entretuvo a las mujeres con el relato embellecido de sus gestas militares, obviando hablar de la sangre, las violaciones y los gritos aterrorizados de los chiquillos encaminados a los mercados de esclavos. También entregó a la Dueña el magro botín amasado durante la expedición a Sevilla, parte del cual procedía de un par de cautivos vendidos a un mercader judío. Era una cantidad modesta, a todas luces insuficiente, pero al menos ayudaría a cubrir pequeños gastos.

A mediados de febrero partió con destino a Sahagún, donde se unió al ejército real para cubrir las setenta leguas que separaban dicha localidad de Toledo, previo paso por Palencia, Valladolid, Arévalo y Maqueda. Durante toda esa larga marcha, mascando polvo y pisando barro, un pensamiento obsesivo martilleaba su cabeza: tener la oportunidad de demostrar su valentía.

Ahora al fin estaba allí, frente a la Puerta de Bisagra, rogando porque fuera falso el rumor según el cual la ciudad iba a rendirse sin oponer resistencia.

Los temores del infanzón se hicieron realidad el día de San Eadberto, sexto del mes de mayo, cuando en la propia Huerta del Rey se firmaron las capitulaciones redactadas por los escribas del soberano castellano-leonés con arreglo a sus condiciones.

El Reino de Toledo y su capital pasaban pacíficamente a manos cristianas, a cambio de lo cual los musulmanes residentes en la urbe conservaban sus vidas y sus haciendas, la mayoría de sus mezquitas, libertad para practicar su culto allí, o bien paso franco hacia lo que quedaba de Al-Ándalus, llevándose los bienes móviles que pudieran acarrear. Don Alfonso, a su vez, se adjudicaba el alcázar hasta entonces ocupado por Al-Qadir, el suntuoso palacio habitado durante los meses de asedio, algunas alcazabas más y los tributos pagaderos a partir de entonces por sus súbditos moros, iguales a los vigentes en el resto de su territorio.

Para Diego, aquel desenlace constituyó una gran decepción.

El campamento entero celebraba esa victoria con alivio, dada la terrible dificultad de un asalto, mientras él rumiaba su desgracia de espaldas al jolgorio de la tropa, rechazando incluso brindar por el triunfo de la Santa Cruz.

En ese estado de postración lo encontró una tarde Pedro Ansúrez, cuando lo convocó a su tienda junto a otros capitanes integrantes de la hueste con el fin de indicarle el lugar asignado a su mesnada en el cortejo que acompañaría al monarca en su desfile triunfal por la ciudad.

—Si me hicierais la merced de dispensarme, preferiría ceder mi sitio a otro —respondió el de Lobera sombrío, para desconcierto del conde.

—¿Acaso no os alegráis de esta conquista? —rugió el magnate, enfurecido—. ¡Por Santiago que no sospeché tener entre nosotros a un renegado, y menos a uno tan íntimamente ligado a mi feudo!

—Al contrario, mi señor —rebatió la acusación el señalado—. Si declino participar en esos fastos es porque no creo merecer tan alto honor. Cosa distinta habría sido ganármelo combatiendo. Pero así…

—¡¿Ponéis en cuestión la estrategia del Rey?! —tronó de nuevo don Pedro—. A fe que vuestro descaro no conoce límites.

—Nada más lejos de mi intención, señoría. Simplemente lamento no haber podido demostrarle mi lealtad en la batalla.

—Estáis ansioso por morir. ¿Es eso?

—Estoy ansioso por luchar.

—Si ese es vuestro deseo, os daré satisfacción. Pensaba asignar esta misión a gentes más curtidas en la brega, pero puesto que insistís, sea. Me informan de que el alcaide del castillo de Mora, situado a seis leguas de aquí, rehúsa acatar los términos pactados con Al-Qadir. Su guarnición se ha hecho fuerte tras los muros. Es preciso desalojarla antes de que suponga un problema.

—Concededme veinte lanzas que se unan a las mías y os entregaré la fortaleza intacta —respondió Diego de inmediato, sintiendo cómo la esperanza renacía en su interior.

—Ni siquiera sabemos cuántos guerreros defienden ese bastión —espetó Ansúrez, molesto ante la osadía de ese insolente muchacho—. ¿Cómo estáis tan seguro de poder tomarlo con cincuenta hombres?

—Porque en ello me va la vida —le contestó el zamorano sin faltar a la verdad, dado que solo él sabía hasta qué punto era cierta esa explicación de una conducta aparentemente arrogante, fruto de la inmadurez o la soberbia.

Al despuntar el alba partieron hacia el sur los jinetes encabezados por Diego, quien aun sin conocer el terreno había pasado la noche estudiando el modo de penetrar las defensas de una alcazaba que imaginaba similar a la suya. Cuando le dio vista, cerca del ocaso, en lo alto de una sierra, su ánimo hasta entonces eufórico sufrió un doloroso golpe.

Resultaba evidente que medio centenar de soldados no bastarían, ni de lejos, para lanzar un ataque frontal con visos de alcanzar el éxito. Debería por tanto hallar la forma de entrar sin ser visto, para franquear el paso a sus compañeros desde dentro. Únicamente así tendría una oportunidad de cumplir lo prometido al conde Ansúrez.

Un improvisado consejo celebrado con sus mesnaderos bastó para decidir los pasos a dar a partir de entonces. Todos eran conscientes del peligro, aunque conocían igualmente los beneficios potenciales de hacerse con ese castillo antes que nadie: cuanto encontraran en su interior sería suyo, en lugar de formar parte del botín real. Y a nadie se le escapaba la afición de los toledanos por las joyas, las sedas, los tapices, los metales preciosos y demás objetos capaces de hacer la fortuna de un hombre. Merecía la pena el riesgo. La decisión de actuar fue unánime.

Escalar esa colina debía hacerse en la oscuridad, puesto que a la luz del sol habrían sido un blanco fácil para los expertos ballesteros moros. Permanecer un día entero descansando resultaría suicida, dado que los vigías sarracenos apostados tras las almenas los descubrirían a las primeras de cambio. Optaron pues por confiar en el factor sorpresa y atacar esa misma noche, al amparo de las sombras.

El propio Diego encabezó el grupo de cinco guerreros llamado a trepar por uno de los muros del fortín, utilizando para ello cuerdas rematadas por garfios, mientras el grueso de la tropilla se apostaba en el extremo opuesto, presta para entrar en tromba en cuanto se abriera el portón.

En el interior de la fortaleza, una guarnición mermada por las deserciones, carente de motivación y conocedora de la derrota sufrida por su rey se preguntaba el porqué de esa negativa a rendirse. Su cadí era persona tozuda, ferviente seguidor de Mahoma y del emir africano Yusuf. Según les había dicho al ordenarles resistir, el Profeta los castigaría por claudicar ante los cristianos con penas inimaginables, insoportables y eternas. Morir por Alá, en cambio, les garantizaría una infinidad de placeres en el paraíso reservado a los fieles, donde una legión de huríes satisfaría todos sus caprichos. Por más fervor que pusiera al esgrimirlo, el argumento no resultó excesivamente convincente a oídos de esos soldados con la moral por los suelos.

Una luna menguante diminuta, en forma de cuna, parecía esperar al infanzón cuando culminó su ascensión y puso pie en el camino de ronda, seguido de cerca por sus guerreros. Sin perder un instante, los seis desenvainaron la espada, empuñaron los escudos y se dirigieron a toda prisa hacia la escalera, decididos a llegar hasta la puerta y abrirla antes de que sus guardianes pudieran reaccionar. El patio de armas parecía estar desierto. Con arrojo y decisión, podían lograr su propósito.

El primer enemigo con el que se toparon cayó degollado en un abrir y cerrar de ojos. Ni siquiera supo lo que ocurría. El segundo dio la voz de alarma. Fue lo último que hizo. Diego se adelantó, derribando con la rodela a un tercero que subía los peldaños a medio vestir, mientras sus compañeros hacían frente a un nutrido grupo más avezado, surgido de pronto de las tinieblas, que los había acometido desde el extremo opuesto del estrecho paso. Superiores en número, tenían todas las de ganar.

Los cristianos se limitaron a contener a duras penas la embestida, reculando despacio hacia la escalinata por la que bajaba raudo su capitán, a fin de proteger su loca carrera hacia el portillo lateral donde aguardaban, apostados, los hombres de Ansúrez. Uno de ellos lo había descubierto casualmente durante su penoso ascenso y, alertado de ello el jefe de la operación, se había acordado utilizarlo como vía de acceso al recinto, al asumir que sería más vulnerable por estar menos defendido.

Conseguido lo más difícil, el resto fue cuestión de tiempo.

A través de esa entrada oculta penetraron en tropel los soldados del conde, para socorrer a los que estaban dentro luchando con bravura a pesar de sus heridas. Entre unos y otros lograron imponerse al fin a los guardianes del portón principal y accionar el mecanismo que levantaba la reja, no sin verter mucha sangre, leonesa y sarracena.

Fue una noche larga de gritos desgarradores, aceros mellados, dolor, furia y carnes laceradas.

Cuando asomó el sol por levante, sobre el muro que a la luz del día parecía todavía más alto, el patio de armas estaba cubierto de cadáveres. El del alcaide destacaba entre los demás, porque su cuerpo desmadejado descansaba en el suelo, decapitado, mientras su cabeza coronaba la punta de una lanza. Con él habían caído una docena de guerreros. Los otros habían preferido entregarse a los vencedores. Estos contaban un número de bajas semejante en sus filas, pero volverían a Toledo victoriosos, arrastrando una nutrida cuerda de cautivos y con las llaves de Mora en las manos.

* * *

Se tomaron un merecido descanso en la plaza conquistada, que la mayoría aprovechó para inspeccionar hasta el último rincón del recinto en busca de riquezas ocultas. Uno de los supervivientes, sometido a tormento, confesó el lugar donde guardaban la poca plata recaudada entre los lugareños en concepto de tributos, dado que casi todos pagaban en especies. Únicamente el molinero y algún otro potentado liquidaban sus impuestos en dinares. Las armas incautadas, los caballos y los cautivos constituían, no obstante, un botín considerable, cuyo monto compensaba con creces las pérdidas sufridas.

Emprendieron el regreso al campamento cristiano con tranquilidad, amoldando el paso de las monturas al de los desgraciados que caminaban tras ellas amarrados en fila india.

Diego guiaba ese humilde cortejo con tanto orgullo como el de Alfonso al cruzar la monumental Bisagra, a lomos de su corcel, para adentrarse lentamente en las callejuelas conducentes al alcázar a fin de tomar posesión de la antigua capital visigoda. Si el monarca culminaba una empresa concebida siglos atrás por su tocayo, el Rey Casto, el señor de Lobera atisbaba el final de sus pesadillas y el renacer de la esperanza en un futuro para su familia.

Ese 25 de mayo, festividad de Beda el Venerable, el rey de los leoneses y castellanos hizo valer en Toledo el título de Emperador de toda España, aunque renunció a ser ungido como tal allí, dado que esperaba hacerlo sin tardanza una vez reconquistada Sevilla.

El destino, en su capricho, había dispuesto otra cosa.

Al avistar el puente de Alcántara, que deberían atravesar para acceder a la ciudad, llamó la atención de Diego la cantidad de gentes y animales que lo cruzaban en dirección contraria. Carros cargados hasta los topes, reatas de mulas, pollinos abrumados por el peso de sus alforjas, hombres, mujeres, ancianos, niños, potentados e indigentes, clérigos semejantes a cuervos vestidos de negro de la cabeza a los pies... El éxodo resultaba tan elocuente como abrumador. ¿No decían las capitulaciones firmadas que los muslimes podían quedarse y conservar sus propiedades? A tenor de esa huida masiva, los derrotados desconfiaban de la clemencia de los ganadores.

En un fogonazo de la memoria, el joven creyó ver a su preceptor, don Honorio, declamando en latín un episodio referido a la guerra de las Galias, con la vana pretensión de suscitar su interés por esa lengua:

—*Vae victis*. ¡Ay de los vencidos!

La columna de fugitivos que desfilaba ante sus ojos otorgó pleno sentido a ese lamento añejo. Toledo ya no les pertenecía. Su propio caudillo los había abandonado. Solo les quedaba buscar asilo lejos de allí, en tierras de Al-Mutamid, o bien cruzar el Estrecho y regresar al lugar de donde habían venido los primeros combatientes de Alá.

Eso pensaba Diego en esa hora jubilosa para los estandartes cristianos, sin sospechar el cataclismo que esa victoria iba a provocar. ¿Quién en su sano juicio habría escupido al cielo con reflexiones sombrías?

La verdad era que en África, al otro lado del mar, un ejército tan numeroso como las arenas del desierto se preparaba para contraatacar con la furia de un huracán. Lo acaudillaba el emir Yusuf ben Tashufin, curtido en la construcción de un imperio levantado brutalmente a mayor gloria del Profeta, cuyos letales jinetes ansiaban chocar sus aceros con los de los infieles crecidos que hollaban sus lugares santos. Habían tomado Ceuta, ayudados por Al-Mutamid, y allí esperaban el momento de abordar sus embarcaciones con destino a la península.

Toledo fue la mecha que prendió ese pavoroso incendio.

Ese nombre, Toledo o Tulaytula, evocaba mucho más que una capital o un reino. Mucho más que la urbe custodia de la frontera del Tajo. Toledo era un símbolo poderoso. Un emblema. Un punto de no retorno.

Su caída enardeció a los cristianos, al tiempo que alertaba a los reyezuelos taifas de que ni siquiera humillándose asegurarían sus reinos. El pago puntual de las parias ya no garantizaba nada. La sumisión al Emperador, tampoco. Temerosos de perderlo todo, se encomendaron a sus hermanos de fe y pidieron auxilio a los almorávides, sin calcular que serían ellos, esos feroces guerreros de Dios, quienes acabarían de liquidar el preciado legado ancestral que los andalusíes desesperados trataban de preservar.

Atrapados entre la sartén y el fuego, se arrojaron a las llamas.

35

En recompensa por sus servicios, don Alfonso concedió a Diego la tenencia del castillo de Mora, con su alfoz y sus rentas. Estas eran a la sazón prácticamente inexistentes, dado que años de correrías habían dejado los campos desiertos y los pocos campesinos aún aferrados a sus raíces carecían de lo indispensable para alimentar a sus hijos. La tierra, empero, era rica. Con arado, simiente y siega proporcionaría abundante trigo. Solo era cuestión de llevar hasta allí brazos dispuestos a trabajarla; un empeño que el soberano se propuso cumplir sin tardanza.

Antes de poblar, no obstante, era menester afirmar la defensa del territorio reconquistado, para lo cual el Rey recurrió a sus nobles con arreglo a la costumbre asentada desde antiguo: distribuyendo entre ellos feudos, fortalezas, villas y aldeas, que sus mesnadas mantendrían a salvo de acometidas moras. También los premió con edificios en la ciudad abandonados por sus propietarios musulmanes.

Un gran número de viviendas habían quedado vacías debido al éxodo, lo que brindaba al monarca la posibilidad de mostrarse doblemente generoso con aquellos de sus capitanes que se hubieran destacado en la lucha. Y en ese reparto fue nuevamente agraciado el infanzón de Lobera, a quien se le dio a escoger entre un ramillete de casas en apariencia diminutas, apretadas las unas contra las otras entre callejuelas angostas, que al traspasar la puerta, no obstante, se abrían a patios luminosos provistos de aljibes antiguos, con frecuencia un limonero y hasta un pequeño huerto; estancias confortables, cocina, letrinas y demás elementos necesarios para hacer en extremo agradable la vida de sus moradores.

Al decantarse por una de esas residencias, humilde en tamaño aunque abierta a una plazuela situada en la parte alta, próxima a una de las ocho iglesias cristianas donde los mozárabes habían seguido celebrando discretamente su culto, Diego pensó en su madre más que en su abuela. Ambas estaban hechas a la dura existencia de una fortaleza fronteriza, pero la contemplaban de maneras muy distintas.

Tal como él lo veía, Jimena disfrutaría de los usos de la ciudad con deleite, recorrería sus tiendas y mercados dejándose sorprender por la habilidad de esos artesanos, haría enseguida amistad con las vecinas, se acomodaría a la ociosidad urbanita sin volver la vista atrás. Auriola, en cambio, nunca había sentido atracción alguna por las urbes. Ella amaba los espacios abiertos, el aire puro, el aroma de los bosques, el silencio. Una sería más difícil de convencer que la otra, pero se dejaría llevar. Ya se encargaría él de lograrlo.

Una vez hecha su elección, mientras se dirigía al alcázar con el fin de obtener el correspondiente documento de propiedad, llamó su atención la presencia de un grupo de ancianos de aspecto abatido, ismaelitas a juzgar por sus ropas, que escuchaban a un poeta ciego recitar versos. Aunque no dominaba el árabe, había tenido suficiente trato con ellos como para entenderlo, del mismo modo que muchos caballeros andalusíes de frontera hablaban y comprendían la lengua romance. Por eso detuvo su marcha, atraído por esa voz rota.

—Oh gentes de Al-Ándalus —gemía el hombre, infinitamente triste y a la vez desafiante—, arread vuestras monturas porque no hay sitio en él sino para el error. Los vestidos se deshilachan por sus extremos y veo que el vestido de la península se ha deshilachado por el centro. A nosotros el enemigo no nos dejará en paz. ¿Cómo vivir en compañía de las serpientes en un cesto?

Estuvo a punto de castigar la insolencia de ese infiel a golpes, pero desechó la idea. En el fondo, no hacía sino reconocer públicamente la derrota sufrida por los suyos e invitarlos a tomar la ruta del exilio. Un buen consejo. ¡Que se fueran tras sus almuédanos los adoradores de Alá! Todos, a ser posible. Y cuanto antes, mejor. Muchos buenos cristianos aguardaban impacientes para ocupar los espacios que ellos dejaran vacíos.

Si de él hubiese dependido, ya no quedaría un alminar en Toledo desde el cual se llamase a rezar al falso dios de los caldeos. El Rey había optado por la clemencia al permitirles mantener abierta incluso la Mezquita Mayor, lo que a su entender constituía un error. Claro que él no era quién para decir a don Alfonso lo que convenía al Reino. Esa tarea correspondía a sus consejeros, cuyo parecer, según se decía, distaba de ser unánime.

De acuerdo con los rumores que corrían por el real, los francos vinculados a doña Constanza eran partidarios de la mano dura, mientras los hispanos, encabezados por el conde Sisnando, abogaban por la tolerancia en prevención de males mayores. El tiempo se ocuparía de dar y quitar razones.

* * *

La imponente construcción, levantada en lo más alto del cerro que albergaba la capital, era un ir y venir de soldados, caballeros, funcionarios, clérigos y escribas. Allí había residido Al-Qadir hasta su traslado a Valencia, vergonzantemente escoltado por una guardia de jinetes cristianos, pero ahora sobre todo sus estancias acogían sobre todo despachos dedicados a la administración del inmenso dominio recuperado. Una labor complicada, habida cuenta de los apetitos e intereses contrapuestos que era preciso considerar a fin de contentar a unos y otros.

Tras aguardar su turno, Diego accedió a una sala amplia, provista de varias mesas, donde unos cuantos amanuenses tonsurados redactaban escrituras que a continuación registraban en los correspondientes libros. El que le tocó en suerte era de avanzada edad, por lo que dedujo que se trataría de un monje local reclutado a última hora. A sus años, no habría podido seguir el paso del ejército. A duras penas lograba escribir sobre el pergamino. Su lentitud resultaba exasperante. No solo le fallaba la vista, sino que parecía tener dificultades para manejar la pluma.

—Tal vez podría ayudaros —se ofreció el de Lobera, impaciente.

—¿Sabéis escribir? —inquirió sorprendido el anciano.

—En latín y en romance —se ufanó el caballero, agradeciendo por una vez las lecciones del hermano Honorio—. También poseo conocimientos de gramática y retórica, pero en cambio no me sobra el tiempo.

—Cuando alcancéis mis años, si es que tenéis tal dicha, veréis que el tiempo es un concepto difuso —replicó el fraile, con un habla peculiar impregnada de reminiscencias árabes.

—Hasta entonces, sin embargo, me temo que tengo prisa —repuso brusco el leonés.

—Pues habréis de contenerla, muchacho —le espetó burlón el escribano, mirándolo por vez primera a los ojos—. Don Alfonso ha ordenado que los documentos oficiales sean redactados en letra carolina, la que estoy intentando trazar a mi pesar, dado que la aprendida en el monasterio donde me crie era nuestra hermosa escritura visigótica, utilizada en todos los reinos cristianos hasta que los monjes de Cluny impusieron su costumbre bárbara.

Esto último lo dijo con rabia. Toda una vida bajo el yugo musulmán le había enseñado a obedecer sin discutir, aunque no había conseguido doblegar ni su fe ni sus convicciones. La imposición de esa caligrafía foránea le parecía una afrenta. ¿Para eso llevaban generaciones los mozárabes toledanos aguardando el día de la liberación? ¿Para cambiar a musulmanes por francos?

—Aguardad a que termine y saldréis de aquí con un castillo, una casa y una huerta a vuestro nombre. Yo diría que la espera merece la pena con creces.

* * *

A Diego le habría complacido sobremanera ser nombrado caballero por el rey que tantas mercedes le había concedido, pero tuvo que dejarlo para una mejor ocasión.

Tras concluir el reparto de donadíos y heredamientos entre sus nobles y eclesiásticos, recompensados igualmente con porciones sustanciosas de las parias, don Alfonso se vio obligado a socorrer a su títere Al-Qadir, amenazado por su vecino Al-Mustain. A tal fin envió en su ayuda al más leal de sus capitanes, el castellano Álvar Fáñez, apodado Minaya («mi hermano») por Rodrigo Díaz de Vivar, cuyo nombre no se pronunciaba en el real por miedo a despertar la ira del soberano. Poco después, él mismo se puso nuevamente al frente de su ejército en dirección a Zaragoza, decidido a sitiar la capital del caudillo taifa reacio a someterse a su poder y pagar los tributos debidos.

En vísperas de la partida, Diego pidió permiso al conde Ansúrez para demorar su incorporación a la tropa a fin de poner en orden graves asuntos familiares. Obtenida la licencia, despachó a su mejor hombre hacia la vieja torre levantada por Ramiro, con una bolsa de monedas, un caballo de refresco y una carta dirigida a su madre y a su abuela, en la que les narraba brevemente los sucesos acaecidos y las invitaba a reunirse con él en Toledo. Hecho lo cual, encomendó a la misericordia divina la pronta aceptación de esa propuesta y se dispuso a brindar a las damas una bienvenida suntuosa.

El mensajero cubrió el centenar de leguas distantes entre el Tajo y el Duero en menos de una semana, forzando a sus monturas más de lo razonable. Cabalgó por tierras prácticamente desiertas, sin saber que, a esas alturas, ya tenían nuevos dueños. Dueños potenciales, al menos, que no tardarían en acudir a tomar posesión de lo suyo.

Consciente de su alto valor estratégico, el Rey había mandado repoblar cuanto antes las ciudades de Ávila, Segovia, Madrid y Salamanca, llamadas a salvaguardar las comunicaciones con el territorio situado al norte del río Duero que durante siglos había delimitado la frontera entre la Cristiandad y el islam. En aras de atraer colonos dispuestos a integrarse en las milicias urbanas, cultivar los campos y luchar, llegado el caso, para proteger los pasos montañosos y así garantizar el acceso de los refuerzos en momentos de necesidad, otorgó fueros que concedían amplios derechos y libertades a las gentes venidas del norte: gallegos, leoneses, castellanos y francos, aunque estos últimos en menor número. Se ocupaba de ejecutar ese ambicioso proyecto el conde Raimundo de Borgoña, casado con su hija, la infanta Urraca, cuando esta contaba apenas siete años de edad.

Alfonso tenía plena confianza en su yerno, escuchaba con atención a su esposa, donaba ingentes cantidades de oro y plata al influyente monasterio de Cluny, cuya labor reformadora del culto respaldaba sin ambages, pese al malestar causado con ello a buena parte de la clerecía hispana, y cultivaba la amistad de los francos, sabedor de lo indispensable que resultaba su ayuda en la empresa reconquistadora que se había propuesto llevar a cabo.

Así como su homónimo, Alfonso II de Asturias, había tejido una sólida alianza militar con Carlomagno, además de inaugurar el Camino de Santiago al viajar personalmente a Compostela tras la milagrosa aparición de las reliquias del Apóstol, el leonés estableció lazos de amistad primero con Aquitania, a través de su matrimonio con Inés, fallecida cuando trataba de alumbrar a su primer hijo, y después con Borgoña, al desposar a Constanza, madre de Urraca. Raimundo formaba parte de esa apuesta estratégica, combatía a su lado en la batalla y ejecutaba sus políticas con lealtad y eficacia. Las decepciones vendrían más tarde, al ser sometida a prueba la solidez de ese vínculo cuando el terror almorávide se abatió sobre la península.

* * *

El calor apretaba fuerte la tarde en que el mesnadero llegó al torreón de Lobera e hizo entrega de la misiva escrita por su señor. Su lectura desató en Jimena un torrente de lágrimas que mezclaba en un mismo llanto alivio, orgullo y zozobra. Auriola, por el contrario, escuchó serena a su hija, maldiciendo el velo blanquecino que había cubierto sus pupilas hasta dejarla prácticamente ciega. Algo normal a su edad, decía el galeno judío venido desde Zamora para diagnosticar su mal sin ofrecer una cura. ¿De qué servía esa explicación si no la acompañaba un remedio? La resignación nunca había figurado entre las virtudes de la Dueña, pese a lo cual se resignó. ¡Qué remedio!

—¡Al fin lo ha conseguido, madre! —La voz de Jimena bastaba para adivinar su expresión exultante, aun sin verle bien la cara—. Ahora pretende que vayamos a su encuentro en el reino ganado a los moros.

—Pues eso haremos —respondió esta, serena—. No parece que tengamos elección.

—¿Estás segura? —inquirió dubitativa su hija—. Este es nuestro hogar, tu casa, la que levantó mi padre, su legado.

—Mucho me temo que ahora pasará a manos de tu hermana y su marido. —No había reproche en el tono—. Tú misma lo acordaste.

—¡Si supieras cuánto me he arrepentido de hacerlo! Y más ahora, viendo tu estado…

Auriola había superado con creces la expectativa de vida con la que había nacido, al apuntar con decisión a la edad de Matusalén. Gozaba de buena salud, a excepción de sus problemas de vista y de la falta de muelas. Los cambios de tiempo le causaban dolores de huesos, en ocasiones agudos, aunque no los suficientes para obligarla a guardar reposo. Seguía gobernando con mano firme sus dominios y detestaba la condescendencia.

—Mi estado no debería servirte de excusa —le espetó, sacando el genio navarro—. Si tienes miedo a ese cambio, no tienes más que decirlo.

—Estoy pensando en ti, no en mí.

368

—En tal caso, no hay más que hablar; iremos —sentenció, demostrando que los años no habían apaciguado su carácter ni mermado su determinación—. Una vez allí ya veremos si nos instalamos en la ciudad o en la fortaleza, aunque ya te adelanto mi preferencia por la segunda opción. Nunca me han gustado las urbes. No solo hieden, sino que suelen estar repletas de rufianes.

Jimena dudaba, en efecto. Instalarse en una tierra recién ganada al enemigo suponía correr graves riesgos, máxime ahora que, al parecer, un emir sarraceno al que llamaban Yusuf había unificado a las tribus africanas del norte y comandaba un inmenso ejército dispuesto a cruzar el Estrecho para sojuzgar a los cristianos. Eso decía al menos el cura, don Serafín, instruido por el obispo, antes de llamar a los buenos cristianos a defender la verdadera fe si la invasión se producía.

Ella anhelaba abrazar a su único hijo y compartir con él la gloria alcanzada, aunque temía meterse en la boca del lobo y arrastrar con ella a su madre anciana. Bastante le había pedido ya, sin recibir una negativa.

—¿Qué será de esta torre? —preguntó en un susurro.

—Pasará a ser propiedad de Hugo, si es que antes no la reclama alguno de los magnates que la miran con ojos golosos. Honraremos la palabra dada y lo haremos sin rencores. Al fin y al cabo se trata de mi yerno, esposo de Mencía y padre de mis nietos. Desde el cielo, donde nos espera, su abuelo se alegrará de que permanezca en la familia.

—¿Viajaremos solas hasta allí? —insistió Jimena, imbuida de la prudencia que echaba a faltar en su madre—. ¿Has considerado bien los riesgos? Si te soy sincera, me parece una locura.

La mente lúcida de Auriola sabía que su hija tenía razón. El corazón, sin embargo, le decía lo contrario. Había dedicado buena parte de sus desvelos a labrar un futuro para ese mocete cuyos sueños por fin parecían cumplirse, y estaba deseando ver lo que había conseguido alcanzar. O, mejor dicho, sentir, escuchar, percibir, gozar, toda vez que sus ojos nublados le impedirían contemplar la tierra reconquistada que acogería su tumba.

Las piedras de la torre eran solo eso, piedras. Los campos que la rodeaban no diferirían mucho de otros semejantes. La sangre en cambio era vida y por las venas de ese muchacho corría la de Ramiro, a quien tanto le recordaba. La misma bravura, idéntica ambición, igual rechazo a resignarse al destino… La herencia de su añorado esposo no era tanto ese dominio, tal como había pensado siempre, cuanto la hidalguía, el coraje que derrochaba su nieto. Ramiro habitaba en él y, aunque solo fuera por eso, ella iría a su encuentro.

Su existencia había sido un largo viaje desde Lurat, con etapas pasajeras. ¿Qué importaba una más? Era vieja, pero todavía conservaba energía suficiente para subirse a un carro y embocar nuevos caminos. La meta lo merecía.

—No estaremos solas, descuida —tranquilizó a Jimena—. Diego asegura en su carta que la vega del Tajo es fértil y ofrece tierras a los labradores deseosos de unirse a nosotras. Verás como son numerosos. Aquí sobran bocas que alimentar y las cosechas no dan abasto. Allí abundan campos baldíos esperando ser arados. Quienes vinieron con tu padre y conmigo desde León han tenido descendencia que pide a gritos parcelas. Ya entonces las fincas resultaban apenas suficientes para satisfacer las necesidades. Ahora les nacen hijos ayunos de esperanza. Esos desheredados serán nuestros compañeros de viaje.

* * *

Para cuando pudieron ponerse en camino, el otoño había desnudado prácticamente los árboles.

Además de notificar al de Borgoña la cesión definitiva del dominio y consiguiente cancelación de la deuda, dar un plazo prudencial a sus feudatarios para tomar la decisión de emigrar junto a ellas o no, proporcionar algún dinero a la familia de la difunta Saturnina, que ambas consideraban en cierto modo propia, y despedirse de los miembros del concejo, Auriola y Jimena tuvieron que hacer el equipaje, lo cual no resultó sencillo.

La mayoría de sus posesiones debería quedarse en Lobera, pues era impensable cargar las carretas con muebles u otros objetos pesados. Únicamente se llevaron ropa de casa y vestimentas, el ajuar doméstico de mayor valor y un puñado de recuerdos. Media docena de baúles en los cuales iba su vida.

La travesía de las llanuras, antaño conocidas como «campos góticos» por su feracidad, fue más penosa de lo imaginado, dado que las lluvias y el barro parecían haber borrado los restos de las calzadas empedradas por las legiones romanas. Al llegar a las montañas que cerraban por el sur ese yermo abandonado, de cumbres casi tan altas como las murallas naturales de Asturias, las dificultades se agravaron. Al cabo de pocos días incluso la Dueña se preguntaba si no habría sido una temeridad desafiar al sentido común lanzándose a la intemperie en esa época del año, cuando lo sensato habría sido esperar a la primavera. ¿En qué momento se habría dejado aconsejar por las prisas?

Las ruedas se atascaban a menudo en el fango o se quebraban en algún accidente del terreno, a pesar de su solidez y revestimiento de hierro. Para poder sustituirlas era preciso levantar el vehículo a costa de grandes esfuerzos, no sin antes liberarlo de todo lo que transportaba, para a continuación volver a colocar cada bulto en su sitio. El frío contribuía a ensombrecer los ánimos, ya de por sí sometidos a una dura prueba. Las paradas eran frecuentes y ralentizaban todavía más la marcha, pues era menester dar descanso a los más débiles, así como a las bestias uncidas a los carros y a las que llevaban consigo los colonos: vacas, ovejas, cerdos y cabras, además de las aves de corral hacinadas en sus jaulas.

Las noches se alargaban deprisa, a medida que los días menguaban, restando horas vitales al avance de la caravana. Llegó un momento en que, casi perdida la cuenta del tiempo transcurrido desde que partieron de Lobera, un niño de pecho contrajo fiebres y se apagó en brazos de su madre, quien consideró esa muerte un aviso del cielo. La desdichada, enloquecida de dolor, empezó a hablar de volver por donde habían venido. Su voz habría sido escuchada dando al traste con la expedición, de no ser porque esa noche divisaron frente a ellos el resplandor de las antorchas que iluminaban Toledo.

Faltaban solo dos semanas para la natividad del Señor.

* * *

A la luz de un pálido sol otoñal, Jimena descubrió el esplendor antiguo de la ciudad cuyas defensas no desmerecían en absoluto las murallas de León. Sus edificios de piedra y ladrillo, aupados a una colina abrazada por el río. Sus puertas monumentales. La soberbia alcazaba que tenía por corona.

Con palabras escogidas como los hilos de un tapiz al que se pretende dar el colorido preciso, describió el lugar a Auriola, quien permanecía acurrucada en una suerte de cama improvisada en el carro bajo varias capas de pieles. Parecía desmejorada a causa de la fatiga, aunque ansiosa por ver ese nuevo paisaje a través de los ojos que le prestaba su hija. Esta no escatimó entusiasmo en el relato, pues la belleza y grandiosidad de ese enclave le había causado una profunda impresión.

—Es gloriosa, madre. No se me ocurre otro nombre.

Los campesinos venidos con ellas estaban demasiado cansados para darse a la contemplación. Solo querían llegar a dondequiera que se dirigieran, hallar un techo bajo el cual cobijarse y poner al fuego un puchero. Ansiaban comer caliente y dormir en un lecho seco.

Alertado Diego por la guardia a la que previamente había puesto sobre aviso, cabalgó a galope tendido hasta el lugar donde habían acampado temporalmente sus gentes. Casi no podía creer que lo hubiesen conseguido. Nunca había subestimado el empuje imparable de su abuela, aunque debía admitir que su madre no le iba a la zaga. Con el correr de los años, se había ido fortaleciendo, seguramente empujada por la necesidad convertida en virtud. ¿Qué remedio les quedaba? Millares de mujeres como ellas se veían obligadas por la guerra a cuidar de sus haciendas, sacar adelante a sus hijos y dar lo mejor de sí mismas.

Cegado por el egoísmo inherente a la juventud, había tardado mucho en valorar su sacrificio, aunque viéndolas allí, tan lejos de su hogar, habiendo renunciado a todo por amor a él, se juró a sí mismo hacer cuanto estuviera en su mano por compensarlas. Nunca más pondría a prueba ese sentimiento incondicional. Pagada la deuda debida a su tío el comerciante, quedaba pendiente la contraída con su madre y con su abuela.

—¡Habéis venido! —exclamó, emocionado, sin saber bien cómo actuar, toda vez que las carantoñas eran impropias de un guerrero.

—Aquí estamos, sí —contestó Jimena, no menos conmovida, corriendo a estrecharlo en sus brazos—. ¡Estás muy delgado! —le regañó—. Alguien tenía que cuidarte.

—Para eso está la abuela —bromeó él, extrañado de que ella permaneciera quieta junto a su hija. Viendo que no se movía, inquirió alarmado—: ¿Te encuentras bien? ¡No estarás enferma!

—Perfectamente, mocete —respondió Auriola, todo lo claro que le permitían sus encías desdentadas—. Me cuesta dar fe de esa delgadez de la que habla tu madre, pero si te acercas podré comprobar si dice la verdad o exagera. De momento, veo un bulto bien parecido que habla como mi nieto.

Solo entonces se fijó el infanzón en que los ojos de su abuela ya no eran azules, sino de un gris blanquecino. Había visto a muchas víctimas del mismo mal condenadas a mendigar. Iba a expresarle su pesar, a condolerse con ella por esa desgracia, cuando Auriola lo detuvo en seco, apelando a su proverbial autoridad y sentido del humor sarcástico.

—¿Dónde dices que está ese castillo conquistado al moro? En tu misiva presumías de sus muchas comodidades, pero a saber si fanfarroneabas y vas a llevarnos a un cuchitril.

—Estaréis cansadas —respondió él, animado por un gesto de su madre a no insistir en la cuestión de la ceguera, que incomodaba profundamente a la anciana—. Si os parece bien, pasaremos un par de noches en nuestra casa de la ciudad y después nos trasladaremos a Mora.

—¿Y las gentes que han venido con nosotras? —abogó por ellas Auriola.

—Mis hombres se ocuparán de ellos, tranquila. No les faltará de nada.

—Siendo así, no se hable más. La idea de un vino especiado y una sopa de picadillo me hace la boca agua...

A la mañana siguiente, domingo, acudieron a la misa mayor en la iglesia situada junto a la residencia de Diego, repleta hasta los topes de fieles. El sacerdote, un clérigo ataviado con el lujo propio de las grandes ocasiones, cuya edad sería similar a la de Auriola, oficiaba un rito que a ella le resultó extraño, hasta el punto de desconcertarla. Su nieto le explicó a la salida que el ceremonial seguía la tradición de Isidoro de Sevilla, diferente del vigente tanto en León como en su Navarra natal. Aquello sorprendió todavía más a la Dueña. ¿No debería una dirigirse al Creador del mismo modo, fuera cual fuese el lugar?

Pronto desechó esos pensamientos. Tenía cosas más urgentes de las que ocuparse. Allá los clérigos con sus disputas. Según su humilde opinión, Dios estaba en todas partes y todas las personas de bien. Incluso en los objetos más sencillos, siempre que fueran hermosos. ¿Qué más daba la forma en que se le invocara?

Aún guardaba un vago recuerdo del aya que la cuidaba en la tenencia de sus padres, apelando a los habitantes del bosque para que velaran por su niña y la guardaran de todo mal. También recordaba los paseos que solían darse juntas hasta un claro abierto en un hayedo cercano a su hogar, donde dejaba caer un trozo de pan al suelo, como por descuido, a la vez que musitaba una plegaria ancestral en su lengua vascona. ¿Qué podía haber de malo en esa oración? A tenor de su larga vida, era evidente que los ruegos de Galinda habían sido escuchados. En cuanto a su pertinencia, ella no albergaba dudas de que estaban inspirados por el amor más puro.

¿Y qué era Dios sino amor?

La estancia en la capital se prolongó hasta después de las fiestas navideñas, tiempo que Auriola aprovechó para reponer fuerzas y cavilar sobre la mejor forma de obligar a su nieto a casarse. El chico tenía ya veintitrés años cumplidos, pese a lo cual no mostraba interés alguno por encontrar una esposa. Hasta entonces podía entenderse que sus prioridades fueran otras, pero el tiempo pasaba deprisa sin cambios esperanzadores. Y si no se concertaba una boda, si no llegaban pronto los hijos, el linaje de Ramiro se extinguiría, a falta de un varón continuador de la estirpe. Eso era algo que ella no podía permitir. Un desafuero contrario a las leyes divinas y humanas. Un insulto a la memoria de su marido que en modo alguno iba a consentir.

Madre e hijo se dedicaron entre tanto a visitar mercados y darse algunos caprichos. Jimena había dejado atrás la juventud y afrontaba con cierta inquietud la ingente tarea inherente a comenzar desde cero en un nuevo hogar. Diego, por su parte, se sentía obligado a cuidar de esas mujeres, aunque sabía que muy pronto tendría que abandonarlas para cumplir con su deber de soldado. Antes de hacerlo, no obstante, pretendía ofrecerles al menos un acomodo tan bueno como el que habían dejado atrás.

La idea de someterlas a un peligro mortal derivado de la guerra le resultaba insoportable, por lo que su mente la rechazaba de plano. El rey cristiano se había adentrado en el mar donde terminaba Al-Ándalus, antes de tomar Toledo.

¿Qué podía salir mal?

* * *

Una vez instaladas las damas en la fortaleza, asegurado el servicio necesario para que no les faltara de nada y establecida una modesta guarnición de diez hombres encargada de custodiarlas, el nuevo señor de Mora se vio obligado a partir.

No quería tentar a la suerte prolongando en exceso el tiempo de holganza concedido por el conde Ansúrez.

Su castillo constituía un bastión en una posición avanzada, pero, ante la ausencia de amenazas inmediatas, no precisaba de un gran despliegue de fuerzas. La lucha tenía lugar en Zaragoza, donde el ejército cristiano comandado por don Alfonso mantenía su feroz asedio, a pesar de los rigores invernales. Hacia allí marchó el infanzón, flanqueado por los mesnaderos que habían permanecido con él.

En ausencia del señor, Auriola y Jimena supervisaron el reparto de tierras, resolvieron las desavenencias surgidas entre los colonos, se aseguraron de que cada cual recibiera lo prometido e hicieron cuanto pudieron por adecentar la alcazaba, concebida para acantonar tropas. No resultaba tan inhóspita como la torre que se esperaba la navarra a su llegada a Lobera, pero tampoco respondía a lo que habían imaginado. Dedicaron pues tiempo y plata a convertirla en su residencia, felices de haber aceptado trasladarse a la nueva frontera.

Hasta el día en que un soldado puso fin de golpe a esa alegría.

Se estrenaba el mes de agosto del año 1086 de Nuestro Señor, sometiendo a gentes y bestias al tormento de una canícula capaz de fundir el hierro. Nada presagiaba la funesta noticia de la que era portador el jinete, salvo acaso su aspecto exhausto y el deplorable estado de su caballo, cubierto de sudor por el esfuerzo. Había galopado sin descanso desde los confines meridionales del Reino, con el propósito de alertar a Toledo y poner en guardia asimismo a las numerosas fortalezas levantadas a su alrededor.

El explorador llevaba un mensaje urgente. Los almorávides acababan de desembarcar en Algeciras, probablemente con el propósito de reconquistar dicha ciudad. Todo hombre capaz de empuñar un arma debía aprestarse a la lucha. Las mujeres y los niños, buscar refugio tras las murallas. Un ejército aterrador, como jamás se había visto, se acercaba a toda prisa. Lo formaban hombres del desierto a lomos de monturas ligeras acompañados de gigantes negros.

El Rey seguía en Zaragoza, al igual que Diego. Las dueñas estaban solas y así habrían de enfrentarse a ese feroz adversario.

36

Yusuf ben Tashufin, emir de los ver-
daderos creyentes, entraba en Al-
Ándalus decidido a restablecer el islam no solo en los territorios ocupados por los cristianos, sino en las taifas cuyos
reyezuelos habían corrompido la fe, entregándose al pecado, los abusos y la molicie. Llegaba dispuesto a cortar una
montaña de cabezas enemigas como ofrenda devota al Más
Grande, pero también a recordar a los caudillos taifas el significado de la palabra con la que nombraban su credo: islam.
Sumisión. Obediencia total y absoluta a los mandatos del
Profeta.

Los musulmanes andalusíes se habían desviado del camino
recto. Bebían vino y otros licores, tajantemente prohibidos
por el Corán. Cobraban impuestos crecientes a sus hermanos
de fe, en contra de lo establecido en las leyes islámicas.
Acumulaban fortunas escandalosas que salvaguardaban a costa de pagar tributos a los caudillos infieles. Todo aquello debía
terminar sin tardanza. Con ese propósito estaba él en la península, dispuesto a extender los confines de su vasto imperio y

garantizar que todos sus moradores cumplieran estrictamente con los preceptos del libro dictado por Alá a Mahoma.

El tiempo de la tibieza, mal llamada tolerancia, debía llegar a su fin.

La invitación cursada por Al-Mutamid de Sevilla, Abd Allah de Granada y Al-Mutawakkil de Badajoz establecía como condición el respeto de sus feudos, aunque el africano tenía sobre esa cuestión sus propios planes, que llevaría a cabo cuando lo estimara oportuno. Era astuto como los zorros del desierto y, a semejanza de estos, paciente.

De entrada rehusó tocar tierra en Gibraltar, tal como le había sugerido el sevillano, y lo hizo más al oeste, en Algeciras, en aras de avanzar con cautela siguiendo la ruta occidental, controlada por sus aliados. No terminaba de fiarse de ellos, aunque le parecían menos peligrosos que la hueste de Alfonso VI, a la que deseaba enfrentarse en un terreno favorable.

A las puertas de su hermosa capital hispalense, Al-Mutamid le dispensó un recibimiento ostentoso.

—Alabado sea Alá el Misericordioso por haberte traído a nosotros —le dijo, inclinado, tratando de besarle las manos.

Yusuf rechazó el gesto, no tanto por sentimiento de hermandad cuanto por repugnancia ante esa actitud servil, y le instó a levantarse a fin de darle un abrazo.

—Bendito sea su nombre por siempre —respondió con el saludo al uso—. Ha sido su causa lo que nos ha traído, atendiendo a vuestras súplicas. No podíamos desoír la llamada a la guerra santa.

Acto seguido, el andalusí depositó a sus pies tal cantidad de regalos que el emir pudo entregar al menos una joya u objeto precioso a cada uno de sus capitanes, deslumbrados ante tal riqueza.

El africano no desdeñaba el botín potencial que ofrecía esa tierra de promisión, aunque ansiaba con mayor anhelo la victoria. No estaba allí movido por la codicia, sino por la fe. De esos gobernantes reblandecidos le importaban mucho más los ocho mil guerreros aportados a sus filas que los tesoros desplegados ante él en un burdo intento de comprarle. Solo pedía que, llegado el momento de la verdad, lucharan con tanta bravura como los doce mil magrebíes bregados en el combate que habían desembarcado con él.

Concluidos los fastos organizados en su honor, la formidable maquinaria bélica agrupada en torno a ese caudillo carismático reanudó su lento avance hacia el noroeste arrastrando consigo todo lo necesario para sustentarse, mantener las armas en perfecto estado e incluso dar solaz a los soldados: rebaños, aves de corral, trigo, hornos de campaña, alimento para los caballos, forjas móviles, maestros herreros expertos en el arte de arreglar espadas, jaimas donde guarecerse de noche y abundancia de prostitutas, la mayoría esclavas sexuales, entre otras piezas de intendencia fundamentales en cualquier aceifa.

Se estrenaba el mes de octubre del año 1086.

Yusuf no tenía prisa.

* * *

Alfonso se enteró del desembarco almorávide a las puertas de Zaragoza, cuando la plaza asediada estaba a punto de caer. Le habían advertido del riesgo, era consciente de las maniobras urdidas a sus espaldas por sus supuestos vasallos moros, pero se había confiado en exceso. Un error imperdonable en un estratega de su talla.

—¡Partimos de inmediato hacia Toledo! —tronó en el interior de su lujosa tienda, estrellando una copa de vino contra la pared de tela—. No hay tiempo que perder.

—Así se hará, señor —respondió el conde portador de la trágica nueva.

—Haced venir a Ansúrez —añadió don Alfonso, iracundo—. Y a mi yerno.

Reunidos los tres en consejo, el monarca recobró la calma.

—Manda aviso urgente a Álvar Fáñez en Valencia, Pedro —ordenó el Rey a su inseparable amigo—. Que se reúna con nosotros cuanto antes en Toledo. Nada hay más importante que defender esa ciudad. ¿Está claro?

Todos daban por hecho que sería el objetivo de los sarracenos, quienes se lanzarían sobre ella como halcones hambrientos. Empezaba una carrera por ver quién llegaba antes.

—¿Tendremos auxilio de vuestros parientes en caso de necesidad? —se dirigió a Raimundo.

—Los francos responderán si hacéis un llamamiento a la Cristiandad, sire —eludió comprometerse el de Borgoña—, para lo cual deberíais contar con el beneplácito del Papa.

—El Papa está muy lejos de aquí —refunfuñó el leonés.

—¿Puedo sugeriros enviar un emisario al rey Sancho Ramírez, majestad? —propuso el conde Ansúrez—. Me consta que el infante Pedro se sentiría sumamente honrado de poder capitanear un contingente aragonés.

—Sea —concedió Alfonso—. Toda espada será poca frente a lo que nos aguarda.

Establecidas las prioridades y hecho el recuento de fuerzas, la hueste cristiana comenzó a moverse con toda la rapidez posible habida cuenta de su volumen. Marcharían al combate la mitad de los efectivos, es decir, unos setecientos cincuenta jinetes ligeros, otros tantos integrantes de la caballería pesada y un número indeterminado de escuderos y peones, muy superior en cualquier caso al de combatientes montados.

Diego de Zamora fue de los primeros en partir, al frente de un escuadrón de cuarenta hombres de a caballo enviados en avanzadilla. Sus asistentes los seguirían a pie o en carreta, junto al resto de la tropa, asegurándose de tener a punto las armas de sus señores. Ellos debían adelantarse para preparar la llegada del Rey.

Galoparon como alma que lleva el diablo bajo un sol de justicia y arribaron a la ciudad del Tajo mediada la segunda semana de septiembre, unos días antes de que lo hicieran Alfonso, Fáñez y el príncipe de Aragón. Merced a la misericordia divina, la furia de los sarracenos aún no la había alcanzado.

Una vez dictadas las disposiciones pertinentes, el infanzón tomó una montura de refresco para correr hasta Mora, rezando al cielo por que tampoco allí hubiera rastro del contingente africano. Era ya noche cerrada cuando avistó, entre las sombras, la tenue luz de las antorchas prendidas en la fortaleza.

—¿Quién va? —inquirió una voz familiar desde lo alto de la muralla.

—Tu señor, zascandil, ¿es que no me reconoces?

—Ahora sí —repuso el muchacho, reclutado recientemente para su formación militar.

—¿Y a qué esperas para abrirme? —endureció el tono el hidalgo.

Traspasado el portón, irrumpió cual vendaval en el patio, desmontó antes de frenar al caballo, a riesgo de romperse la crisma, y voló hacia el interior de la torre, en busca de su madre y su abuela, quienes ya acudían a su encuentro con la lentitud impuesta por los andares torpes de Auriola.

—¡Gracias a Dios que estáis bien! —Las abrazó emocionado—. He venido en cuanto me ha sido posible.

—Tranquilo, hijo —se erigió en portavoz su abuela—. Desde que supimos lo sucedido con ese sarraceno mandamos reclutar infantes entre los campesinos, doblar la guardia y hacer acopio de provisiones. El portón ha sido reforzado con planchas de hierro, la reja permanece bajada, así de día como de noche, y el portillo del que nos hablaste, el que tú utilizaste para entrar, ya está tapiado.

—Veo que aprendiste de tu estancia en la frontera —comentó con admiración su nieto.

—El pozo se encuentra lleno, por lo que no ha de faltarnos agua —añadió Jimena—, y tenemos víveres para resistir un asedio largo. También hemos acogido a cuantos aldeanos han buscado la seguridad de estos muros, junto a sus familias y animales. Esos invasores paganos tendrán que pasar de largo.

—Habéis obrado bien —otorgó él su aprobación, conmovido por tanto coraje—. Estoy orgulloso de vosotras, pero mañana mismo os escoltaré hasta nuestra residencia en la capital. Allí estaréis mucho más seguras.

—¡Ni hablar, mocetico! —lo desafió la anciana—. Vinimos para estar contigo y contigo nos quedaremos.

Por primera vez en su vida, Diego se sintió con fuerza y autoridad suficientes para contradecir a esa navarra cuya reciedumbre no habían mermado ni los años ni la ceguera. En esta ocasión, se dijo, su voluntad prevalecería, aunque tuviera que llevarla a rastras hasta el interior de la urbe fuertemente amurallada.

—¡Esta vez me obedecerás! —bramó.

Se había plantado ante ella cuan alto era, con su pesada cota de malla cubriéndole las rodillas, sus botas gruesas rematadas en los talones por afiladas espuelas y su espada al cinto, del que colgaban igualmente los guanteletes de cuero. Su tono autoritario bordeaba la grosería, pese a lo cual ella no se arredró. Podría haber menguado de estatura y verlo difuminado por la niebla permanente que velaba sus ojos enfermos, pero seguía siendo su abuela y él, su nieto. Con todo, reculó instintivamente un par de pasos, antes de contestar:

—¿Pretendes asustarme?

—Pretendo salvaros la vida a madre y a ti. —Ahora la severidad se había tornado ruego—. Esta alcazaba será de las primeras en caer en cuanto empiece la ofensiva, y yo no estaré aquí para protegeros. Debo marchar con el Rey hacia Badajoz, a donde se dirigen nuestros enemigos según los informes que traen los espías.

—¿Por qué no los esperáis aquí, al resguardo del río y de la ciudad? —sugirió Jimena con buen tino.

—Lo ignoro, madre, soy un simple soldado. Lo que sé es que combatiré mucho más tranquilo sabiéndoos a salvo en Toledo. ¿Queréis privarme de mi honor obligándome a permanecer aquí?

—No digas sandeces —rezongó Auriola, pronunciando las eses como efes ante la falta de dientes.

—Entonces, en nombre de Cristo, dejad de discutir y hacedme caso.

* * *

El vigésimo segundo día de octubre, festividad de San Verecundo, cristianos y musulmanes se dieron vista en una explanada situada aproximadamente a una legua de Badajoz, conocida por los primeros como Sagrajas, Zalaca a decir de los moros.

El sofocante calor impropio de la estación otorgaba una ventaja considerable a los africanos, acostumbrados a esas temperaturas y mejor pertrechados para soportarlas, mientras que sus oponentes se abrasaban bajo las pesadas lorigas metálicas y los yelmos recalentados por el sol.

Mal presagio.

Yusuf estaba contento con el terreno donde se desarrollaría la batalla, ya que tenía la retaguardia cubierta por sus aliados y había dispuesto a sus tropas en la otra vertiente de las colinas situadas a su espalda, dejando el campo abierto a los andalusíes. También Alfonso veía con satisfacción el emplazamiento del choque, aunque sus razones eran muy diferentes. En su caso, el único motivo de alegría era saber que estaban a una larga distancia de Toledo. Lo suficientemente lejos como para considerar a salvo el joyel de su corona, aun viendo que los ismaelitas le triplicaban en número.

Diego se encuadró junto a sus mesnaderos donde le ordenó Ansúrez, cerca de él y del Rey. La vanguardia del ataque le fue encomendada a Álvar Fáñez, que se había ganado una merecida fama en la táctica consistente en cargar de frente contra las líneas enemigas utilizando la caballería pesada, con el empeño de romperlas al primer asalto y desatar el pánico en sus filas. No resultaba fácil la tarea, dado el muro compacto de lanceros, arqueros e infantes que debía quebrar esa acometida, pero en más de una ocasión Fáñez había demostrado su valor y su pericia. Esta vez esas virtudes serían más necesarias que nunca, dado que los cristianos luchaban en condiciones de inferioridad aplastante.

Desde su posición retranqueada, ocupada a regañadientes, el de Lobera observó satisfecho cómo Fáñez embestía brutalmente a los andalusíes y los obligaba a huir a toda prisa hacia la ciudad. Solo el sevillano Al-Mutamid parecía resistir a la carga, sangrando profusamente por las múltiples heridas recibidas en la cara y las manos. Pese a ello, seguía peleando con valentía, rodeado de castellanos enardecidos por la que consideraban una victoria rápida e incruenta.

¡Habían caído como pichones en la trampa tendida por el emir!

Cuando ya todo parecía ganado, entraron en combate los almorávides profiriendo aullidos inhumanos. Su irrupción en el campo desató de inmediato la fuga de los cristianos, para desconcierto de Al-Mutamid y del propio Diego, quien jamás había visto a sus compañeros comportarse de modo tan deshonroso. Ni uno ni otro hubieron de esperar mucho, empero, para entender el motivo de tan sorprendente conducta. La explicación radicaba en la maniobra envolvente urdida por Ben Tashufin, quien había rodeado por detrás al ejército de Alfonso y acababa de atacar su campamento.

—¡Protege al Rey! —oyó rugir al conde Ansúrez, aprestado para la defensa.

En esa tarea estaban ya varios nobles con sus gentes, porque la tenaza se cerraba a gran velocidad sobre ellos y amenazaba con atraparlos sin escapatoria posible.

El africano había dejado que uno de sus lugartenientes sostuviera la línea frente a Fáñez y se había abalanzado sobre la retaguardia leonesa, al frente de un contingente compuesto por fieros guerreros saharianos vestidos de azul oscuro de la cabeza a los pies, semejantes a jinetes espectrales, reforzados por cuatro mil negros gigantescos, integrantes de su guardia personal. Los colosos iban armados con espadas indias curvas y provistos de escudos alargados recubiertos de una capa grisácea, impenetrable a las flechas, que ninguno de los hispanos había visto jamás. Se trataba de piel de hipopótamo, una bestia desconocida en España, pobladora de los ríos que habían visto nacer a esos guerreros.

En un abrir y cerrar de ojos, los tenían literalmente encima.

—¡Deberíamos retirarnos! —gritó Diego, pugnando por vencer el miedo, sin saber a quién se dirigía dado que la lucha era encarnizada y el caos imperaba por doquier.

—¡Aguanta! —le respondió el caballero situado a su lado—. Saldremos de esta con bien.

El temor que lo atenazaba desapareció como por ensalmo cuando se percató de que, no muy lejos de allí, don Alfonso estaba en dificultades, acosado cual ciervo en una cacería. A lomos de su corcel de batalla se abrió paso, acero en mano, hasta el lugar donde su señor combatía como uno más, rodeado de leales dispuestos a morir por él. Muchos lo habían hecho ya sin conseguir ponerle a salvo, dado que se empeñaba en permanecer en el campo desoyendo a quienes le instaban a retirarse antes de que fuera tarde. Todos los demás resultaban prescindibles. El Rey debía sobrevivir, para lo cual tenía que abandonar sin tardanza esa ratonera.

—¡Proteged al soberano! —repitió la voz tonante de Ansúrez, cuyas vestiduras chorreaban sangre sin que resultara posible saber si era suya o de los adversarios abatidos en el cuerpo a cuerpo.

A una distancia que le pareció insalvable, aunque en realidad fueran unos codos, el de Lobera vio a un negro monumental abalanzarse sobre don Alfonso blandiendo uno de esos hierros curvos, terriblemente afilado, que parecía una pluma en sus manos. En un intento desesperado de evitar lo inevitable, profirió un alarido que alertó a su señor, quien clavó espuelas en su bruto y lo movió lo suficiente como para esquivar el golpe mortal dirigido a su cuello y desviarlo a una pierna. Antes de que el africano tuviera ocasión de arremeter una segunda vez, Diego acabó con él, hundiendo la espada en su vientre hasta la empuñadura y tirando con fuerza hacia arriba a fin de rematar la faena. El gigante se desplomó como un muñeco de trapo, mientras Alfonso, aun herido, seguía derribando adversarios.

La situación era insostenible. Alentados por el éxito de sus aliados, los granadinos y demás andalusíes que habían buscado refugio en Badajoz retornaron a la refriega, decididos a aniquilar de una vez por todas a ese arrogante a quien llevaban años pagando tributos. Era su oportunidad. No podían desaprovecharla. Si salían victoriosos del trance, tal como apuntaba el desarrollo de los acontecimientos, nunca más volverían a sufrir la humillación de las parias. La apuesta en juego bien valía derramar algo más de sangre.

Desde el alba hasta el ocaso se prolongó la carnicería. Al caer la tarde, perdida ya toda esperanza de cambiar las tornas, los restos del ejército cristiano iniciaron una retirada ordenada hacia Coria, desde donde marcharían a toda velocidad a Toledo. Atrás quedaron los peones, los escuderos y los heridos incapaces de sostener la marcha, condenados a morir sacrificados por los vencedores. No tendrían piedad con ellos. Tampoco harían cautivos. Los rematarían allí mismo, uno a uno.

Diego cabalgaba en retaguardia, atento a cualquier movimiento del enemigo. Si los perseguían, estarían muertos, tan cierto como que en el cielo brillaban un millón de estrellas. Claro que, antes de alcanzar al soberano, tendrían que liquidar a cuantos soldados se interponían entre ellos y él, incluida su mesnada y la del castellano Fáñez. Si luchaban con bravura, darían tiempo al monarca para guarecerse en algún castillo. Además, resultaba probable que los sarracenos se entretuvieran saqueando el campamento cristiano. Tal era la costumbre al uso en ambos bandos de la contienda, y gracias a esa codicia muchos salvaban el pellejo. Triste consuelo para esos prófugos acogidos a las sombras con la esperanza de escapar a la muerte venida de lejos.

El nuevo señor de Mora nunca había conocido la derrota. Sus días como guerrero habían sido un paseo triunfal junto al conquistador de esa capital apetecida por los almorávides, donde muy pronto se libraría la batalla decisiva. Su suerte y la de su familia volvía a pender de un hilo, más fino que el anterior, toda vez que en esta ocasión lo que estaba en juego eran sus vidas.

—¿Qué sucederá ahora? —inquirió con desazón al jinete que marchaba junto a él, mayor, más experimentado y por ende más sabio.

—Ahora esos hijos de Satanás cortarán las cabezas de nuestros caídos y las apilarán formando pirámides para que sus clérigos puedan encaramarse a lo más alto a fin de elevar plegarias a su dios —respondió el veterano destilando odio—. ¿No oyes sus alaridos? Están rezando.

—¿Después vendrán a por nosotros?

—No te quepa la menor duda. Antes, no obstante, pasearán esos trofeos por las calles de sus ciudades, solicitando limosnas destinadas a la guerra santa.

Diego sintió una corriente gélida recorrerle el cuerpo dolorido. Ahora que había visto de cerca a esos africanos, podía dar fe de su violencia salvaje en la lucha. No se parecían a nada que hubieran conocido los vivos. Si acaso encontraban parangón en Almanzor, a quien su abuela evocaba a menudo llamándolo Azote de Dios.

Ese flagelo, redivivo, avanzaba hacia Toledo.

37

La muerte de un muchacho enfermo redimió a los toledanos de la condena dictada contra ellos por el caudillo almorávide, o cuando menos aplazó su ejecución. Eso al menos sostenía el conde Ansúrez, a quien Diego escuchaba con suma atención cuando tenía la oportunidad de asistir a uno de sus consejos.

—Volverán —afirmaba esa mañana, reunido con sus capitanes—. Debemos estar preparados. Esta vez nos ha salvado el cielo, llevándose al hijo mayor de Yusuf y así empujándole a regresar a su tierra, pero pronto los tendremos nuevamente encima.

—En Sagrajas perdimos la batalla, no la guerra —repuso uno de los presentes, haciendo gala de mayor optimismo—. Salvamos el grueso del ejército, además de conservar la práctica totalidad del territorio. ¿A qué tanto derrotismo?

—No te dejes llevar por la presunción, Vélez. —El conde lo fulminó con la mirada—. En Sagrajas nos infligieron una derrota en el campo y otra peor en las arcas. No es un secreto que ni Al-Mutamid ni Abd Allah han vuelto a pagar un dinar.

Únicamente el rey de Zaragoza sigue abonando las parias, lo que no basta ni de lejos para cubrir la defensa del Reino.

—Pronto volverán a cambiar las tornas —se aventuró a predecir el de Lobera—. Derrotaremos a ese africano.

—Tal vez sí, o tal vez no. —El tono del noble denotaba su desazón—. De momento, ha dejado tres mil hombres acantonados en el sur, lo que indica sin sombra de duda su intención de regresar.

—Nuestros espías insisten en que el descontento crece entre los musulmanes de Al-Ándalus por la corrupción de sus gobernantes —apuntó otro de los reunidos, a quien Diego nunca había visto probablemente por tratarse de un infiltrado tras las líneas enemigas—. Aseguran que sus clérigos critican a sus propios reyes con más inquina de la que ponen al predicar la guerra santa contra nosotros. Yo mismo he tenido ocasión de escuchar esos sermones y leer alguno de los panfletos que circulan por Sevilla y Córdoba.

—Lo cual abunda en la necesidad de redoblar la vigilancia —se mantuvo firme Ansúrez—. Si el almorávide cruza el Estrecho para dar respuesta a esas quejas y castigar a los reyes taifas, no se detendrá en la frontera. ¿O acaso pensáis que siente algún respeto por nuestro Dios? A sus ojos somos peores que sus hermanos corruptos. Politeístas. Impíos. Ha visto nuestra debilidad y aprovechará su ventaja.

—Cuando venga, nos encontrará dispuestos para el combate —alardeó el llamado Vélez.

—La soberbia es mala consejera —volvió a reprenderlo el conde, elevando la voz—. Contén la lengua y ahorra fuerzas. Pronto te harán falta.

* * *

Toledo escapó a la ira sarracena, aunque lo acontecido a las afueras de Badajoz se dejó sentir con dolorosa claridad en sus calles, al multiplicar el éxodo de mahometanos y empobrecer a los habitantes de esa urbe antaño tan próspera.

Tal como habían augurado los primeros fugitivos, los términos establecidos en las capitulaciones no se cumplieron ni siquiera lo suficiente para salvar las apariencias. La Mezquita Mayor fue desalojada sin contemplaciones en medio de la oración, consagrada catedral y confiada a un obispo de ascendencia franca, Bernardo, próximo a la Reina y sujeto a la influencia del abad de Cluny. Un hombre ferozmente empeñado en desterrar de la Iglesia hispana cualquier vestigio mozárabe susceptible de haberse contaminado con las abominaciones islámicas. El mismo destino sufrieron la mayoría de las aljamas, reconvertidas en templos cristianos, mientras los recién llegados ocupaban casas abandonadas por los muladíes emigrados o se adueñaban de algunas cuyos legítimos propietarios eran expulsados con violencia.

La capital del desaparecido reino toledano había dejado de ser un hogar para los ismaelitas y se mostraba hostil hacia cualquier cristiano tibio. El propio Rey era denostado en cuchicheos por los compatriotas de doña Constanza, que le afeaban la protección dispensada a sus súbditos judíos y mahometanos, a su juicio inmerecida. De modo que, en cuanto se trasladaba a su palacio de Sahagún o emprendía una cabalgada, esos forasteros aprovechaban para darse a la rapiña.

Hartos de sufrir abusos y atraídos por la esperanza de vivir su fe en libertad, los musulmanes pudientes se marcharon al sur en busca de los almorávides, como habían hecho antaño en dirección contraria un gran número de nobles godos acogidos al Reino de Asturias tras la invasión de Tariq. Quienes estaban sujetos a la tierra permanecieron en sus alquerías, regando el suelo con su sudor y tratando de defender sus campos y sus viviendas de los saqueos crecientes perpetrados por infieles. Su existencia, ya de por sí dura, se tornó aún más insoportable cuando su nuevo dueño, el soberano cristiano, cargó sobre sus espaldas nuevos y más pesados tributos, que recayeron igualmente sobre hebreos y seguidores de Cristo.

Privado de las parias que habían constituido una fuente de ingresos inagotable, don Alfonso gravó a sus súbditos con impuestos suplementarios destinados a sufragar los gastos de la guerra y mantener las generosas donaciones que hacía a la Iglesia, cuya representación más perfecta se encontraba, a su entender, en la abadía de Cluny. También mandó acuñar moneda por vez primera desde su llegada al trono, lo que puso en circulación dineros y óbolos de vellón fundidos en plata y cobre. Cada vez se veía menos oro en los zocos toledanos. El esplendor del pasado permanecía intacto en los palacios, aunque iba desapareciendo a gran velocidad de los mercados.

Tampoco fueron tiempos fáciles para el infanzón venido del Duero en busca de gloria y fortuna. Como señor del feudo que le había concedido el soberano de León y Castilla, debía socorrer a las familias de sus mesnaderos caídos y proporcionar sustento a quienes seguían con vida, aunque la tarea se tornaba cada día más compleja.

Gracias a Dios no faltaban campos de labranza que repartir entre ellos ni rebaños que pastorear entre campaña y campaña, pero la recaudación de las gabelas debidas al monarca resultaba difícil, además de impopular, y a diferencia de don Alfonso, él no disponía de medios para encomendar esa labor a un judío. Diego era un pequeño propietario. Un infanzón de frontera con quien la fortuna se mostraba esquiva.

Los días de lucrativo expolio en territorio enemigo habían tocado a su fin. Era época de vacas flacas, austeridad y arduo trabajo.

* * *

En la primavera del año 1088, don Alfonso se encontraba en Santiago de Compostela, a donde había llegado en calidad de peregrino, cuando Diego recibió una carta dirigida a su abuela. Venía de León y había recorrido un largo periplo hasta llegar a sus manos, previo paso por las de Ansúrez. Roído por la curiosidad se la entregó a su destinataria, venciendo a duras penas el impulso natural de abrirla.

Para entonces llevaban tiempo residiendo en el castillo de Mora, toda vez que Auriola se había negado en redondo a seguir viviendo en una ciudad «apestosa», según sus palabras. La provecta edad que había alcanzado se mostraba clemente con su salud, excepción hecha de la vista, aunque implacable con su carácter. De modo que resultaba difícil llevarle la contraria, so pena de sufrir los efectos de su endiablado genio navarro.

—Nuevas de la antigua capital, abuela —le dijo su nieto, animoso, tendiéndole un pergamino doblado en forma de cuadro, cuidadosamente lacrado en el punto de encuentro de las cuatro puntas—. ¿Deseas que te las lea?

—No —respondió ella de inmediato, toqueteando nerviosa la carta—. Prefiero que lo haga tu madre.

—¿Puedo saber por qué? —La negativa tajante de la anciana ofendía su orgullo e incrementaba notablemente su afán por desvelar el misterio.

—Porque no te concierne, mocete —replicó esta, inalterable, pese a tener motivos fundados para sospechar lo contrario.

Una vez a solas las dos mujeres, Jimena procedió a dar lectura a la misiva. Lo hizo tres veces seguidas, hasta convencerse ambas de que decía lo que decía y no lo que ellas querían interpretar. Cuando no quedó espacio para la duda, llamaron nuevamente a Diego, quien acudió presuroso, ávido por obtener respuesta a la pregunta que lo carcomía. ¿Qué clase de negocios podía mantener su abuela en León? ¿Estarían relacionados con la torre cuya propiedad había sido cedida a Hugo? Y si ese era el caso, ¿sería para bien o para mal?

—Espero que tu discreción obedezca a buenas razones —dejó caer con displicencia, en un intento bastante burdo de tirar de la lengua a su abuela.

—No solo buenas, sino excelentes —respondió ella, remarcando el calificativo, a pesar de la dificultad que encontraba para pronunciar las consonantes—. Tanto que vamos a celebrarlas con una fiesta a lo grande en cuanto pase la Cuaresma.

—¿Puedo saber qué es eso que se supone vamos a festejar? —La curiosidad había mutado en enfado—. Ha de tratarse de algo importante, porque en caso contrario más te vale olvidarlo. Los fastos cuestan dinero y las arcas están vacías.

—Dispongo de algunas monedas que traje conmigo al venir —salió al quite Auriola, sin perder el buen humor—. Yo costearé la fiesta y tú podrás presumir ante tus amigos notables, dar una alegría a tus gentes, que buena falta les hace, y de paso disfrutar. ¡Dime que no te apetece!

—Sigues sin contestar a mi pregunta —Diego se impacientaba—, y yo sigo sin ver motivos para organizar un festejo que ni tú ni yo nos podemos permitir.

—Los conocerás a su debido tiempo, mi chico —zanjó la Dueña con autoridad—. A su debido tiempo.

—Y verás cómo te complacen —apostilló Jimena, feliz—. Confía en nosotras. Tú déjate llevar y goza. La abuela y yo nos encargaremos de todo.

Perdida la partida frente a esas matronas acostumbradas a ejercer su voluntad en ausencia de un hombre que las metiera en cintura, el infanzón se dio por vencido. Seguir discutiendo no habría servido de nada y, tal como apuntaba su obstinada abuela, algo de diversión no vendría mal a nadie.

El trigo maduraba en los sembrados y en los huertos los frutales se vestían de colores, preludio de sabrosa abundancia, cuando la vieja alcazaba de Mora se engalanó para recibir a una multitud de invitados. Nobles y plebeyos, burgueses, guerreros, artesanos, comerciantes. Hombres y mujeres. Todos tuvieron su sitio y a nadie le faltó el vino. Comieron carne de cordero hasta hartarse. Bailaron al son de dulzainas y tamboriles. Se deleitaron con las acrobacias ejecutadas por equilibristas. Durante un día con su noche la alegría se adueñó del lugar, porque Cristo había resucitado, la cosecha sería abundante y, tal como anunciaba la carta enviada por María Velasco, al fin había aparecido una candidata adecuada para desposar a Diego y dar continuidad a su linaje.

—Ha merecido la pena el derroche —sentenció antes de retirarse la instigadora de la idea, quien escuchaba la música y se alegraba con las risas, aun sin poder contemplar los rostros de los presentes—. Mañana será otro día, con su correspondiente afán, pero si Dios me llama esta noche al lado de mi Ramiro, podré contarle que me fui habiendo cumplido mi cometido.

Todavía resonaban en la comarca los ecos del inesperado jolgorio, cuya justificación nadie excepto Auriola y Jimena parecía conocer, cuando se supo en Toledo que Yusuf, el africano, había vuelto a desembarcar con sus hordas en Algeciras.

La historia se repetía.

La pesadilla volvía a empezar.

* * *

Diego movilizó a toda prisa a sus mesnaderos, a la sazón treinta y cinco lanzas, una vez sustituidos los caídos por sus hijos o sus escuderos y enrolados cinco más a cambio de un solar y tierras. Sin apenas tiempo para despedirse de sus seres queridos, se unieron a la hueste real, que ya marchaba a toda prisa hacia el castillo de Aledo, objetivo del almorávide.

Esa formidable fortaleza, mandada construir por el Rey años atrás en tierras de Al-Mutamid, dominaba un territorio tan vasto como fértil, controlado a la sazón por el rebelde Ibn Rashiq. Desde allí el conde García Jiménez lanzaba continuos ataques contra la vega murciana, esquilmaba su riqueza y hacía cautivos a sus pobladores, para desesperación de los mahometanos, que habían redoblado sus peticiones de auxilio al emir.

¡En mala hora!

Como la vez anterior, los feroces jinetes del desierto, flanqueados por bereberes y guardias negros de Yusuf, acometieron con fiereza a los defensores de la fortaleza, vital en la estrategia de Alfonso. Este mandó a su vasallo, Rodrigo Díaz, que acudiera en su ayuda desde Valencia, pero el señor de Vivar ignoró la orden.

El disgusto que causó semejante desacato al monarca trajo a la memoria de Diego la visita de ese personaje extraño, Álvar López de Arlanza, buen amigo de su padre, quien había intentado involucrarlo en una conspiración palaciega. Recordó asimismo los días en que él mismo, siendo un chiquillo, porfiaba contra su rey, culpándolo de haber instigado el asesinato de su hermano Sancho. ¡Qué desatino! Ahora se avergonzaba de haber albergado esos pensamientos traidores, que le habrían valido la horca de no ser por su abuela y su madre.

¿Acabaría así el caballero a quien los moros llamaban Sidi y los cristianos conocían como el Campeador?

Su negativa a obedecer un mandato del monarca constituía un desafío inconcebible e intolerable. ¿Traición? Se rumoreaba que, enfurecido, don Alfonso había hecho prender a su esposa y sus hijas, a pesar de su parentesco con nobles de elevada estirpe. Un arrebato inaudito, expresamente prohibido por el Fuero de Castilla. ¿Hasta dónde llegaría la ira del soberano? Todos en el real tenían una opinión al respecto y coincidían en aventurar que, fuera cual fuese el desenlace de la disputa, un reto semejante a su autoridad supondría la ruptura definitiva entre el monarca y don Rodrigo, por muy valiosa que resultara la actuación de su mesnada en el control de los sarracenos de Zaragoza y Valencia.

Claro que todo aquello carecía de importancia comparado con la amenaza a la que se enfrentaban en ese instante. Una amenaza acuciante, centrada de momento en Aledo, que después se extendería como las llamas de un incendio. ¿Qué otra cosa cabía esperar? Solo era cuestión de tiempo.

Yusuf ben Tashufin poseía muchos atributos que hacían de él un enemigo aterrador e imprevisible. Uno era sin duda su fuerza; la cantidad y la calidad de sus tropas. Otro, su determinación, basada en un fundamentalismo religioso insobornable, incorruptible, carente de fisuras, pétreo. Y la tercera, su capacidad para desconcertar a sus adversarios. Nunca era posible saber con exactitud lo que haría, ni calcular sus siguientes pasos. Lo único seguro era que atacaría. Dónde o cuándo constituían siempre incógnitas desesperantes.

En esa ocasión, contra todo pronóstico, ni siquiera esperó a verse las caras con el rey cristiano, quien llegó a darle batalla cuando ya se había marchado. Su ejército arremetió contra el castillo, sin conseguir tomarlo, aunque lo dejó tan dañado que fue preciso evacuarlo poco después del asalto. Conseguido su propósito, o acaso centrado su interés en otro asunto, el emir dio media vuelta para regresar a África, y los supervivientes respiraron, aliviados, dando gracias a Dios por haber conjurado el peligro. Claro que, al igual que en Sagrajas, se trataba solo de una prórroga.

—¡Volverán! —dictaminó Ansúrez.

Y de nuevo acertó en el augurio.

* * *

El caudillo de los almorávides regresó dos años después a sitiar Toledo. Regresó, instigado por los alfaquíes de Al-Ándalus y África, decidido a cumplir con su deber religioso de no cejar en la guerra santa librada contra los infieles hispanos. Regresó a ejecutar la *fatwa* que lo conminaba a desposeer de sus tronos a todos los régulos taifas corruptos, ineptos e impíos que habían optado por pagar tributos en lugar de derramar su sangre. Regresó porque ambicionaba apoderarse de España e incorporarla a su imperio.

El primero de sus objetivos cosechó un sonoro fracaso, dado que la capital del Tajo aguantó, sin doblegarse, al amparo de sus murallas. Más de un mes sufrió el asedio de los africanos, quienes arremetieron una y otra vez contra sus fortificaciones, a costa de grandes pérdidas, sin conseguir superarlas. Para fortuna de los ejércitos comandados por el rey Alfonso y su fiel aliado Pedro de Aragón, los sitiadores carecían de máquinas de guerra semejantes a las empleadas en su día por Almanzor ni disponían de la paciencia necesaria.

Toledo había sido construida en un emplazamiento muy bien pensado, idóneo por su orografía, prácticamente inexpugnable. Cualquier estratega sabía que vencer sus formidables defensas constituía un empeño imposible y que rendirla por hambre exigía mucho tiempo. Vencida pues la tentación de salir a campo abierto, los cristianos se atrincheraron tras sus muros y esperaron a que Yusuf se cansara o se desangrara.

No tuvieron que aguardar mucho.

Malograda la embestida, el emir se replegó hacia Granada, donde cargó de cadenas a Abd Allah, sordo a sus halagos tanto como a sus súplicas, antes de desterrarlo, junto a su madre, a una aldea berberisca. Luego se adueñó de su fabuloso tesoro, lo repartió entre sus capitanes y tomó el camino de Córdoba, a donde llegó un 27 de marzo del 1091 de Nuestro Señor, festividad de San Ruperto.

En la antigua capital del califato los africanos, enardecidos por las proclamas de sus ulemas, liquidaron a Fath ben Muhammad, hijo de Al-Mutamid, quien libró con bravura una batalla perdida de antemano contra esos enemigos y otros peores, emboscados en la traición, a los que daba cobijo en su casa.

Le llegó el turno después a su padre, poderoso soberano de Sevilla, que luchó como un león antes de rendirse, al ver expresamente amenazadas las vidas de sus mujeres. Idéntica coacción lo llevó a conminar a sus hijos a deponer las armas en las dos plazas fuertes que enseñoreaban, orden que ellos obedecieron pese a sospechar la mentira oculta tras las promesas de clemencia. Yusuf desconocía el significado de esa palabra. A uno lo mandó ejecutar y al otro lo embarcó en una nave rumbo al pedregal de donde procedía él mismo, cargado de cadenas al igual que su progenitor. Allí terminó su mísera existencia quien había gozado de los más refinados placeres a orillas del Guadalquivir, aceptando, humillado, que sus esposas e hijas le proporcionaran sustento tejiendo y bordando paños para un antiguo oficial de su guardia.

* * *

En un último y desesperado intento de salvarse de la quema, el sevillano imploró el auxilio de Alfonso, quien envió en su socorro un contingente de jinetes entre los cuales se encontraba Diego de Lobera. También él había soportado la acometida de los almorávides a su fortaleza de Mora y salido airoso del trance, al conseguir resistir mientras el grueso de los enemigos se concentraba en la capital. Pasado el peligro inmediato, se unió a la fuerza que cabalgaba a toda prisa hacia el sur, con el anhelo de infligir el mayor daño posible a esos guerreros despiadados que habían arrasado sus campos. Se unió, ávido de venganza, sin sospechar lo que le esperaba.

La ayuda llegó demasiado tarde para Al-Mutamid y resultó fatal para el infanzón, dado que fue gravemente herido en un lance inesperado. No en un enfrentamiento en campo abierto, donde habría podido defenderse, sino en un encuentro fortuito con rezagados de la hueste almorávide que vigilaban el paso de montaña por donde habían transitado los suyos. Ni siquiera vio venir la flecha asesina. La recibió en el costado, desprovisto de loriga a causa del intenso calor.

A partir de ese momento, todo en su mente fue niebla.

Una vez extraída la flecha, cauterizada la herida con la punta de un cuchillo candente e improvisado un vendaje de emergencia, tres de sus hombres lo ataron al caballo y picaron espuelas de regreso a Toledo. No tenían muchas esperanzas de salvarlo, aunque era su obligación intentarlo. Mientras respirara, merecía la pena luchar. Y de cuando en cuando murmuraba cosas sin sentido o bebía pequeños sorbos de agua, prueba evidente de que seguía con vida.

Poco después del incidente, los cristianos se dieron la vuelta, al constatar la inutilidad de su esfuerzo. Los africanos prosiguieron con su campaña implacable.

De los tres reyes que habían pedido ayuda a Ben Tashufin, únicamente Al-Mutawakkil de Badajoz conservaba a esas alturas su feudo, aunque no iba a ser por mucho tiempo. La suerte de las taifas estaba echada. La de Diego aún ofrecía dudas, toda vez que a duras penas logró llegar vivo a Mora.

Su estado era deplorable. Había perdido mucha sangre, se hallaba sumido en un sueño profundo, poblado de pesadillas, no reconocía las voces angustiadas de las mujeres que lo velaban día y noche, entre oraciones a todos los santos, y tampoco respondía a los tratamientos prescritos por los distintos galenos que lo visitaron. Únicamente su juventud y su robusta naturaleza sostenían el hilo frágil que lo mantenía atado a este mundo. Un mundo sacudido hasta los cimientos por la furia de los almorávides.

Ante el avance arrollador de sus ejércitos, el rey Alfonso solicitó la ayuda de los francos e incluso los amenazó con facilitar el paso de los ismaelitas hasta su territorio, sin ablandar sus corazones ni conseguir infundirles miedo. Su petición de auxilio fue desoída y ninguno de sus parientes llegó a pasar de Tudela.

La España cristiana estaba sola ante el ejército más brutal que se recordaba desde Almanzor. Tan sola como el infanzón que agonizaba en su lecho, librando un combate feroz contra la muerte venida a llevárselo.

38

Ahmad ibn Bayya al-Gafiqi y sus hijos, Hixam, Ibrahim y Farah, llamaron a las puertas de la alcazaba de Mora una tarde tormentosa de mayo, bajo un cielo abierto en canal que derramaba torrentes de agua. El padre y la que parecía su hija montaban sendas mulas. Los jóvenes iban a pie tirando de un burro de carga.

Aunque los ropajes de la familia denotaban que se trataba de moros, parecían inofensivos. El hombre era prácticamente un anciano, los chicos, demasiado jóvenes para constituir un peligro, y la mujer, una belleza exótica ataviada con una túnica de seda abotonada en diagonal hasta el cuello, empapada por la lluvia, que se le pegaba al cuerpo dejando traslucir la perfección de sus hechuras, apenas disimuladas por un fino velo de gasa.

Tras las explicaciones de rigor, ofrecidas por el patriarca en un romance perfecto, el jefe de la guardia les permitió acceder hasta las caballerizas, donde pudieron guarecerse del diluvio mientras uno de sus hombres corría a pedir instrucciones a doña Jimena.

Diego seguía muy grave, a caballo entre este mundo y el otro. Alternaba breves periodos de vigilia con días enteros de sueño atormentado por la calentura. Apenas se alimentaba de unos sorbos de caldo. Su rostro era el de un eccehomo, a pesar de los cuidados que le prodigaban las señoras, y quienes lo habían visto aseguraban que solo quedaban de él piel y huesos. Algunos de sus mesnaderos hacían apuestas sobre cuándo rendiría el alma, preguntándose cuál de ellos se haría entonces con las riendas de la alcazaba.

Auriola también había desmejorado mucho. El calvario de su nieto le traía a la memoria lo sucedido años atrás con su primogénito, Tiago, fallecido entre sus brazos a consecuencia de un corte que le envenenó la sangre. Entonces ella era joven y había superado la pérdida, aun marcada de por vida con la cicatriz de ese dolor. Ahora no se veía con fuerzas.

Si a su mocete se lo llevaban los ángeles, ella lo acompañaría. De ahí que tampoco comiera mucho, apenas durmiera y preguntara de manera obsesiva por el aspecto de la herida, si la piel de alrededor se inflamaba o estaba caliente, la evolución de la fiebre y demás cuestiones relativas a la salud de su nieto. Todo lo demás carecía de importancia a sus ojos. Había mandado instalar un escaño junto a la cama del enfermo y allí pasaba las horas muertas, con la mano del muchacho entre las suyas, contándole con voz queda las historias tantas veces desgranadas en su infancia.

—¿Te acuerdas de la princesa rescatada del dragón por don Quintín? —inquiría, como si él la escuchara—. Pues como te decía ayer…

Su hija llegó a temer que hubiera perdido el juicio, aunque la dejaba hacer. Nada había de malo en esos cuentos. A su madre le proporcionaban consuelo y si Diego conservaba un resquicio de consciencia, seguro que la presencia de su abuela le proporcionaría paz. Además, alguien debía ocuparse de él mientras ella se afanaba en todo lo demás. Le había llegado el turno de sustituirla en el papel de dueña.

—Si la señora da su permiso —irrumpió el soldado en el salón, donde ella daba cuenta de un frugal almuerzo—. Tenemos visita.

—¿Qué clase de visita? —preguntó Jimena, alerta ante cualquier peligro.

—Mahometanos —respondió él, lacónico.

—¿Sarracenos? —Su tono denotaba alarma.

—Pobre gente más bien —replicó el guardia, evocando la estampa desoladora que presentaba el grupo en cuestión—. Vienen huyendo de Córdoba.

—¿No dices que son musulmanes? —La dueña empezaba a pensar que a ese hombre le faltaban luces—. Hasta donde yo sé, los africanos expulsan de allí a cristianos y judíos, no a los suyos.

—Son infieles, señora —insistió él, con la obstinación propia de quien está acostumbrado a obedecer sin discutir ni razonar.

—No te entiendo —se impacientó ella—. Explícate mejor.

—Piden hospitalidad y están dispuestos a pagar por ella. Son un padre y tres hijos, uno de ellos hembra. ¡Y qué hembra! —se le escapó—. Les ha pillado la tormenta al raso.

—Pues tendrán que seguir mojándose —sentenció la señora, ayuna de caridad para los seguidores de la religión causante de sus desgracias.

—¡Se me olvidaba! —exclamó el soldado, empeñado en repetir fielmente las instrucciones de su capitán—. El hombre habla nuestra lengua y afirma ser médico.

Esa última palabra obró el milagro de abrir la puerta que los recelos habían cerrado a cal y canto.

Los galenos cordobeses gozaban de fama en toda España por sus conocimientos y pericia. Uno de ellos había adelgazado al rey Sancho en tiempos de la reina Toda de Navarra, como solía relatar a menudo Auriola, presumiendo de sus vínculos familiares con tan noble dama. Si existía alguna posibilidad de que ese hombre sanara a Diego, sería bienvenido a su casa, fuera cual fuese el dios al que elevara sus plegarias.

* * *

Ahmad era un ser afable, tranquilo, reflexivo. Corto de estatura, algo rechoncho, provisto de una abundante cabellera cana que lucía libre de turbante, vestía con sencillez túnicas de algodón blanco. Destacaba en él la pulcritud. La limpieza de sus manos, rostro barbado y ropas, incluso en esas horas trágicas de destierro. Se expresaba a la perfección tanto en árabe como en romance y su voz aterciopelada, acostumbrada a calmar la angustia de sus pacientes, transmitía de algún modo sosiego.

Tras la muerte de su segunda esposa, acaecida cinco años atrás, llevaba la viudez con alivio, dado que encontraba gran deleite en la lectura, el estudio y la práctica de la ciencia a la que había dedicado su vida. La frivolidad le era ajena. Había dejado atrás los placeres de la carne sin añoranza, entregado de lleno a su vocación.

Su existencia transcurrió feliz en la Córdoba de sus antepasados, donde se rendía culto a los libros y florecía la poesía, hasta que los almorávides irrumpieron en ella, armados hasta los dientes de acero y dogmas, con el empeño de convertirla en un erial intelectual. Venían del desierto y desierto era lo que conocían, lo que veneraban, lo que imponían. Un desierto cultural sin más guía que el Corán, única fuente de saber permitida.

Él era devoto de Alá. Acudía a la mezquita los viernes y se postraba cinco veces cada día para adorarlo mirando hacia La Meca, tal como había establecido el Profeta. Su dios era en verdad misericordioso y clemente. Un dios de amor, un dios bello que inspiraba a los poetas y a los músicos, apreciaba a los artistas e imbuía de talento a los médicos. Un dios completamente distinto del que invocaba el emir Yusuf al conducir a su hueste a la batalla.

Metódico en su proceder y constante en los hábitos aprendidos de sus mayores, había tratado de inculcar en sus hijos la curiosidad que él mismo sentía por las distintas ramas de la ciencia, y en particular las relacionadas con la salud. De los tres, no obstante, únicamente Farah, su primogénita, compartía su entusiasmo. Su disposición y aptitudes eran tales que su padre la había convertido primero en su discípula y más tarde en su ayudante, haciéndola depositaria del patrimonio de conocimientos atesorado por sus ancestros a lo largo de dos siglos. Ella estaba llamada a superarlo en pericia, aunque Ahmad sufría al pensar que, siendo hembra, no tendría la oportunidad de ejercer con la libertad reservada a los varones. Mientras él viviera, la tendría a su lado. ¿Qué ocurriría a su muerte? Lo que Alá, en su misericordia, tuviera a bien disponer.

Sus otros dos vástagos nunca habían mostrado interés alguno por la medicina. Hixam, el mediano, llevaba una vida de holganza, entregado al juego y otros vicios con el dinero de su padre, mientras su hermano pequeño se situaba en el extremo opuesto. Ibrahim, de quince años, había acusado más que los otros la ausencia de una madre, refugiándose en la religión, abrazada con fanatismo. A diferencia de los restantes miembros de su familia, veía a los almorávides como los redentores de Al-Ándalus, hasta el punto de intentar enrolarse en sus filas. Su padre lo había impedido *in extremis*, amordazándolo en plena noche con la ayuda de sus hermanos, administrándole un narcótico y sacándolo de la ciudad a escondidas, previo pago de treinta dinares al vigía de una de las puertas.

—La paz sea con vos, noble dama —saludó el médico a su anfitriona, con una elegante inclinación—. Os doy las gracias en mi nombre y el de mis hijos por darnos refugio en esta hora de tribulación.

—Para que no haya equívocos —respondió Jimena a la defensiva—, si os he invitado al castillo ha sido únicamente porque me han dicho que sois galeno.

—Lo soy, en efecto. ¿Os aflige por desventura algún mal que yo pueda tratar?

En ese momento apareció Auriola en el salón, caminando de esa forma peculiar característica de quienes viven entre las sombras, temiendo tropezar y caerse. El médico no necesitó acercarse para dictaminar:

—Siento decepcionaros, dueña. Conozco a un colega hebreo en Córdoba capaz de eliminar mediante una aguja el tejido opaco que nubla los ojos de la señora, pero yo no me atrevería a intentarlo. Se precisa para ello una técnica muy depurada, que lamentablemente no poseo.

La propia Auriola lo sacó de su error, espetándole, áspera:

—¿Quién os ha dicho nada de mí? El que nos preocupa es mi nieto, atacado a traición por vuestros demonios africanos.

Ahmad anhelaba refutar esa atribución, explicándole que ellos eran tan víctimas de los almorávides como el herido, aunque se limitó a ofrecer humildemente:

—Si tuviera la oportunidad de examinarlo, tal vez podría administrarle algún remedio eficaz.

Aunque los huéspedes a quienes había acogido aparentaban ser personas de bien, antes de permitirles acercarse a su hijo Jimena quiso asegurarse de que eran quienes decían ser. Tratándose de forasteros procedentes de tierra de moros, resultaba altamente improbable que tuvieran algún conocido común, pese a lo cual se aventuró a preguntar:

—¿Cómo sé que no me engañáis, maese Bayya? ¿Alguien puede darme razón de vos?

En su romance impecable, reflejo de una educación esmerada, el cordobés respondió:

—Temo no poder ofreceros otra cosa que mi palabra, noble dama. Procedo de una antigua saga de médicos que se remonta a los tiempos de Abd al-Rahmán II. Desde entonces hemos ido transmitiendo de padres a hijos el conocimiento y experiencia acumulados, al igual que los tratados escritos por griegos y persas que nuestros antepasados árabes trajeron consigo a Al-Ándalus. Los pocos que pude salvar están en las alforjas de mi mula, por si queréis enviar a alguien a comprobarlo.

Mientras la dueña calibraba la posibilidad de seguir ese consejo, a pesar de no leer el alfabeto árabe ni tampoco el griego, el galeno afirmó categórico:

—Siempre he ejercido mi profesión con arreglo al juramento de Hipócrates, el primero de nosotros, que nos conmina a no llevar otro propósito que el bien y la salud de los enfermos. Cualquier otra conducta constituiría una deshonra imperdonable.

—Mi padre ha sanado a incontables pacientes —añadió la joven que lo acompañaba, púdicamente cubierta por la manta tomada prestada a un caballo—. Córdoba entera alababa su nombre antes de que... Antes de la tragedia.

—¿Por qué tuvisteis que huir entonces? —inquirió suspicaz Auriola.

—Porque también tañía el laúd y leía filosofía —se justificó Ahmad—. Porque mi biblioteca contenía numerosos manuscritos blasfemos, a juicio del emir Yusuf. Porque de haber permanecido en mi hogar, me habrían ejecutado.

—Todos estaríamos muertos —apostilló Farah, cuyo arrojo no dejaba de sorprender a las cristianas, que jamás habían conocido a una musulmana así—. Yo la primera.

—¿Por qué motivo? —preguntó Jimena.

—Por ser mujer y ejercer la medicina —respondió ella, con una extraña mezcla de modestia y desafío—. Los africanos no toleran semejante desacato a sus costumbres. No comprenden que en Al-Ándalus haya mujeres copistas, maestras, bibliotecarias, médicas e incluso juristas, merced a padres como el mío, dispuestos a enseñarnos sus saberes a pesar de ser hembras. No somos muchas, cierto, pero sí las suficientes para constituir una amenaza.

—Jamás oí hablar de tal cosa —se mostró escéptica la cristiana, reacia a creer esa afirmación—. ¿Mujeres juristas? ¿Mujeres médicas? Decid mejor mujeres dispuestas a compartir un mismo esposo y a criar a los hijos de otra —concluyó con desprecio.

Farah ahogó una réplica airada a esas palabras, obligada a tragarse la rabia dada la precariedad de su situación. Su hermano pequeño, Ibrahim, parecía a punto de aplaudir el discurso, pues lo suscribía íntegramente sin captar en él sarcasmo alguno. Ahmad iba a intervenir, con el propósito de cortar de cuajo el amago de disputa, cuando su hija se le adelantó:

—Sin ánimo de ofenderos, señora, os ruego me deis la oportunidad de demostrar lo que afirmo. Permitid que vea a vuestro hijo e intente aliviar su mal. Mi padre estará conmigo y vos podréis supervisar mi trabajo, por supuesto. Solo pretendo curarlo. Si es la voluntad de Alá, conseguiremos que viva.

Una vez más, Auriola zanjó la cuestión de cuajo. La audacia de esa muchacha le resultaba desconcertante, sin por ello dejar de inspirarle simpatía. Como buena navarra criada en tierra de mujeres fuertes, rechazaba de plano la idea de considerar a toda fémina una criatura frágil e inútil. De ahí que recogiera el guante, apelando a su autoridad.

—Sea. Veréis a Diego. Pero os lo advierto. Un solo paso en falso y yo misma os rebanaré el gaznate. ¿Comprendido?

* * *

El pollino alojado en la cuadra había traído desde Córdoba un gran cofre de cuero repujado, en cuyo interior se hallaba buena parte de la botica salvada por Ahmad a costa de dejar atrás sus objetos de plata, sus ricas telas y otras pertenencias similares. Para él, el contenido de esas ampollas, vejigas, envoltorios de papel, ánforas diminutas y demás recipientes de diversos tamaños y texturas resultaba más valioso que cualquier otra cosa. En esos polvos y brebajes, administrados en las dosis adecuadas, descansaba el arte de restituir la salud. Un conocimiento que le proporcionaba sustento, además de dar sentido a su existencia. También en la habilidad para formular un diagnóstico correcto, desde luego, aspecto este en el que Farah había llegado a aventajarlo.

Padre e hija fueron conducidos a la alcoba del infanzón, estrechamente vigilados por las dos mujeres de la casa y un guardia armado. Durante un buen rato analizaron su respiración, observaron y toquetearon su herida, arrancándole gemidos lastimeros, y ejecutaron otros movimientos extraños que estuvieron a punto de hacer que Auriola perdiera la paciencia. Finalmente, la chica habló:

—Vuestro nieto es un luchador —dijo dirigiéndose a la mayor de las damas, cuya edad le otorgaba el mayor rango y dignidad.

—Eso ya lo sabemos —gruñó esta—. ¿Tanto manoseo para decir semejante tontuna?

—Quienes cauterizaron su herida debieron de dejarse un fragmento de flecha dentro —añadió la cordobesa sin arredrarse—. Por eso no termina de sanar. De hecho, es un milagro que viva.

—¿Podéis curarlo o no? —inquirió angustiada Jimena.

—Creo que sí —afirmó ella con seguridad.

—Tendremos que abrir la carne cicatrizada, lo que resultará muy doloroso —añadió Ahmad, más cauto.

—¿Para qué? —protestó la madre del enfermo—. ¡Con lo que costó que dejara de sangrar!

—Es preciso encontrar y extraer ese trozo de metal o de madera —dictaminó la doctora sin vacilar—, limpiar bien por dentro y después coser y tratar. En caso contrario, ese cuerpo extraño acabará matando a vuestro hijo.

—Si no lo matáis antes vosotros con vuestros cuchillos —terció Auriola, desconfiada.

—Es una posibilidad, desde luego —salió nuevamente al quite el médico, deseoso de servir de escudo a su hija—. Toda operación entraña un riesgo, aunque en este caso no parezca muy elevado. De no hacerse, empero, el paciente está condenado. Tenedlo por seguro.

Al día siguiente, tras una noche de descanso, Ahmad y Farah llevaron a cabo la cirugía sobre la mesa de madera del salón, colocada para la ocasión bajo una ventana abierta a la luz. Previamente habían administrado a Diego un potente narcótico elaborado a base de amapola traída de Asia. Aun así, fue preciso sujetarlo con firmeza para evitar que se moviera lo más mínimo, tarea que realizaron cuatro de sus hombres más fornidos. Los gritos que profirió, pese a su debilidad y a la droga, partieron el corazón de su abuela y llenaron de espanto a su madre, quien exclamó, horrorizada:

—¡Lo estáis destripando como a un cochino! ¡Si muere él, daos por muertos!

—Tú darás muerte a uno y yo al otro —añadió Auriola algo más serena, aunque no menos decidida a ejecutar su amenaza.

39

Diego despertó lentamente de su letargo, aturdido, sin saber dónde se encontraba ni lo que había ocurrido. Le parecía salir a gatas de un pozo oscuro profundísimo. Su sentido del espacio y el tiempo era confuso. Le dolía terriblemente la herida. Apenas podía moverse. Tenía una sed espantosa.

A costa de un supremo esfuerzo, abrió los ojos a ese abismo y vio inclinada sobre él, de pie, a la criatura más hermosa que hubiera contemplado jamás. Entonces comprendió de golpe: había rendido el alma y se hallaba en el cielo, junto a un ángel con rostro de mujer, como las que aguardaban a los mahometanos en el paraíso prometido por su dios.

No era esa la idea que él se había hecho de la gloria, aunque, lejos de decepcionarle, superaba con creces sus expectativas. Lo que no terminaba de explicarse era por qué, siendo él cristiano, esa belleza de piel morena iba vestida a la usanza mora y acababa de cubrirse el rostro con un velo de fina gasa. ¿Era un ángel o una hurí? Fuera una cosa o la otra, su hermosura lo dejó prendado.

—¿Cómo os encontráis, señor? —inquirió el ser de luz, tocándole suavemente la frente con su mano de piel sedosa—. Nos teníais muy preocupados...

—¿Estoy muerto? —acertó a decir él con boca pastosa.

—Todo lo contrario —repuso ella sonriente, casi burlona—. Estáis en trance de curación. Muy pronto recobraréis las fuerzas.

Y así fue.

Con la ayuda de múltiples emplastos, brebajes y tisanas, aplicados sobre la piel o bien administrados siguiendo las instrucciones precisas de Farah, el augurio se cumplió. Al cabo de pocos días el infanzón comenzó a comer con apetito, dar algunos pasos e incluso pretender cabalgar, si bien habría de esperar un tiempo antes de someterse a semejante prueba. Lo que no ofrecía dudas era su deseo ardiente de vivir.

Mientras Diego mejoraba a ojos vistas, Ahmed y sus hijos varones abandonaron las dependencias de los soldados, donde habían sido alojados en un primer momento, para instalarse en el castillo junto a la joven cuyos cuidados habían devuelto la salud al señor.

El reconocimiento de Jimena y Auriola a la labor de esos galenos se tradujo en una hospitalidad sin reservas, brindada a manos llenas a pesar de las estrecheces impuestas por los tiempos.

Diego no estaba menos agradecido, aunque sus sentimientos iban mucho más allá. Él creía haberse enamorado de la visión angelical contemplada tras su larga noche de tinieblas, pero a medida que fue descubriendo a la mujer poseedora de ese rostro de rasgos perfectos, ese amor impulsivo e irracional creció echando raíces profundas, adquirió formas definidas, desconocidas e insospechadas, se cargó de razones hasta el punto de inducir una decisión drástica.

Farah no tardó en ser sustituida por su padre a la hora de practicar al herido las curas frecuentes requeridas para su total restablecimiento, en razón del pudor exigido a una doncella. Pese a ello, Diego recurría al ingenio para atraer frecuentemente su atención, so pretexto de consultarle alguna molestia, real o imaginaria. Cuanto más la contemplaba, cuanto más la escuchaba exponer con vehemencia cuestiones relativas a su adorada ciencia, cuanto más dejaba traslucir ella esa personalidad embriagadora, que combinaba extrañamente dulzura, recato, osadía, humildad, determinación y sabiduría, más aumentaba en él la pasión, el deseo acuciante de poseerla en cuerpo y alma. Un deseo prohibido, desde luego, salvo que ella...

—¿Os casaríais conmigo? —le espetó un día a bocajarro, medio en serio medio en broma, aprovechando que se habían quedado a solas—. Dado que me habéis salvado la vida, tal vez queráis alegrármela a partir de ahora siendo mi esposa.

—El matrimonio no es asunto baladí —respondió ella en el mismo tono, dando por hecho que él habría abusado del vino a pesar de su convalecencia—. ¿Qué diría vuestra madre si os oyera?

—Lo ignoro y, si os soy sincero, me resulta indiferente —repuso él, cambiando el gesto, con una solemnidad que despejaba toda duda respecto de sus intenciones—. Únicamente me importa vuestra respuesta.

—¡Estáis loco, Diego! —Farah reculó instintivamente, barruntando una calamidad—. Sabéis tan bien como yo que jamás sería posible. Vos sois cristiano y yo musulmana.

—Podríais convertiros —sugirió él, consciente de ese abismo insondable—. No seríais la primera ni la única.

—¿Por qué habría de hacer tal cosa? —replicó ella, ofendida.

—Porque os amo. ¿Acaso no basta?

—No —constató ella con fría sensatez—. El amor no es suficiente para concertar un matrimonio. Pesan más otros requisitos como la fortuna, la posición social, la amistad entre las familias y el primero de todos, la religión, que no compartimos...

—¿Vos me amáis? —la interrumpió él casi de forma abrupta, indiferente a esa retahíla.

Como le respondiera un silencio elocuente, que no entraba en sus planes y se negó a interpretar del único modo posible, Diego siguió desgranando argumentos acopiados sobre la marcha, con la esperanza de convencerla:

—Nuestro rey, don Alfonso, espera un hijo de Isabel, la viuda de Fath al-Mamún, antes llamada Zaida. Ella aceptó el bautismo porque él se lo suplicó al saberla embarazada y, si Dios quiere que ese infante sea un varón, a buen seguro lo convertirá en su heredero. El amor, como veis, obra milagros. Esa princesa llegó a Toledo huyendo de Córdoba, igual que vos, y por amor ahora es cristiana...

—Y sigue viuda —apostilló Farah, despectiva, trufando ese comentario de un agrio reproche al rey de España.

—Solo porque el soberano sigue casado con doña Constanza, muy a su pesar. Ella está enferma, aunque todavía vive, y nuestra religión, a diferencia de la vuestra, no contempla el repudio de la esposa sin un motivo fundado. En caso contrario, don Alfonso habría contraído nupcias con Isabel, a quien otorga todos los honores debidos a una mujer legítima. Yo, por el contrario, soy libre. Libre de unir mi destino al vuestro, si me aceptáis a vuestro lado y permitís que la Iglesia bendiga nuestra unión.

Farah estaba acorralada. Ella apreciaba al infanzón, pero no lo amaba. Claro que nunca había experimentado ese sentimiento. ¿Cómo reconocerlo entonces? Le gustaba Diego, eso sí. Era apuesto, atento, cortés, generoso. La trataba con un respeto muy superior al que estaba acostumbrada a recibir de los hombres, aunque solo fuera porque era consciente de deberle la salud. Con el tiempo, pensaba, podría llegar a amarlo. O no. En cualquier caso, salvo milagro, no encontraría un marido mejor.

Pese a lo cual, siguió porfiando:

—He rechazado a más de un pretendiente. ¿Sabéis por qué?

—Seguro que vais a decírmelo.

—Porque tendría que renunciar a mis sueños.

—¿No os bastaría ser mi esposa y cuidar de nuestros hijos?

—No, si no pudiera atender a los enfermos que llamaran a mi puerta.

—¿Y quién os lo impediría?

—Supongo que vos…

—¿Por qué iba yo a privar a otros de lo que tanto me benefició?

Diego empezaba a pensar que tal vez no estuviera todo perdido, lo que le animó a recurrir a la última de las razones que guardaba en la reserva:

—Si abrazáis mi fe, no os arrepentiréis. Vuestra ciudad pronto será cristiana y regresaréis a ella de mi brazo.

—¿Qué os hace albergar tan disparatada esperanza? —repuso ella—. Córdoba es presa de los almorávides y lo será por mucho tiempo, creedme. Vos mismo habéis sido testigo de su empuje.

—Voy a confiaros un secreto —anunció él a guisa de respuesta—, si me juráis no revelarlo.

—Muy bien…

—Lo sé por una profecía.

Ella lanzó una carcajada sonora.

—¿Os burláis de mí? No pareceis el tipo de persona que da crédito a esas paparruchas.

Diego cambió radicalmente de expresión, de actitud y de tono. Su voz adquirió tintes severos, al tiempo que respondía:

—Jamás me burlaría ni de vos ni de esta cruz que llevo colgada al cuello. ¡¿La veis?! —exclamó, enfadado, señalándola—. Perteneció a mi bisabuelo, Tiago, hecho cautivo en Compostela y asesinado por vuestro caudillo, Almanzor, precisamente en Córdoba. Desde lo alto del madero al que lo clavó ese malnacido profetizó la suerte atroz que correría su estirpe, anunció el fin del califato, tal como aconteció, y finalmente auguró que su dios sería glorificado en la Mezquita Mayor. Creedme pues cuando os digo que vuestra ciudad pronto rezará al Dios trino.

La revelación de ese episodio dejó a Farah sin habla, preguntándose si realmente ese cristiano poseería dotes adivinatorias o si su ejecución habría sido mitificada por los mozárabes cordobeses con el propósito de darse ánimos ante las muchas penalidades que debían soportar. En cualquiera de los casos, Diego la tenía por cierta. Se trataba de su propia sangre, lo que justificaba plenamente su enojo.

—Os pido disculpas, señor —musitó compungida—. No pretendía ofenderos.

—Lo sé —respondió él, más tranquilo—. Tampoco era mi intención faltaros al respeto ni mucho menos mentiros. No echéis en saco roto mi propuesta. La he formulado movido por los sentimientos más puros, con plena conciencia de sus implicaciones.

La irrupción de Ahmad en la estancia libró a Farah de responder.

El médico venía a interesarse por el estado de su paciente, aunque la conversación no tardó en derivar hacia su propio desgarro, causante de un dolor creciente para el cual su bien surtida botica no contenía remedio.

—Cuando cerré la puerta de mi casa —confesó, animado por la intimidad que había llegado a compartir con el infanzón—, sentí sobre las espaldas un peso tan real como el de la alforja cargada en mi mula. Ya sé que no somos los primeros exiliados de Al-Ándalus ni tampoco de vuestra España. Sé que muchos recorrieron antes ese camino de lágrimas, lo cual no constituye un consuelo para mi pena.

—Regresaréis a vuestro hogar —aventuró su anfitrión, sin desvelar los motivos de su certeza—. Y hasta entonces, sois bienvenido en el mío. Pero decidme, ¿en verdad es tan terrible la situación en la taifa?

—¿Creéis que estaríamos aquí si no lo fuera?

—No, nadie se marcha por gusto.

—Quien falta a la oración o la cumple con descuido a juicio de los africanos es ejecutado en el acto —reveló Ibn Bayya, estremecido—. Basta una denuncia anónima. Los nuevos amos de la ciudad las alientan, lo que ha desatado una oleada de venganzas e insidias que solo buscan dar cauce a viejos rencores. Yo mismo fui objeto de calumnias por parte de un antiguo discípulo despechado.

—No puedo ni imaginar lo que estarán sufriendo nuestros hermanos cristianos —apuntó Diego, insensible al desgarro del galeno.

—Pronto no quedará ninguno en Córdoba, como tampoco judíos ni mentes libres. ¡Tantos amigos médicos han sido expulsados o pasados a cuchillo sin motivo! Si supierais cuánto recé para que Alá detuviera a esas fieras, para que les impidiera destruir la obra inspirada por su sabiduría y erigida en su santo nombre...

Ahmad continuó desgranando las férreas disposiciones dictadas por los almorávides: vigilancia y estrecho control de las bebidas fermentadas, estrictamente prohibidas so pena de ajusticiamiento inmediato. Mismo castigo para los acusados de reunirse a escuchar cualquier clase de instrumento musical, todos ellos considerados vestigios de los tiempos paganos anteriores al islam...

—Idéntica condena pesa sobre los libros, considerados sacrílegos —añadió, reprimiendo con esfuerzo los sollozos—. Ni siquiera el *hayib* Abu Amir llegó a tanto cuando ejerció su tiranía sobre el califato. En aras de congraciarse con los alfaquíes, él también mandó quemar millares de manuscritos atesorados por Al-Hakam, ¡que Alá lo tenga en su gloria!, pero al menos salvó los que versaban sobre medicina o matemáticas. Ahora solo está permitida la lectura del Corán.

—¿Y qué es de la mezquita aljama? —quiso saber el infanzón, rumiando en su cabeza la historia de su antepasado—. ¿Todavía la alumbran dos lámparas fundidas con el bronce de las campanas robadas al apóstol Santiago en su templo?

Semejante pregunta desconcertó al médico, temeroso de dar una respuesta incorrecta e incurrir en la ira del cristiano. Tras reflexionar unos instantes, se aventuró a contestar:

—No conocía el origen de esas hermosas lámparas, cuya belleza honra la mano de quien las fundió.

—Tal vez algún día os hable de ese herrero —dejó caer el infanzón, misterioso—. Ahora proseguid vuestro relato, os lo ruego.

—Córdoba se ha convertido en un gigantesco patíbulo —concluyó el galeno su lamento—. Las guarniciones africanas se comportan como tropas de ocupación. Todo lo hermoso está proscrito. Todo el saber, satanizado. Buena parte de lo que amaba, perdido. Ignoro si habrá un lugar para nosotros aquí, pero estoy completamente seguro de que no quiero vivir en ese mundo que rechaza mis valores más sagrados. Y menos aún deseo que sea el hogar de mis hijos.

Esa expresión de pesadumbre produjo en Diego un placer perverso. Aun siendo Ahmad inocente de toda culpa, el declive que describía no podía sino alegrarle. Respondía exactamente al augurio de su bisabuelo y preludiaba lo que estaba por venir. El flagelo almorávide era a su entender solo un anticipo. Ahora veía con absoluta claridad su destino: vengar la muerte de Tiago y devolver las campanas de Santiago a su lugar, dando así cumplimiento al último punto de su profecía.

Antes, no obstante, debía hacer lo necesario para conquistar a Farah.

* * *

A diferencia del infanzón, Auriola tardaba en recuperarse. Los años parecían haberle caído encima de golpe, con un efecto devastador sobre su naturaleza hasta entonces tan recia. Semejaba un roble hendido por el rayo, aferrado a sus viejas raíces aunque en trance de secarse. Su cuerpo rehusaba obedecer las órdenes de su voluntad menguante. Estaba cansada de vivir. Cansada de luchar.

Aquella mañana dormitaba frente a la gran chimenea, encendida para combatir el frío alojado en sus entrañas como elocuente embajador de la parca, cuando Diego se acercó a besarla con ternura.

—Buenos días, abuela.

—¿Qué tienen de buenos? —La frustración ante su declive era una fuente de amargura que no intentaba disimular, máxime ante el temor de abandonar este mundo sin haber logrado asegurar la continuidad de su estirpe.

—Vengo a confesarte un secreto —trató de animarla él—. ¿No te parece un motivo de alegría?

—Depende —respondió ella lacónica.

—Me he enamorado.

Lo dijo con tal rotundidad que Auriola salió de su torpor y se incorporó, haciendo gala de una agilidad sorprendente, en aras de acercarse a él lo suficiente para poder leer en sus ojos.

—¿De quién? —inquirió, atónita.

—De Farah.

—¡En nombre de Dios, Diego, se trata de una musulmana! —exclamó escandalizada, llamando al muchacho por su nombre, cosa que solo hacía cuando estaba realmente enfadada—. ¿Has perdido la cabeza? Esa mujer no debió de sacarte un trozo de flecha, sino los pocos sesos que tenías.

La Dueña tenía otros planes para su nieto. Planes urdidos con la anuencia de Jimena y la ayuda de María Velasco, quien tras una meticulosa búsqueda había encontrado a una candidata idónea, descendiente de un antiquísimo linaje astur. Planes cuyo éxito había celebrado evidentemente antes de tiempo, toda vez que la fatalidad parecía empeñada en malograrlos.

Aun así, no se rendiría sin combatir.

—Debes recapacitar, mi chico —añadió, más serena—. Tienes responsabilidades, deberes para con tus hombres, un compromiso ante tu Rey...

—Mi Rey se ha amancebado con una mahometana convertida, abuela.

—Pero no la ha desposado. ¿Es que no ves la diferencia?

426

—Él ya tiene esposa. Yo no. Y amo de verdad a Farah, no me limito a desearla. Me inculcaste desde pequeño el sentido del honor. ¿Ahora me pides que lo ignore?

Esa respuesta descolocó a la anciana, quien ansiaba la felicidad de ese mocete por encima de cualquier otra cosa, incluida la suya propia.

—Estuve muy cerca de la muerte —continuó desahogándose él—. Vi su rostro con la suficiente claridad como para discernir lo importante de lo contingente y anhelar perpetuar mi sangre antes de perderla para siempre. ¿No eras tú quien me suplicaba que sentara la cabeza?

—Sí, aunque no de este modo.

—Pues ella es la madre que quiero para mis hijos, abuela —concluyó el infanzón—. No necesito tu bendición, aunque me harías un regalo inmenso otorgándomela sin condiciones y acogiéndola en tu corazón generoso.

¿Cómo rechazar semejante petición? No solo procedía de su mocetico del alma, sino que la colocaba ante el espejo de un pasado que no cambiaría por nada. Ella y Ramiro se habían elegido libremente, ignorando prejuicios o intereses. Juntos habían construido una existencia dichosa. ¿Era justo impedir a Diego tratar de alcanzar lo mismo?

Vencida, lanzó una última estocada:

—¡Pero se bautizará en nuestra fe antes de los esponsales!

—Lo hará —convino él, gozoso—, y tú serás su madrina.

* * *

Persuadir al padre de la novia resultó ser más sencillo.

Ahmad ibn Bayya era un hombre derrotado, privado de esperanza y abocado a sobrevivir entre dos mundos igualmente extraños, ninguno de los cuales le resultaba acogedor.

Su única preocupación era proporcionar seguridad y sustento a su progenie, toda vez que cualquier posibilidad de progreso había sido barrida por la marea almorávide. Y tanto el sustento como la seguridad dependían de su disposición a integrarse en una sociedad cristiana. ¿Ofendería a su anfitrión oponiéndose a sus deseos? No se veía con fuerzas.

Farah era la niña de sus ojos. Su alegría, tal como expresaba su nombre en lengua árabe. Su debilidad. Le costaba entregársela a un infiel, aunque lo haría sin vacilar, siempre que ella diera su consentimiento. Si su hija aceptaba al infanzón por esposo, él no se interpondría.

Tras acordar los términos de la eventual unión con el señor de la alcazaba, esa misma noche se dispuso a hablar con ella.

—Don Diego me ha pedido tu mano —fue directamente al grano, mientras compartían una infusión en la alcoba del galeno.

—¿Y qué le has contestado? —Farah no estaba segura de lo que deseaba oír.

—Que respetaré tu voluntad.

—Ojalá la conociera yo misma, padre.

Ahmad no se esperaba esa respuesta y tampoco percibía con claridad cuál era la mejor decisión. Siguiendo su proceder habitual, se dejó guiar por la observación de los elementos disponibles para el análisis, con el empeño de arrojar luz sobre el dilema al que se enfrentaban.

—Nuestro anfitrión es un hombre noble, dispuesto a honrarte como mereces. Es poderoso, posee bienes suficientes para proporcionarte una vida holgada y dice sentir un hondo aprecio por tu persona.

—¿Quieres decir que debo aceptarlo a pesar de ser cristiano?

428

—No. —El amor que le inspiraba esa hija tan parecida a él siempre le había llevado a desafiar la tradición de imponerle en todo su criterio—. Yo solo digo que nuestra situación aquí es precaria y hemos sido afortunados recalando en esta casa. Don Diego ha de estar realmente prendado de tus encantos, porque renuncia a exigir la dote acostumbrada y extiende sin límite de tiempo la hospitalidad que ha venido brindándonos a tus hermanos y a mí.

Al otro lado de la cortina, oculto entre las sombras, el hermano de Farah escuchaba la conversación mascando rabia. La había ido acumulando gota a gota durante su estancia en el castillo, obligado a esconderse para elevar sus oraciones a Alá. Humillado por cada cucharada de comida que se llevaba a la boca, percibida como fruto de una caridad impura. Henchido de rencor hasta rebosar odio.

Llevaba tiempo sospechando que algo turbio se tramaba entre su hermana y ese cristiano arrogante al que habrían debido dejar morir. Los vigilaba de cerca, especialmente a ella, cuya actitud desvergonzada constituía un baldón para la familia, amén de un insulto a las enseñanzas del Profeta y a su bendita esposa, Fátima, ejemplo de mujer intachable. Las palabras pronunciadas esa noche en la alcoba ya no dejaban margen a la duda. Si él no le ponía remedio, Farah los arrastraría a todos a un abismo de pecado imperdonable a los ojos de Alá.

Armado de un cuchillo robado en la cocina, irrumpió en la estancia, furibundo, para abalanzarse sobre su hermana, determinado a impedir que consumara esa coyunda infame.

—¡Suelta ese puñal, Ibrahim! —le ordenó tajante su padre—. ¡Y libera de inmediato a Farah!

—Ya no te escucho, padre —le espetó él fuera de sí—. No mereces mi respeto y menos aún mi obediencia.

—No hay nada decidido —cambió de táctica Ahmad, temeroso de acrecentar la locura de su hijo—. Solo estábamos hablando…

—¿De vender nuestra alma a un infiel? —Los ojos de Ibrahim brillaban de ira, mientras con una mano tapaba la boca a su hermana y con la otra asía la daga que amenazaba su cuello—. No hay compensación económica que pueda justificar semejante ultraje, padre. ¿Es que no te das cuenta? Ese cristiano politeísta nos deshonra y nos condena.

—El señor de esta alcazaba nos ha acogido en su casa —trató de apaciguarlo el médico, acercándose lentamente—. Le debemos gratitud y respeto.

—¡Detente o la mato! —chilló enfurecido su hijo—. ¿Acaso nos respeta él pretendiendo mezclar su sangre con la nuestra? ¿Acaso respeta nuestra religión instando a Farah a cometer el más grave de los pecados al abjurar de su fe?

—La decisión es suya, Ibrahim, no te corresponde a ti.

—Una mujer no es quién para decidir nada —sentenció él con desprecio—. Claro que la culpa no es suya, sino tuya por envenenarla con tus libros y tus fórmulas. Ahora el mal ya está hecho.

Farah se debatía con todas sus fuerzas para librarse del garfio que la apresaba, sin conseguirlo. Su hermano la superaba en estatura y parecía animado, además, por un vigor sobrehumano, semejante al inducido por ciertas drogas. Ciego de ira, seguía cubriendo de reproches a su padre.

—No debiste arrastrar nuestro honor por los suelos trayéndonos aquí. ¡Mira lo que has provocado! Las tierras del rey cristiano son la Casa de la Guerra. El Profeta, ensalzado sea su nombre, nos llama a luchar contra sus soldados hasta vencer o morir. ¿Y qué haces tú? ¿Qué hace ella? Entregaros al primer cristiano que os ofrece un mendrugo de pan. Me dais asco. Yo reniego de vosotros.

—Hijo, deja de una vez ese cuchillo y podremos buscar el modo de resolver este asunto —insistió su padre, armándose de paciencia.

—¡Ni un paso más! —volvió a bramar Ibrahim.

El ruido había alertado al señor del castillo, quien irrumpió en la estancia sofocado, tras subir de dos en dos los escalones que conducían al piso donde estaban alojados sus huéspedes. La escena que se encontró lo llenó de espanto, aunque no lo paralizó. Lejos de amilanarse, se arrojó sobre el muchacho sin más armas que sus puños. No calculó la magnitud del fanatismo que anidaba en el corazón de ese chico.

Viéndose perdido, Ibrahim cerró los ojos un instante, pronunció una invocación en árabe y mientras lo hacía rebanó la garganta de su hermana, de izquierda a derecha, como si estuviera sacrificando un cordero. Luego la dejó caer, ahogándose en su propia sangre, para encararse con Diego.

—No será tuya, perro —escupió sobre el cuerpo inerte de Farah—. No nos cubrirá de vergüenza apostatando de su religión. No blasfemará de Mahoma para convertirse en tu puta. De acuerdo con nuestra ley sagrada merecía morir y yo he sido elegido para hacer justicia. ¡Alá es el más grande!

Ahmad se había arrojado al suelo, gimiendo como un animal herido. Trataba de taponar con sus manos el torrente púrpura que manaba del cuello cercenado de su hija, en un vano intento de salvarla.

Para entonces Farah ya había abandonado este mundo.

Diego profirió un aullido bestial y se lanzó contra el verdugo, impulsado por una ira salvaje. Lo habría matado a golpes allí mismo, aplastando su cabeza contra las tablas del suelo, de no haber llegado en ese momento Jimena, alertada por el jaleo, acompañada de dos guardias. Ellos lo separaron a duras penas del asesino, a instancias de la señora. A rastras se lo llevaron a sus aposentos, a la espera de conocer lo que dispondría una vez recuperada la cordura, y al moro lo cargaron de cadenas antes de encerrarlo en una celda contigua a la que acogió a los supervivientes de la familia Ibn Bayya.

* * *

En el centro del patio de armas fue levantado un patíbulo. Diego habría querido infligir personalmente un tormento largo a ese hijo de Satanás, aunque su madre y su abuela lo convencieron de desistir. No era propio de un señor mancharse las manos con tan vil quehacer ni existía muerte más infamante que la sufrida en la horca. Por eso era la reservada a los criminales de peor ralea.

Ibrahim caminó hasta el cadalso por su propio pie, convencido de ir al martirio y de ahí directamente a la gloria, hasta que vio a un cerdo amarrado a un poste situado junto a la horca. Entonces empezó a temblar.

—¿Ves a este puerco, cobarde? —le dijo el infanzón en voz baja, con una frialdad aterradora—. Va a ser sacrificado contigo. Te acompañará al sepulcro, envuelto en tu mismo sudario. Vuestras carnes se pudrirán juntas por toda la eternidad. No habrá dios que te libre de pagar por lo que hiciste.

El condenado porfió, amenazó, suplicó perdón e imploró clemencia, aunque fue en vano. Las puertas del paraíso no se abrirían para él si su cuerpo era enterrado junto al de un animal impuro. Su verdugo lo sabía y por eso había dispuesto una pena proporcional a su crimen.

Murió Ibrahim entre alaridos, ante los ojos de Hixam y Ahmad, expulsados de la fortaleza al acabar la ejecución. Ni uno ni otro tenían culpa, lo que no cambiaba nada. Tampoco ellos habrían deseado permanecer en ese lugar.

Diego no volvió a ser el mismo. Se sumió en un mutismo absoluto. Razonaba, decidía, dictaba órdenes escuetas a su gente y acudía a la mesa compartida con su madre, donde no pronunciaba palabra. Se había vuelto irreconocible. Un hombre roto cuyo dolor tomaba la forma del hielo. Un motivo de honda tristeza para Jimena, encerrada junto a él en esa pena infinita, y la causa de que Auriola perdiera definitivamente el deseo de seguir viviendo.

La edad se había tornado una losa insoportable. Ya no se tenía en pie. Apenas probaba bocado. Tampoco ella hablaba mucho, excepto para rezar o enzarzarse en conversaciones incomprensibles con un ser imaginario que solo podía ser Ramiro.

Había llegado al final, aunque no podía marcharse sin hacer una última cosa. Por eso mandó llamar a ese nieto tan distinto a Diego, perdido en su infierno interior. Tenía que hacerle un ruego y arrancarle una promesa.

40

—Es la hora, mi chico. —La voz de la navarra, antaño un trueno, apenas resultaba audible.

—Ve en paz, abuela —respondió Diego, escueto, sin lágrimas que derramar al tener el corazón reseco.

—No puedo.

—Claro que sí. —No era un consuelo, sino la fría constatación de un hecho, que matizó añadiendo con la misma indiferencia—: En el cielo te esperan tu esposo y tu hijo.

—Ramiro no descansa. —Se agitó ella, tratando en vano de incorporarse—. Yo tampoco lo haré.

—Voy a buscar a un sacerdote —repuso el infanzón, convencido de que la moribunda hallaría sosiego al recibir los santos óleos.

—¡No! —lo detuvo ella, sujetándole la mano con un vigor inaudito—. Dame tu palabra.

—¿Palabra de qué?

—Escucha. —Auriola notaba que se le agotaba el tiempo antes de ver cumplido el mayor propósito de su existencia—. Debes casarte, tener hijos.

435

—Es tarde para eso…

—¡Dame tu palabra! —insistió ella, con la voz quebrada por el llanto.

Diego calibró durante unos instantes el alcance de esa súplica.

Si persistía en su rechazo, la mujer que agonizaba ante él abandonaría la vida presa de una angustia atroz. A ella le debía cuanto había llegado a ser. Eran su ejemplo y su coraje, su empuje, su fe en él, su respaldo incondicional, su generosidad ilimitada los que le habían permitido alcanzar la posición que ocupaba en la hueste del rey Alfonso. La deuda contraída superaba con creces el pago solicitado. ¿Se perdonaría a sí mismo dejarla marchar afligida por tal muestra de ingratitud?

Por otra parte, la palabra era el bien más preciado de cuantos llegaba a poseer un hombre. Una vez comprometida, únicamente un bellaco la traicionaría incumpliendo un juramento formulado en semejante trance. Y él no se consideraba un bellaco. ¿Sería capaz de asumir las consecuencias derivadas de formar una familia, cuando su único deseo era batallar hasta morir para reencontrarse con Farah?

—Me casaré —respondió sin emoción—. Tienes mi palabra.

En el salón aguardaba Jimena, imbuida de serenidad. Estaba de pie, contemplando el fuego, en apariencia resignada a la fatalidad. Se consideraba afortunada por haber gozado tantos años de su madre y solo deseaba que pudiera descansar al fin, libre de preocupaciones. En su fuero interno ya le había dicho adiós, o con más exactitud «hasta pronto». Porque la muerte era un tránsito hacia una vida mejor donde volverían a encontrarse para gozar eternamente de la gloria. Un tránsito. Solo eso. Aunque doliera a rabiar.

Diego la observó, embelesado, como si la viera por vez primera, porque por primera vez veía en ella a su abuela. Vestía con sobriedad, una saya de paño oscuro, carente de adornos, cuya austeridad realzaba la esbeltez de su figura madura. Su melena color ceniza permanecía oculta bajo la toca blanca ceñida, marco sencillo de un rostro hermoso, aun habiendo perdido la frescura. Era una réplica perfecta de la imagen que evocaba su mente cuando pensaba en Auriola. En virtud de algún sortilegio, las dos se habían fundido en una.

—¿Has hablado con ella? —La forma de preguntar de su madre denotaba que estaba al tanto de todo.

—Sí.

—¿Y?

—Me casaré —confirmó él con desgana—. Os lo debo tanto a ella como a ti.

—Antes de que sobreviniera esta tragedia, te había buscado una esposa perfecta —añadió Jimena, reacia a expresarse de manera más concreta por miedo a despertar la ira agazapada en el interior de su hijo—. De ahí nuestra felicidad y la fiesta que celebramos. ¿Recuerdas?

Diego no quería recordar. Había cerrado las puertas a cualquier clase de alegría. Por eso advirtió, amenazante:

—Me casaré y engendraré a ese sucesor que tanto parece importaros, pero no me pidas que ame a la mujer que me habéis escogido.

—El amor viene con el tiempo, hijo —replicó ella, sintiéndose transportada a un pasado en el que había oído exactamente lo mismo en boca de su madre—. El matrimonio es cuestión de respeto, conveniencia y amistad. Verás cómo la muchacha te complace. Procede de una excelente familia...

* * *

Juana tenía una edad cumplida, veinte años, y una dote escasa, pero un linaje antiquísimo cuyos orígenes se remontaban a la era del primer Alfonso, príncipe de Asturias.

De acuerdo con la información contenida en la carta de María Velasco, la muchacha descendía por línea directa de un guerrero godo enrolado en las filas del monarca apodado el Cántabro y de una mujer perteneciente a la más alta nobleza astur. Una de sus antepasadas había adquirido cierta fama en su tiempo, por acompañar al Rey Casto en su peregrinación al sepulcro de Santiago tras la milagrosa aparición de sus reliquias. El árbol frondoso de tan digna genealogía extendía sus ramas al otro lado de las Montañas de Dios, donde Alfonso II había premiado a la dama otorgando a su primogénito una presura celosamente conservada desde entonces.

La familia, añadía la misiva, había ido empobreciéndose con el transcurso de los siglos, aunque atesoraba un patrimonio incomparable constituido por la memoria de hechos legendarios transmitida de generación en generación. Un tesoro único, de enorme valor, que sin duda haría las delicias de Diego, además de ennoblecer su alcurnia al emparentar con gentes de inmejorable extracción.

La candidata propuesta era la séptima hembra de una prole compuesta por doce vástagos, lo que acreditaba de sobra su potencial de buena paridora. Si permanecía soltera era únicamente debido a la imposibilidad de proporcionarle una dote, sumada a la negativa paterna a desposarla con un hombre de condición inferior a la suya. Por lo demás, se trataba de una doncella atractiva, educada, de trato fácil y bien dispuesta. Una esposa a la medida de su nieto, concluía la vieja amiga de Auriola, a quien colmaría de dicha.

Diego no encontró razón alguna para oponerse. Fuese hermosa o repulsiva, alegre o amargada, inteligente o necia, dulce o agria, esa mujer nunca llenaría el vacío dejado por Farah. ¿Por qué habrían de importarle su ascendencia o sus cualidades? Bastaba con que cumpliera su cometido de darle hijos. No se le pedía más.

* * *

Una mañana lluviosa de otoño partieron dos jinetes al galope de la alcazaba de Mora. Uno se dirigía a toda prisa a Toledo, con el encargo de traer a un clérigo provisto del viático. El otro viajaba más lejos, a las estribaciones de la cordillera astur, donde una joven casadera esperaba impaciente recibir noticias de un posible marido para ella.

Corría el año 1092 de Nuestro Señor.

Auriola se moría.

La promesa formal de su nieto le había proporcionado unos días más de aliento, que aprovechó para despedirse del mismo modo en que había vivido.

—Honrad la sangre —murmuró en su lecho, a cuyo cabecero velaban Jimena y Diego, ella rezando, él anhelando que el suplicio acabara cuanto antes. Después, señalando con la punta de un dedo la cruz que el infanzón llevaba al cuello, añadió con un hilo de voz—: No la traiciones.

La Dueña entregaba el alma sin proferir una queja, concluido un largo camino de brega. No se rendía. Llegaba al fin a la meta que se había marcado al partir.

Su respiración se fue haciendo más ruidosa, como si al aire le costara pasar de su boca entreabierta a sus pulmones. La colcha que la cubría subía y bajaba al compás de ese movimiento agónico, añadiendo un crujido de sábanas al lamento desgarrador procedente de su garganta. Fuera llovía a cántaros.

Superada por la tristeza, Jimena se ausentó de la alcoba pretextando ir a comprobar si había llegado el cura que habían mandado a buscar. El infanzón estaba más hecho a la dureza de la muerte y permaneció junto a su abuela, sujetando su mano con firmeza. La capacidad de amar le había sido amputada, pero no así la de sufrir. De ahí que esa lenta agonía le produjera tanta aflicción como rabia. ¿Por qué se ensañaba Dios con una persona intachable como Auriola de Lurat? ¿A qué esperaban los ángeles para venir a llevársela?

De pronto, el ronquido cesó. Diego creyó que su ruego había sido escuchado, pero no tardó en constatar su error. Su abuela había abierto los ojos. Parecía ver algo infinitamente bello, aunque lo miraba a él. Su rostro crispado había recobrado la serenidad para dibujar una sonrisa, la última, dedicada a su mocetico, que estaba allí para recibirla. Ya podía descansar en paz.

Entonces, sí, Diego dejó fluir libremente su dolor junto a sus lágrimas. El poder de ese regalo postrero recompuso lo que estaba roto. Fue un bálsamo para su herida. Una lección de vida contenida en un gesto puro, cuyo significado iba mucho más allá de una mera muestra de cariño. Era una invitación a seguir, a gozar, a recuperarse a sí mismo.

Presa de un profundo sentimiento de ternura, cerró los ojos de la difunta y depositó un beso en su frente, mientras se juraba a sí mismo acatar su voluntad. Tal vez nunca llegara a amar a esa dama que le había asignado por esposa, pero la respetaría, la honraría y se esforzaría por buscar en ella tanta nobleza como su abuela había descubierto en él, incluso cuando nadie más la veía.

Con esa promesa le dijo adiós.

41

La primavera regresó, acompañada de guerra.

Los africanos cruzaron de nuevo el Estrecho para correr a sangre y fuego las tierras ganadas por los cristianos, incapaces de resistir a la brutalidad de esas embestidas. Una y otra vez eran desbordados y vencidos en el campo de batalla, donde cientos de soldados caídos servían de pasto a los buitres. Una y otra vez el Rey se veía obligado a refugiarse en algún castillo, confiando en la escasa paciencia de esos guerreros del desierto, más hábiles en campo abierto que manteniendo un asedio.

El señor de Mora nunca había puesto más ardor en el combate. Se ofrecía para encabezar cualquier misión suicida. Su mesnada ocupaba siempre la vanguardia de la tropa. Algo en su interior lo empujaba a buscar la muerte, pero esta se mostraba esquiva. Y así, al amparo de ese escudo sostenido por el destino, llegó al día de su boda sin sufrir un rasguño.

Juana respondía fielmente al retrato trazado por María Velasco. Era agradable a la vista, risueña, humilde, despierta. Hilaba y cosía con pulcritud, sabía ordeñar una vaca, cuajar mantequilla o cocer pan. Estaba acostumbrada al trato con los niños, dado que había criado a varios hermanos pequeños, pero por encima de todas esas cualidades sobresalía una mucho más rara: poseía un arsenal inagotable de historias, cuyos protagonistas vivían un sinfín de peripecias en los confines difusos entre el pasado y la fantasía.

—Desciendo de una antigua saga de Guardianas de la Memoria —justificaba en tono misterioso sus dotes de narradora—. Mi abuela heredó de la suya la habilidad de relatar aventuras, que esta a su vez había escuchado de labios de su bisabuela...

Jimena adoptó desde el principio a esa muchacha, llamada a alegrar su vejez proporcionándole compañía y nietos. Diego se mostró cortés con ella, fue caballeroso en el trato y delicado en la intimidad, lo cual superaba con creces lo que cabía esperar a una dama de alta cuna desposada con un caballero de frontera. La novia venía feliz de haber escapado al convento, única alternativa a ese matrimonio tardío, aunque recelosa ante la probabilidad de toparse con un ser rudo y a lo peor violento. Todo lo contrario del hombre que acabó llevándola al altar. ¿Qué más podía pedir?

Lope, primer fruto de ese enlace, nació transcurridos nueve meses desde la noche de bodas, en el invierno del año 1094 de Nuestro Señor. Sus hermanas Muniadona y Leonor le siguieron a intervalos regulares, en 1096 y 1098. La benjamina pareció traer la paz debajo del brazo.

Su llegada coincidió con el retorno a su patria del caudillo almorávide, no sin antes devastar los campos de la antigua taifa toledana ganada para la Cristiandad por Alfonso, emperador de toda España.

En Consuegra había perecido degollado el único hijo varón del señor de Vivar, cuya hueste defendía con arrojo Valencia y Zaragoza, mientras las derrotas se sucedían, una tras otra, a medida que el emir afianzaba su base en Córdoba y sometía a su férreo control todo el territorio de Al-Ándalus.

La partida de Yusuf fue el mejor regalo de bautizo que recibió Leonor, aunque sus padres eran conscientes de que no sería duradero. El sarraceno más despiadado de cuantos habían conocido embarcaba hacia su desierto con la intención de volver, igual que había hecho en todas las demás ocasiones. Mucho antes de lo deseado correría los campos castellanos, arrasaría la tierra de España y haría cautivos a los cristianos, del mismo modo que perseguía con saña a sus hermanos tibios y apretaba el yugo sobre los mozárabes, cuando no los esclavizaba para venderlos en África.

* * *

Recién estrenado el siglo, en el verano del 1100, la pesadilla regresó a Toledo de la mano de un desconocido, Mazdali ibn Banlunka, lugarteniente de confianza del todopoderoso emir.

Alfonso se hallaba lejos, en Valencia, a donde había acudido respondiendo a la llamada de socorro de doña Jimena, viuda de su levantisco vasallo Rodrigo Díaz, fallecido poco tiempo atrás, acaso por la inmensa pena de haber perdido a su único vástago. Iba a tratar de conservar la plaza, amenazada por la enésima arremetida africana. Lo acompañaba el grueso de su ejército, aunque había dejado en la capital del Tajo una nutrida guarnición, entre cuyos capitanes destacaba Diego.

Caía un sol de justicia sobre el castillo de Mora cuando el señor llegó a sus puertas, a uña de caballo, como si lo persiguiera el mismísimo diablo.

—¡Nos vamos a la ciudad! —anunció a las mujeres, sin margen para la objeción—. Recoged lo mínimo indispensable y aprestaos a partir cuanto antes. No hay tiempo que perder.

—¿Qué ocurre, hijo? —se alarmó Jimena.

—Los moros están a dos días de aquí. Pronto nos caerán encima. ¡Quiera Dios que las murallas aguanten su embestida!

—¿Y el castillo? —inquirió su madre.

El infanzón eludió responder. No hacía falta. Ambos sabían que llevaría a cabo la misión asumida al aceptar la tenencia y defendería esa alcazaba con su vida. Bajo esa condición había obtenido del Rey tierras, rentas y vasallos. ¿Qué clase de caballero sería si faltaba a su deber?

—¿No nos acompañarás entonces? —Más que una pregunta, era una constatación.

—Me reuniré con vosotras cuando haya pasado el peligro.

Jimena dio por buena la explicación, tranquilizada por la seguridad que transmitía él al hablar. No era la primera vez que Mora sufría un asalto, y de todos había salido con bien, merced a sus sólidos muros.

Juana permaneció muda. Tenía un mal presentimiento. Llevaba días sintiendo ese desasosiego interior y conocía su significado. Desde niña había aprendido a interpretar las señales contenidas en sus sueños y sus percepciones. Una herencia familiar que aceptaba como algo natural, a veces agradecida de poder anticiparse a los hechos y otras, a su pesar. Esta era una de esas ocasiones.

Sabía que algo terrible estaba a punto de ocurrir. Intuía que la desgracia acechaba, pero se obligaba a callar. De haber revelado sus pensamientos, la habrían tomado por una bruja. Y ella no había pedido ese don de la clarividencia, equivalente a una maldición cuando involucraba a la muerte.

444

El guardián del castillo no veía la hora de sacar a su familia de allí. Los informes traídos por los exploradores auguraban lo peor, al detallar la caída de varias fortalezas avanzadas, el incendio de cuantas aldeas y granjas había hallado en su camino esa hueste feroz o la ausencia de cautivos marchando tras su retaguardia, lo que indicaba que no hacían prisioneros. El africano venía a depredar, a sembrar la devastación a su paso. No mostraría piedad, ni a hombres, ni a mujeres, ni a niños.

—Nos veremos pronto —se despidió de su mujer, apremiándola a partir cuanto antes, de un modo que traslucía su propia incredulidad.

—Lo haremos —repuso ella, enigmática.

Ambos tenían motivos para creer que no sería en esta vida y esperanzas encontradas respecto de lo que les aguardaría en la otra. Diego deseaba ardientemente volver a abrazar a Farah. Su pasión permanecía intacta. Juana era conocedora de la rival imbatible que le robaba el amor de su hombre, aunque confiaba sin reservas en la misericordia divina.

—Hay un cielo para cada uno de nosotros, esposo —añadió, con la dulzura de siempre, acariciando el rostro barbudo de Diego—. Una eternidad de gozo, libre de añoranzas y de pena.

Él se obligó a devolver el gesto, pues comprendía perfectamente el sentido de esas palabras. Su mujer no las pronunciaba desde el rencor o los celos, sino movida por una inmensa capacidad de amar, no exenta de lucidez. Juana era singular, sorprendente y única. Una esposa a la altura de lo que Auriola había anhelado para él.

Si la hubiera conocido antes…

—¡Marchad ya o no llegaréis! —repitió, malhumorado, lanzando una mirada cargada de tristeza a los tres pequeños que se acurrucaban en el carro junto a su abuela.

—Los niños estarán bien —respondió Juana a su inquietud, convencida de que no mentía.

—¡Id con Dios!

*   *   *

Cuando el caudillo almorávide llegó a las puertas de Mora, al frente de un inmenso ejército, su defensor agradeció al Altísimo que su familia no estuviera allí. Desde lo alto del adarve, hasta donde abarcaba la vista, solo se divisaban guerreros. Enviados de la muerte dispuestos a aniquilarlos antes de saciar su apetito de revancha en Toledo.

Diego disponía de pocos hombres capaces de combatir, dado que algunos de sus mesnaderos se habían incorporado a la milicia de la ciudad. El castillo estaba prácticamente desguarnecido, repleto de campesinos acudidos a protegerse allí con sus mujeres y sus hijos, que serían masacrados en cuanto los sarracenos lograran abrir las puertas o escalar los muros. Solo cabía resistir el máximo tiempo posible para dar una oportunidad a los prófugos de ponerse a salvo en la capital, y a ello se dispuso el infanzón, encomendándose a Santiago.

Tras repartir a sus arqueros a lo largo del camino de ronda, armar a los labradores, reforzar el portón apuntalándolo con gruesos troncos y acomodar a las mujeres y los niños en el interior de la casa, se subió a lo alto de un carro, vestido de hierro y coraje, para arengar a su gente.

—¡Hoy no vamos a morir! —proclamó a voz en cuello, buscando desesperadamente el modo de sonar convincente.

Le contestó un rugido encendido, acompañado por el ruido metálico de las espadas golpeando los escudos.

—Los sarracenos no traen máquinas de guerra, pasarán de largo —se mintió a sí mismo, con el vano empeño de engañarlos—. Y si no lo hacen, probarán la furia de nuestros aceros.

Ninguno de sus mesnaderos creía que fueran a tener esa suerte. Se habían enfrentado a los almorávides antes. Conocían su determinación implacable, su fiereza, la fuerza que les infundía el saber que, si caían luchando contra los cristianos, serían premiados en el paraíso con una multitud de vírgenes creadas para satisfacer sus caprichos.

Todos tenían miedo a esos soldados feroces. Miedo fundado en la experiencia, alimentado por el recuerdo de las batallas perdidas, los cadáveres mutilados, las pirámides de cabezas apiladas como tributo a ese dios despiadado. Un miedo cerval, agarrado a las tripas, que tomó la forma de otro bramido ensordecedor lanzado al aire del atardecer.

—¿Estáis conmigo? —retó el señor a sus soldados, alzando la espada al cielo—. ¿Lucharéis a mi lado una vez más por nuestras mujeres, nuestros hijos, nuestra tierra y nuestra fe?

Sus soldados aullaron de nuevo, borrachos de ese licor que corría por sus venas antes de cada choque mortal. Diego se unió al clamor, con la misma sensación de embriaguez, y como si una voluntad extraña se hubiera apoderado de él, oyó surgir de su garganta una última soflama:

—¡Honrad la sangre!

* * *

Al amanecer, todo había concluido.

Los almuédanos llamaron a la primera oración entonada en alabanza de Alá, el Clemente, el Bondadoso, concluida la cual el general dio rienda suelta a su tropa para entregarse al saqueo de la alcazaba conquistada.

Uno de los africanos identificó enseguida el cuerpo de quien había mandado la plaza, fácilmente reconocible por la calidad de su sobreveste, y se abalanzó sobre él. Tomó para sí el acero que había pertenecido a Diego, caído al lado de su cadáver atravesado por multitud de heridas, empezó a despojarlo de la loriga, a fin de incorporarla al botín, y al hacerlo se fijó en la joya que llevaba al cuello. Debía de ser algo precioso, porque el infiel había cerrado sus manos sobre ella, formando una suerte de cofre que le costó no poco trabajo abrir. ¿Un rubí engarzado en oro? ¿Una perla tal vez? Su decepción tomó la forma de un salivazo asqueado al constatar que se trataba de un objeto despreciable. ¿Tanto esfuerzo para eso? Era una mísera cruz. Una tosca cruz de hierro.

Epílogo en tonos cambiantes

Año 1109 de Nuestro Señor
Toledo

S olo Toledo aguantó la brutal acometida al abrigo de sus antiguas murallas. Allí encontraron refugio cientos de prófugos procedentes de los territorios devastados, entre los cuales se hallaban Jimena, Juana, Lope, Muniadona y Leonor. El carro en el que viajaban fue de los últimos en traspasar la Puerta de Bisagra antes de que sus custodios la cerraran a cal y canto.

Dentro estaba la salvación. Fuera, terror y barbarie. La marea almorávide inundó la tierra cristiana preñándola de perdición, sin que hubiera sacrificio suficiente para contenerla.

Frente al castillo de Uclés fue herido de muerte Sancho, hijo de Alfonso y de Zaida, que encarnaba el sueño real de gobernar toda España; tanto la que rezaba a Cristo como la que invocaba al Profeta. Ese muchacho aún imberbe era el amor del monarca, su heredero, su esperanza. Junto a él cayeron siete condes de Castilla dispuestos a dar su vida para salvar la del infante, aunque su alarde de valor resultó infructuoso. La riada los arrolló a todos.

El destino había dispuesto que fueran tiempos de duelo. Tiempos de hijos huérfanos de padre y madres huérfanas de hijos. Tiempos de llanto y de luto. Tiempos de tinieblas que darían paso a la luz cuando Dios volviera a mirar a sus hijos con misericordia. Así había sido siempre y así sería hasta el fin de los días.

La magna obra construida por el Emperador a lo largo de toda su vida se desmoronaba como un castillo de naipes. Su ejército era derrotado. Sus fortalezas sucumbían a la violencia de los asaltos o a la traición de los moriscos que, acogiéndose a la noche, franqueaban el paso al enemigo. Sus ciudades más queridas, como Valencia, ardían después de ser evacuadas, con tal de no ceder sus tesoros a los ismaelitas venidos de África. Madrid, Talavera y Guadalajara habían sucumbido. La frontera, adelantada durante su reinado hasta el Tajo, reculaba inexorablemente hacia el Duero, marca secular de Al-Ándalus, y causaba una honda tristeza al anciano que se acercaba al final sin un varón a quien ceder el testigo.

Únicamente Toledo permanecía en sus manos. Toledo, el joyel de su corona imperial, su orgullo, su legado.

Hacia allí se dirigió don Alfonso en el verano de 1109 de Nuestro Señor, determinado a encabezar la defensa de la capital, y allí le sobrevino el fin, después de nombrar heredera a su hija mayor, Urraca. En su lecho de muerte la encareció a continuar su obra, a persistir en el afán de cuantos monarcas cristianos lo habían precedido en el trono y conseguir la unidad con la que él había soñado. La que otorgaba fuerza y, de su mano, victoria. Esa unidad que Yusuf había proporcionado a los sarracenos, y gracias a la cual transformó las antiguas taifas, débiles y fragmentadas, en un adversario imbatible.

Con su último suspiro suplicó a Dios que guiara a la nueva reina por el arduo camino de esa entrega al deber, aunque hubiera de pagar por ello un precio elevado. Y tras encomendar su alma al Altísimo, se despidió de este mundo el primer día de julio, bajo un cielo azul radiante engalanado para recibirlo.

Al igual que Juana y Jimena, también Urraca era viuda. Su marido, el conde Raimundo de Borgoña, había fallecido por causas naturales dos años antes, dejándole un hijo demasiado joven para gobernar. La corona de León y Castilla ceñiría por tanto su cabeza, la de una mujer perseverante, audaz y sobrada de valor. Una mujer a la que el Rey, no obstante, impuso un esposo aborrecible a sus ojos, por ver en él una pieza esencial para culminar con éxito el empeño secular de restaurar la verdadera fe en España: Alfonso, Rey de Aragón y Navarra, apodado el Batallador.

Las desavenencias del matrimonio eran la comidilla de Toledo, donde todo el mundo tenía una opinión. Los más enterados se referían a la oposición del clero y buena parte de la nobleza al enlace de su reina con ese aragonés ambicioso. En las tabernas se discutía hasta qué punto era un desatino colocar en el solio real a una hembra, y en los mercados las dueñas lamentaban la desgracia de la dama, entregada contra su voluntad a un hombre de rudos modales empeñado en someterla. Semejante ultraje causaba indignación general.

Esa parte de la historia era la que despertaba mayor interés en Muniadona y Leonor, a quienes su madre enseñaba a tejer en el pequeño telar doméstico mientras las ponía al día de las últimas noticias relativas a la desdichada unión. También Lope echaba su cuarto a espadas en dichas conversaciones, si bien su curiosidad se orientaba más hacia cuestiones militares relativas a la marcha de la guerra.

Merced a la intercesión del conde Ansúrez, la familia había obtenido una pensión suficiente para cubrir sus necesidades, aunque Juana comprendía que esa limosna cesaría en cuanto el mentor de su difunto esposo lo acompañara a la otra vida. Por eso buscaba con denuedo el modo de ampliar su círculo de amistades influyentes e instruía a sus hijas en las costumbres y conocimientos propios de dos doncellas de su alcurnia. De su éxito en ambas empresas dependería el futuro de esas niñas, privadas de padre y de fortuna en una misma noche aciaga. Su primogénito no le preocupaba tanto. Siempre podría abrirse camino con la espada. Siendo varón, tendría más facilidades para salir adelante... o tal vez no. Con una reina sentada en el trono todo podía cambiar. ¿Y si esa infanta criada a la sombra del magno monarca abría una nueva era de horizontes luminosos?

Urraca no era precisamente una mujer sumisa dada a rendirse con facilidad. Procedía, al igual que ella misma, de una antigua estirpe de mujeres fuertes, acostumbradas a decidir, luchar, bregar y morir como cualquier hombre en defensa de la tierra y la honra. Por sus venas corría la sangre franca de su madre, cuyo influjo en la corte y la Iglesia había sido decisivo, así como la navarra y asturleonesa de su padre. Sangre brava. Sangre indómita.

Sí, bajo el reinado de esa noble dama, Lope, Leonor y Muniadona verían abrirse ante ellos un sinfín de posibilidades. Andarían caminos nunca antes recorridos o seguirían la senda marcada por sus ancestros al escribir nuevos capítulos de esa historia que Jimena les narraba tan a menudo.

—Vuestro abuelo Nuño, cuya memoria habréis de honrar siempre con una conducta intachable, fue un guerrero valeroso, protector de reyes, defensor de la frontera...

ANEXOS

Dinastía Jimena
(1049-1112)

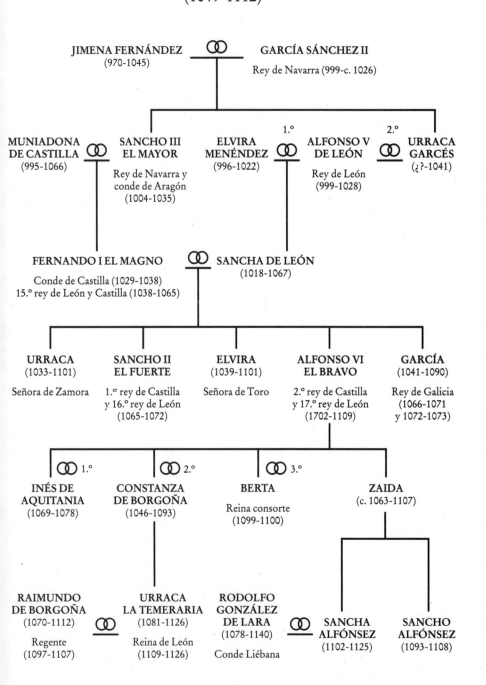

JIMENA FERNÁNDEZ
(970-1045)
⚭
GARCÍA SÁNCHEZ II
Rey de Navarra (999-c. 1026)

MUNIADONA
DE CASTILLA
(995-1066)
⚭
SANCHO III
EL MAYOR
Rey de Navarra y
conde de Aragón
(1004-1035)

ELVIRA
MENÉNDEZ
(996-1022)
⚭ 1.º
ALFONSO V
DE LEÓN
Rey de León
(999-1028)
⚭ 2.º
URRACA
GARCÉS
(¿?-1041)

FERNANDO I EL MAGNO
Conde de Castilla (1029-1038)
15.º rey de León y Castilla (1038-1065)
⚭
SANCHA DE LEÓN
(1018-1067)

URRACA
(1033-1101)
Señora de Zamora

SANCHO II
EL FUERTE
1.er rey de Castilla
y 16.º rey de León
(1065-1072)

ELVIRA
(1039-1101)
Señora de Toro

ALFONSO VI
EL BRAVO
2.º rey de Castilla
y 17.º rey de León
(1702-1109)

GARCÍA
(1041-1090)
Rey de Galicia
(1066-1071
y 1072-1073)

⚭ 1.º
INÉS DE
AQUITANIA
(1069-1078)

⚭ 2.º
CONSTANZA
DE BORGOÑA
(1046-1093)

⚭ 3.º
BERTA
Reina consorte
(1099-1100)

ZAIDA
(c. 1063-1107)

RAIMUNDO
DE BORGOÑA
(1070-1112)
Regente
(1097-1107)
⚭
URRACA
LA TEMERARIA
(1081-1126)
Reina de León
(1109-1126)

RODOLFO
GONZÁLEZ
DE LARA
(1078-1140)
Conde Liébana
⚭
SANCHA
ALFÓNSEZ
(1102-1125)

SANCHO
ALFÓNSEZ
(1093-1108)

Nombres históricos

Abd Allah (969-990). Hijo mayor de Almanzor. En el 989, ofendido por la predilección de su padre hacia su hermano, organizó un complot para quedarse con la capital de Al-Ándalus. Su padre lo descubrió, desmanteló el complot e intentó apaciguarlo, pese a lo cual en la campaña que el caudillo organizó contra León el joven se rebeló, fue capturado y acabó ajusticiado por orden de su padre.

Alfonso II de Asturias (762-842). Rey de Asturias. Ejerció su reinado a partir del 791 y solo fue interrumpido durante el 801 y el 802 por una conjura palaciega. Consolidó la monarquía asturiana y estableció la capital en Oviedo. Hizo frente a los ataques del emirato de Córdoba y no siempre consiguió evitar que entraran en su territorio. Tejió una fuerte alianza militar con Carlomagno e inauguró el Camino de Santiago.

Alfonso V de León, «el Noble» (994-1028). Rey de León. Ascendió al trono de muy joven y, al principio, sus tutores soportaron múltiples ataques de los musulmanes acaudillados por Almanzor. Se casó con Elvira Menéndez, hija de su tutor, con quien concebiría a Bermudo III y Sancha de León. Entre 1015 y 1017 se enfrentó a la ofensiva de los normandos, domeñó múltiples revueltas internas y aprobó el Fuero de León. Murió en 1028 tratando de reconquistar Viseu.

Alfonso VI de León (1047-1109). Rey de León, Castilla, Asturias y Nájera y reconquistador de Toledo. Cuarto hijo de Fernando I y Sancha. Heredó de su padre el mayor de los reinos, León, y por ello tuvo que enfrentarse a su hermano mayor, Sancho, que lo derrotó en las batallas de Golpejera y de Llantada. Murió en Toledo tras haberse intitulado Emperador de toda España.

Al-Mamún (siglo XI-1075). Segundo soberano de la taifa de Toledo. Ascendió al trono en 1044 y comenzó una estrategia expansionista. Controló Valencia desde 1065 y vivió grandes tensiones entre las taifas de Toledo y Sevilla. Nunca consiguió hacerse con Córdoba. Recurrió a la ayuda de cristianos como Fernando I para solventar sus conflictos con otros musulmanes.

Almanzor (938-1002). Abu Amir Muhammad, el Victorioso de Alá. Durante el califato de Hixam II ostentó el poder absoluto en Al-Ándalus (981-1002). Llevó a cabo 56 campañas en tierras cristianas sin ser derrotado, incluida la destrucción de Santiago de Compostela en 997 (episodio relatado en *Las campanas de Santiago*).

Al-Mustain (siglo XI-1110). Hijo de Al-Mutamín, soberano de la taifa de Zaragoza. Ejerció el poder desde 1085.

Al-Mutamid (1039-1095). Último soberano de la taifa de Sevilla y sobresaliente poeta. Conquistó Córdoba y Murcia, pero pagó tributos a Alfonso VI de Castilla y a Ramón Berenguer II de Barcelona. Pidió ayuda a los almorávides al sentirse amenazado por Castilla después de la conquista de Toledo y fue destituido por ellos, cargado de cadenas y enviado a morir en África.

Al-Mutamín (1040-1085). Soberano de la taifa de Zaragoza. En su corto reinado trató de reunir todo el patrimonio de su padre, disgregado en su herencia, pero descuidó la defensa y Sancho Ramírez pudo avanzar por su territorio. Debe la mayoría de sus éxitos militares a la colaboración del Cid.

Al-Mutawakkil (siglo XI-1092). Soberano de la taifa de Badajoz. Destacó por sus acciones en Toledo, de donde fue soberano durante un tiempo. El gobierno de Al-Qadir no podía mantener el orden interno, así que llegaron a un acuerdo y Al-Mutawakkil entró en la ciudad hasta 1081 mientras el otro huía a Cuenca. Recurrió a la ayuda tanto de los almorávides como de cristianos como Alfonso VI.

Al-Qadir (siglo XI-1092). Nieto de Al-Mamún, soberano de la taifa de Toledo y último rey taifa de Valencia. Los primeros años de su gobierno estuvieron marcados por la reconquista de Toledo llevada a cabo en 1085 por Alfonso VI, a quien previamente había pagado tributos. Murió ejecutado en el transcurso de una revuelta instigada por los almorávides.

Álvar Fáñez (siglo XI-1114). Infanzón castellano, capitán de Alfonso VI y amigo del Cid, que lo llamaba «Minaya» (mi hermano). Formó parte de la reconquista de Toledo (1085), realizó varias misiones para el soberano en los reinos de taifas, gobernó Valencia entre 1085 y 1086 y Toledo entre 1108 y 1109. Murió en combate en defensa de Urraca.

Bermudo III de León (1017-1037). El último rey de León de la dinastía astur. Hijo de Alfonso V y Elvira Menéndez, y hermano de Sancha, quedó huérfano a los once años y creció con su madrastra, doña Urraca. Tras su ascenso al trono tuvo que superar múltiples sublevaciones internas, auspiciadas por los magnates locales reacios a acatar su autoridad. Se enfrentó a su cuñado, Fernando I, por disputas territoriales y murió abatido por la hueste castellano-navarra en la batalla de Tamarón, acaecida en 1037.

Constanza de Borgoña (1046-1093). Reina consorte de León y Castilla por su matrimonio con Alfonso VI. Hija del duque de Borgoña y madre de Urraca. Su influencia fue decisiva para facilitar la penetración de los monjes de Cluny en España y alentar el poder creciente de dicha orden en los asuntos políticos y religiosos de la corona castellanoleonesa.

Fernando I de León (1018-1065). Segundo hijo de Sancho Garcés III, el Mayor, y de Muniadona de Castilla. Conde de Castilla tras la muerte del conde García Sánchez y rey de León y Castilla desde que sus tropas dieron muerte en combate a Bermudo, hermano de su esposa y soberano de dicho reino, en el año 1037. Años después, en el 1054, derrotaría y mataría también a su hermano García en la batalla de Atapuerca.

García II de Galicia (1041-1090). Rey de Galicia. El menor de los cinco hijos de Fernando I y Sancha. Fue coronado en el 1066. Desde el principio tuvo que enfrentar conflictos variados hasta que fue vencido y destronado en Santarem por su hermano Sancho en 1071. Sin embargo, Sancho murió en 1072 y pudo volver, pero no tardó en enfrentarse con su hermano Alfonso, que le acusaba de querer robarle León. Apresado, en 1090 enfermó y murió poco después.

García Sánchez de Castilla (1009-1029). Hijo de los condes de Castilla y prometido de la princesa Sancha de León, hija de Alfonso V. Fue asesinado a las puertas de la iglesia leonesa donde iba a contraer matrimonio con ella.

García Sánchez III, el de Nájera (1011-1054). Primogénito de Sancho Garcés III el Mayor, y de la reina Toda Aznárez. Heredó el título de rey pamplonés y fue soberano de Pamplona, Nájera, La Bureba y gran parte del condado de Castilla. Falleció en la batalla de Atapuerca, acaecida en 1054, en pugna contra su hermano Fernando.

Íñigo Arista (principios del siglo IX-852). Iniciador de la dinastía Arista, fue el primer caudillo de Pamplona gracias al apoyo de la familia muladí Banu Qasi, parientes suyos. Destacó en la segunda batalla de Roncesvalles, en la que derrotó a los francos.

Muniadona o Mayor Sánchez (995-1066). Infanta de Castilla, reina consorte de Pamplona entre el 1010 y el 1035 y esposa de Sancho Garcés III el Mayor. Condesa de Castilla entre el 1029 y el 1035. Fue la primogénita del conde Sancho García de Castilla y de Urraca Gómez.

Pedro Ansúrez (1037-1118). Conde de Liébana, Carrión y Saldaña, y señor de Valladolid. Compañero de juegos de Alfonso VI en la infancia y posteriormente magnate principal de su corte. Combatió siempre junto al rey y recibió de sus manos múltiples tenencias.

Ramiro I de Aragón (1006/1007-1063). Primer rey de Aragón y conde de Sobrarbe y Ribagorza tras la muerte de su hermano. Hijo bastardo de Sancho Garcés III. A pesar de eso, su padre no lo marginó de las decisiones sucesorias. Murió intentando tomar la fortaleza de Graus.

Rodrigo Díaz de Vivar (1048/1050-1099). El Cid Campeador. Se convirtió en un gran guerrero en la corte de Fernando I y creció con el infante Sancho, de quien se hizo muy amigo. Cuando el primero murió, se colocó al frente de la mesnada del nuevo rey. Destacó especialmente en Golpejera, Llantada y en las misiones contra los musulmanes. Alfonso VI lo casó con su sobrina Jimena. En 1089, acusado de traición, fue desterrado de Castilla. A partir de ahí actuó como mercenario de distintos reyezuelos taifas, aunque nunca aceptó luchar contra el rey de León y Castilla.

Sancha de León (1018-1067). Reina de Castilla y León. Hija de Alfonso V y Elvira Menéndez. Estuvo a punto de casarse con García Sánchez, conde de Castilla, asesinado justo antes de la boda. Finalmente desposó a Fernando, hijo de Sancho Garcés III y heredero del condado, a quien dio cinco hijos. Tras la muerte de rey, se recluyó en un convento donde murió dos años después.

Sancho Garcés III el Mayor (990-1035). Rey de Pamplona. Fue clave en la configuración medieval de los reinos hispanocristianos, en cuyos tronos sentó a sus descendientes. Su padre, García Sánchez II, murió cuando él tenía nueve años, aunque empezó a ejercer como rey a los catorce. En el 1010 se casó con Muniadona o Mayor, hija del conde de Castilla, con la que tuvo a García, Fernando, Jimena, Gonzalo y Mayor. Antes había tenido un hijo bastardo, Ramiro, heredero de los condados aragoneses. Murió en circunstancias extrañas mientras peregrinaba a Oviedo.

Sancho II de Castilla (1037-1072). Rey de Castilla, de Galicia y de León. Primogénito de Fernando I y Sancha y hermano de Alfonso VI. A la muerte de su padre heredó Castilla, pero se enfrentó a sus hermanos para recuperar el resto del reino dividido por su padre. Destacó en las batallas de Llantada (1068) y Golpejera (1072), en las que venció a Alfonso y recuperó León. Fue asesinado por Vellido Dolfos a las puertas de Zamora, al parecer a instancias de su hermana Urraca.

Sancho Ramírez I de Aragón y V de Pamplona (1043-1094). Rey de Aragón (1063-1094) y de Pamplona (1076-1094). Hijo y heredero de Ramiro I. Mantuvo buenas relaciones con su entorno en general, tomó ciudades como Ayerbe y Graus, consiguió cobrar tributos del soberano musulmán de Huesca y colaboró con el Cid desde 1092. Murió asediando Huesca.

Urraca I de León (1079-1126). Reina de León y Castilla (1109-1126). Primogénita de Alfonso VI y Constanza de Borgoña. En 1093 se casó con el conde franco Raimundo de Borgoña, con quien tuvo dos hijos, Sancha y Alfonso, y de quien enviudó años después. Poco antes de morir, su padre la obligó a desposar contra su voluntad al rey de Aragón, Alfonso el Batallador, en aras de asegurar la lucha contra los almorávides.

Urraca Fernández (1033/1037-1101). Infanta de Castilla y León. Primogénita de Fernando I y Sancha. Urraca sintió siempre una especial predilección por su hermano Alfonso, que la llevó a ejercer un papel maternal con él y a intervenir en política para asegurar su triunfo sobre Sancho, su primogénito, que lo había derrotado en dos ocasiones. Su intervención fue decisiva para salvarle la vida y se atribuye a una maniobra suya el asesinato de Sancho a las puertas de Zamora.

Urraca Garcés (siglo X-siglo XI). Reina de León, segunda esposa de Alfonso V tras la muerte de Elvira Menéndez y regente de Bermudo III. Hija de García Sánchez II, rey de Navarra, y hermana de Sancho Garcés III el Mayor. Tras la caída de Alfonso en Viseu, se hizo cargo de los hijos de su esposo, de la tutoría de Bermudo y del Gobierno, hasta la mayoría de edad de su hijastro.

Yusuf ibn Tashufin (siglo XI-1106). Fundador del imperio almorávide y primer emir almorávide de Al-Ándalus. En la batalla de Sagrajas (1086) derrotó a Alfonso VI y acabó por hacerse con gran parte de la península.

Acontecimientos históricos

711. Batalla de Guadalete
824. Segunda batalla de Roncesvalles
989. Almanzor tiende a su hijo una trampa para matarlo
1024. Boda de Alfonso V y Urraca Garcés
1028. Asedio de Viseu (muerte de Alfonso V)
1029. Asesinato del conde de Castilla García Sánchez, poco antes de su boda con Sancha de León
1032. Mayoría de edad de Bermudo III, se convierte en rey de pleno derecho
1032. Boda de Sancha de León y Fernando de Castilla
1035. Boda de Bermudo III y Jimena Sánchez
1035. Muerte de Sancho Garcés III
1037. Batalla de Tamarón (muerte de Bermudo III)
1038. Fernando I es nombrado rey de León
1054. Batalla de Atapuerca (muerte de Fernando I)
1067. Fallece la reina Sancha de León
1068. Batalla de Llantada
1072. Batalla de Golpejera

Agradecimientos

Gracias a mi editor, Alberto Marcos, por ser consejero, amigo y apoyo cuando flaquea el ánimo.

Gracias a mi editorial, Plaza & Janés, por secundar mi ambicioso proyecto de novelar por completo esa magna empresa secular que fue la Reconquista.

Índice

LEON

LEON

BURGO·

LLANTADA

CASTIL·

ZAMORA

RÍO DUERO

TOLEDO

RÍO TAJO

REINOS TAIFAS

CÓRDOBA

SEVILLA

GRANAD·